西北望

乌安诗云 / 著

江西人民出版社
Jiangxi People's Publishing House
全国百佳出版社

图书在版编目(CIP)数据

西北望 / 乌安诗云著. —南昌: 江西人民出版社，2014.4
ISBN 978-7-210-05272-2

Ⅰ. ①西… Ⅱ. ①乌… Ⅲ. ①长篇历史小说-中国-当代 Ⅳ. ①I247.5

中国版本图书馆 CIP 数据核字(2014)第 069823 号

西北望
乌安诗云 著
策划组稿:王一木
责任编辑:李月华
书籍设计:游 珑
出版:江西人民出版社
发行:各地新华书店
地址:江西省南昌市三经路 47 号附 1 号
编辑部电话:0791-86898143
发行部电话:0791-86898815
邮编:330006
网址:www.jxpph.com
E-mail:jxpph@tom.com web@jxpph.com
2014 年 4 月第 1 版 2014 年 4 月第 1 次印刷
开本:787 毫米 × 1092 毫米 1/16
印张:15
字数:269 千字
ISBN 978-7-210-05272-2
赣版权登字—01—2014—96

定价:29.80 元
承印厂: 南昌市红星印刷有限公司印刷
赣人版图书凡属印刷、装订错误,请随时向承印厂调换

人物表

舒静仁:故事主人公,无锡人,肄业于上海圣约翰大学,上海地下党外围组织读书会成员,后辗转到陕甘宁边区,任八路军文化教员

阎少泓:舒静仁中学同学与好友,与舒静仁一同逃离沦陷区后加入国民党军部队,后任国民党军统上海站电讯组副组长

余贵生:舒静仁儿时好友,与舒静仁一同逃离沦陷区后加入鄂西北安崇山上的一支土匪性质的抗日游击队

阿　杏:阿香妹妹,与舒静仁一同逃离沦陷区,至陕西镇安失踪

阿　香:阿杏姐姐,与舒静仁一同逃离沦陷区,至常州附近自缢身亡

徐素琴:中共上海地下党党员,读书会负责人,舒静仁上海同学

冯秀珍:舒静仁上海同学,后到延安部队文工团

曹文轩:舒静仁上海同学,后到延安,任晋察冀抗日根据地某营政委

舒斐嘉:舒静仁大哥

舒钊卿:舒静仁族亲,维持会会长

吴雅玲:舒静仁上海同学

小　凤:阎少泓妹妹

阿　发:余贵生舅舅,镇江渔民

老　胡:国民党鄂西北某部负责招募新兵的人

郑　天:鄂西北农民,郑地哥哥

郑　地:鄂西北农民,郑天弟弟

莱德克:飞虎队成员,轰炸日军机场时受伤,后被舒静仁等人护送至安崇山游击队驻地

刘平顺:安崇山农民

马全福:安崇山游击队首领

陈旅长:国民党军鄂西北某部旅长

葛连长:国民党军陕西安康某部运输连连长

兰　娟:国民党军陕西安康某部护士

徐兆铭:徐素琴伯父,黄埔军校第三期毕业生,时任东北军军长

老　夏:八路军某部排长,赴边青年学生的领队

黄钰莹:赴边青年学生,后任保安八路军某部医院护士长

朱智杰:八路军某部营长,后因犯错误被降为连长

王小芹:陕西保安小王庄农民

高世雄:八路军某部副团长,黄钰莹新婚丈夫

杜向群:八路军文化教员,延安整风运动时被冤屈为国民党特务,后平反

目 录

楔 子 邂逅舒老 / 1 /
第 1 章 愁别上海 / 4 /
第 2 章 忧心返乡 / 10 /
第 3 章 亡父之痛 / 16 /
第 4 章 重大决定 / 21 /
第 5 章 结伴出逃 / 30 /
第 6 章 密谋行程 / 39 /
第 7 章 月下离家 / 44 /
第 8 章 遭遇鬼子 / 50 /
第 9 章 夜半哭声 / 58 /
第 10 章 镇江奇遇 / 64 /
第 11 章 铜陵历险 / 72 /
第 12 章 神秘老胡 / 78 /
第 13 章 曲折抵汉 / 84 /
第 14 章 虎胆孤鹰 / 89 /
第 15 章 智送莱德克 / 96 /
第 16 章 神农架枪声 / 103 /
第 17 章 穿越封锁线 / 109 /
第 18 章 过贺家湾 / 114 /
第 19 章 竹山分别 / 119 /

第 20 章　智斗陈旅长 / 127 /
第 21 章　竹溪览胜 / 135 /
第 22 章　醉酒安康 / 142 /
第 23 章　离奇失踪 / 151 /
第 24 章　西安被囚 / 156 /
第 25 章　巧入七贤庄 / 164 /
第 26 章　向北进发 / 170 /
第 27 章　夜宿胡家铺 / 175 /
第 28 章　冰糖事件 / 182 /
第 29 章　保安新生活 / 189 /
第 30 章　排查第三者 / 195 /
第 31 章　窑洞婚礼 / 200 /
第 32 章　巧遇旧知 / 205 /
第 33 章　打架风波 / 210 /
第 34 章　小王庄支农 / 217 /
第 35 章　校友探望 / 221 /
第 36 章　奔赴新战场 / 225 /
后　记　套中套 / 233 /

楔子　邂逅舒老

认识舒老纯属偶然。那时他已 90 高龄，被圈在家里哪也不能去，他的家人和他约法三章：其一，不得擅自去建筑工地。那里太危险，万一掉块砖头下来砸着了怎么办？其二，不得擅自去地铁工地。那里布满大坑，万一掉下去怎么办？其三，不得擅自去别人家串门。万一有个什么不测，不是给人家添麻烦？家人甚至还威胁他说，如果不听，就把他锁在家里。

舒老不无惆怅地说，这些地方都是他平时最爱去的地方，城市建设日新月异，楼房越建越高，百看不厌。再说地铁都建到了家门口，如何修建的，他过去从没见过，很想去看看。去别人家串门更是他的最爱，老同事、老朋友之间有很多共同话题，想说的话总也说不完。受制于家人的无限关怀，这些地方都不能去了，只得待在家里，以免在外“惹是生非”，他把这种生活叫“关禁闭”。

被关在家里的他实在闲不住，有时溜达到门口，想给邻居说说过去的事，刚张嘴人家就跑开，他的故事人家都听腻歪了，说“又来了又来了……”无奈的他只得闭上嘴。

他的家人要他学乌龟，没事躺床上，少说话，多静养，也别胡思乱想，他说这和死人没什么区别。

好在每月有一次“放风”——他把每月一次的理发称作“放风”——这是经家人同意的唯一的一次外出机会。因为机会有限，所以倍加珍惜，每次理发，他都要求理发师傅尽量放慢动作，时间拖长点，以便让他在外边多待些时间，多呼吸点外边的空气。他的要求显然无理，人家理发店都想多做生意，谁愿把宝贵的时间浪费在他那没几根头发的秃头上。为此他很沮丧，背着手，摇晃着一颗硕大的脑袋四处找寻，终于在街边旮旯里找到个小理发店。理发师傅是个上年纪的人，曾在国营理发店工作，早已退休，吃穿不愁，只是闲不住，重操旧业不为赚钱，只为打发时间。两人一拍即合，相见恨晚，一个爱说，一个爱听，理一次发可以泡上几小时，他的头发几乎是一根根剪出来的。

平常在家，枯燥乏味，他便想方设法“制造事端”，常用的手法就是惹“老领导”生气——他把他的老伴称作老领导。惹她生气的办法很多，基本上都是在一些鸡毛蒜皮的家务琐事上故意弄出些纰漏来,惹“老领导”骂他。他说这招还很管用,“老领导”每每见他没把事情做好,就絮絮叨叨地来数落他:“你看看,你这人呀,真是老糊涂了啊!”每当这时,他就很得意,死气沉沉的家终于又热闹了。但话又说回来,恶作剧也不能搞过头,“老领导”真要是气出毛病来也不是好玩的。

我认识舒老,正是在他处于这种极为不利的状况下。

事情缘于一封“年信”,如果不是那封“年信”,我也许与他的故事失之交臂。那封信是舒老写给我父亲的。父亲是他的老同事,母亲过世后,便在几个子女家轮流住,时值轮到我家。那天下班回来,进门就见到放在桌上的这封信,信封右上角的一行小字引起了我的注意——“年信第 30 号”,征得父亲同意,我打开了这封信。

信有三四页纸,字迹工整,字里行间,他都在向老同事诉说心中苦闷。

我被这封信的幽默言词吸引,心想,既然是第 30 号“年信”,前面应该还有 29 封,于是向父亲索取到这些信,当晚躺在床上,按编号顺序一口气将这些信全部看完,此时已是深夜,我却被这个素不相识的老头儿搅得睡不着,满脑子都是这个顽皮的老人。我忽然产生了一种冲动,如果能见到他,当面聆听他的故事该多好!他的故事虽然别人听腻了,对我来说却是第一次。

第二天,我把想法告诉父亲,父亲拨通他的电话,一番交谈后,父亲放下电话说:“他说欢迎你去。”我喜出望外,恰好明天是星期天,当即决定,明天一早就动身,乘早班火车去,当天去当天回,听故事和上班两不误。父亲特别吩咐说,老人的生活很有规律,每天早上 6 点钟起床,早饭后看书看报或进行其他活动,午饭后休息,下午 4 点起床,吃过晚饭开始写东西,晚上 12 点入睡,所以拜访时间只能是上午,其他时间不许打搅他。

5 月的 N 市,春意盎然,到处披挂着浓绿的盛装。市中心偏南方有条狭长的湖,湖边有条大街,叫盛王大街,折角的丁字路口有个“盛王苑”小区,老人便住在这。

进入小区,一溜 5 层楼房依次排列。正在查找老人的门牌号时,远远望见前面那栋楼房的一楼玻璃窗上贴着一张戴眼镜的“老脸”,虽没见过面,觉得就是他,父亲已将我到达 N 市的时间电话告知了他,想必他已在此等候了。我试探着隔着玻璃窗喊了声:“舒老——”听到喊声,那张“老脸”现出顽皮的笑,然后倏然消失,接着门开了,他恭恭敬敬地站在门边迎我进屋。

他看上去气色不错，走路也很稳健，竟然没用拐杖，只是比我想象的还要瘦些。因为瘦，头发稀疏的脑袋就显得特别大。见到我，他寿眉高挑，露出满口雪白的牙，因为太白，我一眼就看出是假牙。

见面没几分钟，他就把我称作老朋友，并把我引见给他的"老领导"。"老领导"颤巍巍地从沙发上站起身，扶着个类似婴儿车的带轮子的铁架子挪动着脚步，吧嗒了几下干瘪的嘴，算是和我打过招呼。寒暄之时，见客厅正中墙上挂着一幅放大的黑白照，一看就是老照片翻洗放大的。照片上是一对青年男女，女的坐在前面，短发，旗袍，富态典雅，风姿绰约；男的站在后面，着西服，打领带，英俊潇洒，风流倜傥。

正想打听照片上的人是谁，从外面进来个小老头，刚开始我还以为是邻居，介绍后才得知是他儿子，就住在楼上。他儿子与他有几分相像，瘦高个子，温文尔雅，花白的头发向后梳理得很整齐。他像是过来做例行检查的，也没坐下，目光警惕地四下搜索，听说我是他父亲的朋友，没见其他异常，便转身出去了。

舒老有个不到10平方米的小书房，外面有个小阳台，阳光穿过门窗照射进来，照在他的书桌上。他坐在一张老式藤椅上，藤椅上的藤皮都发白起毛了，有几处已磨破，用透明胶带缠绕着。

起初，我是抱着听一个上午的打算而来，但很快发现一个上午的时间远远不够，我立即改变主意，决定用仅剩的几天年休假来听完他那段抗战故事。

此后的几天时间里，我每天上午坐在他的小书房，听他侃侃而谈。

早先，我曾认定自己"逮住"了一个爱说故事的老头，现在有故事的老头不少，爱说故事的不多。没想到后来这种感觉悄悄发生变化，我倒有种被他"逮住"的感觉，他几乎动用了一切手段，目的是把我稳住，然后向我倾泻他的故事，直到我被迫"逃离"N市赶回去上班，他的故事都还没讲完。

舒老的故事始于70年前，那是抗日战争最艰苦的年份，日本人已经占据了中国的半壁江山。随着舒老故事的展开，我逐渐融入他的世界，并被他带着一同飞翔，仿佛穿越了时空隧道，来到烽火连天、灾难深重的旧中国……

第 1 章　愁别上海

1941 年底，离寒假还有一个月时间，正在上海读书的舒静仁不得不提前离开校园，急匆匆返回老家无锡。

舒静仁生于无锡，父亲经商，家境较为殷实，1938 年，他在无锡的公立中学毕业后考取上海圣约翰大学。圣约翰大学是美国人创办的一所西式教会大学，他到学校的时候，“八・一三”淞沪战役刚结束几个月，日本人已占领上海，为避战火，学校迁往公共租界内的南京路大陆商场，与相继迁来的沪江、东吴、之江以及南京金陵女子文理学院组成上海联合基督教大学。当时的租界犹如战火中的孤岛，舒静仁得以继续学业，但是到了 1941 年底，战局发生重大变化，日军偷袭珍珠港，挑起太平洋战火，同盟国对日宣战，盘踞在上海的日军不费一枪一弹就占领了租界。租界被占领，犹如失去了避风港，不少外籍教师回国，外地学生纷纷返乡。舒静仁此时离毕业还差半年，原打算坚持读完最后一学期，拿到毕业证，可眼下就连这个学期的最后一个月都难以坚持了，他考虑再三，最终决定离开上海。

促使舒静仁回无锡的还有一个重要因素，几天前他刚接到家人的一封来信，说父亲病重，望他速归，两件事加一块，他决定立即踏上回家路。

临行之前，他去和徐素琴告别。徐素琴和他曾是上海联合基督教大学的同学，不过她是从原东吴大学合并过来的，同学期间，他们都是该校秘密组织读书会成员，徐素琴是该组织负责人，组织上是他的领导，思想上是他的引路人。后来圣约翰大学迁回原址，两校分开，读书会仍维持活动。抗战时期，我地下党为推动全民抗战，在爱国青年中广泛组织学生运动，称为党的外围组织，学生运动受地下党领导，开展各种形式的抗日救亡运动。上海基督教联合大学里的读书会，正是中共上海地下党领导的学生运动的组成部分，他们以读书为纽带，传播革命知识，提高思想觉悟，日后，很多进步青年从此走上了革命道路。

听说他要走，徐素琴并没感到惊讶，日军占领租界后，地下抗日活动受到极大破坏，很多外地同学都在陆续回老家，读书会也被迫暂停活动。她问他什么时候走，说要送送他。他说明天乘火车回，票已买好了，婉拒了她的送行，说读书会虽暂停活动，她留在上海还有很多事要做。两人没说几句话就分手，他说要回去收拾一下。

他在离学校不远处的一个弄堂里租了个房间，位于一幢居民楼顶层的阁楼上，房间很小，原是主人用来堆放杂物的，房租不算贵。学校本来是有集体宿舍的，他租住在这里是为了静心学习，而且家庭条件允许。读书期间，他每天都要往返于学校与住所两地，日复一日地过着枯燥而乏味的读书生活。每天晚上，他都要在学校图书馆看书至关门，学校图书馆藏书较多，其中不乏违禁书籍，他的兴趣爱好较广泛，正因为看了不少违禁书籍，受到某种思潮影响，后来他才参加了读书会。

回到租住的阁楼，他把准备带走的衣物、日用品类的东西都装进了皮箱，把刚在街上买的几包上海小吃也塞了进去，这些小吃都是他父亲平时爱吃的，每次放假都要带些回去。该带走的东西都收拾好了，他开始收拾带不走的东西，这一走就不知何时再能回来，就打算把它们送给房主，房主平时对他多有关照。

听说他要走，房主无声地摇了摇头，她对眼下这场战事也很无奈。房主跟着他上到阁楼，看见地上堆放的几件什物，说了几句客气话，就拿了下去。

房主走后，他也没其他事，坐在床边，看着地上的行李，想到明天就要走，就要离开读了近四年书的上海，心里就有种说不出的滋味，特别是想到离开读书会，离开徐素琴和同学们，心里就有种空荡荡的感觉。

舒静仁赶到上海北站的时候，离发车还有半个多钟头。他身着一袭长衫，头戴礼帽，提着一口大皮箱，从人力车上下来，付过车费，驻足朝站前广场望去。

广场上很嘈杂，到处是熙熙攘攘的人群，其中不少是返乡学生。每年寒暑假，他都要从这里坐车回无锡，对这座车站十分熟悉。广场北端矗立着一幢英式四层楼房，那是集售票房、候车房与行包房为一体的车站大楼，楼的顶端书写有“上海驿”三个黑色大字。他清楚地记得，刚到上海那年，该楼曾遭日军飞机轰炸，当时只剩下残垣断壁，日军占据上海后，简单修复后便恢复了通车，将原名上海北站改为含有日文意味的“上海驿”。

在候车房门口，他买了份当天的报纸，进到候车房内，在长椅上找了个空位，便打开报纸看了起来。报纸上的头条新闻引起了他的关注，细看内容，说的是日军在汪伪的协助下一举破获军统上海站一窝点，抓获大部分成员及主要头目，该窝点被日军彻底捣毁。看完这条消息，不由得使他想起在上海听闻的一件件触目惊心的事。

舒静仁刚来上海那年，上届同学经常谈论“八·一三”淞沪战役，那是日本人攻打上海的一场恶战，打得很惨烈，当时正临近寒假，很多学生都去了前线，自发加入市民慰问团，慰劳前沿阵地的国民党军官兵，给他们鼓气，嗓子都喊哑了。战役之初，大家都对这场战役抱有很大希望，认为中国守军能够守住上海，当时国民党军方面做了充分的战前准备，投入了两倍于日军的兵力，有很大胜算，结果坚持了三个月，最终还是以撤退收场。撤退过程中，由于组织不力，现场秩序混乱，官兵和辎重拥挤在一起，被日军飞机轮番轰炸，尸横遍野，景象惨烈。战役结束后，日军占领了上海，同学们多少带着有点失望的心情重新回到租界内的课堂。

舒静仁虽未能像他的师兄师姐们一样亲历“八·一三”淞沪战役，没能上前线去给国民党军鼓气，但读书的三年半时间里，他曾无数次亲见血腥场面，记忆最深的是发生在他眼皮底下的那件事。

那年，临近寒假的一天夜里，他从学校图书馆出来，天空飘起了雪花，这是入冬以来的第一场雪。昏暗的街灯下，白絮般的雪花飘到灯下才能看见，冰冷地落到脸上，立即就化成了水，顺着面颊往下淌。他一路小跑地冒雪往家赶，在这寒冷的雪夜，他身穿单薄的校服，为磨炼意志，他坚持不穿母亲缝制的棉衣，用跑步来抵御寒冷。刚跑过一个弄堂口，一辆黄包车迎面驶来，因躲闪不及，溅起的雪水落到他裤腿上，他下意识地瞥了那辆车一眼。车在前面不远处的院门口停下，车上下来一位体态略显肥胖的中年男子，身穿黑呢大衣，头戴黑呢礼帽，胳膊夹着黑包，下车撑起一把黑色的伞，付过车费，往身后看了一眼，恰巧与舒静仁的视线相对，他的眼神中带有几分警惕。四周静悄悄，只有无声的雪，那人撑着伞向院门快步走去，走到院门口，停下来低头点烟，划了两三根火柴才把香烟点着。

就在这时，对面的弄堂里突然窜出四五个人来，他们好像早已守候在此，就等着他的出现。这几个人都身穿黑色便衣，朝他快步跑过来，路面铺着雪花，掩护了他们的跑步声，几个人边跑边从腰间抽出利斧，到了跟前，照他脑后就劈，黑呢大衣人连声都没吭就扑倒在地，几个人上去又补了几斧子，看着没动静了，这才迅速回撤。这个时候，不知从哪里突然冒出辆黑色轿车，悄无声息地停在他们身边，几个人迅速钻入车内，瞬时间就消失得无影无踪。

这一切就在舒静仁眼皮底下发生，只有短短的十几秒钟，来得快，去得也快，他看得真切，呆若木鸡，许久才反应过来。此时，他身上已不知不觉披上了一层薄薄的雪花，而他已经感觉不到冷，反倒是冒出一身汗了。

雪仍在不停地下，他站在原地，四周空寂无人，他远远地朝地上的人望去，刚才还是活生生的，现在已经不动了。舒静仁木讷地朝前挪动脚步，挪到跟前，就着昏暗的街灯，看到那人面朝下趴着，脑浆迸裂，肩背上有几道深深的斧印，利斧穿透了他的外套和内衣，深及骨肉，还在汩汩地往外冒着乌黑的血。带着体温的血将他身边的白雪融化，殷红的血水向地势较低的地方流去，不远处的雪地上，那人刚抽了几口的香烟还在冒着烟……

舒静仁一阵恶心，双手紧捂嘴，本想离开，又忍不住再凑近看，他注意到那人背上还有张字条，显然是那些人留下的，字迹被雪水浸润，有些模糊，却还能看清，上面写着四个大字——“汉奸下场”。

回到阁楼，舒静仁久久地坐在床前，身上的湿衣服也没换，就那么呆呆地坐着，满脑子都是刚才看到的血淋淋的一幕，和“汉奸下场”四个大字。他仿佛自己被人用斧头在脑袋上重重地砍了几下，原有的生活规律就此停摆，他甚至不记得打开灯，不记得关上窗户，也不记得拉上窗帘，任凭窗帘被风吹得呼呼作响，任凭窗外雪花从窗洞飘落进来。

……

正在低头回忆往事的舒静仁猛然间感觉到身边站了个人，顺着脚往上看，原来站在她面前的是徐素琴。他很吃惊，她怎么来了？

昨天，他虽然把今天要回无锡的事告诉了她，却没把车次和时间告诉她，本想是不让她来送，知道她很忙，有很多事要做。

徐素琴是上海人，关于她的家庭底细，舒静仁是后来才知道的。她父亲是上海“利泰橡胶联合企业”的董事长，该企业是当时上海十几家橡胶企业中规模较大的，主要生产汽车轮胎、胶鞋套靴之类的橡胶制品。抗战爆发前，为保存民族工业，国民政府动员所有较大企业撤离上海，迁往大西南。她父亲走之前要求她同往，她以继续读书为由留下来，并以家庭为掩护，从事地下反日活动。

徐素琴说，如果不是查火车时刻表，险些误了送行时间。那时候，每天发往无锡的火车只有一班。她把手里提着的水果交给他，说是给他父亲的。水果很沉，装在一只草编手提袋里。舒静仁很感动，她来为他送行，还惦记着他的父亲。

两人坐在候车椅上。舒静仁告诉她，这次回无锡，不知道什么时候再能来上海，也不知道将来会怎样，如果战争结束得早，也许会来上海继续读书或找工作。徐素琴说：“将来的事谁也说不准，这场战争恐怕短期内很难结束，你回无锡去，无锡那边的情况也不比上海好到哪去，你要多加小心，等局势稍有好转，我会设法和你联系，你有什么困难，也可以写信来，我会尽力帮你。”

火车开始检票，两人站起来，一同走到检票口，然后隔着栅栏挥手告别。战争年代的分别，也许日后能重逢，也许就成永别。

蒸汽机车拖着长长的白色蒸汽“咣当咣当”地驶离了上海站，坐在火车上，透过窗玻璃看着千疮百孔的上海站，他又想起了与徐素琴的第一次见面……

那还是去年冬天的事，也是个晚上，他从学校图书馆返回租住地，刚转过一个街角，迎面过来个步履匆匆的人，来人戴着顶大棉帽，身上裹着厚厚的棉衣，脸深深地埋进衣领里。当时舒静仁两手揣在裤兜里，只顾低头赶路，没太在意对方。与之擦肩而过时，那人突然朝他怀里塞进一张纸，抬头看时，人已走远，片刻就消失于街角拐弯处。

就着昏暗的街灯，他拿起那张纸片凑到眼镜前来看，不由惊出一身冷汗，只见纸片上写着：“不做亡国奴，全民奋起抗日！把日本帝国主义从中国赶出去！”原来是宣传抗日的传单，是钢板刻写油墨印刷的那种，上面还散发着油墨的气息。看着传单上铿锵的字句，年轻的舒静仁只觉浑身的血都在沸腾，同时又感到背后有股寒气袭来，上海毕竟被日军占领，租界虽然没日军，但当时太平洋战争还没爆发，租界为保持中立，禁止一切公开的反日活动，被抓到是要蹲大牢的。

看完传单，舒静仁只觉得心都快跳出了嗓子眼，举目四望，四周寂静无人，他迅速把传单撕得粉碎，连纸屑也不敢扔在街上，全都揣入了裤袋。他暗自庆幸刚才的那幕没人看见，却莫名其妙地为刚才那个塞传单的人担忧，不由得回头朝那个方向多看了几眼，虽然那里已经没了人影。

他回过头来，打算继续走自己的路。然而，就在他刚抬腿往前走了几步，身后忽然传来了急促的警笛声，这种声音他经常在大街上听到，他朝发出警笛声的方向看去，发现刚才那个向他塞传单的人又照原路返回，朝他急速跑过来。

当来人经过他身边时，他也不知道为什么，竟突然伸出手，一把抓住对方胳膊。对方立刻奋力挣扎，同时伸出一只拳头来捶打他的手——尽管拳头很无力，边捶边说：“你想干什么？你还是个中国人吗？”听声音才知道，对方原来是个女性。舒静仁此时顾不上多解释，只回答了一句：“我还没忘记我是个中国人。”说着就拽着她往街边跑，原打算跑进离他最近的那个弄堂，但是已经来不及了，一辆租界巡捕房的警车呼啸而至，再跑就暴露了。事不宜迟，他顺势将她推到街边墙角站定，伸出双臂，将她紧紧抱住。被抱住的人竟然也没再挣扎，任由他紧紧地抱着，反而是摘下棉帽，露出了女性容貌，另一只手悄悄地摸到身后的邮筒,反手将剩余的几张传单塞了进去。

巡捕车停在他们身边,下来几个蓝眼睛红头发的巡捕,围着他们转了几圈,见到的是一对激情相拥的情侣,没见其他异常,转身返回车上,巡捕车拖着怪叫声远去。

巡捕车走远,舒静仁放开抱着的人,这才仔细端详起对方。对方是个很年轻漂亮的女孩,圆圆的脸蛋,齐眉的短发,也许是受到刚才的惊吓,也许是刚才拥抱得太紧,她的脸蛋红扑扑的,鼻尖沁出了细汗,胸脯急促起伏着。

对于刚才的掩护,她用含笑的眼神表示了感谢,然后就低下头去,默默朝前走。与来时步履匆匆不同的是,这回是散步式的。

舒静仁跟在后面,很想问她些什么,但没问得出口,这年头,有些事情是知道得越少越好,何况问了也不一定会有答复。

就这么无言地走了一段路,她突然站住,叫他别跟着她,要他回去。舒静仁嘴里答应着,却还跟在后面。她再次停下来,叫他别跟着。他尴尬一笑,停在原地,看着她走远,直到看不见。

正因为这次偶遇,他结识了徐素琴,并在她的影响下参加了读书会。

舒老说,他感觉那天火车开得特别慢,"咣当咣当"的每个小站都停,从上海到无锡用了好几个钟头。他一路上心情急切,恨不得插双翅飞到无锡,飞到父亲身边,因暑假期间参加读书会活动,他已经一年没回无锡了。

第2章 忧心返乡

说起旧时的无锡，舒老无不充满着怀旧情结。他在无锡度过了童年和少年，熟悉那里的每条街道，熟悉那里的每座房子。他说无锡是座江南水城，很有点希腊小城的风情，特别是运河两岸的风光，现在回想起来还是那么迷人。

孩提时的他曾经满大街地跑，三里桥米市是旧时无锡最热闹的地方，也是穿梭于京杭大运河的商贾掮客来无锡必去的地方，徜徉于繁华而喧闹的街市，置身于车水马龙间，常常使他们这些孩子忘了回家。孩子们喜欢在大人们的脚下钻，寻找美味小吃，无锡的小吃数不胜数，独树一帜。

黄埠墩也是常去玩耍的地方，那地方有个古迹，传说是战国时期春申君黄歇在治理芙蓉湖时留下的遗址。其间有个玲珑别致的环翠楼，楼上有块题匾，是明朝海瑞题写，他在任应天巡抚时曾到无锡，看见此楼，兴致大发，信笔题下“玩山临水第一楼”。

再有就是“江尖”，这地方的地名很有意思，舒老说，旧时这里有很多瓦缸店，整条街都堆满了瓦缸，摞得高高的，孩子们常在这里捉迷藏。无锡方言里的“缸栈”与“江尖”发音相同，所以“江尖”因谐音而来。

还有个更好玩的地方，那就是惠山。惠山有条街，整条街都是泥人王国，孩子们往往结伴而去，到了那里便忘了回家吃饭。看艺人捏泥人是件很有趣的事，一团泥巴到了他们的手里就变成了有生命的东西，捏出来的泥人惟妙惟肖。捏泥人用的是黑泥，所以没上色的小泥人都是黑色的，一排排地摆在木架上，晾干了才能上色，上了色的泥人就变得五彩缤纷，更好看了。泥人大多是成套的，装在盒子里，多的有几十个人物，少的也有三五个，印象最深的是“金陵十三钗”“十八罗汉”等，每个人物只有拇指般大小，一排排地装在盒子里。

自从日本鬼子来了后，无锡的美景不再。舒老讲到这里时，双眉立了起来，就像旧戏里面拿着大刀的关公。他说日本鬼子占领无锡时，曾放火烧城，大火整整烧了三天三夜，整个无锡城几乎化为灰烬。后来，百姓又在瓦砾上慢慢地建起了一些简易民房，几年后才逐渐恢复一点生机。

火车终于“咣当”到了无锡车站。

下了火车，他随拥挤的人群走出站台，来到站前广场。放下皮箱朝四周望去，这个曾经十分熟悉的地方，眼下也是面目全非，到处是战争留下的创伤。早先的火车站曾是无锡最高大的建筑，现已不复存在，1937 年 10 月，日军发动对无锡的进攻，连续派出多架次飞机对无锡这座古城进行狂轰滥炸，火车站及周边大量民房被毁，百姓遭受惨重伤亡，同时被炸毁的还有车站上大量来不及转移的抗战物资。现在的火车站，只不过是在原址上搭建起来的一栋简易房，房顶上也和上海火车站一样飘扬着日本膏药旗。

走在大街上，昔日曾经玩耍的地方到处破败不堪，到处都是临时搭建的简易棚，马路上随处可见持枪日军，和开着摩托的日军宪兵。

在一处挂着“无锡方糕”幌子的小店门前，舒静仁停下脚步。这里曾是他童年常来的地方，他特别爱吃这家店铺制作的方糕，有肉馅、豆沙馅和猪油馅的，他最爱吃豆沙馅的。每次从父亲那里弄到零钱，他都要跑到这里来，柜台太高，就踮起脚尖趴在柜台上往里边看，里面正在制作方糕，都是现做现卖。他熟悉制作方糕的每位伙计，也熟悉制作方糕的每道工序，看着他们用木模制成大块的糕，然后放入各种馅心，筛上糕粉，再用刀划成整齐的方块，最后上屉笼用旺火蒸。蒸熟的方糕倒入一个很大的竹垫上。趁热吃方糕，松软糯香，味道十分好。眼下的这个小店，店面的一角已被炸塌，仍在维持着营业，虽然制作的方糕味道不差，他已经无心食用，只想尽快见到老父亲。

走进家门，家人顾不上寒暄，立刻把他引到父亲的房间，舒静仁见到了日思夜想的老父亲。父亲躺在床上，原先很胖的他，此时已是瘦骨嶙峋，浑身只剩下皮包骨，跟之前完全判若两人。父亲见到他，微微翕动着嘴，却说不出话，两行老泪无声地淌下。看过父亲，舒静仁来到前厅，这才向母亲和大哥问起父亲的病因，大哥舒斐嘉将父亲得病的原因一五一十地告诉了他。

原来，日军占领无锡时，他父亲因为舍不下那间经营了多年的店铺，没有跟着别人去逃难，留了下来。一日，他出城办货，本来大儿子舒斐嘉是要跟他同去的，因为临时有别的事而没去成，他就一个人去了。那时进出城门都要受到日军严厉盘查，百姓接受盘查时必须出示“良民证”，同时向日军鞠躬，以表示驯服，他父亲在城门接受检查时出示了“良民证”，也鞠躬了，但因为太胖，弯腰鞠躬有困难，所以不够标准，没达到九十度，被日本兵认为是对“皇军”的不恭，在城门口当着众多乡亲的面，用枪托猛砸他，还连续抽他耳光，边打边骂他是“支那猪”。他父亲的脸本来就比较大，被打得满脸红肿，像只熟透的南瓜。他父亲做生意向来与人为善，从未受到过如此屈辱，被家人抬回来后就口吐鲜血，从此卧床不起,平时不说话,开口必骂小鬼子。他的病多半是气出来的。

听了父亲病情的来龙去脉,舒静仁气得浑身直哆嗦。重新回到父亲身边,看到父亲的样子,竟也说不出半句安慰话,将上海带来的虾肉油面筋和蟹壳黄送到父亲床头,这些都是父亲平时喜欢吃的,此时的父亲已经吃不进了,被人扶起半个身子,只象征性地吃了很小一口。他看着父亲默默地落泪,父亲却用手指了指天,又指了指地,儿子理解父亲的意思,那意思是:日本鬼子天诛地灭!

在舒静仁的记忆里,父亲是个很精明的商人,一心放在生意上,家里的事全都由母亲操持。父亲从祖父手里接过来的只是间很小的店面,经过他的经营,店铺面积扩展了近三倍,经营的货物品种也翻了好几番。

常年做生意的他,养成了精明算计的习惯,甚至到了抠门的地步,赚下的钱,不仅自己舍不得花,也不许家人乱花,全用在扩大经营上面。他对自己的家人也很吝啬,教育他们不许乱花一个钱,孩子们小时候除了一套体面的外套,其他衣服都是老二捡老大的,老三捡老二的,缝缝补补,拆旧翻新,实在不能穿了就剪碎,拼成百衲衣。只要孩子们得空,都要被他赶到店铺里去帮忙,和伙计们一样,什么活儿都让他们干。

他虽然对家人苛刻甚至吝啬,有两件事却是舍得花钱,一是供孩子们读书他是不惜血本的,他把这个看作是生意上的投资,说将来总会收回来。还有一个,逢年过节他舍得给伙计发红包,数量也不少。其实伙计们得的数量都一样多,伙计不知道,都以为自己得的比别人多,所以卖力干活。有时他还会略施小计,年三十晚上请伙计们吃年夜饭时,亲自为伙计盛饭,悄悄往每人碗底埋入一个荷包蛋。伙计吃到荷包蛋,立刻用饭盖住,唯恐别人看见,然后偷偷抬头看别人的碗。所有伙计都以为只有自己碗里才有荷包蛋,受此特殊待遇,干起活来往往不计分内分外,加班加点都无所谓。

四个孩子里面,舒静仁排行老三,上面有两个哥哥,下面有个妹妹。他二哥七岁时得天花夭折,孩子就剩下了三个。舒静仁的大哥读完中学就没再读,回来帮助父亲打理店铺,他更像父亲,喜欢和数字秤砣打交道。妹妹读完中学也待在家里帮助母亲操持家务。三个孩子里面,舒静仁最爱读书,所以也最被父亲看好,指望他将来子承父业,光宗耀祖。但是眼下他能倚靠的还是舒静仁的大哥舒斐嘉,他完全遗传了父亲的喜好,对生意上的事特感兴趣,也兢兢业业。舒静仁恰恰相反,他对生意上的事半点也不感兴趣,连店里的秤都不会看,除非被父亲所逼,他根本就不愿进店铺。

父亲的病,医生也束手无策,就这么拖着。

这天下午,父亲气色特别好,竟然从床上坐起来,说想吃点东西,家人高兴万分,赶紧弄来一碗银耳莲子汤。前些日子,除了水,父亲任何东西都吃不进,今天竟然喝了大半碗汤,还吃了几片银耳。

父亲病情好转,舒静仁松了口气,便想抽空出去走走。自从回到家,他一直没离开过父亲身边,他有个好友,听说在家,两人很久没见面了,就想找他聊聊。

他的这个好友叫阎少泓,两人同龄,两家离得也不算远,小学和中学都在同一所学校读书,直到上大学才分开,后来就很少见面。阎少泓就读于南京金陵大学,学的是无线电专业。日本人攻陷南京时正值寒假,他已回到无锡,躲过了那场大屠杀。南京沦陷后,学校迁往成都。他的学制是三年,去年就毕业了,此后一直赋闲在家。

见到阎少泓,他还是那副老样子,蓄着两撇八字胡,穿了条背带西裤,白衬衫上打着领带,只是发式稍许有点改变,原来是“三七分”,现在改为中分式,在当时的无锡城,他这身装束也算是比较新潮的。他赋闲在家已经半年有余,见到舒静仁自然十分高兴,说很高兴看见他还活着。两人自小无话不说,久别重逢自然有很多的话要说,他拽着舒静仁的手就往外走,说在家说话不方便,两人便一同来到儿时常玩的运河边,坐在河岸上,天南海北地聊起来。

江南运河是京杭大运河最古老也是最繁忙的一段,小时候,他们俩常坐在岸边看运河上的船,河面上的船只来往穿梭,往往十几条或几十条船首尾相接,连成长长的一串。河面上还有多座横跨两岸的石拱桥,那时候汽车很少见,常见的交通工具是人力黄包车。

黄包车过拱桥很有意思,因为拱桥的中间部分是拱起来的,古人的这种设计不仅是为了拱桥自身坚固,还便于桥下行船。古时没有黄包车,设计时也就没考虑黄包车过桥的问题。黄包车过桥时,一边是很陡的上坡,一边是很陡的下坡,重心很难掌握,控制得不好,很容易出意外。上坡时,重心向后移,车把容易翘起,拉车人悬在半空,悬着的两只脚还在做跑步动作,惹得路人皆笑。下桥时又容易刹不住车,拉车人被迫跟着车子惯性跑,遇到急转弯,不小心就会翻车。拉车人摔跤不要紧,乘客从车上滚下来就不乐意,趴在地上半天不起来,一边拍屁股一边骂骂咧咧。每当看到这场面,他们两人都会笑得前俯后仰。

现在的运河已经没有了往日的繁忙,桥下船只甚少,桥上行人稀疏,河面上不时有日军汽艇驶过,插着膏药旗,架着机关枪,站着荷枪实弹的日军,他们时常去淮河太湖一带扫荡，那地方常有居无定所的游击队出没。

两人在一起聊了很多，舒静仁把在上海遇到的事都说给他听，特别提到那天晚上的事，说如何遇到一个散传单的女生，又如何掩护她，最后又如何参加读书会，一股脑儿都说了。阎少泓听完说："静仁，你艳福不浅啊，好事都让你碰上了。"舒静仁白了他一眼说："你瞎说什么，我当时根本就没往别处想，只想帮帮她，再说这也算不上什么好事，当时也挺危险。"关于这点，舒静仁是了解阎少泓的，他这人见了女孩子就爱想入非非，还在上小学时，他就曾爬到窗户上看女孩子洗澡，被人家父母告到了他父亲那里，他父亲把他揍了一顿。其实他父亲也不比他好到哪里去，都五十多岁了，纳了两房姨太还嫌不够，最近又要迎娶第三房。

阎少泓也谈了他们学校的情况，说他们学校内迁成都后，各方面条件都比南京差很远，校舍不说，吃住条件都很差。

他也提到他们班上的一个女生，说她是南京人，长得特别漂亮，那年放暑假，她要回南京，老师和同学都劝她不要回去，说南京太危险，她不听劝，执意要回家，她家里还有个父亲活着，她的母亲和妹妹都在南京沦陷时被鬼子杀害了。结果她去了南京，和她同去的还有几个男生，也都是南京人。暑假结束，那几个男生如期回到成都，而那名女生没有回来，据男生说，她死了，是被鬼子先奸后杀的。也不知她是如何被鬼子抓到的，她父亲在江边找到她时，她全身赤裸，身上被扎了很多刀，致命的一刀是从她的下体插进去的，直插入胸腔。阎少泓说，只怪这个女生长得太漂亮，她原本是他们的班花，太可惜！

舒静仁问他："你现在怎么办呢？有什么打算？"

他用手捋了捋中分式的头发说："有什么办法？到处都是兵荒马乱的，只能天天待在家里，也只有家里才安全。"

"有没有想过出去？"

"出去？去哪里？"

"你想去哪里？"

"谁知道，我现在反正就是混日子，不过——"他转而说道，"我倒是很想去重庆的，你想想看，我学的专业眼下在部队里最能派上用场，也很吃香，我有几个要好的同学，毕业后都去了重庆，参加了国民党军，听说混得不错，我要是去了，说不定将来也能混出个人样来。"

"你不去当汉奸就好。"舒静仁说。

"呸！"他狠狠地说道，"打死我也不会去当汉奸！你别看那些当汉奸的现在活得人模狗样，将来的事还说不定，如果盟国出兵，小鬼子肯定完蛋！走着瞧吧。”

两人正说得起劲，舒静仁忽然看见小妹朝这边跑过来，跑到跟前，上气不接下气地说：“我们……我们到处找你，爸爸他快……他快不行了。”

一听这话，舒静仁立刻扔下阎少泓，跟着小妹就往家跑。

第3章　亡父之痛

舒静仁还没到家，就听到了哭声，踏进家门，就见家人围着父亲床头哭成一团，父亲已经断了气。原来，父亲下午气色突然间好起来，正是俗话说的回光返照，到了四五点钟的光景，又突然昏迷，最后连吐了几口恶气，便没有了进气。

舒静仁久跪在父亲床前，泣不成声，后悔自己在父亲咽气时不在身边，没有为父亲送完最后一程。大哥扶起他说："现在说什么也没用了，赶紧为父亲料理后事，我现在就去上塘东岳庙烧回头香，你去买水，现在就赶紧去。"母亲过来，拿来早已准备好的孝服给哥俩穿上，叫他们路上慢行，不要冲犯了亡灵。

大哥出门就奔上塘东岳庙，到了庙门外，跪地三拜，进到庙里，又跪地三拜，请来三炷香，在案台上点燃，再叩首，托着三炷香便往回赶。

几乎与此同时，舒静仁去了厨房，取来一担水桶，担着水桶就奔南巷口水井。为亡者取水沐浴俗称"买水"，他先往井里丢了三枚铜钱，算是付过买水钱，再打上水来担着就往家走。

兄弟俩先后回到家中，家人就立刻忙活起来，先为死者撤去帐子（旧俗意即寿终正寝），再沐浴、穿寿衣，移至厅堂正中灵床上。

当晚，全家人聚在一起商议发丧之事。舒家在无锡城里也算得上是体面户，丧事也不能办得过于寒碜，诸如灵堂摆设、大殓出殡都要尽可能考虑周全，八仙、乐师也都少不得，还有纸幡、炮仗，等等，都要一应俱全，待这些都商量妥当，且分工完毕后，已至深夜。次日，兄弟俩分头出去报丧，所有亲戚朋友家都要亲临，一律跪地叩门，开门即哭丧。报丧回来，此后的三天时间里，兄弟两个轮流守灵。灵床上罩着五彩大罩，每当有人前来吊丧，前堂即传来通报声，兄弟两个齐出来，至前门跪迎，礼数尽到。

三天后，是选定的出殡日子。请来的各路人马已到位，纸幡、炮仗、纸质金银元宝也都备齐，大殓的时辰已到，全家人跪地，亡者从灵床被移入棺椁，棺内事先铺垫了黄土、石灰、炭屑、雄黄等物，正寝后，舒斐嘉将一杆秤放在父亲胸前，一来为旧俗，意即称心如意，二来是父亲为商多年，带着秤去，可在阴曹地府继续做生意。

大殓仪式结束，八仙一声吆喝，灵柩起驾，亲人扶柩恸哭，随灵柩缓缓起步。旧时的无锡，出殡场面蔚为壮观，家中除留下老人外，其余人皆随灵柩出殡，队伍往往绵延数里，白花花一大片。走在最前面的是手持“引魂竹”的道士，紧随其后的是乐班，铜锣开道，鼓乐齐鸣，再往后是从“亭彩店”租来的二十四孝、金山、银山等模型，灵柩后面跟着的是死者家眷及亲朋好友。一般来说，亲朋好友送至城门外便可，家人则要随灵柩上山。

舒家的送葬队伍一路吹吹打打、哭哭啼啼地朝城门走去，出了城门，队伍要再走上十余里山路，那里有座青龙山，是舒家祖坟所在地。

送葬的队伍来到城门前，却见城门紧闭，城门上下到处都是荷枪实弹的日军。前面打探的人过来说，今日全城戒严，百姓不准出城。问其原因，回答说是近日里有新四军进城购药，日军正在全城搜捕。那时候，苏皖一带常有新四军活动，他们出其不意地伏击日军，搞得他们坐卧不安。可搜捕新四军也不能不让死人下葬啊！于是，几个亲戚前去交涉，结果不行，还是不让出城。怎么办呢？舒家人再次过去向日军陈情，要求放行。没想日军“哗”地一拉枪栓，骂道：“八格牙鲁！”城墙上的日军也架起了机枪，那架势，仿佛就要向送葬人群扫射。舒家人悲痛中又添悲愤，却也无奈，只得含泪将灵柩抬回。

中国人习俗是入土为安，老人辞世不能入土，家人焦急万分，聚在一起商议，鬼子的戒严也不知何时结束，总要想个法子才是。

大哥舒斐嘉说，不如去找舒钊卿，也许能帮上忙。大哥提到的舒钊卿何许人也？原来是当地的维持会长。听到他的名字，大家眼睛一亮，或许他真有办法。此人原是个商人，在当地算是个望族，日本人来了，把他请出来做维持会长，他黑白两道都玩得转，日本人信赖他，新四军有事也找他。他明里帮日本人，暗里帮中国人。据说有一次，日军在城内抓了一家人，说是他们家有人参加了新四军，这家人的亲戚便找到舒钊卿要他帮忙，他去日本宪兵司令部找到山田少佐，说皇军作战英勇无比，他们家有人参加新四军打日本人，应该把他抓来审问才是，他的家人都是皇军的良民，皇军应该爱护良民才对。留着一抹仁丹胡须的山田少佐狡黠地看着他，虽然没有当即放人，关了个把多月后，还是把人放了出来。大家商量决定，此事非他莫属，立刻去找舒钊卿。

按理说，这个舒钊卿和舒家还沾点远亲，两家人是同一个祖宗，那是几百年前的事了，他们的老祖宗从河南迁徙到无锡一带，现在无锡城里的舒姓人家，都是他繁衍的后代。但是，兄弟俩心里也十分清楚，两家人过去为生意上的事曾有过矛盾，为压制他们父亲生意上的扩张，舒钊卿曾暗地里使过手脚，串通他人，采用十分卑鄙的手段挤兑过他们父亲。但在这个节骨眼上，兄弟俩也就顾不上父辈们这些过往芥蒂，当下，舒斐嘉就同舒静仁去找舒钊卿。

舒钊卿比他们的父亲年长几岁，长得肥头大耳，一脖子“槽头肉”。见到他时，他正躺在床上抽大烟，听了兄弟俩来意，收起烟枪，念及毕竟是一个老祖宗的血脉，何况人已死去，先是对他们父亲的亡故表示哀悼，又说是理应帮这个忙。不过，他用两个指头搓了搓说：“这年头办事没这个不行，鬼子虽然不是人，却什么都要。”兄弟俩明白他的意思，无非是要破费，当即满口答应，并说事成之后也不会亏待他。

回来后，舒家人商议，鬼子那边不是一点小钱就能打发，为顺利出殡，他们决定拿出家中所有积蓄，逝者入土的事更重要。

次日，兄弟俩拿着钱去找舒钊卿，舒钊卿见了就摇头，他办这种事有经验，说这点钱哪够填鬼子的胃。两人无奈，垂头丧气地走回家，和家人再次商议，最后决定忍痛卖掉一间店面房。

几天后，拿着卖店面的钱，兄弟俩再次找到舒钊卿，舒钊卿看了看，说这回差不多了，要兄弟俩回家静候消息。

又过了一天，舒钊卿带回了好消息，说事情已办妥，明天可照常出殡，但所有人都必须接受日本人检查。大家一听都松了口气，只要能够出殡，能让老人入土，接受检查也算不上什么问题，反正大家都跟城外的任何军队没瓜葛。

第二天，父亲的灵柩再次起驾，八仙一声吆喝，大家又跟在灵柩后面哭哭啼啼地上了路。送葬队伍来到城门下，城门依然紧闭，城墙上下来个日军的军曹长，接过舒钊卿递上来的宪兵司令部打来的条子，朝后面的送葬人群及灵柩看了一眼，然后朝身后的日军叽里呱啦地发出了指令，命令他们开始检查。

所有参加送葬的人都排成长队，挨个接受日军检查，按规矩，先向日军鞠躬，再出示“良民证”，最后还要接受搜身检查。日军的搜查很仔细，每个人从头到脚，从外到里都要搜，女眷也不放过。鬼子的搜查很怪，搜查男的，只隔着衣服搜，搜查女的，则要把手伸到衣服里面搜，女眷们受尽侮辱，却也是敢怒不敢言。

轮到舒静仁小妹时，她戴孝在身，又是个姑娘，不敢强烈反抗，却也躲躲闪闪的极不配合，不肯接受这种带有侮辱性的搜查。她越是躲闪，围着她的两个日本兵就越是不放过她，嘴里喊着“花姑娘”，推来搡去地对她又摸又捏，还掀起她的孝服，说是要看看里面藏了什么枪。可恨那日本兵，人家办丧事，他们却来寻欢作乐。

正在此时,只听“砰”的一声巨响,不知谁有意还是无意弄响了炮仗,鬼子以为是哪里打枪,全都趴在了地上。虚惊一场过后,舒静仁小妹才躲过一劫。

搜查完毕,正当大家都松了口气,以为可以出城了,不料那个军曹长又把目光盯到后头那具棺材上,指着棺材叽里呱啦嚷起来,意思是要打开棺盖。大家全都惊呆了,难道还要搜查死人不成?

面对新出现的情况,舒家人聚到一起,恳请舒钊卿前去和日军交涉,免除这种有辱亡灵的做法,再说当地人有个说法,已经盖棺的棺椁是不能打开的,不然死者的灵魂会游荡在外而找不到归宿。

舒钊卿左右为难,他当然知道当地习俗,但作为日本人的维持会会长,他也知道日本人的脾气,不接受检查是出不了城门的。他反复权衡,毕竟自己与舒家有血缘,再说面对那些哭哭啼啼的女眷,他也于心不忍,就是豁出老命也该去试试。于是他壮着胆子,朝前挪动了几步,走到军曹长面前,点头哈腰地请求皇军放过棺材中的死人。不料,军曹长一把揪住他衣领,“哗”地抽出军刀架在他脖子上,叽里呱啦地咆哮起来。舒钊卿吓得魂不附体,浑身筛糠,脖子本来就短,现在吓得根本就没有了脖子,连那颗肥大的脑袋都快缩到胸腔里去了。

舒家人见这阵势,也都噤若寒蝉,大家聚在一起再次商议,面对野蛮的日军也只好接受屈辱,如果硬抗,不仅拖累到舒钊卿,所有人的性命都要受到威胁。舒斐嘉代表舒家人上前和日军交涉,说是可以打开棺盖,日军这才放下战战兢兢的舒钊卿。

棺盖被打开,舒家人全都匍匐在地,请求老人的亡灵原谅晚辈的无奈,他们也是走投无路才被迫接受这样的奇耻大辱。

军曹长命令一名下士前去检查,下士提着“三八盖”步枪走到棺材跟前,只朝里面望了一眼就撇过头去,因为尸体放了很多天,已经有味道了。他们虽然杀人如麻,却也不喜欢闻腐烂尸体的味道,他皱着眉,将步枪倒过来,用刺刀对着里面就是一阵乱捅。舒家人顿时哭天喊地,有几个支撑不住的女眷都昏厥过去了,谁也没想到日军会用这种方式来搜查,老人死也得不到安宁。

日军搜查完毕,确信棺材里没有藏活人,这才打开了城门。

虽然是出了城门,舒家人心里呀,那个难受是没法提了,老人亡灵在外游荡找不到归宿不说,死后也求不得完尸。活着的人无不对日军的暴行切齿痛恨,小鬼子都是没爹没娘的杂种啊!

经历了这场出殡风波,舒静仁完全变了个人,变得整日沉默寡言,精神恍惚,连别人说什么都不知道。为守孝,他蓄发留须,每日只吃一餐,人顿时消瘦憔悴下来，他是以这种特殊方式表达对亡父的悼念，作为儿子，他没能尽孝道，没能让父亲的亡灵安息。同时，他也是在用这种特殊的方式表达心中的极大愤恨，表达对日军暴行的无声抗议。

父亲的亡故深深刺痛了舒静仁，他苦闷彷徨，满怀仇恨却又找不到泄愤方向。守孝期间，他考虑再三，最终决意离开无锡。

故事讲到这，舒老提出休息10分钟。一看时间，才讲了一个钟头，我猜想，也许是刚才那段故事过于沉重，勾起了他对老父亲的追思。

借着休息时间，我来到院门口，借机抽支烟，四下看看。

舒老居住的小区，看起来是个九十年代初的产物，现在新建的小区一般都有比较美观的整体规划设计，有配套的公共绿地，还有其他的景观设施，而这个小区都没有。正因如此，小区里的住户便自行弥补绿化的不足，门前屋后都有自种的植物。舒老门前的绿化算是比较好的，门两侧摆满了各式盆栽花卉，窗台上也几乎摆满了大大小小的盆子。这些花卉都是舒老侍弄打理的，长势十分的好。5月正是花盛季节，花开正艳，特别是那盆白色中镶嵌红斑点的重瓣大丽花，如白玉石中嵌着红玛瑙，妖娆非凡，给门前平添了几分春的气息。

10分钟的时间很短暂，回到书房，舒老已经坐在藤椅上了，他的故事在继续……

第4章　重大决定

为父办丧事，花掉了所有积蓄，还卖掉了一间店面，舒家的家境一落千丈，生意也是大不如前了。

守孝期间，舒静仁收到徐素琴写来的一封信，来信说上海形势依然吃紧，但圣约翰大学的校方还是准备下学期复课，不少同学可能会回来继续念书，问舒静仁是否也回来继续学业，毕竟只有半年就可拿到毕业证了。看了这封信，舒静仁心中有无限苦楚，他何尝不想念书，但家中衰败，已无力支持他继续念书，更重要的是，对鬼子的仇恨，读书前途的渺茫，都使他不愿再回到课堂。

守孝三个月后，舒静仁做出一项重大决定，他决意离开无锡，远走他乡，且去意已定。当时他想到去延安，还在读书会期间，他就和同学们无数次谈论过解放区，谈论过延安，崇尚那片神秘土地，憧憬那里的清新空气，曾有不少同学说起毕业后想去延安的打算。不仅在读书会里，舒静仁早在学校图书馆里就看过不少外国记者笔下描写的延安，早就对那片神秘土地充满无限向往，父亲的死，更加坚定了他的信念。

他跟大哥说了自己的想法，希望得到大哥支持。这时候，他大哥已经接过父亲留下的摊子，俗话说长兄如父，他已俨然承担起了全家的重担。大哥听了他的话，得知他要弃笔从戎，先是很惊讶，仔细想想，二弟的走也在情理之中。其实，他对二弟内心的苦闷早就看在眼里，自父亲死后，二弟日渐憔悴，人变得又黑又瘦，整日无精打采，长久下去，恐怕要得大病。再说，二弟生性固执，想要做的事谁也拦不住。大哥向来做事稳健，想了想就对他说："你既然决定要走，我也不拦你，你说的那地方我不了解，但没有日本人的地方总比无锡好。出门在外，不比在家，你要自己照顾好自己，要改掉自己的一些坏毛病，凡事要多加留意，多个心眼。家里有我在，你就不必牵挂了，小妹也大了，会帮着料理家务。不过，我看这件事你最好还是去跟妈说一声，别让她蒙在鼓里。"舒静仁说，妈那边暂不急着告诉她，怕她早知道了心里难受，走之前再说，他还要大哥为他暂时保密。大哥答应了他的请求，问他什么时候走，还有什么困难或要求，要不要先给他筹措一笔钱。舒静仁说，钱可以先筹措，具体什么时候走还没定，他要先去一趟上海，回来再做定夺。

得到大哥的理解，舒静仁心里踏实了，他立刻启程去上海，他想走之前先去见见徐素琴。

到了上海，徐素琴见到他吓了一大跳，说："你怎么变成这副模样了？你才回去了几个月，怎么就变成个小老头了！"原来，舒静仁自父亲死后，蓄发守孝，头发和胡须都长得老长，再加上精神上的苦闷，他俨然是副小老头模样了。舒静仁愁容满面，当即便将父亲的亡故、送葬出殡之事，和多日来萦绕在心头的种种郁闷和盘托出，说完了才感到如释重负。

听完他的宣泄，徐素琴对他的遭遇深表同情，同时也宽慰他说，没必要把自己弄成这样子，日后的路还长，还有很多事要做。她又进一步开导他说："你的不幸只是你们一家的不幸，国家的不幸是全民族的不幸，现在日本人占据了半个中国，多少家庭妻离子散、家破人亡。但是，大家并不都是像你这样子，很多人都在以不同的方式坚持抗战，只要抗战不停止，我们的民族就有希望。"她还告诉他，现在上海的形势不容乐观，日本人很疯狂，地下的抗日活动受到很大破坏。但是，全国的抗战形势在向好的方向发展，日本人正深陷于他们自己发动的战争泥潭，他们没那么大胃口，也没那么大能耐吞并全中国。

说到这段情节时，舒老说，早在读书会期间，他就钦佩她的激扬言词，对她的身份也曾有过猜测，感觉她不可能只是读书会的负责人，她应该是地下党的人，但这种疑问只能放在心里，是不能随便问的。不论她是何种身份，他都对她深信不疑，对她所从事的崇高事业充满敬佩，不然她身边不可能聚集大批进步青年，他们都是有理想、有抱负的人，都是忧国忧民的人。他甚至觉得，她就是进步与光明的化身，跟着她走，就是走向光明。正因为如此，在读书会开展的各项活动中，他都表现得很积极。

说到他在读书会期间的表现，舒老说了两件事，一件是退工运动，另一件是发展读书会成员，在这两件事上他都表现突出，而且经受住了考验。

先说退工运动。那是由上海地下党领导和发动的一场针对日商纱厂的斗争，这家纱厂有 2000 余名工人，日商仗着日军的占领，残酷剥削和压榨工人。舒静仁参加了这场斗争，他和读书会成员承担鼓动工作。

退工不同于罢工，退工就是辞职。过去，工人反抗资本家的残酷剥削多采用罢工手段，往往受到资本家及军警的残酷镇压，而采用集体辞职手段，对方往往束手无策。那段时间，他几乎跑断了腿，每天放学就往纱厂工人家里跑，说干了口舌，磨破了嘴皮。工人们虽然饱受日商残酷剥削和压榨，但是如果辞职，就有可能找不到工作,有可能饿肚子,所以刚开始对退工运动表现得并不是很热情。经过大家不懈努力,反复动员,工人们最终还是觉悟了。

集体退工的那天,全厂两千多名工人采取统一行动,上工的汽笛拉响之后,工人们不是去上班,而是集体向日商提交辞呈。顿时,厂房里不见了工人的身影,纺纱机不转,机器不响。

集体退工潮震惊了日商。刚开始,日商认定工人们坚持不了几天,认为他们总要养家糊口,总要吃饭,所以未加阻拦。但一连几天过去了,还是没有一个工人来要求上班。日商这才急了,纱厂一日不开工,他们的损失就无法估量。他们派出人员轮番对工人威胁加利诱,工人们软硬不吃,统一口径说,复工可以,必须先答应我们的条件。工人们提出的条件,日商绝不会接受,于是,退工进入胶着状态。

退工坚持了半个来月,情况发生微妙变化,一些工人由于退工,断了生活来源,家中无米下锅,举家挨饿,加之日商的利诱,有些人产生了动摇,准备复工。

得知这一情况,地下党认为,必须坚持斗争,才能赢得最终胜利。考虑到工人的实际困难,在鼓励他们坚持斗争的同时,发动社会各界对退工的工人进行声援,并提供生活帮助,使他们渡过眼下难关。

那天,读书会成员在徐素琴带领下,用社会各界捐助的钱买来米,在通往纱厂的必经路上支起了炉灶,向前来复工的工人提供免费稀饭。饥肠辘辘的工人吃完稀饭,纷纷原路返回,退工浪潮得以持续。

得知有人在纱厂门口分发稀饭的消息,日商恼羞成怒,派出手下人联络汪伪特工总部“七十六号”的地痞流氓,准备对学生动用暴力。

通往纱厂的路上,沿马路一字排开有七八口大锅,每口锅有两个学生配合着熬煮稀饭。舒静仁与徐素琴分在一组,徐素琴烧火,舒静仁掌勺,忙得不亦乐乎。舒静仁被烟火熏得睁不开眼,不停搅动锅里的稀饭,稀饭飘出特有的香气。前来复工的工人们来到这里,立即被他们拦住分发稀饭,一边分发稀饭,一边给他们讲坚持斗争的道理,告诉他们,全上海的市民都在支持他们。

有个领到稀饭的工人,端着碗往家走,想带回去给老婆孩子吃,刚走几步,突然大喊起来:“不好! 吴四宝的人来了!”就见远处马路上泛起一阵尘土,两辆装满打手的卡车正朝这边开过来。大家顿时四散开来,现场一片混乱。卡车飞快地开到了跟前,从上面下来一伙穿黑衣拿棍棒的人,他们见锅灶就砸,见人就打,锅被砸成了碎片,稀饭淌满地。

当时舒静仁正在给一位工人盛稀饭,等他反应过来,棍棒已经打到了他头上。他忍着剧烈的疼痛，拉起倒在地上的徐素琴就跑，他们先是沿着马路跑，见后面有人追赶，就下了马路，跑进旁边的一个棚户区。

棚户区里低矮的房子连成片，他们沿着两排房子中间的夹道跑，夹道狭窄，他们想找户人家，可是两边的门都紧闭着，无处可藏。后面两个黑衣人还在穷追不舍，眼见就要追上，就在这时，刚拐过一个弯，身边的一扇门开了，伸出了一只手，把他们俩拉了进去。门迅速被关上，两人还没来得及看清屋内情况，就紧贴着门听外边动静，等外面的嘈杂声完全消失，恢复得一点声音都没有，舒静仁紧张的心才稍稍松弛下来，然而松弛下来的他却发现，自己的双手竟牢牢地抱着徐素琴！

徐素琴被他抱得喘不过气，就像那天晚上一样，脸蛋通红，鼻尖冒着细汗，胸脯急促起伏着。他放开她，有些歉意地朝她尴尬地笑着，连他自己也说不清，为什么每到紧张时刻就会抱紧她。

放开徐素琴，舒静仁转而朝伸出援手的人看去。此人看似面熟，又想不起在哪儿见过面。那人说："你不认识我了？你到过我家来呢。"经他这么一说，他才回想起，自己曾经来过这片棚户区，这里住了不少纱厂的工人，这些工棚都是他们自己动手搭建起来的，因为离上班的地方近。

最终，退工获得胜利，无奈的日商接受工人的部分复工条件，工人的生产环境得到改善，待遇得到相应提高，工人全体复工。

在事后的总结会上，徐素琴对在这场斗争中表现突出的几个人提出了表扬，其中就包括舒静仁。当她点到舒静仁的名字时，狠狠地瞪了他一眼，因为这已经是他第二次在未经许可的情况下强行搂抱她了。

第二件是发展读书会成员的事。

当时，读书会成员都有发展成员的义务，别人在这方面都有成果，舒静仁一个也没发展，他急了，为表示自己在这方面不落后于人，他开始留意身边的人。

在图书馆看书时，他注意到一个叫吴雅玲的女生，她老家在苏州乡下，与舒静仁也算是半个老乡。舒静仁发现她经常流露出反日情绪，觉得是个可造之才，可以发展为读书会成员，就利用老乡关系主动与她套近乎。经多次接触，得知她父亲是个地主，拥有百亩良田，日本人占领苏州时，她父亲在逃难途中被日军飞机炸死，所以她对日本人痛恨至极。与徐素琴交流后，他决定吸纳她为读书会成员。

读书会吸纳成员的条件比较宽松，但也很谨慎。有一天，舒静仁告诉她，要带她去个地方，那里的人都像她一样，有相同的想法，约她本星期六晚上 7 点钟在学校大门口见面,然后准备带她去徐素琴家。当时读书会的活动大都在徐素琴家进行,她家有栋别墅,只有她一人住。

然而就在这个节骨眼上,事情发生了突变,吴雅玲平时过于激进的言论引起了"七十六号"耳目的注意,怀疑她是地下党,就在星期四那天,她刚从学校出来,就被埋伏在附近的吴四宝的手下人秘密抓捕。

吴四宝,旧上海无人不知,此人早年曾是上海滩有名的黑社会人物,投入丁默村和李士群两人门下后,成为其得力干将,这家伙心狠手辣,无恶不作,手下有一批地痞流氓,干出的坏事不亚于日本宪兵队。他们在上海布有大量特务和眼线,采用盯梢、绑架和暗杀手段,大肆摧毁抗日力量,捕杀进步人士。

吴雅玲痛恨日本人,也痛恨汉奸,面对审讯,她刚开始表现得还很坚强,不但不招供,还破口大骂对方。其实她本就没有什么可招供的,她并非地下党员,也非读书会正式成员,只是有反日情结而已。

由于怀疑她是地下党,吴四宝想从她这里找到破获地下党的突破口,好向日本主子邀功,于是对她用刑。据说她咬牙挺过了前面的两关,但到第三关就软了,他们把她衣服剥光,几个彪形大汉准备扑向她时,她害怕了,招供了,说她不是地下党,也不是任何组织里的人,但近来有个人经常找她,准备要她参加一个什么组织,具体是什么组织她也搞不清。接着,她就把舒静仁的名字以及接头时间和地点都说了出来。

上述一切,舒静仁并不知情。但是,如果他警惕性高点的话,还是可以避免后来发生的事,因为第二天吴雅玲没来上课,本应引起警觉,然而由于他急于发展成员,放松了应有的警惕。到了星期六晚上,快到7点钟的时候,他如约来到学校大门口,不过他还是多了个心眼,没直接站在大门口,而是躲在附近弄堂里观察动静。

7点整,他看到一辆黑色轿车停在远处的一个拐角处,车门打开,下来一个人,径直走向学校大门口。此人穿着一件黄底黑格外套,肩上披着白色钩花围巾,不用看脸,单凭这身打扮他就认出了她,她就是吴雅玲。

舒静仁立刻警觉起来,意识到情况可能有变,刚想离开,已经晚了,埋伏在周围的吴四宝手下人早就盯上了他,他被"请"进了黑色轿车。

在臭名昭著的"七十六号"魔窟,舒静仁运用三寸不烂之舌,东拉西扯,一会儿说自己只是随便出来走走的,一会儿又说是喜欢吴雅玲,见她长得漂亮,就对她瞎编说带她去参加个什么组织,其实就是想把她骗到他的阁楼去。吴四宝根本不信他的鬼话,对他严刑拷打,但他自始至终没有供出读书会的秘密。

得知舒静仁被捕，徐素琴展开积极营救，托人将一根金条送到了吴四宝手里。吴四宝是个见钱眼开的人，投靠日本人也无非是借日本人之手敛财，收到金条后不久，舒静仁被放了出来。

得知舒静仁想去延安，想去参加八路军，徐素琴说："你想去延安没错，不过你得先改变自己，你不能总生活在亡父的阴影中，你必须首先从这里面走出来，你才能真正走出去。"徐素琴要他把长发和胡须剃掉，说忠孝不应只挂在脸上，要放在心里，表现在行动上，这才是真正的忠孝，相信他父亲如果在天有灵，也不愿意看见他这副颓废的样子。

舒静仁被徐素琴拉到了理发店，剃去了长发和胡须，还他以本来面貌。从理发店里出来，舒静仁感到一身轻松，压在心头几个月的阴霾都随剪去的头发和胡须一同离他而去，心情也好多了。看来，上海这趟没白来，徐素琴总能给他以崭新的感觉，和非同一般的看问题的角度。

第二天，两人又一同来到黄浦江边，沿着堤岸，且走且谈。

江边上风很大，被风激起的浪花拍打着堤岸，发出哗哗的声响。远处，外滩上的标志性建筑矗立在江岸，在低压的云层下呈现一片灰白色，更远处的外白渡桥，朦胧中可见轮廓。相比之下，江对岸陆家嘴一带显得很荒凉，一片低矮的平房散落在岸边。江中来往的货运驳船吐着浓浓的黑烟，拖着长长的水花。

接着昨天的话题，舒静仁又说了很多，徐素琴一直在静静地听。

两人沿着江边走了很长一段路，徐素琴停下脚步，撩了一下被风吹乱的头发，突然问道："哎，你还记得冯秀珍吗？还有曹文轩。"

"怎么会不记得？"舒静仁说。

他不知道她为什么突然提起这两人。

"你知道他们现在都去了哪里？"

舒静仁摇摇头，自从读书会停止活动，自从离开上海就没见过他们。

"他们两个都去延安了！"

"去延安？真的？"舒静仁感到很诧异。

徐素琴提到的这两个人，对舒静仁来说可谓是刻骨铭心，因为他们曾打过他，起因也是因为他的"多事"……

那是与徐素琴相遇一个多星期后，也是个夜晚，还是那条街、那段路。舒静仁两手揣在口袋里，从学校图书馆出来，走在回住所的路上。路上没有行人，为躲避迎面抽来的寒风，他背过身来，加快脚步，倒退着小跑起来。

突然，他被后面的一个人猛推了一把，原来，他的"倒行逆施"无意踩到了对方的脚。他转过身，只见此人头上围着条大围巾，把整个头和脸几乎都包住，看不出是男还是女。他刚要道歉，对方却开口骂道："瞎了眼啦！"听声音才知对方原来是个女的。自从那晚遇到徐素琴，凡是晚上遇到这类人他都特别留意，怀疑他们是同一伙的，于是暗地里跟踪对方。

果然，他有了发现，凡是对方停留过的地方，都留下一张刚贴上去的湿答答的标语。他正为自己的发现而得意，却不知他的跟踪已经引起了对方的警觉，对方逐渐把他引入黑咕隆咚的弄堂里，他还以为对方是要对他表达感激之情，感谢他的暗中保护，哪料到里面早已埋伏了几个人，上来就将他一顿猛打，一边打还一边骂："打死你这个狗汉奸！打死你这个日本人的奸细！"要不是巡捕房的警车来，还不知要被他们打成怎样。

见巡捕房的人来了，那些人打了个呼哨，瞬时跑得无影无踪，剩下他一人躺在冰冷潮湿的地上，眼镜都不知掉到哪去了，趴在地上到处找眼镜，鼻子上还在滴滴答答地不停流血，胸部被他们踹了几脚，钻心的疼。

巡捕房的警察以为他和地下活动有什么瓜葛，不顾他的申辩，又把他抓到巡捕房去，这一关就关了三天，直到第四天才被放出来。出来后一直感到胸部疼痛，后来去医院检查，这才发现他的一根肋骨被踢断，断口出现错位，由于治疗不及时，断骨已经错位地长到了一起，总不能敲断了重新接，此事只得作罢。此后每到阴雨天，他的那条肋骨就隐隐作痛，也折磨了他一辈子。

舒老的插曲说到这里，我忍不住插嘴道："您老年轻时也太爱管闲事了，幸亏您遇到的是帮学生，要是遇到军统方面的人或是吴四宝手下的人，不把您剁成肉泥才怪。"舒老摆摆手，说他不后悔，到现在都不后悔。

他说，正是因为这次挨打，才使他下定决心寻找徐素琴，感觉她们应该是一伙的，找到她，就有可能找到打他的人，他要当面质问他们为什么打他？凭什么说他是汉奸走狗？但是，寻找徐素琴也很不易，连她的名字都不知道，当时也不知道她与自己在同一所学校。那天晚上他和徐素琴在大街上分手，曾暗地里跟随她，发现她住在"上只角"，那是个富人区，当时上海的富豪显贵大多住在那片区域。于是他每天去那里蹲守，指望能见到她，然后通过她找到打他的人。但是他在那里蹲守了一个星期，始终没遇见她。

让他惊奇的是，徐素琴后来竟主动找他，并把他带进了读书会。说到这件事，舒老说："直到后来我才知道，他们早就注意上我了。"舒老说他原来只顾读书，其他事情不太关注，没想到有人在关注他。

我说："也许他们发现你有进步倾向，特别是那天晚上你掩护了徐素琴。"

舒老微微颔首说:“或许吧——”

我又进而说道:“那天晚上你遇到徐素琴,这件事也许是特意安排的,他们可能是在考验你呢,你后来有没有问过她?”

舒老盯着我看了半天,摇了摇头。我不清楚他摇头的意思,是不同意考验的说法还是没去问过她。

舒老继续回忆道,后来在读书会,他看到了这两人,冯秀珍就是那个把他引到里弄去的人,曹文轩是打他的人之一,他们在读书会里常见面,成为好朋友,一同参加读书会里的各项活动。

应该说,他们两个去延安是迟早的事,还在读书会时,他们就多次流露出想去延安的想法,只是没想到这么快就走了。而对于延安,舒静仁虽然通过看违禁书籍,通过读书会的交流,了解一些,也只能说是了解一点皮毛。徐素琴告诉他,延安是八路军总部所在地,它所在的陕甘宁边区就很大,而像陕甘宁这样的根据地,全国还有很多个,八路军已在敌后建立了大片根据地,他们发动老百姓进行全民抗战,坚持持久战,根据地越来越大,参加八路军的人也越来越多。她还说,只要全国人民都动员起来了,要不了多长时间,日本鬼子必将淹没在人民战争的汪洋大海之中。

徐素琴向他展现了一幅全民抗战的宏大图景,他听得热血沸腾,只觉得满腔的热血就要冲出胸腔,仿佛自己已经融入那个群体之中。他相信她的每一句话,相信她的每一个判断,也崇尚她描述的那个地方。他确信,在她柔弱的外表下有一颗坚毅的心,能在纷乱的局面下有自己的独立判断,有自己的明确目标。所以,她的身边总是聚集了一大批有理想、有抱负的热血青年,他们乐意跟着她,甘愿冒着被打、被关、被杀的危险,去投入极其隐秘和危险的斗争。他确信她指明的路是一条正确的路,朝那边走就是走向光明。他甚至莫名其妙地感觉到,自那天晚上遇见她,他已经和她的思想,以及和她从事的事业结成了密不可分的某种关系。

徐素琴说,她为他能做出这样的决定而高兴。但是,她又告诉他,去陕北的路,山高路远,路途上肯定会遇到各种危险,鬼子就不用说了,国民党方面也会百般阻挠。现在虽是国共合作共同抗日,他们却千方百计阻挠投奔解放区的青年,害怕八路军势力壮大,所以,必须做好充分的思想准备。说着,她从口袋取出一张名片交到他手里说:“你把这个带着,关键时也许能够帮助你。”舒静仁接过名片,名片上印着“徐兆铭”三个大字,下面印着一行小字是“国民革命军第53军军长”。徐素琴告诉他,这个徐兆铭是她的一个大伯,黄埔军校第3期毕业，曾参加过徐州会战和淞沪会战，立有赫赫战功，西安事变后，她伯父就去了西安。徐素琴还说，名片不能落到日本人手里，在国统区遇到麻烦时可亮出来，就说是自己亲戚，也许能帮他渡过难关。到了西安，要设法找到八路军办事处，通过八路军办事处可前往延安，万一在西安遇到危险，迫不得已时可直接去找她大伯，并设法与她取得联系。接着，她把有关徐兆铭的详尽情况都对他说了，叫他一定记住。

舒静仁把名片收进口袋，默默地记住了她说的话。

舒老说，上海这趟他走得值，不然也许要走弯路。他还说，他没想到她的背景如此复杂，她父亲是个大资本家，大伯是国民党军队的高官，还是受蒋介石器重的爱将，而她自己则选择了革命道路，于家人可谓是离经叛道。

第5章　结伴出逃

从上海回来，舒静仁当晚去了母亲房间，述说了打算走的事。母亲心地善良，从不强求儿女做什么，听完他的话，就止不住落泪，她说："儿啊，你怎么会想到去那么远的地方，你从没离家这么远过，妈只怕见不着你了。"他替母亲拂去脸上的泪说："儿走得再远，心也在妈这里拴着，我知道打仗会死人，我们不和别人打仗，不也照样死人？我们不打人家，人家要打我们。"他又说，儿子长大了，要去走自己的路，离家后暂时不能尽孝，战争结束后，定会回到母亲身边。

母亲希望留住儿子，可儿子去意已定，只能默默淌泪。小妹听说三哥要去很远的地方，也和母亲哭作一团，舒静仁心里自然也不好受，但此时任何东西都不能阻挡住他的步伐。母亲问他打算什么时候走，问他能不能晚些日子走。他说这个月就要走，最晚就在月底。母亲掐指一算，现在是月中，离月底还有十来天。她心里想的是，趁他走之前赶制一件新衣，也好带着路上有个换洗，这两年家中拮据，都没添新衣了。舒静仁刚出门，她就起身去橱柜里找出一卷布料，这块布料在橱柜里放了两年多，原打算给他爸做件短褂的，他爸一直压着不让做，说身上的衣服还能凑合着穿，现在他死了，不能再为他做了，儿子要出远门，多件换洗衣裳总好。她一边裁剪一边落泪，眼泪滴滴答答的都洒在了布料上。

此后的几天时间里，母亲每天忙着赶制新衣，夜夜挑灯，窗户上的朦胧灯火到半夜还亮着。母亲哪里缝的是衣服，分明是一片慈母心！日夜操劳，加上舍不得儿子远行，才几天工夫，母亲的头上就已经是花白一片了。

舒老在讲到他母亲这段时，停了下来，眼眶湿润。我的心里也不好受，也无法安慰老人家，我只希望故事的结局是：抗战结束后，他母亲仍然健在，他又能重新回到母亲身边尽孝。

舒老说，上海之行，他完成了一个重大转折，此时的他，目标明确，意志坚定，人也精神起来了，一改之前的颓废情绪。回到无锡后，他立即着手准备，首先想到的是找个同伴，此行路途遥远，时间也长，路上也好有个商量说话的人。

打定主意后，他即刻开始秘密邀约行动。

他首先想到的是阎少泓。他们两个的情况差不多，都是在外读书，共同语言多，又是童年与少年时的好友，而且他曾流露过想去参加国民党军的想法，能和他结伴走自然是好，只是不知他意下如何，于是就去找阎少泓。

阎少泓家住在崇安寺附近的石皮巷，离运河不远。他们家开了一间无锡城内很有名气的阎记伞庄，制的油纸伞不仅在无锡销路好，还远销苏杭。

他家制伞是祖传的，从他曾祖父起就开始做这行当，传到他父亲已经是第三代了。他父亲擅长经营，接手过来的时候还是个不起眼的小作坊，后来慢慢地越做越大，也越做越有名气。赚了不少钱，就用积攒下来的钱在石皮巷买了块上好的临街地皮，前后建起了三栋房子，最前面临街的一栋是商铺门面，全木结构，门面很大，长长的屋檐下有一排很粗的柱子，都漆成了红色。商铺里面有排高高的柜台，后面的货架上摆满了五颜六色的油纸伞。日本人来之前，这里很是热闹，店门前每天都有很多客商，最远的来自苏杭两地。紧挨商铺后面的是住宅楼，他们一家就住在里面，上下两层，砖木结构，房檐和门窗都用了雕花彩漆，很漂亮。最后面的一栋是工房，砖木结构，是制伞的地方，地上撑满了刚上了油的纸伞，有股很浓的桐油味。

他父亲早年还自己制伞，到后来自己就不做了，雇了十多个制伞工匠，还请了几个画师，产量大增，每天可以制上百把油纸伞。

舒静仁家和阎少泓家离得不太远，小时候常在一块儿玩耍，读大学后，每年放假回来也会凑到一起谈谈各自学校的事。

上午，约莫10点来钟的时候，舒静仁来到阎少泓的家，远远就见到那个熟悉的商铺，大门敞开着，却没有了往日的喧闹。店里的伙计都认识舒静仁，他进来时，都和他点头打招呼。

穿过店铺，舒静仁径直来到后院，在院门口遇到了阎少泓的妹妹小凤。小凤长了一脸雀斑，涂了一层很厚的雪花膏来掩饰。她早先也在南京读书，南京沦陷前肄业回到家。舒静仁因为常来找阎少泓玩，所以和小凤也挺熟。

看见舒静仁，小凤迎上前来，用手帕遮住不太整齐的牙齿说："是静仁呀，好久没看见你了，躲到哪去了哦——"舒静仁被她脸上的雪花膏熏得不行，说："我还能躲到哪里去，还不天天在家里窝着。"舒静仁急于找阎少泓，不愿和她说些没油盐的事，就问她哥在不在家。见又是来找她哥的，小凤嘟起了嘴说："你这个大公子，才到上海读了几年书，眼睛就只会往上看了，无锡城里都好像没有了人似的，相中了哪个上海妹妹吧。"说完扭身就走。舒静仁上去拉住她胳膊说:“哎,问你哥去哪儿了呢。”小凤用手帕朝他一挥说:“你去问他自己吧。”

小凤曾暗恋过舒静仁,后来觉得他简直就是块木头,不会开窍。其实舒静仁早知道小凤的心思,他不是木头,他只不过是看见小凤就会起鸡皮疙瘩,所以总躲着她。但是小凤不说她哥去了哪儿,他也能猜出来,他肯定又是钓鱼去了。

他照原路返回,准备去运河边找阎少泓。走到院门口,又看见小凤。小凤倚在门边,背朝着他,双手交叉抱在胸前,把门全挡死了。舒静仁一看就知道她是故意的,暗自叫苦,刚才不该怠慢了她。

他轻咳一声,上前好言道:“小凤,求你了,让让路吧,我找你哥有正经事呢。”

小凤倚在门边,头也没回,冷冷说道:“你走你的,我站我的,求我做什么?”

舒静仁见她不让,想了想,突然说道:“好狗不拦路!”

阎小凤一听,立刻转过身来,挥舞着手帕来追打他,一边追打一边嘻嘻哈哈道:“好啊!你敢骂我!看我不把你嘴巴撕烂去。”

舒静仁乘机从院门溜了出去。

阎少泓钓鱼的地方舒静仁也能猜出个八九分,那地方是他们小时候常去的地方,上次两人见面也在那。果不其然,舒静仁刚到运河边,远远就看见岸边蹲着个人,头戴竹笠,手握渔竿,单看背影就知道是他。他身边还放着个竹编的鱼篓,鱼篓的一半泡在水里,用绳子拴在旁边的一棵灌木上。

“哈哈!少泓,我就知道你在这里。”舒静仁大声说道。

阎少泓回过身来,伸出一根手指放在嘴边嘘了一下,舒静仁立刻意识到,他的声音太大,会惊动河里的鱼。

舒静仁伸出舌头,朝他扮了个鬼脸,然后蹑手蹑脚走过去,盘腿坐在他身边,静静地看着他钓鱼。

不远处,一只白色浮标浮在水面上,随水波轻轻荡漾,阎少泓全神贯注,正目不转睛地盯着水面上的那只浮标。只见浮标时而像是被某种力拉着往下沉,时而又浮出水面,舒静仁忍不住在他耳边小声说:“鱼已经咬钩了,怎么还不起竿?”阎少泓并没回答他的话,只关注浮标上的动静。忽然,浮标猛地往下沉,瞬息就不见了,阎少泓猛地提起渔竿,渔线立刻紧绷,渔竿被拉成了弓形。僵持了几秒钟,阎少泓突然站起身,沿着河岸跟着水里的鱼跑起来,跑了几十步,突然来了个急刹车,又拖着水里的鱼往回走,走了十几步,又跟着鱼跑。就这样反复了多次，不同的是，刚开始时，他跟着鱼跑的距离比拖着鱼走的距离长，到后来就反过来了，拖着鱼往回走的距离比跟着鱼跑的距离长。渐渐地，鱼拉着他跑的力气好像是越来越小，他一点点地拉着鱼往回走，当走到舒静仁身边时，浮标浮出了水面，隐约看到了水中一只黑影，阎少泓大笑起来，把那条被折磨得筋疲力尽的大鲶鱼提出了水面。

那条鲶鱼足有四五斤重。阎少泓俨然一副老渔翁，得意地对舒静仁说："鲶鱼在水里劲儿特别大，硬拽是拽不过它的，不是断线就是断竿。所以不能跟它用蛮劲，得慢慢地耗它，它要逃就带着点劲儿地让它逃，等它游累了就往回收，来回折腾它，直到把它的力气全部耗尽，这时候收竿就轻松多了。"他对鱼的习性已经琢磨透了。

舒静仁对他的钓鱼技术佩服得五体投地，阎少泓是个很聪明的人，干什么事情都肯动脑子，也爱琢磨。

阎少泓把鲶鱼装进鱼篓，收了渔竿，这才问起他来有什么事。舒静仁就把事先准备好的话说了一遍，说他想去陕北参军，问他愿不愿去。阎少泓诧异地看着他说："你有没有搞错哦，你怎么会想去那里？那地方连草都不长，穷得很，静仁啊，你真是白读了几年书啊！"阎少泓好一顿奚落。

舒静仁反问道："那你就准备在这里钓一辈子鱼？你这几年的书不也白读了？"

舒静仁的反驳也说得阎少泓哑口无言。他叹了口气说道："我钓鱼也是没办法，不然又能干什么，到处都是鬼子……"

"鬼子不打当然到处都是，打死一个少一个呀。"舒静仁说。

"你说得倒轻巧，小鬼子不比这河里的鱼，厉害得很啊……嗨，我只是觉得我学的东西可惜了，如果到部队去，倒是可以派上用场，不过，我就是去，也不想去你说的那地方，我要去就去西南，去重庆，我有个同学最近捎信来说，他已经被提拔成少尉了。"

"还没立战功你就想当军官？"

"到外边去混，总想混出个人样来，哪个不想衣锦还乡？"

"那你决定去了？"

"现在还不能说决定，这也不是件小事，我还要仔细想想，再说也得跟家里人商量商量。"

听他说话的口气，舒静仁就有点泄气。

两人收了摊子一同往回走，舒静仁帮他提着鱼篓。

回到家，舒静仁就开始怀疑阎少泓是否靠得住了，他从小在家享惯了福，怕吃不得部队的苦，万一他不去，还得另想办法。于是，他又开始搜寻熟悉的人，思来想去，忽然脑子里冒出个人来，他一拍脑门：对，就是他了！

舒静仁想到的这个人是余贵生，也是他小时候的好友，比他小半岁，只读了几年私塾，从小就喜欢棍棒之类的，天生有股侠气，爱打抱不平。他们两个原来并不认识，两家离得也远，余贵生读的是私塾，舒静仁读的是官办学堂。有一次，舒静仁跟一个比他大点的同学一起玩，为一件小事发生争执，那个同学仗着个子比他大，就先动手，舒静仁也还了手，但打不过他，被他追着打，从运河桥这头，一直追到桥那边。眼见就要追上，就见斜刺里冲出一个人，一个扫堂腿，就把那个大个子男生撂倒在地，然后又上去摁住他猛揍了几拳，说谁让你欺负人。这个人比那个大个子男生要矮半截，也没他壮实，大个子男生却打不过他，向他求饶，说再也不敢欺负人了。这个打抱不平的人就是余贵生，他们俩从此成了一对好朋友。

舒静仁小时候常去他家玩，他爸爸开了家豆腐作坊，每天起早贪黑做豆腐，舒静仁每次去，他爸爸都会给他喝豆浆或豆腐花，都是加了棉糖的，要是在街上买，至少也要两角钱一碗。

余贵生上面有两个姐姐，大姐长得比较俊俏，日本人刚进城时，他大姐被日本兵抓到军营里去了，后来不知得了什么病，家人用板车把她拉回来时，已经快不行了，到家没几天就死了。他大姐死后，曾听说他要出家当和尚，不知怎么后来又没去，倒是拜了灵山寺一个和尚为师习武，按理说庙里的和尚是不会收俗家弟子的，也不知那个和尚为什么破例教他习武。

舒静仁当天就去了余贵生家。

他母亲正在屋外水井边洗衣服，他父亲大白天躺床上，病怏怏的，也没去做豆腐，要是他今天磨了豆腐，保准会端碗豆腐花给他喝。舒静仁问他怎么了，他说生病了，已经病了好多天，又问余贵生哪去了，他指了指屋后说："去后边林子里了。"

舒静仁转身要走，被他父亲叫住，他父亲也不知得的是什么病，说话直喘气，上气不接下气地说："静仁啊，都好长时间没来了，屋里坐坐吧。"舒静仁说不坐，有事要找贵生。他父亲说："唉，贵生这孩子呀，成天闹着要去当兵呢，自他姐死后，总想着给他姐报仇，成天在家舞枪弄棍的，这几年我的身体是一年不如一年，动不动就病，指望他能在家帮着点，他根本就没那心思啊，你们俩从小就要好,见着了他,你帮我劝劝他吧……”

舒静仁没想到他父亲会跟他说这些话,就开始担心起来,怕余贵生也靠不住。他不便把自己的来意说出,只安慰了他父亲几句,叫他好生养病,不要操心,说完就从后门匆匆出去。

余贵生家屋后的那片林子紧挨着运河,说是林子,其实不过是块稍大点的场地,周围长了几棵大树,枝繁叶茂,远远看去就像是个林子。

还没进到林子,就听见里面传来一阵“嚯嚯”声,透过树叶缝隙,看见一个打赤膊的身影在里面龙腾虎跃。只见他扎着红腰带,手持长棍,上下挥舞,腾挪跳跃,时而左右横劈竖打,时而腾空跳起,举棍打向树枝,树叶哗哗地落满一地。舒静仁也没打搅他,只站在大树边上看。其实余贵生也已经看见了他,却没停下来的意思,继续把手里的长棍舞得如风火轮一般,舒静仁看得眼花缭乱。一圈套路下来,余贵生这才做了个收势,取下腰带擦了擦汗,提着木棍朝他走来。

舒静仁朝他拍了几下巴掌,说:“贵生,士别三日当刮目相看呀,你的棍术已经炉火纯青了,实在了得啊!”

“这是一套长棍动作,师傅教的,要我每天练习,不可有一日懈怠,不可有一日荒疏。”他学着师父的口吻说道。

余贵生走到树下,盘腿坐在地上,把木棍靠在肩上。他的颈脖上戴了个银项圈,白晃晃的,他小时候就戴着这东西,是他爸给他戴的,一戴就戴了十几年,说是可以拴住他的命。

舒静仁过来坐在他旁边。

“贵生,你这十八般兵器都学了哪几样?”

“早着呢!哎,静仁,你这个书生,今天怎么想起我这个粗人来了,你是无事不登三宝殿啊。”

舒静仁的确很久没找他玩了,两人一个习武,一个弄墨,挨不上,近几年也就来往得少了些。

舒静仁收起笑容,说:“找你当然有事,不然怎会特地来找你。”说着就把对阎少泓说过的话又对他说了一遍。

余贵生一边听,一边把手指头拉得啪啪响。他小时候就有这个怪毛病,总喜欢拉手指头关节,每个手指都要拉一遍,而且是很用力地拉,直到发出响声为止。舒静仁很讨厌他这个习惯,尤其不愿听到那种断骨头一样的响声,担心他把手指拉脱臼。余贵生说他已经习惯了,不拉就难受。

他听了半天没吭声，只在那儿扳手指。

“你爸说你想出去当兵，还让我劝你呢，他不知道我是来拉你出去的，弄得我都不好说话了，你的意思呢？”舒静仁想听听他自己的意见。

余贵生并没马上表态，却听“噗”的一声，他的嘴角猛地用力，啐出一口痰来，啐出去很远。他吐痰就像鸡拉屎，动作极快，而且没有任何先兆。

“老子早就想去当兵了。”他甩动着胳膊说，他的胳膊也能甩出响声，比手指发出的响声还要大。

“你真想当兵？想参加什么部队？”舒静仁怕他也有和阎少泓一样的想法。

“管他什么部队，只要是打鬼子的部队就可以。”他说着又毫无先兆地朝远处啐了口痰，这次比上次更远。

“那你和我一起走，我们一起去参加打鬼子的部队。”

余贵生低下头去，又开始拉起了手指关节。他今天总是犹犹豫豫的，这本不是他的性格，舒静仁等他的表态都有些发急了。

好半天他才抬起头来说：“还用你说，要不是我老爸，我早走了。”

看来，他老爸是牵扯他的一个重要因素。想到他老爸刚才说的话，舒静仁也不忍心再拉他走了，他上有姐姐下有妹妹，他是他爸的一棵独苗。

“唉——你爸身体不好，你还是留下来照顾你爸吧，再说他也舍不得你离开。”舒静仁叹息道。

第二个也没希望了。舒静仁原本对他抱有很大希望，想把他也带到延安去，他不仅有武功，而且为人正直，是块做八路军的好料。

从余贵生家出来，舒静仁心情很不好，低着头，走在回家的路上。走到一个岔路口时，神差鬼使地朝回家的相反方向走去。这条路他再熟悉不过，小时候每天都要往返好几趟，走在这条路上，就勾起了他儿时的回忆，想起了他的童年时光。

还没走到跟前，他就看到了那栋房子门楣上的丁公学堂四个黑色大字，那就是他童年时读书的地方。

丁公学堂原是无锡一个姓丁的绅士出资创办，他早年曾数次参加科举考试，最终考中举人，虽然靠科举走上了仕途，却痛恨八股，所以后来弃官返乡，办起了这所西式学堂。该西式学堂在当时的无锡算是创办得比较早的，后被收为官办，由于他是创办人，在当地有一定影响，所以校名没改，仍叫丁公学堂。当时像这样的西式学堂收费颇高，有钱人子弟才读得起，里面学的东西跟私塾里学的东西完全不同，不用背“四书五经”之类的东西，也不会因背不出来而被先生用竹板打手掌。

舒静仁读书的时候，丁绅士已经不在学堂任职了，但有时会被请来给学生训话，他是无锡城里最早剪辫子的人，思想较开明，他要求学生好好学习，将来报效国家。可惜当时他们这些学生还小，不懂得学习与报效国家之间的必然联系，只顾在下面吵吵闹闹。

舒静仁来到学堂门口，大门的门楣高高拱起，呈歇山式重檐结构。童年时，这扇大门的内外是两重天，进了学堂就要好好读书，出了学堂就可以尽情玩耍。

但是，现在这所学堂里已经没有了学生，它成了日军兵营，里面驻扎了不少日本兵。教室里的课桌板凳都被搬到了门外，堆得像小山一样高，有些课桌被劈成了碎片，被日军做了柴火。大门口乌烟瘴气，几个废油桶立在地上，下面用几块石头架着，油桶里面盛满了水，几个日本人正在忙着把劈开的桌腿塞到油桶下面烧火。

汽油桶里的水已经烧热了，冒着腾腾的热气。几个脱光了衣服的日本人从教室里赤条条地走出来，爬进油桶，可能是水太烫了点，发出狼嚎般的怪叫声。

另有几个等着洗澡的日军，还没轮到洗就光着屁股，肩上搭着毛巾，下面吊着的那根东西，腊肠似的晃悠悠，见油桶里的人叫烫，站在一旁发出鬼一样的笑声。

舒静仁站在不远处，侧着头看，他没见过光屁股的日本人，觉得很新鲜。也许是他看的时间太长了，一个日军发现了他，大骂着跑去拿枪，吓得他撒腿就跑。

谈到这件事，我听了不免好笑，他也太爱凑热闹了，鬼子的事能凑热闹么？舒老却不以为然，他说，小鬼子都跟公狗似的，根本没有羞耻感，鬼子占领无锡之初，满大街找妇女，不论年纪大小，抓到后一律当街奸淫，有的妇女刚被前面一拨鬼子奸淫，裤子还没来得及提起来，后面又来一拨鬼子，又接着奸淫，到后来，被奸的妇女连提裤子的力气都没有。更离奇的是，有的鬼子嫌频繁脱裤麻烦，竟把那条东西吊在裤子外面，为的是使用起来方便。

故事讲到这里，他的“老领导”推着架子车出现在书房门口，深陷的嘴窝不停地蠕动着，像是在嚼口香糖。我一看手表，已经12点过2分了，我想起临行前父亲说的话，说他生活极有规律，吃饭睡觉都是掐分掐秒的，我要告辞了。

舒老站起来说：“不好意思，今天你来得晚了点，只能讲到这里了，你明天回去,代我向你父亲问好,如果有机会,请他来我这里坐坐,我和他是十多年的老同事呢。”

我原本打算明天回去上班的,但他的故事让我改变了主意,我当即向他表示:“我决定明天不走了,我还有几天剩余的年休假,留着也没用,明天还来接着听您讲,不知您老方便不方便?”

我的决定好像早在他的预料中,他笑了,露出一口雪白的假牙:“好啊,只要你愿意听,我没问题。”

第6章 密谋行程

第二天，天气突然转阴，一早起来就见窗外阴沉沉的。

上了公交车，没到盛王大街就下起了雨。我下车后在站台上等了几分钟，看样子雨停不下来，怕耽误了听故事，就去旁边的一家小超市买了把折叠伞，打着伞就往舒老家里赶。

到了舒老家，舒老正在厨房洗碗，他的“老领导”在阳台上收衣服，舒老叫我先去书房，他洗完了碗就过来。

我坐在书房老位置上。阳台外，斜斜的细雨像一道薄薄的纱帘，把阳台外的景色都弄得模糊起来。“老领导”手里拿着撑衣杆，正在把阳台外晾着的衣服收进来，挂在阳台里面的杆子上，她嘴里嘟嘟囔囔的，意思是说老头子晾衣服时没把衣服弄平整，皱巴巴的，衣服干了就很难把皱褶弄平。收拾好衣服，她推着架子车经书房回客厅，经过我身边时，还见她的嘴在不停磨磨叽叽的。

舒老洗完了碗，端了杯滚烫的茶水过来，依旧是坐在那张藤椅上，揭去盖子，轻轻吹去浮在面上的茶叶，轻呷一口，开始了第二天的讲述……

舒静仁很沮丧，接连邀了两个人都不成功，还差点挨鬼子的枪子。回到家里，倒在床上，他已经做好了最坏的打算，如果邀不到人，他就独自走。

但是事情后来又出现了转机。那是两天后的一个早上，舒静仁还没起床，他这两天情绪很低落，天天睡懒觉。阎少泓一大早就跑来了，站在床边叫他快起来，说他已经拿定主意了。舒静仁用被子蒙住头说：“你不说我也知道，你这胆小鬼，只知道钓鱼，要不然就是你爸不同意。”阎少泓笑道：“你放屁！我什么时候胆小过？我只是说要考虑考虑，现在我已经考虑好了，决定跟你一起走。”

舒静仁一听，掀开被子，骨碌爬起来说：“你真去？”

“那还有假。”

“你爸同意了？”

“他嘛——他倒是不同意，还把我臭骂了一顿。我现在也不是小孩子了，我自己的事要自己做主，他管不了我。”

“你还是去那地方?”

“当然,我才不和你去那穷地方呢,我说过了,我要去西南,要去重庆。”

舒静仁不免有点失望。

“不过,我们还是可以同一段路的,至少到武汉分手。”阎少泓安慰他说。

舒静仁想了想说:“我们投奔的不是同一支部队,虽然都是抗日,怕两军还是有些摩擦的,万一在战场上相遇,你可别把枪口朝我,我们要共同打鬼子才是。”

“你想到哪儿去了,再怎么样也不会把枪口朝你,我们是好朋友呢。”

“只怕到时候就由不得你了。”

舒静仁显得有些多虑了,阎少泓却满不在乎的样子。舒静仁穿衣起床,阎少泓还站在他床边喋喋不休,说那边部队的条件比八路军好得多,无论装备还是军饷都要好得多,像他这样有专业知识的,在部队里肯定受重用,也许根本不用上前线,说不定将来还能混个一官半职的回来,到那时就是真正的衣锦还乡了。他说得眉飞色舞,对未来充满了憧憬和期待。

俗话说,人各有志,不能勉强。既然阎少泓要去投奔国民党军,舒静仁也拉不住,好在两人还是可以同一段路。

过了一天,阎少泓又跑来了,笑嘻嘻地告诉舒静仁,说他又找到了两个同伴,也都是要去四川的。舒静仁一听就来气了,说:“你找那么多人去干什么?又不是去玩,我们两个走还不行吗?”阎少泓说:“人多更好点,路上也好有个照应。”舒静仁问是哪两个,阎少泓说是一对姐妹,打算去四川万县。舒静仁一听更来气了,说:“你小子又不是去相亲,带女的去干什么?何况要走这么远的路,带着两个女的不是累赘吗?万一路上有个三长两短,怎么办?”阎少泓打断他的话说:“又不是我找她们的,是她们来找我的,也不知道她们从哪里听说我要去四川,就来找我,说她们也要去四川,正好同路。”舒静仁这才稍微消了点气,问两姐妹为何去四川,阎少泓就把姐妹俩的情况说了一遍。

原来,姐妹两个,姐姐叫阿香,17岁,妹妹叫阿杏,12岁。这对姐妹的母亲早年曾在阎少泓家做过帮佣,主要是给制伞的十几个工人做饭,两姐妹经常过来帮母亲打下手,就和阎家人熟悉了。

她们的父亲早年得病去世,怕姐妹俩受欺,她们的母亲就一直没改嫁,带着她们俩在阎家做事。日本人来后,到处兵荒马乱,阎记伞庄的生意大不如前,阎家人就把工人裁撤了大半,烧饭的事也改由家人来做,她们的母亲就被辞了出去。不能为阎记伞庄的工人做饭,她们母亲顿时失去生活来源,就去帮人家洗衣服,以此养家糊口。去年过年边上的时候,因为有钱人家忙着置办年货,忙不过来,家里的衣物和床上垫的盖的都拿给她去洗,她每天要洗好多东西。那天,因头天晚上下了场大雪,早上起来,岸边石级上的雪都冻住了,很滑,她大清早就提了一大篮子衣服去河边洗,刚下到石阶上,还没走几步就滑了一跤,连人带篮子都滚到了运河里。别说她不会游水,就算是会也早冻僵了。岸边有人看见,就喊救人,有人跑回去拿来竹篙钩子之类的东西,人倒是弄上来了,但早就没了气。

自从母亲死后,姐妹俩就寄养在叔叔家,叔叔对她们姐妹俩还可以,婶婶却对她们不好,特别不喜欢那个妹妹,妹妹经常挨骂挨打,还常常挨饿,所以长得精瘦。姐妹两个父母双亡,家境又不好,因为这个缘故,到现在也没人给阿香提亲。好在姐妹俩还有个哥哥,早先在无锡的一家船厂做工,无锡沦陷前就和几个人一起跑到四川去了,听说在那里已经落了脚,在一个从上海迁过去的造船厂里做工,近来托人捎口信来,说那边的情况不错,姐姐就想带妹妹去投奔哥哥,好歹有个依靠,有口饭吃。

听了阎少泓的一番介绍,舒静仁也很同情姐妹俩的遭遇。但他还是心存顾虑,说正因为如此就更难了,这一路上的情况千变万化,到时候恐怕连自己都顾不上,哪里还顾得上她们姐妹,如果没有把她们安全地带到她们的哥哥那里,我们不是把好事做成了坏事?阎少泓打包票说:“静仁,你尽管放心,我负责把她们带到四川,亲手送到她哥哥手里,反正我也是要去四川的。”

既然阎少泓打包票了,舒静仁也只得作罢,说现在已经有四个人了,人再多了也不好,另外又告诫阎少泓千万别在外面大张旗鼓地说要走的事,万一让日本人知道了,大家都走不成,还有可能被抓起来。阎少泓说知道了,他绝对不可能跟别人说。舒静仁叫他明天上午把她们姐妹俩带来,一起商量走的事。阎少泓提出去他家商量,说他最近弄到一盒西湖龙井,顺便可以好好品尝一下。舒静仁说得了吧,还是到我家来商量。其实舒静仁不是不想品尝龙井茶,他是怕见到他妹妹小凤。

阎少泓前脚刚走,余贵生后脚就跟了进来,进门就对舒静仁说:“我想了好久,还是决定和你一起走,这次不走的话,以后恐怕就很难走成了。”舒静仁很感意外,说:“你怎么又改变主意了?你爸爸那边怎么办?”余贵生说:“我爸的事,我是这样想的,先不告诉他,等我到了部队以后再写信跟他仔细说,到那时,他反对也没用了。”舒静仁想了想,觉得还是不妥,他爸爸有病,这个时候走不太好,就对余贵生说:“贵生,我原来找你一同走,是想找个伴,现在我已经有伴了，你最好还是别走，你爸爸病上加气，会责怪我的。”余贵生很坚定的样子，说他已经打定主意了，他本来早想走的，只是被他老爸压着没走成，现在听舒静仁也要走，就坐不住了，连棍棒都没心思练了。他说他爸得的是哮喘病，每年天冷就会发作，发作起来就喘不过气，天暖和了就会好起来，再说家里还有姐姐和妹妹，可以照顾父亲。

见余贵生打定了主意，舒静仁也就不好再劝阻了，就说：“你干脆跟我一起去参加八路军算了，绝对打鬼子的。”余贵生说：“没问题。”舒静仁又告诉他，还有三个人一同走，就把那三个人的情况也都跟他说了，要他明天上午来一起商量走的事。

第二天上午，余贵生早早就来了，两人坐着说了一会儿话，没过多久，阎少泓也带着姐妹俩来了。

姐妹俩一高一矮地站在那儿，单看衣着，在无锡也算是比较穷的人家。姐姐阿香穿的衣服虽旧，还算比较合体一点，上身穿了件蓝底白花衣服，一双黑布鞋，一条长辫子搭在胸前，辫稍缠着很粗的毛线，缠了很长一截。

妹妹阿杏的状况看上去要比姐姐差很多，扎着两条细细的短辫，瘦瘦小小的，胳膊腿也都细细的，看上去比实际年龄要小许多。身上的衣服半吊着，翘着衣角，裤腿也短了一大截，露出细细的腿，脚上的布鞋也太小，脚趾头都钻了出来。她总是紧挨着姐姐，自从进门就没离开过半步，一副怯生生的样子，看谁都是半低着头，抬起眼皮来偷偷地看，没听她说话，更没见她笑。

相比之下，姐姐阿香显得成熟许多，敢和别人说话。舒静仁问了阿香一些情况，问她哥哥在四川的具体地址，在什么厂子里面，做什么工，等等，阿香都做了回答。舒静仁对她说：“我们去的不是一个地方，离得很远，阎少泓虽然也去四川，但四川很大，重庆离万县也很远，要是你哥哥来码头上接就好，不然就要阎少泓送你们了。”阿香说：“这些都不是要紧的事，只要到了国统区就不怕，我会带着妹妹走，再多的路都不怕。”

接下来，五个人开始商量具体的行程。

关于何时启程的问题，大家一致意见是越快越好，最好不要超过本月底。关于怎么走的事，大家认为要分成两步走，第一步是到武汉，这段路大家是一致的，然后在武汉分手，舒静仁与余贵生往北走，经西安到陕甘宁边区，阎少泓与阿香姐妹俩往西走，分别到万县和重庆。这两大步里，需要商量的是从无锡到武汉这段路。

从无锡到武汉这段路怎么走，有三种方案：一是乘火车，二是乘船，三是徒步，大家对这三种方案逐一展开了讨论。火车最快，但最不安全，因为日本人对火车盘查得最紧，再说，这么长的路，阿香姐妹俩也买不起车票，余贵生也有困难。徒步走相对安全，但费时太长。乘船走，比火车慢，比走路快，但问题是，从无锡到武汉这段水路眼下根本没有客轮，就算有客轮，阿香姐妹俩也买不起船票。

就在大家想来想去也找不到一个好办法时，阿香开口了，说她哥哥过去在无锡船厂做事，常给人家修船，认识很多船主，阿香也和他们认识了，那些船主经常跑运输，上下游都去，可以搭他们的船走。大家对阿香的这个主意很感兴趣，不仅能够节省一笔不小的开支，走水路似乎也比其他途径更安全。舒静仁问阿香有没有把握找到船，阿香说，如果大家同意搭船走的话，她就去找船主打听一下。阎少泓说："最好明天就去打听，有没有往重庆去的船，不行就出点钱也可以。"阎少泓总想着往重庆去的船，舒静仁接过话头说："不管到哪里，只要是往上游方向走的就行，有直接到重庆的船当然就更好，你们三个就可以不费周折到四川，如果没有到重庆的船，到武汉也行，到时候再想办法。"就这样，大家一致决定走水路，要阿香去打听，再把打听的结果告诉大家。

阿香当天就去找船主打听了，第二天，她把打听到的结果告诉阎少泓。

阎少泓立刻来找舒静仁。阎少泓说："阿香找了好几个船主打听，很遗憾，近期没有到重庆或武汉去的船，但得知有条船本月农历初八拖货到湖北的黄冈。"舒静仁说："既然没有去重庆或武汉的，就不要再等了，要走就要图快，晚了恐生变故。"阎少泓也赞成尽早走，而且他还听说鬼子本月底要对苏皖山区展开一次大扫荡，到时水路恐怕也很难走了。于是两人一致赞同搭乘阴历初八的那条去黄冈的货船，先到黄冈再说。舒静仁算了算，距农历初八还有 5 天时间，足够用来做走之前的准备，就要阎少泓马上通知阿香，叫她和船主进一步联系，包括走的具体时间，需不需要交钱，等等。阎少泓当即表示说："钱的事情就不用问了，阿香已经说过了，他们念及和他哥哥的旧情，不收钱。"舒静仁说："那就好，你现在就去找阿香。"

阎少泓去了，当晚就带来了好消息，说阿香那边都和船主说定了，初八晚上准 8 点在运河码头启程。舒静仁说："我们现在就赶紧分头准备，多带些路上吃的东西，要走很长的路，衣服也要多带几件，也许还要露宿，被子一定要带上，阿香那边就由你去转告，余贵生那里就由我去通知，初八晚上 7 点半钟准时在运河码头会面。"

当下两人便各自分头去通知，紧锣密鼓地做最后几天的准备。

第 7 章　月下离家

1942 年 4 月 22 日(农历三月初八),舒静仁对那天晚上的一幕永生难忘。他说船家选择这天晚上起航可能是看过了天象,特意选择的,头几天刮的还是偏北风,到了那天晚上忽然改刮东南风。从无锡到镇江这段都是逆水,而且是朝北的,如果刮东南风,可以借助风力行船。

晚上 7 点钟,舒家人犹如生离死别,舒静仁母亲哭得站不起来,儿子要走,做母亲的肝肠欲断,虽然早有思想准备,但到了这一刻还是受不了。小妹搀扶着母亲,也只会落泪。大哥帮他收拾行李,嘱咐的话说了一遍又一遍,要他路上多加小心,到了那边就写信回来,不能寄信也要托人带信来,也好免去家人的挂念。

舒静仁执意不让家人去码头送行,怕那一刻会更加难受,他安慰家人说,要不了多久战争就会结束,到那时他一定会回来。他告别了母亲,告别了大哥和妹妹,带着大哥舒斐嘉为他东拼西凑借来的一笔钱,带着母亲为他赶制好的新衣,提着行李,背着被卷儿,来到了运河码头。

阎少泓已经先到了,他提着一口大皮箱,拿着一大袋东西。看到舒静仁,他很气愤地说,他父亲把他给臭骂了一顿,要他永远别进家门,不仅如此,还不让家人给他送行,要不是他妹妹小凤帮他偷拿出行李,他母亲给他偷偷地做了些吃的东西,他差点就要空手出来。他说他一定要在外面混出点人样来,让他父亲后悔去。

没过多久,阿香姐妹也来了,阿香背着被窝卷儿,手里提着个大布包,阿杏手里也拿了点小东西。因为婶婶的缘故,她们的叔叔不敢来送。

大家会合后,站在码头上焦急地等待余贵生,就他没来了。舒静仁掏出从上海带来的怀表看了看时间,距 8 点钟还差将近半个钟头。

刚过谷雨,江南的夜还有些寒意。运河码头上静悄悄的,一弯上弦月挂在漆黑的夜空上,满天都是闪烁的、萤火虫般的小星星。岸边,零零散散的灯火,倒映在河面上,月光下的运河,泛着粼粼的波光。水面上零散漂泊着大大小小的木船,桅杆上都挂着桅灯,勉强能看清船上的情形。见有条木船上有几个人影在晃动，阿香指着那条船说："你们看，就是这条船——"大家朝船上望去，这条船在运河上算是比较大的一条了，船舱里装满了麻袋，鼓鼓囊囊的。阿香说里面装的都是茶叶，是刚采摘下来的新茶，拉到黄冈去能卖个好价钱。大家都在说茶叶的事，就见船上有个人爬上了桅杆，正在解上面的绳子，看样子马上要升帆了。

都快到8点了，余贵生还没来，大家都急得不行，说他怎么还没来。阎少泓说他是不是又变卦了，他这个人总是爱变卦，舒静仁也拿不准，说再等等吧。就在这时，船上有人在喊阿香，说要开船了，要他们赶快上船。阿香问舒静仁怎么办，还要不要等。舒静仁说那就先上船吧，他不来也没办法。于是大家都下了河堤，到船边，要走跳板上船，跳板很窄，走上去就会闪动，阿杏害怕，不敢过跳板，阿香先把东西放上船，再回头来把她背过去。

上船后，大家都朝岸上看，指望余贵生能在最后一刻赶来。

船帆已经升起来了，几个船工正在固定绳索，有个船工上到岸上，把跳板扔进了船舱，然后又解了缆绳，也扔进了船，然后自己跳上船，拿来一根竹篙，用劲抵住岸边码头的石阶，船就慢慢地离了岸。

就在大家完全绝望时，就见远处有个黑影朝这边跑来，黑影沿着河堤飞快奔跑，连跑带跳，像只猴子，很快就来到了河边。

虽然看不清是谁，舒静仁感觉是余贵生，就朝那个黑影喊道："是贵生吧？"那边传来了应声："哎，是我——"果然是他。大家都欢天喜地，他终于赶来了。但是船已经离岸好几米远了，开弓没有回头箭。大家正着急时，就见那黑影跑到船边，没有丝毫的犹豫，一个箭步腾空跃起，然后双脚稳稳地落在了船上。大家顿时都松了口气，到底是练过武功的人，身手就是不凡。赞叹过他的身手，见他两手空空，大家纷纷围过来，问他为何姗姗来迟，又为什么没带行李。余贵生喘着粗气，没有回答，舒静仁就猜出来了，他肯定是偷跑出来的，就替他解围说："大家都歇着吧，慢慢再说。"然后把他拉到一边。

船在漆黑的水面上无声地向北行驶。月光下的运河，河道上的状况依稀可辨，两岸树木及房舍也都能看见大致轮廓。由于风力不够，船尾站了个船工，不时用竹篙撑船，竹篙提出水面时，传来哗哗的滴水声，除此之外，四周都静悄悄的。

舒静仁拉着余贵生坐在一口麻袋上。船的另一边坐着阿香姐妹和阎少泓，阎少泓刚上船就凑到阿香那边去了，和她叽里咕噜地说着，也不知说了些什么好笑的事情，那边不时传来阿香的笑声。阿香笑起来时，脸上就会露出两个浅浅的酒窝，脸色也会跟着红润起来，像搽了胭脂。

这边，余贵生靠在装满茶叶的麻袋上，向舒静仁说起迟来的原因。

原来，他父亲从外边听到了他要走的风声，将他大骂一顿，骂他是不孝之子，还把他反锁在家中，日夜派家人看守，每天送饭进去，就像关囚犯一样。前两天他还不急，反正有吃有喝，关着也没关系。眼见今晚就是启程的日子，他还被锁在屋里，就开始心急了，想着如何逃脱的事。晚上6点多钟，他二姐过来给他送饭，按规矩要看着他把饭吃完，他匆匆扒了几口，就设法把二姐支走，他急于逃出去，且已经想好了逃出去的办法。他二姐刚走，他就放下碗筷，正欲实施逃跑计划，不幸的是，他父亲又过来了，见他碗里的饭只动了几口，问他为什么不吃饭，是不是还想着当兵的事。为了证明自己已经打消当兵的念头，他当着父亲的面把饭全部吃完。他父亲还有些不放心，就坐下来，跟他说了很多话，说家里的豆腐作坊将来全指望他了，他的姐姐妹妹都是要嫁出去的人，指靠不住，有了这个作坊，将来吃穿就不愁了，等等。他父亲一直讲到快8点钟，把余贵生急得是火烧火燎，他根本就听不进父亲的话，心早就飞到了运河边上。见父亲还没有走的意思，他就当面向父亲保证，说他已经不想去当兵了，说他就喜欢磨豆腐，以后就磨一辈子豆腐。他父亲见他已回心转意，露出难得的笑容。也许是话说得太多，他父亲又犯了哮喘，上气不接下气，他趁势劝父亲回屋歇息。他父亲刚把门反锁，他就一窜而起，双手攀住房梁，一个引体向上，整个身体都上去了，伸出手来，触摸到屋顶的瓦片，小心翼翼将瓦片掀起，露出星星点点的夜空，从屋顶伸出头来，他往四周看了看，双手撑着桁条就上了屋顶，顺着屋顶下到屋檐，纵身一跳，悄无声息落到了地面。他回头朝父亲的窗户看了一眼，撒开腿就往运河码头跑。

听了余贵生的讲述，舒静仁拍着他的肩膀说："贵生，你真有本事啊，也只有你才上得了房梁，才跑得出来，换作是我就不行了，只有干着急的份儿。"余贵生苦笑着摇了摇头，望着家的方向说："也不知道他们现在发现我跑出来没有，也许要到明天早上才能发现。实话告诉你，我爸喘不过气来的时候，我差点就……"余贵生说得眼泪汪汪。

货船满载着新茶，搭载着五个不同目的的人，在夜色中，在静静的运河上行驶。很晚的时候，阎少泓才从阿香那边过来，他说阿杏已经睡着了，他也想睡觉了，说着就在麻袋中找了块空隙，把被子铺开，蜷缩着睡了。舒静仁与余贵生也都有了睡意，余贵生没带被子，舒静仁就让他和自己挤在一起，共用一床被子。

半夜，舒静仁醒来，掏出带夜光的怀表看了看时间，时针才指向深夜2点。

他迷迷糊糊扭头看余贵生，见他竟没盖被子，四肢敞开地躺在麻袋上，两眼直愣愣地望着夜空，颈脖上的项圈在月光下闪着银色的光。

“你一直都没睡?”舒静仁侧过身来问道。

“睡了一下，做了个可怕的梦，就醒过来了。”余贵生回答说。

舒静仁用胳膊枕着头，望着余贵生说：

“是不是做你爸来追你的梦？你跑又跑不动，躲又没处躲……”

余贵生没吭声。

“你爸要是发现你跑了，说不定还会骂我呢……其实……我是很希望你能和我一同走的，看见你爸那个样子，又希望你别走。”

余贵生还在看天上的星星，他似乎还有什么更远的事没弄明白。

“静仁，我就想不通，小鬼子为什么能占了我们那么多地方，我们每人吐口口水都能把小鬼子淹死，为什么就……”

舒静仁笑了起来，没想到余贵生脑子里没想他爸的事，倒在想鬼子的事。他也被他的话题搅得睡不着了，索性坐起来，就和他讲起了淞沪会战的事。余贵生听得津津有味，他没去过上海，没去过无锡以外的任何地方，听舒静仁讲完淞沪会战，他好像才明白过来了，对舒静仁说：“这就好比我们习武的人打擂台，要么双方都不用兵器，空手对空手；要么大家都用兵器，真刀对真枪，输了才服气。要是一个人空手，一个人拿着大刀长矛，肯定是要吃亏。就算大家都有兵器，也要差不多了才行，比如你拿刀，我拿三节棍，我也不会怕你，但是我拿刀，你拿枪炮，我肯定也是打不过的。”

舒静仁笑道：“贵生呀，你总算想明白了，但你只说对了一半，你们武术里不是有空手夺白刃这招么？勇气也很重要，还要有信心，再加上技术，就能以弱胜强，否则的话，你就是有再好的兵器也是白搭。”

两人谈了很久，余贵生从麻袋上爬起来，伸了个长长的懒腰，说肚子饿了。舒静仁拿过身边的行李说：“我带了些吃的来，有腊肉粽子呢，是我妈昨天包的，你吃两个先垫垫肚子吧。”说着就往外拿肉粽子。余贵生按住他的手说：“急什么，路还长着呢，留着慢慢吃吧。”说着就脱衣服。舒静仁拉住他的手说：“贵生，你要干吗?”“我去岸上走一趟。”余贵生说着就已经把衣服都脱了。舒静仁就知道他想去干什么了，拉着他说：“白天还可以，现在是半夜，又这么冷，会冻坏的。”余贵生笑着说：“不碍事的，我去去就来。”他站在船舷上比画了几下，“扑通”一声跳入水中。

舒静仁很清楚，他不光肚子饿，手也痒。余贵生别处都好，就这点坏毛病，小时候和他在一起,他经常会玩出点小把戏来。有一次,两人去运河边玩水,有只鸭子正在水面觅食,他给舒静仁使了个眼色,让他别吱声,然后四下张望,见岸边的妇人都在洗衣服或洗菜,没人注意,就把头沉入水中,悄悄地潜到鸭子的下面,这只鸭子就消失了。他的水下动作也很麻利,只几下子,便把鸭子的脖子拧成了麻花状。凫水上岸,用衣服将鸭子裹起来,找个僻静的地方,毛都不拔,就用泥巴将鸭子整个儿地糊起来,再捡些干柴来生火,把鸭子丢进去煨。煨熟后取出来,剥去泥,飘出来的那个味儿才真叫香啊!闻到都会流口水。曾听说"叫花子鸡"就是这种吃法,舒静仁就把他煨的鸭子叫作"叫花子鸭"。

舒静仁趴在船舷上看,不知余贵生这回又要玩出什么新花样。

阎少泓被跳水声惊醒,睡眼惺忪地问:"是什么东西掉水里了?"舒静仁说:"是余贵生跳到水里了。""半夜三更的跳水里做什么?"阎少泓说着也爬了起来,凑到舒静仁身边来看。十几秒钟后,水面上浮出个黑乎乎的头,回头看了他们一眼,就朝岸边游去,眨眼工夫就游到了对岸,上了河岸,抖去一身水,勾着腰,翻过河堤就不见了。

舒静仁与阎少泓两个躺在麻袋上都睡不着,就来聊天。舒静仁把刚才的事,以及余贵生小时候的故事都一股脑说给阎少泓听,阎少泓听了也忍不住笑起来,说他极有可能是上岸偷红薯去了,岸上有不少红薯地,现在正是挖红薯的季节。舒静仁也搞不清楚他到底是去搞什么名堂,说等他回来了才知道。

两人正小声说笑,只听得岸上传来几声犬吠,接着是死一般的寂静,然后听到一阵跑动声,就见河岸上有个黑影朝这边快速奔来,黑影追上了船,就听"扑通"一声响,黑影插入水中,朝船这边游了过来。估计是余贵生回来了,借着月光,他们两个都盯着水面看。阎少泓看得奇怪,说怎么有两个头?舒静仁盯着水面看了好一会儿,确实有两个头,暗忖这家伙才去了几分钟时间,怎么就带回个人来了?就朝水中问道:"贵生——你带谁来了?"水面上传来余贵生鬼兮兮的声音:"我的好朋友。"

余贵生游过来,一把抓住了船帮,两人帮着把他拽了上来,他顺手把抱着的那个"好朋友"丢在船板上,定睛一看,原来是条大黄狗,已经被他弄死了。

余贵生擦去身上的水说:"快拿去烤了吧,等下就可以吃到烤狗肉了。"舒静仁指着他的鼻子说道:"你这梁上君子,你一说肚子饿,我就猜出你不会干出好事来。"说着就大笑起来。阎少泓提起船板上的黄狗说:"我去把阿香叫醒,她跟船家熟,我看到船家那里有个烧水的炉子,可以拿到炉子上烤。"说着就去叫阿香了。

舒静仁叫他赶快把衣服穿上,说别冻病了。余贵生穿衣服时,一边扣扣子一边说没事,不冷。他扣扣子的手不停抖动,连扣眼都找不到,整个身子都在哆嗦,上牙和下牙也在不停打架。

一会儿,阎少泓过来了,端来一碗红糖姜汤,说是阿香刚熬的,让他喝了暖暖身子。余贵生接过姜汤,说女孩子就是心细,说完就一口把姜汤给喝了。

这时候,船尾处飘来一阵肉香,三人都大笑起来,马上就可以吃到一顿夜宵了。余贵生说:“等烤好了狗肉,给船家分一半去,出门在外,有福同享。”

第8章　遭遇鬼子

阿香烤的狗肉，表皮焦黄，外酥里嫩，味道十分的好。除去分一半给船工，五个人吃另一半，也是吃得个个嘴巴流油。吃完了狗肉又去睡觉，狗肉性燥，个个都睡出了一身臭汗，一觉醒来，天已大亮。

舒静仁肩上搭着毛巾，拿着瓷缸，去船边刷牙洗脸。

阎少泓已经洗漱完毕，坐在麻袋上，拿出一把精致的牛角梳子，来梳他的头发，梳完头发又来梳两撇小胡子。他的头发和他的两撇胡子一样界线分明，该往左边去的绝不允许往右边倒。

余贵生是逃出来的，什么东西都没带，不过他也有办法。他趴在船舷边，两手抓住船帮，撅着嘴巴，把头尽可能地向下伸，一直伸到嘴巴触及河面，把水吸进嘴里，涮了涮再吐出来，就算是漱口了。洗脸就更简单了，用手撩着河水往脸上浇，然后胡乱擦了擦，就算是洗过了脸。

见余贵生独特的洗漱方式，阎少泓在一旁取笑他，说他没用牙粉，满嘴臭烘烘的尽是狗肉味。

船的那边，阿香和阿杏也起来了，姐妹俩洗漱完，坐在船边梳辫子。阿香先帮妹妹梳头，把她睡得乱蓬蓬的辫子拆散，然后用梳子沾着河水给她梳头，妹妹的头发薄，编出的两只辫子细细的。姐姐帮她梳头时，阿杏手里拿着一面小圆镜，她不照头发只照脸。小圆镜是姐姐的，只有巴掌那么大，包了一圈塑料边，是她姐姐在三里桥买的，这种带塑料边的小镜子只有城里才有，乡下买不到。

给阿杏编好了辫子，阿香把小圆镜收进包里，她怕妹妹把镜子摔烂。

阿香开始给自己梳头。她先把辫子拆散，她的头发散开来更好看，黑缎子般的，从头顶一直倾泻到腰的下面。她梳头时，侧着头，眼睛看着河对岸，情不自禁地哼起一曲无锡家乡的歌：

我有一段情呀，唱拨拉诸公听
诸公各位静呀静静心呀
让我（末）唱一只无锡景呀
细细（那）道道（末），唱拨拉诸公听

……

阿香唱的声音并不大，船上的人都听到了，都在静静地听，船尾撑篙的船工也来了兴致，接过来唱道：

小小无锡景，盘古到如今

东南西北共有四城门呀

一到(仔)民国初年份呀

新造(那)一座(末)光呀光复门呀——

……

听到船工接过去唱了，而且声音很大，阿香也不示弱，站了起来，把编好的辫子往身后一甩，放开喉咙，大声地和船工一齐唱道：

天下地儿泉呀，惠山脚半边

泉水碧清茶叶泡香片呀

锡山相对那泉山呀，山脚下两半边

开个泥佛店呀——

……

两人就仿佛比嗓子，一个比一个嗓门大，惹得满船人都笑起来。

阎少泓笑得直不起腰，使劲地拍巴掌，说没想到阿香唱歌这么好听。其实那个船工唱得也不错，可惜阎少泓只听到阿香的歌声。

余贵生对唱歌不感兴趣，他去舒静仁包里拿肉粽子吃，昨晚的狗肉已经消化得差不多了。

见余贵生已经在吃早饭，其他几个也都纷纷去包里拿东西吃，船上立刻安静下来，大家都在静静地吃东西。

阿香拿了一包东西过来，说是给余贵生吃的，算是回谢他昨晚的狗肉。余贵生问是什么东西，她说是方糕，又问是什么馅的，说是豆沙馅的，余贵生就摇头，说他不喜欢吃甜东西，他喜欢吃舒静仁的肉粽子。舒静仁接过方糕说："我就喜欢吃这东西，而且最喜欢吃豆沙馅的。"他从里面拿了一块，问她怎么想起带这个东西来，阿香说是临走时，她叔叔瞒着婶婶，偷偷地塞进她包里的。阎少泓也拿了一个，他甜的咸的都喜欢吃。吃完方糕，作为回敬，阎少泓也把自己带来的小笼馒头和酱排骨拿出来给阿香品尝，说是他妈亲手做的，这都是无锡城最有名的小吃。见有酱排骨，余贵生毫不客气，不请自到，伸手就抓了两根，坐到一旁啃起来。

吃完早饭，大家都坐在船上的麻袋上休息，静静地看岸边。经过一夜，船已载着他们过了常州，船工说，再过一天一夜就可以到达镇江。从镇江开始，他们的船就要沿长江行驶了。

偏偏这个时候风向变了，刮起了偏北风，船无法借助风力行驶，而且还被顺流而下的河水推着往后退。船只得停靠在岸边，如果不借助纤夫的拉纤，很难继续前行。

有个船工上岸去找纤夫。约莫一个来时辰，船工回来了，带来了七八个纤夫，都是扎腰带、穿草鞋，上身赤膊的人，这种人都是专门做这种营生的，运河上常能看到他们的身影，因常年风吹日晒，皮肤黝黑，身上的肌肉不是很发达，但两只脚特别有劲，就像带了钩子，落地即嵌进脚下的泥土，拉起纤绳来，只会往前，不会后退。

可能是想在众人面前卖弄一下武功，或是见拉纤人肌肉不够发达，余贵生在一旁跃跃欲试，说反正闲着也是闲着，不如去拉纤，也好活络一下筋骨，说着就跳下船去。其他人都站在船上看，阎少泓在舒静仁身边，拍拍他的肩膀说："他以为有武功就能拉纤，我们等着看好戏哦——"

船工在船头上系好粗麻纤绳，将长长的纤绳盘作一堆甩上岸。纤夫接过纤绳，一字排开，各自拿出一块纤板儿，纤板儿长约两尺，宽约两三寸，两端各有一孔，拴上细细的苎麻绳，用纤尾儿在大绳上系了个扣，纤板儿斜挎在肩上，然后勾下身子，脚下站稳当了，就听领头的一声吆喝，大家一齐发出低沉的应声，船就缓缓地向上游移动了。

为了显示肌肉，余贵生排在第一个，拉起了头纤。平常，纤夫们都不愿意拉头纤，因为要卖大力气。余贵生又没有纤板儿，也没有苎麻绳，就用手拉。只见他双手紧拉纤绳，头埋得低低的，几乎贴到地面，看样子倒是蛮卖劲，也不知道他究竟发挥了多大作用。可是没拉多久就感觉不对劲了，他站的地方好像总比人家站的地方滑，膝盖也比人家的软，动不动就两脚打滑，双膝跪地。渐渐地，两只脚也不够用了，经常腾出一只手来当脚使。

船上的阎少泓笑得前俯后仰，最后笑得站不住，四仰八叉地倒在麻袋上。阿杏也跟着笑，自从见面就没见她笑过，她笑起来很特别，眼睛眯成了一条线，眼珠都找不到，别人笑起来都是张大嘴，她却是收拢嘴，因为她嘴唇上有一道很深的裂口，还是冬天留下来的，不小心就会把裂口崩开。

舒静仁见他实在累得不行，怕他累坏了，就朝他喊道："贵生——实在拉不动就算了，快上来歇会儿吧——"

余贵生早就想上来了，只是抹不下面子，现在听到舒静仁叫他上来，就着这个台阶，放下纤绳上了船。

只见他满头大汗，气喘吁吁，两个膝盖和两只手上尽是泥。

舒静仁拍着他的肩说："贵生，别逞强了，武功是武功，拉纤是拉纤，两码事啊。"

阎少泓也过来调侃他："你就是长四条腿也不够用啊，要像螃蟹那样长八条腿才行。"

余贵生窘得一脸通红，朝河里啐了口痰，甩着胳膊说："老子是不想拉了，老子想拉的话，一个人也能把船拉到镇江去。"

黄昏的时候，船行驶到茅家岭，发现前面有几艘挂着膏药旗的日军汽艇横在河道中间，挡住了去路。大家心里顿时紧张起来，不知出现了什么情况。汽艇上的日军也发现了他们，有个拿着指挥刀的日军，在甲板上朝他们叽里呱啦地叫喊，要他们停下来。

船停下来了，只见几只汽艇围着一只快要沉没的汽艇，那只汽艇已经起火，冒着浓浓的黑烟，船舷上到处是枪洞眼。阎少泓对舒静仁小声说，有可能是游击队干的，他们神出鬼没，经常在这一带水面活动，舒静仁心里面暗暗叫好，小鬼子的汽艇干掉一个少一个。

一只汽艇朝他们开过来，靠上来后，上来几个端步枪的日军。他们将船上所有人集中到一起，然后对货船进行搜查，所有麻袋都被他们用刺刀捅过了一遍。一个日军士兵回到汽艇，向站在甲板上的拿指挥刀的军官报告了搜查结果，那个军官将指挥刀插进刀鞘，对士兵说了几句话，日军士兵重新回到货船上，对舒静仁等五人用生硬的中国话喊道："统统的，走！"

直到70年后的今天，舒老仍不明白，当时日军为什么单单把他们五个人带走，而放过了所有船工和纤夫。他说，原因可能就出在穿着上，他们五个人的装束显然与干活的船工与纤夫有很大不同，也许就是因为这个原因，日本人对他们几个人产生了怀疑。

五个人被带到日军的汽艇上，然后被推入甲板下一间窄小的船舱。舱门盖上后，舱内里漆黑一片，什么也看不见，更不知道上面发生了什么。只觉得过了一段时间，汽艇发动了，"突突突"地不知道往哪个方向开去。

船舱里，大家彼此看不见，却能感受到彼此沉重的呼吸。阎少泓懊恼到极点，不停地长吁短叹，说此行出师不利，刚走一天就被日军抓到，看来是凶多吉少。他的悲观情绪很快就感染了大家，阿杏吓坏了，紧紧地靠着姐姐，声音颤抖地问:“他们要把我们带到哪里去呀?”阿香也回答不上来,只是叫她别怕。黑暗中又传来咔嚓声,那又是余贵生拉手指发出来的响声。

舒静仁是此行的发起人,觉得有必要稳定大家情绪,他虽然自己也难免紧张,也担心,但他知道,如果他也流露出紧张情绪,事情只会越来越糟。于是,他稍微镇定了一下情绪,对大家说:“我估计日本人可能只是怀疑我们的身份,并不知道我们要去哪里,去干什么,现在最紧要的是,如果他们来问我们,我们绝对不能说出要去的地方,日本人是不允许我们逃往国统区去的,所以我们一定要统一口径,就说是到镇江找事做的。”见大家都没回应,他又说:“不要怕,不会有事的,他们拿不到证据,奈何不了我们,肯定会放了我们的。”他连安慰带鼓励,要大家一定记住他刚才说的话,一定要统一口径,直到大家全都答应了为止。

不知过了多长时间,汽艇的“突突”声骤然停止。长时间的噪音突然停下来,反倒有种恐怖的寂静。大家都意识到,危险的时刻就要到了。

舱门被打开,他们发现外边跟里面一样黑,这才知道已经天黑了。一个日本兵在上面朝他们喊,让他们出来,大家依次出来上到甲板,在刺刀的威逼下,一个个走过跳板,上到岸上。舒静仁朝四周看了看,因为是晚上,也不知道是什么地方。在两个日本兵的押送下,他们五个人上了河堤,然后沿着一条小路向河堤下面走去。

还在河堤上,舒静仁就模糊地看见下面有条白晃晃的大路,路边停着一辆卡车,开着车灯,猜想可能是要把他们拉到哪里去。两个日本兵一个在前一个在后,把他们五人押在中间,朝下面的那条大路走去。舒静仁走在队伍的中间,因下坡路陡,大家前后都拉开了些距离,舒静仁前后看了看,趁鬼子不注意,蹲下身去,迅速从胸前内衣口袋掏出个东西塞入路边草丛。后面的日本兵赶过来,朝他大声呵斥,他假装系鞋带,指了指自己的鞋子,然后站起来快步跟上前面的人。

到了下面的马路,他们被押上了停着的那辆卡车,卡车发动,朝前方开去。

坐在摇摇晃晃的车上,因旁边站着看押的日军,大家都没说话。约半个小时后,卡车停下,他们被赶下车。

这是个小村庄,村庄里到处晃动着日本兵的身影,却不见一个村民,舒静仁猜想,这里很可能是日军的一个临时驻扎地,老百姓都跑了。

他们被带进了一间农舍,里面也空无一人,他们被关在里面,外面有个持枪的日本兵把守。屋内阴暗潮湿,散发出一股稻草的霉味,五个人东倒西歪地坐在地上，谁都没说话，也不知日本人要把他们怎样。

过了一段时间，进来一个日本兵，先把阎少泓押了出去。大约一刻钟后，他又被押了回来，接着就是舒静仁。

舒静仁跟着日本兵来到一间农舍，那间农舍里点了一盏汽灯，亮晃晃的，里面有张桌子，桌子后面坐着先前见过的那个拿指挥刀的日军军官，旁边站着个汉奸翻译，和一个日军士兵。舒静仁在上海蹲过租界巡捕房的牢房，对审讯并不陌生，就等待着他们发话了。哪知那个日军军官并没说话，而是走过来掀起他的头发，察看他的额头，然后又把他的衣领子拉下来察看他的肩膀，又看了他的手，看完了才回到椅子上坐下。接下来才是真正的审问了，舒静仁就按事先编好的那套话回答，说自己是刚毕业的学生，准备和几个伙伴搭便船到镇江找事做。

舒静仁回到农舍时，余贵生又被带走了，然后是阿香姐妹俩。最后，其余人全都回来了，唯独阿香没回来。刚开始大家还以为她被审问的时间长了点，后来发现不对，一个多钟头过去了，她还没回来，大家就开始着急了，却也没别的办法。阿杏蜷缩在黑暗的墙角里，她不敢大声哭，小声抽泣着。三个人都过去安慰她，叫她不要哭，说她姐姐一定会回来的。

因为担忧阿香，大家整个晚上都没睡好。屋里除了阿杏时断时续的嘤嘤的哭声外，还听到墙上有动静，窸窣窸窣的，好像是隔壁有人在干什么，几个人都很恐惧，离那面墙远远的。那声音也怪，时有时无，时小时大，断断续续，直到黎明才消失。

天亮，阿香终于回来了。

和去时不同的是，她像是完全变了个人。只见她披头散发，衣衫不整，原本红润的脸也变得苍白了，目光也呆滞了，脸上还留有泪痕，大家围上去，问她昨晚怎么了，她也不回答。阿杏走过去依偎在姐姐身边，紧紧靠着，生怕她又被带走。

昨晚的那个谜团也随着天亮被解开。原来，隔壁是个牛棚，里面有一头牛，农舍与牛棚之间的隔墙是板条钉成的，板条之间有很大一个缝隙，主人用稻草将缝隙填满。昨晚发出的窸窣声，正是那头牛在吃缝隙里的草。

中午过后，他们五个人被日军释放。大家都松了口气，庆幸被放了出来，唯有阿香没有显示出高兴，她似乎对后面的行程都没有了兴致。大家商量，按照原先的目标继续行程，但由于那条货船不可能等他们，肯定早走了，他们只能改变行动方式，一致决定抄小路往北走，徒步走到镇江，到了镇江再说。从这里到镇江应该不远，徒步一天应该可以走到，余贵生说，到镇江就不怕了，他有个舅舅在镇江，是个渔民，至少吃住不愁，说不定还可以向他打听往上游方向去的船。余贵生说的这条信息，使大家坚定了徒步去镇江的信心。

舒静仁说，最好先回到昨晚下汽艇时的运河边，他昨晚掉了件东西在那里。问他掉了件什么东西，他只说是个很重要的东西，要大家务必陪他去找回那件东西。

五人沿来时的马路往回走，走到半路上，舒静仁有些不放心，说是走大路会不会又遇到鬼子，不如走旁边的那条小路，只要能看见这条马路不至于走错方向就行。阎少泓不以为然，说怕什么，鬼子刚放了我们，难道还会再来抓我们不成。就这样，大家还是沿着马路走，舒静仁总觉得不放心，边走边回头看。

走了一半路程，忽听身后传来汽车马达声，回头看，一辆日军的卡车开了过来。舒静仁说："赶快跑吧！"阎少泓站着没动，说："跑什么？他开他的，我们走我们的。"大家都信了阎少泓的话，认为日军刚放了他们，不可能又来抓他们。

卡车在他们身边停下，下来几个端枪的日本兵，把他们团团围住，要他们上车。舒静仁暗自叫苦，刚才自己明明已经预料到了，可大家就是不信，现在果然又被他们抓住了。站在车上，大家也都后悔不迭，刚才舒静仁的预料无比正确，大家都没听，现在又要倒霉了。

日军把他们赶上车，车子继续朝前开，一直开到运河码头边，就是他们昨天下船的地方，日军下去，在河边上又抓到七八个正在捕鱼的农民，一起都推到车上，然后卡车掉头往回开。

在颠簸的车上，大家心里犯嘀咕了：小鬼子搞的什么名堂？为什么放了他们又抓他们？要把他们抓到哪里去？为何把捕鱼的人也抓来了？

卡车沿着马路一直开到了他们昨晚待过的那个村子。一进村子，就见村里跟他们走时完全不同，到处乌烟瘴气，鸡飞狗跳的一片嘈杂，日军有的在抓鸡鸭，有的在赶猪，昨晚那头吃草的牛也被他们赶了出来。大部分的鬼子已经在集合了，看样子他们像是要转移到其他地方去。

卡车停在村子中央的一块空地上，车上的人全都被赶了下来，然后又被押到一个房间，房间里堆满了小木箱，原来日军是抓他们的差，要他们搬运这些小木箱。

被抓来的人全都参加了搬运，要把屋里的小木箱子全都搬到外边的卡车上去。

刚开始，舒静仁以为那些小木箱很轻，搬了才知道，原来很沉，不知道里面装了什么东西。搬了几箱后,趁鬼子不注意,他打开了一只箱子的盖子,想看看里面到底装的是什么。就在他刚揭开箱盖时,就感觉背上重重地挨了一枪托,一个鬼子大声呵斥着,上来一把揪住他的衣领,连抽了他几个耳光,打得他眼冒金星,要不是缺少搬运工的话,肯定要一枪崩了他。

一个来小时后,总算把屋里的箱子全部搬上了卡车,日军一个个全都上了车,卡车发出轰鸣声,一辆接一辆地开出村子,车后扬起了阵阵尘土。他们几个气喘吁吁地站在路边,待最后一辆卡车开远后,余贵生朝那辆车啐了一口痰,同时把手指弄得咔嚓响,听起来就像被折断了一样。

鬼子走后,舒静仁问阎少泓和余贵生,知不知道木箱里面装的是什么,他们两个都说不知道。他却知道箱子里装的是子弹,这是他用挨了一枪托和几个耳光的代价换来的秘密。

舒老说,那次的遭遇还算是万幸,没有性命之虞,但接下来发生的事,则完全出乎他的意料。

第9章　夜半哭声

且说舒静仁等五人被日军抓差，搬完东西，浑身腰酸背疼，都想趴在地上好好休息休息。舒静仁却催促大家赶紧上路，因为他心里惦记着昨晚藏于草丛中的东西。

一行人拖着疲惫的脚步重新上路。阎少泓说："这回总不用再担心小鬼子来抓了吧，他们都已经跑远了，可以顺大路走。"舒静仁被鬼子抓怕了，所以格外谨慎，说："还是抄小路更保险点，万一小鬼子哪根神经搭错了，又回头来怎么办？"这次大家都听了舒静仁的，吃过一次亏，都不再信阎少泓的了。

大家就沿着马路旁边的一条小路走。路两旁尽是庄稼和少量的菜地，余贵生边走边四下里瞧，像在寻找什么。他好像发现了什么，突然撒腿跑起来，跑到前面的一块地里就蹲了下去，大家跟过去，原来是块红薯地。这是一块刚收过了的红薯地，有很多锄头挖的坑，和一些红薯叶子。余贵生一边用手刨土一边嘀咕道："这家人也太抠门了，挖得这么干净，也不给人家留点。"大家见他刨土，也来跟着刨土，把整块地都刨了个遍，还是有点收获，总共刨出几十个拇指般大小的红薯，虽然小了点，却还能吃，便拿去水沟里洗净，然后坐在地头，连皮带肉的啃吃起来。他们带来的食物因为没有算计好，在船上都吃光了，刚才替鬼子搬箱子搬得又累又饿，现在有红薯崽吃也不错。

阿香没有吃红薯，说她不想吃。从昨晚开始，她郁郁寡欢，心里头就好像藏了什么事。见她不愿说，其他人也不便多问，女孩子不愿说的事都这样。

吃完红薯，大家坐在地头休息。余贵生抬起屁股，用了很大力气，"噗"地放了个红薯屁，臭烘烘的，惹得大家都来笑他，唯独阿香没有笑，她好像总在想自己的心事。阎少泓笑完了说："静仁，来段故事吧，也好让我们消化消化。"余贵生一听也来了劲，他也知道舒静仁会讲故事。舒静仁说："来就来一段吧，讲完故事我们就走。"他想了想，就说了个古代的故事：

"从前，有个书生进京赶考，有一天，他走了好长时间的路，又累又饿，看见前面有个小村子，就过去敲开了一扇门。开门的是个老翁，书生说：'我走了一天的路，什么东西也没吃，实在是太饿了，能给点吃的么？'老翁让他进门，给他端来一碗红薯，书生接过来就狼吞虎咽，吃完了说太好吃了，再来一碗吧。老翁又给他盛来一碗，就这样，他连吃了三大碗。后来书生到了京城，考上了状元，做了宰相，尝尽了山珍海味，总觉得都没有赶考路上吃的红薯好吃，就派人去找老翁，把他请到京城，专门为他煮红薯。老翁把煮好的红薯端来，他尝了一口，说：'怎么没有原来的好吃呢？'老翁说：'红薯还是原来一样的红薯，煮的方法也和原来一样，这些都没有改变，改变了的是你。当年你又累又饿，饥不择食，所以觉得好吃，现在你做了宰相，山珍海味应有尽有，当然觉得不如当年的好吃了。'他觉得老翁说得有道理，于是派人把老翁送回了家，同时还送去了三马车的厚礼。"

阿香一个人坐在远离他们的地方，不知道她听没听故事。

故事讲完了，余贵生要他再讲一个，舒静仁站起来拍拍屁股说："你要赖，说好了讲一个的，赶快走吧。"舒静仁一心想找回那样东西，那东西对他很重要。

在路上，阎少泓跟阿香走在后面，跟她讲了很多话。以往，阎少泓每次跟阿香说话总会把她逗笑，今天阿香一点也不笑，她披散着头发，也没编辫子。阿香不笑，阎少泓觉得很没趣，便离开阿香，追上舒静仁说："你刚才讲得那个故事是自己瞎编的吧？我记得从哪本书上看过这个故事，说吃的是芋头，不是红薯。"舒静仁笑笑说："因为我们刚刚吃了红薯，我就把芋头改成红薯了，反正都差不多。"

走了一个来小时，来到了昨晚下船的地方。这地方是个小码头，岸边有几排石级延伸到水里。舒静仁站在河堤上仔细辨认，努力回忆昨晚把那个东西藏到了哪里，他找到了那条小路，可找了一圈也没找到要找的东西。大家怕他耽搁太多时间，就问他到底要找什么东西，也好大家一起来帮着找。他说是一张很重要的小纸片，大家就沿着那条小路分散开来找，结果找来好几张纸片，余贵生找来的那张纸片，舒静仁都不敢接，说："你怎么把别人擦屁股的草纸也捡来了？"余贵生赶紧把草纸扔了，说："我哪儿知道你找的是什么纸。"阿杏找到一张小纸片，舒静仁接过一看就高兴了，说正是它了。大家都围过来看，阎少泓一看就知道是名片，问他有什么用。他说不管有没有用，反正很重要。这张名片正是他离开上海时徐素琴给他的。

找到了名片，一行五人开始往北走，准备徒步到镇江。

他们沿着运河边上的一条小路走，运河直通镇江，沿运河走就不会迷路。因为被鬼子抓差搬弹药耽误了很多时间，原打算当天走到镇江的计划无法实现,眼见天黑了下来,向路人打听,得知距镇江还有几十里路,就打算找个人家借宿一晚。

隐约望见前面有灯火,走近前,是个小村子。

进了村子,敲开一扇门,向主人说明来意,请求投宿。主人听说是逃难的,就动了恻隐,这家人也有过逃难经历。进了屋,让他们坐下,说去弄点吃的来。大家围在厅堂的桌边坐下休息,赶路一天,他们早已是又累又饿。

不多时,主人进来,端来一大盆红薯,说只有这个了,大家说不必客气,有这个就不错了。只见盆里的红薯冒着热气,飘出红薯特有的香甜味,饥肠辘辘的几个人围着桌子就吃了起来,很快便将一盆红薯吃了个精光。

阿香只吃了一个就说吃饱了,她今天只吃了这一个红薯。

余贵生吃完红薯,连放了几个臭屁,说:“将来我们中间有哪个做了大官,别忘了今晚吃的这餐红薯,这是世界上最好吃的东西,山珍海味都比不过。”舒静仁接过他的话头说:“少泓最想做官,也最有可能做官,将来做大官了,不光别忘了这餐红薯,也别忘了我们几个才是。”阎少泓听了大笑道:“我要是真做了大官,我要再回到这里来,花重金买主人的一盆红薯,还要送给主人5马车的金银财宝,还有,你们几个也都可以得到1马车的金银财宝。”说得大伙都笑。

吃完红薯,舒静仁过去付饭钱,和主人好一顿推拉。主人说,出门在外不容易,人都有落难的时候,日本鬼子来扫荡的时候,他也曾逃难过,因为舍不得家里的几分地,又回来了。主人不肯收钱,大家连声道谢。主人说:“天色已晚,你们先去歇息吧,条件不好也就将就下。”说着把他们领到隔壁的一间杂物房,地上摆满了农具,墙角堆了一堆稻草。主人过去收拾农具,被余贵生拦住,说自己来,让主人也早点回屋歇息。

主人走后,大家开始动手,把农具收拾到旁边,再把墙角的稻草拿来一些摊在当中的地上,算作是床垫了,然后摊开带来的被子,就准备睡觉。舒静仁边收拾边说,比在外面露宿强多了。

舒静仁与阎少泓睡在靠门边的地方,阿香姐妹俩睡在里面靠墙的地方,余贵生没带被子,舒静仁叫他和自己挤一床被子,他不肯,说他睡觉打呼噜,很吵人,说着就一头钻进剩下的那堆稻草,只露出两只鼻孔在外边吸气。

大伙都躺下了,余贵生从稻草堆里伸出头来说:“静仁,讲个故事再睡吧。”舒静仁躺在被窝里说:“我说完了故事你别睡不着觉。”“不可能!”余贵生反驳说,“听完故事最容易睡觉。”

既然这样,舒静仁就答应说一个,他想了想,又说了个古代的故事:

“从前有个秀才，名叫秦韦，喜欢读书，喜欢吟诗作画。他在自家屋后的山边上搭了间草房，夜里常常去那里喝酒吟诗。一天晚上，他又去草房，坐在案桌边独自饮酒，几杯酒下肚，就有了些醉意。抬头看窗外，窗外寒星闪闪，夜风中传来虫鸣声，顿时感到孤寂，信口吟道：‘南山草屋夜风起，对月独饮邀知己。’可是他吟出了上半句后，怎么也找不到合适的下半句。正苦恼时，忽闻山间狂风大作，飞沙走石，狂风透过窗户吹进来，熄灭了桌上的灯，草屋内顿时漆黑一片。狂风过后，传来一个女子的声音，像来自很远的天边，只听那个女子吟道：‘相知何必在朝暮，天上宫阙胜桑梓。’秀才听了很高兴，这一句正是上半句的绝佳配对，刚才他苦思冥想都没有想出来。他不由走到窗前，透过月光朝外看，却没看见有人，顿时汗毛竖起，莫非是鬼！他隔着门，斗胆对外面说道：‘你既有才，何不露面与我相见。’门外的女子应道：‘先生开门，我即进来。’秦韦不敢开门，说：‘你现形我就开门。’外面不再说话，传来的是一阵凿门声，继而是刀斧劈门声……”

草堆里发出了阿杏的尖叫：“别讲了！我不听！”阿杏怕听鬼的故事。

故事没讲完就停了下来，屋内死一般的寂静，之后谁也没有说话，都静静地蜷缩在草堆里，没过多久，余贵生那边就传来了如雷的鼾声。

睡到半夜，舒静仁被一阵隐隐约约的哭泣声惊醒，以为是做梦，仔细一听，分明是个女人的哭泣声，哭声来自屋后山坡，时有时无，断断续续。

不只是舒静仁听到了哭声，阎少泓也听到了，他翻了个身，见舒静仁睁着眼睛侧耳在听，就说：“静仁，是不是你刚才的故事招来了鬼？”舒静仁说：“瞎说，哪有什么鬼，都是骗人的，这哭声是人的呢。”

两人越听越不对劲，就把余贵生弄醒，他听了听，说确实是有人在哭，说着就爬起来要出去看，就他胆大。舒静仁阻止了他，说深更半夜的，我们又人生地不熟，还是等天亮再说吧。

直到黎明时分，远处的哭声才完全停止，几个人又都睡着了。

天亮，睡梦中的三个人突然被阿杏一阵大喊大叫吵醒，只听阿杏哭喊着姐姐，喊得怪吓人。大家以为她姐姐出了什么事，爬起来跑过去看，见阿杏一人坐在墙角边草堆的被子里，问她姐姐呢，她说姐姐不见了。大家赶紧出去找，房前屋后都找遍也不见。舒静仁猛然联想起昨晚的哭声，立刻慌了神，莫非昨晚的哭声是阿香！

“快！快去后山坡！”舒静仁惊慌地喊道。

四个人就往后山坡跑。后山坡有片小树林，密密匝匝的，进到小树林中央，里面有块稍大点的开阔地,当中有棵高大的柿子树,并没见有人。舒静仁叫大家分头找,仔细搜索周围,完了再回到柿子树下集中。大家就分头去找,找了一大圈还是没见着人,便都回到柿子树下。

舒静仁纳闷了,阿香究竟去了哪里呢?他似乎有某种不祥的预感,心里就像装了面小鼓,敲得“咚咚”的响。他无意中抬头朝树上看去,这一看不得了,浓密的树叶间垂下一双脚,那双悬着的脚被山风吹得轻微摆动着……

一见脚上的那双布鞋,阿杏就认出了姐姐,发疯似的扑上去,哭喊着要姐姐,三人拼命将她拉住。

几个人站在树下,望着树上的阿香发呆。阿杏还在声嘶力竭哭喊着姐姐,她姐姐却静静地悬挂在树上,黑缎子般的长发披散开来,完全遮住了脸,她像是刻意这么做的,为的是不让人看见她的脸。她昨晚趁妹妹睡着了跑出来,在这哭了一晚上,直到黎明才把自己挂在树上,可以想见,她之前是进行了很长时间的内心挣扎。

胆大的余贵生爬上树,把阿香放了下来,她脖子套着的那根绳子,正是她用来捆被子的细麻绳。阿杏再次扑上去,趴在姐姐身上哭得死去活来。

人已死去,再哭也哭不回来,大家惋惜阿香的死,同时也可怜留下来的阿杏。三个人去向房主借来锄头,在树下挖了个坑,把阿香就地掩埋在那棵柿子树下。

阿香为什么寻死?大家猜测与前天晚上被日军拉去一夜未归有关。前天晚上发生的事只有阿香自己知道,她没跟任何人说,如今,她把这个秘密带去了天国。不管前天晚上发生了什么事,她“宁为玉碎不为瓦全”的坚贞已昭然,她是在用她的死,来捍卫她最后一点做人的尊严!一天来,她郁郁寡欢,不说话,很少吃东西,可惜都没引起大家的警觉。

大家议论她不该寻死的,为了妹妹也该活下去,现在她死了,阿杏怎么办?她现在只剩下她哥哥这个亲人了。见阿杏哭得可怜,大家都过来安慰她,说不会把她扔下,会带着她继续走,阎少泓还说一定会把她带到四川,亲手把她送到她哥哥那里。

时隔几十年,说起这件事,舒老还深怀内疚。他双眉紧蹙,说他对阿香的死负有责任。首先,那天发现阿香情况不对时,应该多问问的,可惜没多问;其次,那天晚上听到哭声,本该出去看看的,如果出去看了,就不会有后面的结果,可惜的是,他自己没出去看,还阻止了余贵生。

舒老说，抗战结束后，他回到无锡，遇见了阿香的哥哥，应她哥哥的请求，陪同他找到那个村子，找到了那棵柿子树。当时树上结满了柿子，远远看去红红一片，但在树下没见到阿香的坟。当年他们草草地挖了个坑，就把她掩埋了，坟堆不高，也没法立碑，过了这么多年，她的坟茔已变成了平地。

舒老说，他们最终还是挖到了阿香的遗骸，她哥哥在收拾她的遗骸时，他在树下点了三炷香，烧了一叠草纸，表达深深的缅怀，和深藏心底的歉意。

第 10 章　镇江奇遇

掩埋了阿香，四人继续上路，当日夜晚到达镇江。

舒老说，那时的镇江是江苏省省会，扼守在一横一纵的长江与京杭大运河交汇处，地理位置极为重要，自古为兵家必争之地。但是淞沪会战，上海守军苦苦支撑了三个月，最终还是撤离了上海，失守上海没几天，南京政府就做出了移都重庆的决定，基本上放弃了坚守南京。作为南京的门户——镇江，也就没什么可坚守的了，未作认真抵抗，很快就被日军占领。

到达镇江的时候，天已黑下来，在长江边，四个人站在冷飕飕的江岸，看着迷茫的江水发呆。夜色中，看不见江对岸，只见江中星星点点的渔火，和倒映着月光的江水。江风吹来，掀起了他们的衣角，拂乱了他们的头发，大家心中不免怅然。

好在余贵生曾说过他有个舅舅在镇江，大家不至于太落魄，好歹也有个落脚点。听余贵生说，他的这个舅舅是渔民，过去曾来过无锡好几次，每次都带很多干鱼来，他妈也带他去镇江看过这个舅舅，战争爆发后，两边就断了来往。

没费多少周折，他们就在江边找到了他舅舅。他舅舅叫阿发，个子不高，挺有精神的。他老婆长得又矮又胖，看来是怀孕了，肚子挺大的，显得更胖，衣服都快撑爆了。据说胖女人很会生儿子，她一口气给他连生了两个儿子，用不了几个月又要添丁。他们一家四口以船为家，捕鱼吃住都在船上。

见到外甥，阿发很高兴，说他长高了，也比以前更结实了，还说他是一块做渔民的好料。问起他父母的情况，余贵生都做了回答，他还把自己打算去当兵的事对他舅舅说了，说他爸妈都很支持他，特别是他爸爸，非常支持他当兵打鬼子，还亲自把他送到运河边，叫他到部队一定要好好干，不要想家。

余贵生撒谎撒得有模有样，舒静仁几次想笑，硬憋着没敢笑出声。余贵生还把其他几个人也都向他舅舅作了介绍，说除了阿杏，其他三个人也都是去当兵的。阿发听了大笑起来说，还是你爸爸有远见，当兵比做渔民好，他的鱼经常被日军和伪军白拿，分文不给，向他们要钱就等于是找死。

阿发问他们吃饭没有，余贵生说已经一天没吃东西了，就把这一路上的艰辛都说给了他听。阿发听了,十分心疼外甥,吩咐他老婆赶紧去做饭。

他们这条船不大,分工却很明确,船头是捕鱼作业区,船中间搭了个竹篾篷子,是晚上睡觉的地方,船尾算作是厨房,有个小炉子,锅碗瓢勺一应俱全。他老婆在后面生火烧饭,炉子里冒出的烟都跑进棚子里来了,呛得大家都钻出棚子,坐到船头说话去了。舒静仁向阿发打听上游的情况,问他能不能找到去上游的船,阿发说他只在附近一带捕鱼,并不走远,对那边的情况不太熟悉,也不知道有没有去上游的船。不过,他的老丈人是跑运输的,经常跑上下游,明天可以去问问他。

不大一会儿工夫,饭烧好了,阿发叫他们过去吃饭,大家又都进到棚子里,只见他老婆煮了一大锅泡饭,还有一碗鱼,是条蛮大的鱼。他们肚子早已饿得咕咕叫,把一锅泡饭和那条鱼连汤带水的都吃了个精光。

吃完饭天色已经很晚了,阿发给大家安排睡觉的地方。船上只有一张床,中间隔了块布帘子,一边睡的是阿发夫妻俩,一边睡的是他们的两个儿子。阿发说,阿杏可以跟他两个小儿子挤在一起睡,另外三个人就只能睡船板上了。大家都客气地说不碍事,比睡在外面的地上要好多了。船板挺干净的,可以直接把被子摊在上面,三个人,两条被子,一条当垫的,一条当盖的,问题就解决了。

第二天一早,阿发就带着他们四个去找他老丈人。他往身上披了件衣服,也没穿上袖筒,两只袖子在后面晃荡着。

走到一处江边,远远看见几条大船,有条船正在升帆,桅杆边站着个人,指手画脚的。阿发说那人便是他老丈人,是这条船的船主,说着就用手握成筒状,朝他老丈人喊了起来。他老丈人在船上听见喊声,扭头往下看,见是阿发,问他什么事。阿发朝他招手,让他下来。

他老丈人好半天才从船上下来,一看就不太高兴的样子,边走边骂道:“有事你不可以上船来说,还要我下来听你说,没大没小的,有你这样的么?”

他老丈人矮墩墩的,一脸络腮胡,系着黑腰带,衣服敞开,露出长满胸毛的古铜色胸脯。走到他身边,当着他身后的人,更是起劲地骂道:“你不去捕鱼,跑到这里来叫魂样的叫什么?可怜我的女儿和外孙,跟你就没享过一天清福,瘦得都不成人形。”

他今天很不给女婿面子,阿发没开口就被他一顿臭骂,骂得灰溜溜的。

他们几个都觉得他老丈人骂得有点过火,阿发老婆胖得不能再胖,两个儿子也都是胖墩墩的,怎么能说是瘦得不成人形呢?

老丈人见他不吭气了，这才缓和口气问道："你喊我做什么？"

阿发被老丈人骂过一通，这才轮到他说话。他把后面的余贵生拉上前来，说是他的外甥，接着就把他们几个人想到武汉和四川的事说了，问他今天准备到哪里去。他老丈人说是准备去江阴，后面的几个人一听就泄气了，他老丈人去的是下游，跟他们要去的方向完全相反，都觉得运气不济。

"几天回来？"阿发问道。

"少说也要四五天。"

"回来了还会往上游去么？"

"你问我，我问哪个？"他老丈人又瞪起了眼，有点不耐烦的样子。他老丈人是帮人家拖货的，去上游还是下游并不是由他说了算。

"你帮我去问问，有没有别的船去，要是有的话你就帮我说说，把他们带去。"

他老丈人也不睬他，转身就走。

回来的路上，阿发说，他老丈人就这个脾气，好起来的时候又蛮好，今天可能是没带鱼来，等下次捕到了鱼，给他提几条去就好了。

这一趟没有什么结果，但不是完全没有希望，何况阿发还说，过几天他会提几条鱼去问他老丈人，要他们耐心等几天。

他们几个就商议说，既然来了，只有等几天了，急也没有办法。但也不能给阿发添麻烦，不能坐在这里白吃饭，等待的时间不如帮他去捕鱼，也好打发时间，阿杏也可以帮阿发老婆烧饭。他们把这个想法跟阿发说了，阿发咧开嘴笑着说："麻烦的事就别提了，你们愿意跟我去捕鱼倒是可以。"

第二天早晨，一轮鲜红的太阳从江面上升起，像个通红的大圆盘，整个江水都被染红了。阿发一早就起来了，大家也都跟着起来，帮着阿发做出船前的准备。阿杏在船尾帮阿发老婆做厨房里的活，余贵生和舒静仁上岸去拿橹和桨，渔民不出船时都要把这些东西收上来，不然会泡烂。余贵生扛着橹，舒静仁扛着桨，阎少泓抱了一大捆渔网，渔网头天已经晾晒好、叠好，他不懂得规矩，一下子就把渔网弄乱了，而且越弄越乱，怎么也理不出个头绪。

两个胖墩墩的小孩一早起来就蹲在江边玩泥沙。阿发从船舱里捧出个木托盘，上面放着个很粗糙的似人又像鱼的木雕的东西，旁边还有个小香炉。他小心翼翼地把托盘捧到船头，把托盘里的雕像恭恭敬敬地摆在船头，在香炉里点燃三炷香，然后跪下去对雕像磕了三个响头，嘴里念念有词。他们几个站在一旁看，等他拜完，才来问他刚才拜的是什么东西，阿发说是江神，他说渔家都有这个规矩,出船前必要先拜江神,不然的话,不仅没有好收成,还有性命之虞。

7点钟左右的时候,一切都已准备妥当,阿发说可以发船了,就跳到岸上去,把他的胖儿子叫上船,然后把拴船的缆绳解开抛入舱内,用力一推,船就离了岸,阿发随即也上了船。余贵生帮着阿发在后面摇橹,舒静仁与阎少泓两个各坐一边划桨。

阿发说今天要去的地方叫龙塘湾,那里有个"鱼王庙",每年这段时间,附近的鱼群都会游到"鱼王庙"来朝圣,是捕鱼的最好时机。舒静仁与阎少泓对阿发的这个说法不以为然,认为是迷信,从来没有听说过有鱼王,更没听说过鱼会朝圣。

大约两个来小时后,他们的船抵达了龙塘湾。这段江面很宽,江心有片绿洲,洲上有个小山丘。阿发说这个地方就是龙塘湾。大家不禁问道:"鱼王在哪?"阿发用手指着绿洲上的山丘说:"喏,就在那里。"顺他手指方向看去,山丘顶上有座庙宇样的房子,但显然要比一般庙宇小很多。阿发说那就是鱼王庙,鱼王就在里面。由于离得远,看不清庙里面,只觉得外表有点神秘。

阿发把船停在鱼王庙一侧的江面上,说就在这里等候鱼群前来朝圣。见阿发说得极其认真,不像是骗人,大家也就坐下来静静地等,倒要看看鱼群是如何来朝圣的。

过了些时间,阿发好像是有所发现,站了起来,手搭凉棚,向东边望去,大家也都跟着站起来,学他的样子,手搭凉棚,伸长脖子,向东边看去。东边是江水的下游,日出的方向,逆光刺眼,他们看了半天,只看见江面在阳光照射下泛起片片金色的鱼鳞光,其他什么也没看见,不知阿发看见了什么。

阿发不仅用眼睛看,似乎还在用耳朵听,大家更觉奇怪了,眼睛都没看见什么,耳朵又能听到什么呢?大家使劲听,也没听出什么异常。

阿发一番观察后,对他们几个说:"朝圣的鱼群来了。"大家问:"在哪儿?"他用手指着远处说:"你们看——"只见远处金色的鱼鳞光下似乎有片白色的物体,好像还在移动,向这边缓缓移动过来。

阿发叫大家赶紧做好准备,把船舱里的渔网拿出来。他一边整理被阎少泓弄乱的渔网一边跟他们几个说,这是漂浮网,网眼比较细小,专门用来捕捞白条鱼,白条鱼长不大,个头小,但肉嫩,味鲜美。

阿发整理好渔网,站起身,左手握住渔网蹶子和约三分之一的网口部分,右手将网蹶子挂在大拇指上,再握住网口的剩余部分,两脚叉开站在船头,阿发已经做好了撒网的姿势。

远处，那片白色的物体沿着绿洲的岸边逆水而上，朝鱼王庙移动过来。靠近时，看得更清楚了，只见阳光照射下的江面，如风吹过一般，扬起丝丝波纹，白茫茫一片。原来那片白色物体就是聚集在一起的鱼群，它们好像在某个东西的指挥下统一行动，不仅统一了方向，而且统一了速度。阿发说那就是白条鱼的鱼群，由于数量多，所以茫茫一片，所以有声响，这种声响只有渔民才能听见。

虽然阿发说的没错，大家心里仍有疑问，它们真是来朝圣的吗？

阎少泓会钓鱼，对鱼的习性比较熟悉，他不相信阿发的说法，仔细观察过周围的环境后，果然有了发现，他附在舒静仁耳边悄悄说道："静仁，你以为它们真是来朝圣么？它们是来产子的呀！你看！"他指着远处的港汊，"那片港汊里有很多回水，岸边长了很多芦苇，鱼最喜欢到这种地方来产子，它们逆流而上，就是为了到这里来产子。"

阿发朝阎少泓使眼色，让他别出声，鱼群已经朝这边游过来了。

鱼群从船舷的一侧游过时，阿发双手操渔网，将身体向左旋动，然后猛地发力，向右转动，同时将手中的渔网撒出。撒出的渔网犹如一顶帐子，从空中轻飘下来，准确地罩在鱼群上。紧接着，他将手中的渔网蹶子猛地一提，开始收网，渔网收拢时，里面已经兜住了沉甸甸的一网兜鱼。大家都过来帮着将渔网往上拽，渔网很沉，四人奋力才将渔网提拉上了船，打开网口，"哗"的一声，船舱里满是欢蹦乱跳的银闪闪的白条鱼，阿发乐得咧嘴直笑。

中午，他们在船上吃了顿简单的午饭，一直忙碌到傍晚，才满载而归。

晚饭较丰盛，有几盘煎鱼，就是用白天捕捞上来的白条鱼煎的，外酥里嫩，味道十分的好。阿发喝了一杯烧酒，喝完又加了半杯，然后吐着酒气对他们几个神秘兮兮地说："晚上带你们去'跳白船'。"大家面面相觑，不知什么是"跳白船"，难道要比捕捞白条鱼更有趣？

晚饭后稍事休息，阿发就带着他们出发了。

阿发这回只带了他们三个人去，把阿杏留了下来。他把他们三个带到岸边的一个山坳，那里有堆干草，扒开草，露出一条小舢板，旁边还有堆石头，其中有块石头很特别，是块长条形白石，很平整。阿发叫他们先把小舢板抬到江边，放入水中，然后又把那堆石头搬过去。

他们把石头搬过去的时候，阿发已经在船舷的左侧支起了一张渔网，像是从废旧渔网上截取下来的一块。阿发叫他们三个先上船，他自己在岸上，把那些石头往船舱里放，一边放还一边看船的吃水深度。大家觉得奇怪，把石头放船上干什么？不会压沉船呀？更奇怪的是，阿发把石头全都放在船舱右侧，使船身向右侧水面严重倾斜，都快要进水了。阿发看看差不多了，就招呼余贵生下来帮他搬最后一块石头，就是那块白色的长条石，这块石头很沉，得两个人搬。白色条石也被放在了船的右侧，不同的是，不是放在船舱里，而是放在船舷板上。这一切都搞定后，阿发才上了船，叫大家轮流划桨，将这只倾斜着的小舢板慢慢地划入江心。

按照阿发的指引，小船离岸后驶入江心，然后掉头向西，向漆黑的上游划去。

夜色中，小舢板静静地劈开水面，将月光的倒映搅成了一片碎银子。船身向右侧严重倾斜，因怕舢板翻过去，除了阿发，其他人都情不自禁地把身子往左边倒，以保持船的平衡。划了一段时间，他们发现竟然又来到了白天到过的地方——龙塘湾。

夜色中的龙塘湾与白天看到的有所不同，月光下，龙塘湾宁静而安详，山丘顶上的鱼王庙，月光中只见剪纸般的轮廓，更加增添了几分神秘感。

阿发并没有将舢板停泊在白天停泊过的江面，而是向更远处划去，一直划到岸边一处港汊。港汊里风平浪静，两边全是密密匝匝的芦苇丛。芦苇的根生在水底，茎叶露出水面，比人还高。船在芦苇丛中硬挤出一条路来，苇叶在船上、人的身上和脸上摩挲，发出"沙沙"的声响。

穿过密实的芦苇，来到一处较为开阔的水域，阿发让船停下，叫大家静候，不要出声，不然就没法"跳白船"。阿发把这个"跳白船"搞得很神秘，大家也都闭上了嘴，睁大了眼，很想看看究竟是怎么个跳法。

小舢板静静地浮在水面上，随微波轻轻荡漾。四周除了芦苇在微风作用下发出的摩挲声外，水面偶尔弹出一两条小鱼，在空中划了条弧线，又"叮咚"一声落回水中。过了一会儿，水面上出现了较大动静，一阵"哗哗"的响声从远处过来，响声越来越大，越来越近，突然，一道白光从眼前闪过，一条大鱼从压着白条石的一侧跃出水面，将要越过舢板时，被船舷左侧的渔网拦住，弹了回来，落进船舱。紧接着，第二条鱼又跃出水面，就跟刚才一样准确地落入船舱。大家简直惊呆了，鱼怎么会自己送上门来呢？

落入船舱的鱼，还在里面蹦跶，使劲地摆动着尾部。看看差不多了，阿发说可以收手了。他点起了渔灯，开始清点舱内的鱼，总共有二十来条，平均每条都有四五斤重，最大的一条估摸有七八斤，今晚着实收获不小。

就着渔灯，阿发辨认着船舱里的鱼，说大部分都是青白鲩，只有几条是鲤鱼，他说青白鲩比较好卖一些，鲤鱼只是看相好，卖相并不好。直到这时候，大家才提出心中久存的疑问：鱼为什么会自动跳进船舱？阿发卖关子似的笑了笑说："往回划吧，我们边划边说。"

返回的路上，阿发道出了其中奥秘，也许是他们几个并不从事捕鱼的营生，不然他是不会向外人透露这些捕鱼技巧的。原来，这些大鱼都是到芦苇丛里来觅食的，芦苇丛里有很多小鱼虾，大鱼都是以这些小鱼虾为食的。但是，"螳螂捕食，黄雀在后"，紧随其后的是江猪和豚猪，它们又是以这些大鱼为食的，因此追踪而来。大鱼被江猪或豚猪追逐，受到惊吓，所以在水中游动时响声比较大，慌乱中又突然看到船舷上的白石板，以为遇到对方阻截，再次受到惊吓，就从水里跃起，本来可以跳过船的，却又被船舷左侧的渔网拦住，就掉到船舱里了。

原来是江猪和豚猪在帮忙，大家不由对这两种生活在长江里的生物充满了好奇。由于是晚上，刚才谁也没看清水下的它们，就向阿发问起这方面的情况。阿发说，这两种东西说它是鱼又不是鱼，它们虽然生活在水里，却不能在水下呼吸，只能在水面呼吸。因为它们很有灵性，所以渔民一般都不捕捞它们，更不会伤害它们，当地人还流传豚猪救人的事，只是没有亲眼所见。

关于这两种生物的区别，阿发说，这两种东西看起来差不多，其实也容易分辨，江猪是银灰色，嘴巴很短，像猪嘴巴，所以叫江猪，而豚猪则是白色的，嘴巴很长，尖尖的像根棍子。

听完阿发的介绍，大家都觉得很有趣。舒静仁想起来，他曾在圣约翰大学图书馆的一本书上看过有关介绍，江猪的学名叫江豚，而豚猪学名叫白鳍豚，它们不属于鱼类，都是哺乳动物。

四人边说边把船往回划，由于顺水，很快就回到了出发地。靠近江岸时，忽然从岸边传来一声厉喝："别动！"同时射来一束电筒光，光束在小舢板上扫了几圈，然后在他们几个的身上晃了晃，很刺眼。他们三个都是第一次遇到这种情况，不知对方是何人，只知情况不妙，就想将船掉头往回划。阿发不是第一次遇到这种事，他表现得很镇定，叫他们都别动，说已经跑不掉了。阿发说得一点没错，一条小船已经从岸边朝他们这边划过来，小船一直划到他们的舢板边，就着月光，他们才看清了小船上的人，原来是巡夜的伪军，有三个，都穿着黑色制服，戴着大盖帽，背着长枪。

小船靠上来后，刺眼的电筒光又在他们几个身上晃，同时传来问话声，问他们半夜三更跑出来干什么，四人之间是什么关系。也许是没发现什么疑问，也许是他们根本就没把心思放在盘查上。电筒光开始往船舱里照，发现了船舱里的鱼，一个伪军立即把长枪往身后背去，爬过船帮，边爬边说："老子为保你们平安，半夜三更跑到这里来喝江风，你们也该犒劳犒劳。"说着就来翻看舱里的鱼，把那些又大又肥的青白鲲往自己的小船里扔，只留下几条看相好而卖相不好的鲤鱼。

青白鲲被全部拿走后，小船才慢悠悠地划走。

望着夜色中离去的小船，他们几个都对伪军的做法感到很气愤，忙活了大半夜，好不容易捕到的鱼却被他们这些无赖平白无故抢去。阿发虽心痛，却说遇到这种事也只能自认倒霉，天下就这个样子，胳膊拧不过大腿，没把鱼全拿走就算不错了。

几天的捕鱼生活过得很快，有愉快，也有气恼，但他们几个谁也没把心思全都放在捕鱼上，时刻都没忘记此行的目的，在帮阿发捕鱼的同时，他们也在焦急地惦记着阿发的老丈人，盼望他快点从下游回来。

到了第四天的下午，阿发他老丈人终于从江阴回来了。晚上，阿发精心挑选了两条大鲤鱼，提着去见他老丈人。回来的时候带来了一个不算太好的消息，说有条货船明日启程去湖北的黄冈，问他们愿不愿意走。虽然不是到四川，也不是到武汉，但黄冈离武汉已经很近了，大家商量，总不能老待在这里捕鱼，走一段是一段，也顾不上那么多了，一致同意跟这条船走。阿发见他们愿意走，连夜又跑去找他老丈人，把具体的事情都落实好了，叫他们赶紧做准备。

第 11 章　铜陵历险

第二天，天刚蒙蒙亮，四人就起来，匆匆洗漱完毕。阿发也起来了，他往身上披了件衣服，说要把他们送到船上。大家过去跟阿发老婆道别，阿发老婆刚起床，穿了件无袖短褂，露出大半截球状的大肚子，鼓胀着上面两个球状的大肉坨。她一身鱼腥味，昨晚忙到很晚才睡，煎了很多白条鱼，都装在陶钵盂里，说是不容易坏。听说他们马上要走，她拿来陶钵盂，让他们带在路上吃，说是可以管好几天的。

告别了阿发老婆，他们跟着阿发来到江边的货船码头，码头上停泊了好多条船，每条船的个头都比运河上的船要高大许多。从昨晚开始就起了风，风很大，江面被掀起了浪花，浪花拍打着江岸，也拍打着船体，发出“哗哗”声。江面上灰蒙蒙，天也灰蒙蒙，看来今天是个阴天。

要走的那条船已经升起了风帆，船工们都在甲板上忙碌着，在做最后的准备。阿发先上船去联系，今天要走的这条船不是他老丈人的船，但船老大和他老丈人关系极好，都已经安排好了。没过多久，阿发就站到船边朝他们招手，让他们也上去。

几个人通过一块倾斜度很大的跳板上到船上，阿发把余贵生拉到身边，对船老大介绍了一番，要他路上多加关照，说等他从黄冈回来，就去他船上去喝杯烧酒。

船老大长得很魁梧，穿了件灰布衫，扎着一条很宽的灰布腰带，张着一口被烟草熏黑了的牙齿说：“都是在这条江上混的，何必客气。”说着就来看余贵生，拍了拍他的肩，又摇了摇他的胳膊说：“倒是做船工的好料，将来在外边混得不行了，就到我船上来，包你吃穿不愁。”说着就大笑起来。

快要开船的时候，阿发才下去，站在岸边，还在朝他们不停地挥手，他们几个也在船上朝他挥手。

船帆被江风吹得鼓鼓的，解脱缆绳后，驶离码头，渐行渐远。阿发还站在码头上，远远看去，像个无手人，两只空袖管随风飘舞。

比起运河上乘的那条船，这条船的条件要好许多，甲板上的活动面积也很大，晚上还可以睡在船舱里，船舱里虽然装了很多货物，中间有很多缝隙，随便钻哪里都是睡觉的好地方，不必在外面露宿。他们把行李放进船舱，都来到甲板上，或躺或坐，迎着江风，领略两岸的田园风光，一边交谈着这次运气还算不赖的话。经过龙塘湾时，又见绿洲和那个鱼王庙，晦涩天气下的绿洲灰蒙蒙的，洲上的树及远处的芦苇被风吹得一边倒，山丘上的鱼王庙岿然不动，却显出几分破败与凄楚。

从镇江到湖北黄冈，行船数日，船上生活单调而乏味，行船期间，他们除了晚上蜷缩到船舱里去睡觉，白天大部分时间都在甲板上活动。舒静仁好在出门时带了几本书，没事就躺在甲板上看书。阎少泓很重视他的发式，没事总爱用他那把牛角梳子梳头，梳完了头发再来梳小胡子。余贵生自有打发时间的办法，他在甲板上脱去上衣，露出有点肌肉的胸脯，先是蹲着马步转圈子，把两片胸脯拍得噼啪作响，就像卖狗皮膏药的，两片胸脯被他拍得通红。阎少泓没事总爱拿他开玩笑，见他拍打胸脯，便在一旁调侃说："要不要我帮你拍打几下，你打得也太轻了点。"余贵生也不理会他，拍打完胸脯，接着就打起了套拳，看起来有点像是猴拳。阎少泓又在一旁戏谑道："你应该到东海龙王那里借一根定海神针来，威力更大些。"余贵生学孙悟空的样子，勾起一只脚，手搭凉棚朝他看了看，一个跳步跳到他跟前，吓得他拍拍屁股爬起来，说："跳到江里才好，被江猪吃了。"余贵生回道："老子掉到江里，还不知道谁吃谁呢。"

阿杏没事总喜欢摆弄小圆镜，这面小镜子本是她姐姐的，现在归她了。过去她姐姐活着的时候，很少让她碰这面镜子，说她手指间的缝隙大，是"漏财手"，好东西到她手上就会毁了。所以阿杏现在拿镜子十分小心，生怕掉地上。她拿镜子不看正面看反面，镜子背面有幅仕女图，仕女拿着一支带坠子的竹箫，倚在一块奇形怪状的假石上。

数日，货船行至安徽境内，在一个小码头泊岸，船工们上岸补充给养。他们几个也都上了岸，准备买些食物。阿发老婆给他们带来的食物，尽管他们一路上省着吃，却因嘴巴多食物少，经不起几天吃，再不补充就要挨饿。

刚下船，就见不远处的岸边围着一群人，人群里传来哭声。舒静仁说："去看看。"说着就朝那边走去。几个人走到了跟前才看清，原来被围着的是一具妇女尸体，那妇女赤身裸体，肚子被挑开，肠子拖了一地，身旁一片血污，不远处的地上还有一具胎儿尸体。一个中年男子在死去的妇女身边哭诉,看来是死者丈夫,他的哭诉也大致听出点眉目,说是刚才有一支日军的小部队从这经过,抓到这名大肚子孕妇,将其奸淫不说,还令其赤身裸体站在江边供其欣赏。妇女不堪羞辱,趁日军不备,转身投入江水,日军连向江中开枪,将其打死,然后拖上岸来开肠破肚,又用刺刀挑出胎儿……

阿杏被两具尸体吓坏了,蹲到一旁呕吐,大家也不愿再看了,赶紧离开。

岸边有个小村子,有10来户人家,进村里一看,像刚被洗劫过,到处凌乱不堪,很多人家的门板都没了,有几间房子只剩下四面墙,地上焦黑一片,有几处地方还在冒着余烟,像是刚烧过一场大火。地上有好多摊血污,像是刚宰杀过牲口,满地扔着猪和牛的内脏。

好不容易找到一家有人的,是个上了岁数的老人,躺在床上不能动。问他发生了什么事,老人说鬼子刚来过,村里能跑的都跑出去了,他有病跑不动,就留下来了。鬼子把能吃的东西都拿走了,牲畜都拖出来就地宰杀,他们只吃肉不吃内脏,就把内脏扔了,临走前还放火烧房子。

离开老人往前走,又见有个老太太躺在自家门口,白发凌乱,衣衫不整,躺在地上爬不起来,见了他们就大骂日本鬼子畜生不如。不用说,她也是因上了岁数跑不动而留在了家里,鬼子连老太太也不放过。他们上前把老太太搀扶起,把她抬进屋里。

再往前走,又见有对夫妇蹲在地上哭,地上躺着个年轻姑娘,面无血色,已经死去。上前打听,夫妇俩哭诉道,死去的姑娘是他们闺女,日本人来时,没来得及跑出去,被堵在屋里,就跑到后屋躲进一口大水缸,上面盖上盖子。鬼子进来搜索,发现水缸里面有动静,揭开盖子一看,里面的人已死。原来,躲在水缸的她为了不被鬼子凌辱,就在水缸里面用裤带把自己勒死。日本人走后,她的父母赶回来,这才把她的尸体从水缸里拖出来。

村里刚刚遭受鬼子的洗劫,不可能买到吃的东西,余贵生说:“不如去地上捡些猪牛内脏,也好拿回去煮了吃。”大家看看也没别的法子,只好去捡鬼子扔下的内脏,不然后面几天就要挨饿。他们一边捡一边骂鬼子,说他们简直就不是人,人和牲口,什么都不放过!

拿着捡来的内脏,他们回到船上,一路上都在骂小鬼子。

货船继续西行。

一天,货船行驶到铜陵附近,江面上传来汽艇的“突突”声,一艘日军汽艇从上游开过来。汽艇靠近时,上面的日军朝他们喊话,命令船上所有人都不要动,话音未落,就朝他们的船开枪,子弹在船舷两侧溅起串串水花。

当时他们几个正躺在甲板上,见日本人的汽艇朝他们开过来,意识到情况不妙,还没等鬼子喊话,舒静仁就大喊道:"快!赶快把阿杏藏起来!"

慌乱中,大家不知该把阿杏往哪藏,船就这么点大,怎能藏得过鬼子。

船老大跑过来,看了一眼阿杏,叫大家跟着他,大家跟他来到船的尾部,他指着船尾下面的一根铁链说:"快,顺铁链爬到下面的铁锚上去!"大家伸头朝下看,铁链下面吊着个大铁锚,离甲板有一两米。阿杏不敢往下爬,怕掉进江水里。余贵生过来,二话不说就把阿杏背了起来,然后翻过船尾甲板,双手抓住铁链往下爬,爬到铁锚那里,翻身骑坐在铁锚上。这边船上的人见余贵生已经坐在了铁锚上,船老大就指挥大家往下放铁链,把铁锚一直放到齐水面的地方。伸头往下看,余贵生背着阿杏已经触到了水面,船老大趴在甲板上朝他喊,同时指着船底尾部的舵板,叫他们抱住那个舵板。由于船尾的甲板是向后突出的,舵板在里面,离得也有两米远,余贵生试了几下也没够着,急得朝上面喊,让他们晃动铁链,上面的人就来摇晃铁链,就像荡秋千一样,把铁锚晃到靠近舵板的地方,余贵生伸手抓住了舵板。见他已经抱住了舵板,船老大又指挥他们把铁链往上拉,把铁锚拉了上来。这一切只用了短短的几十秒钟,而此时,日本人的汽艇已经靠了上来。

日本兵用铁钩子钩住了他们的船,汽艇慢慢地靠了上来,当两船完全靠拢后,几个日本兵跳过船帮,上到了货船。鬼子命令所有人都站到甲板上,不出来的将格杀勿论。紧接着,鬼子开始搜查。先搜查甲板上的人,再搜查船舱下的货物,把货船的上上下下都搜了个遍。最后,两个日军还去了船尾,朝下面看了看,大家的心立刻悬起来,还好,日军并没发现什么。

汽艇离开,船上所有人都松了口气,庆幸鬼子没有发现阿杏和余贵生。高兴过后赶紧往船尾跑,把铁锚放下去,趴在甲板上喊下面的人。好半天才见水里冒出一串气泡,一个脑壳从水里冒出来,吐出一口水来,原来是余贵生。"贵生——阿杏呢?"舒静仁朝他问道。余贵生晃了晃满头的水,四周张望,一脸迷惑地说:"咦,刚才还在,我在这边,她在那边,怎么就……"上面的人一听就说"完了",阿杏肯定掉水里淹死了。船老大抬头朝江面看去,大喊道:"在那里——"大家都抬头朝江面看去,只见远处下游的江面上有一小黑点,时沉时浮,阿杏果然落水了。余贵生也看见了,他自知对阿杏的落水负有不可推卸的直接责任,立刻朝阿杏奋力游去。

可怜的阿杏！刚逃过日军一劫，又遭遇灭顶之灾，她年纪小，又不会游水，挥舞着两只细胳膊在水中挣扎。偏偏江面上又起大风，掀起的大浪时而将她托上浪峰，时而又将她沉入水底，她就像一片无助的小树叶，任由江水的起伏，听由天命的安排。余贵生虽然已经朝她游过去了，但离得太远，等游到她身边，恐怕她早已经不起水的折腾，被无情的江水吞噬。

船工都跑过来站在船尾看，但远水救不了近火，只能“望洋兴叹”。就在大家近乎绝望之时，江面上出现了神奇的一幕：只见远处江水的下面，一只白色物体逆流而上，速度神奇的快，就像是一支离弦的箭，眨眼工夫就到了阿杏身边，从水下将阿杏的身体轻轻托起。此时的阿杏，好像抓住救命稻草一样，死死地抱住它的身子，那个物体带着她朝这边快速游来。

“豚猪！”有个船工在船上叫道。

听见船工把那东西叫豚猪，舒静仁猛然间想起，在镇江跟阿发捕鱼时，曾听阿发介绍过豚猪，说这东西会救人，没想到今天亲眼见到了。

船上所有的人全都在欢呼，也不知是在为阿杏获救而欢呼，还是为豚猪救人的义举而欢呼。

眨眼间，豚猪游到船边，只见它通体雪白，身体呈流线型，突出的吻部尖而细长，浮出水面时，发出婴儿般的叫声。游过来的余贵生把阿杏接过来，拍了拍它的身体，朝它伸出大拇指，豚猪摆了摆尾巴，继续逆江而上，一会儿就消失得无影无踪。

船上的人七手八脚地把两人拽上船。阿杏看样子喝了不少浑浊的江水，脸色铁青，双眼紧闭，浑身绵软无力。船老大过来，一把将她拎起，头朝下脚朝上，就像拎起一只小鸡仔，然后在她背上用力拍打了几下，只见阿杏“哇”的一声，吐出了一摊黄泥水，阿杏终于得救了。

在谈到铜陵险情这一情节时，舒老说，现在回想起来还心有余悸，那次阿杏连续遭遇两次劫难，第一次如果不把她藏起来，肯定难逃一劫。他那时候的想法就是，她姐姐阿香已经死了，不能再让阿杏遭遇不测。第二次掉进江水，如果不是那头白鳍豚，阿杏也早被淹死。舒老说，有句话叫作“大难不死必有后福”，照理说，大难不死的阿杏应该是有老天在保佑，但在那个年代，在那个谁也不能决定自己命运的战争年代，阿杏后面的经历就未必能应了这句老话。

趁着中途休息的间隙，我也曾问过舒老，日本人为什么那么坏？舒老纠正我的话说：“不能说是日本人坏，只能说是日本鬼子坏。”我反驳说：“日本人不就是鬼子吗？有什么不同?”舒老摇了摇他那硕大的头说:“日本鬼子是侵略中国的日本军人,他们只是日本人中的一部分,是发动战争的人把他们变成了禽兽,他们的兽性出来了,人性就褪去了。”听了舒老的这番话,我由衷敬佩他老人家,作为一个受害于战争的人,能站在这样的高度看问题,难能可贵!

第 12 章　神秘老胡

货船继续西行,不日到达安庆。

提到安庆,舒老说,解放前的安徽省会并不是现在的合肥,而是安庆。他说安庆作为安徽省会是从清朝时开始的,持续了很长时间,直到解放以后才改为合肥。他那时也是第一次到安庆,只觉得当时的安庆很大,其实估计也就是几万人,按现在的标准来看,充其量不过是个县城的规模。安庆房子都很低矮,最高的建筑要数屹立于江边的振风塔了,它不仅是安庆的最高建筑,也是当时长江沿岸的最高建筑之一,被称作“万里长江第一塔”。该塔建于明代,塔高七层,砖石结构,外观呈八角阁楼式,沿长江过来,无论是从上游还是下游,远远就能看见它。

关于振风塔,舒老还特意解释说,光听字音,很容易误认为是“镇风塔”,其实,从字面上看,“振”和“镇”两字字形不同,意思也就大相径庭,该塔不是用来“镇风”的,而是用来振兴文风的。他说自佛教从印度传到中国后,中国各地出现了很多印度风格的佛塔,其塔身浑圆,上面带个尖顶,而该塔则将外来文化与中国传统文化相结合,首创含有中国建筑风格的佛塔,塔身呈八角形,其意义非同一般。听了舒老的这番解释,我不禁折服于他的渊博知识。

舒老说,安庆这个地方,对于他们这次行程来说也具有非常意义,因为在这里他们遇到了一个人,这个人打乱了他们原来的计划和步骤,至少改变了两个人的行程。

话说那天上午,货船到达安庆,靠岸休整一天,船工们都下船去了,船老大也不知去向,他们也只好上岸溜达。

为打发一天的时间,他们上岸四处转悠,把安庆大街小巷都转了个遍,不仅去了振风塔,还把振风塔下面的迎江寺游览了一遍。临到返回时才匆匆买了些路上吃的食物。当时的安庆也被日军占领,和其他沦陷区城市一样,街市凋敝,商铺大多数都关了门,很多店主都跑到大后方去了。

直到傍晚,他们才返回到船上。

第二天开船的时候,船上多了个陌生人。

其实,这个人刚上船的时候舒静仁就看到了,他是跟着船老大一同上船的,听船工说他也是来搭船的,至于是干什么的就没人知道了。上船后,他独自站在甲板上,看上去约莫四十来岁的样子,国字脸,身材高大,穿一袭长衫,戴礼帽,架着墨镜,身边放着一只皮箱。他这身装束在当时也是比较流行的,并没什么很特别的地方,但这个人上船后的言行显得很不一般。

刚开始,他们几个都没搭理他,聚在一起小声议论,偶尔瞥他一眼。后来发现,船开了以后,他经常往船工那里跑,不知道跟他们说了些什么。

到了第二天,余贵生练过一套长拳,躺在甲板上晒太阳,那人从船舱里钻出来,站在船舷边看了一会儿江水,扭过头,看到躺在甲板上的余贵生,便朝他走过来。

“哪儿来的?”他卸下墨镜问道。

余贵生眯缝着眼,迎着刺眼的阳光看着他。

“无锡。”他懒洋洋地回答说。

“去哪儿?”

“黄冈。”

“我知道船去黄冈,我是问你们去哪儿?”

“我们?去四川。”

“四川?去四川干什么?”

“找活干。”

他们曾事先约定,不对陌生人说出真实目的,所以余贵生对此守口如瓶。

“干吗要去四川找活干?你们还不知道啊,往四川去的水路都被日本人封锁了。”

余贵生没再理睬他,怕说多了露口风,那人也就悻悻地离开了。

陌生人刚走开,舒静仁和阎少泓就过来问刚才那人说了些什么,余贵生就把刚才那人的问话说了一遍。大家就来分析这人是干什么的,分析来分析去都很难得出个答案,只觉得他很神秘。说他神秘,是看他这身行头打扮不像是干粗活的人,倒像是个有钱人,为什么不乘火车、汽车,或搭乘客轮,却来搭便船呢?另外,总是见他往船工那里跑,神秘兮兮的,他到底是干什么的呢?

他们几个正小声议论时,那人又从船工那边过来了,边走边掏出一盒烟,问他们抽不抽,三人都摇头,他就自己点上了一支。

“你们是学生吧?”他问道。

舒静仁点了点头。

“听说你们要去四川,往四川去的水路被日本人封锁了,你们还不知道?这条水路只能通到宜宾,再往上就不通了,人和船都上不去。”

“你怎么知道的?”阎少泓问。

“我当然知道,你们一定要去试试?”

经他这么一说,舒静仁猛然想起,在镇江时,也曾听说过往重庆的水路不通,但当时没太在意,现在这个陌生人又说到这件事,看来是确有其事了。

阎少泓听说去四川的水路被封锁,急了,问道:“有没有别的办法过去?”

那人点点头:“有啊,有陆路可以过去,只要你有本事,爬得上绝壁就可以过去,没听说过蜀道难吗?”

大家面面相觑,也许他说的是真的,谁都知道蜀道难的说法。

“为什么要到四川去呢? 是想去当兵吧?”那人忽然问道。

大家瞪大眼看着他,他居然道出了他们的心思。

“当兵好哇,有饭吃,有衣服穿,还发军饷呢!”那人又说道。

见大家没吭声,那人过来拉了拉余贵生的胳膊,又拍了拍他的肩膀说:“不错,挺结实的嘛,是块当兵的好料啊,能扛得起重机枪呢,将来说不定能立大功啊。”

余贵生无论到哪儿,总被人称作是块好料。

那人又看了看其他两个,他们两个显然不如余贵生壮实。

“你们两个读过书吧,部队也需要像你们这样的人呢,将来说不定能做军官呢!”

“你说的是什么部队?”舒静仁问道。

那人看了看四周,压低声音说:“打鬼子的部队呀,怎么样,想不想去? 将来打跑了鬼子,你们可都是军官了,吃香的喝辣的。”

舒静仁问他是谁,干什么的,那人说:“你们就叫我老胡好了,我是个跑江湖做生意的买卖人。”

舒静仁对他的话将信将疑,一个做生意的人怎么会鼓动别人当兵呢?

阎少泓却对他刚才说的话感兴趣,问道:“你说去四川的水路被封锁了,到不了重庆怎么当兵呢?”

那人笑了笑说:“干吗非去四川当兵呢?”

接下来,那人告诉他们说,在湖北就可以当兵,湖北的西北部就有打鬼子的部队,如果想加入这支部队,可以先到武汉,然后往西北方向走,走到一个叫贺家湾的地方,那地方是沦陷区与国统区的分界线,过贺家湾就到了国统区,那里驻扎了好几个师,其中第75军预备第4师3旅就驻扎在边界线上,旅长姓陈,是个骁勇善战之人,欢迎所有立志于保家卫国的青年参军。他还说,因生意上的事他也要去武汉,可能要待上一段时间,他们要是愿意,可以和他同一段路。

突然冒出来的这个陌生人,搅乱了他们原定的行动计划,因为去不了重庆,阎少泓只能放弃原打算,他听信了陌生人的话,打算改去鄂西北参军,反正都是国民党军。而对余贵生来说,他原本就没有固定的想法,到哪里当兵都可以,只要是打鬼子的部队,现在听说湖北就有打鬼子的部队,就不想跟着舒静仁跑那么远了,想与阎少泓一同就近参加鄂西北的这支部队。舒静仁不可能改变既定目标,他坚持要往西北走。问题是阿杏怎么办?她去不了四川又该往哪里去?这个问题把大家都难倒了,三个人凑在一起商量,可商量了半天也想不出个好办法。

舒静仁说:"少泓,你说过要把阿杏送到四川的,亲手把她交给她哥哥手里,这可是你亲口说的。"阎少泓说:"此一时彼一时,不是我不送,现在去四川的水路不通,又不能飞过去,我有什么办法?"

此时,阿杏成为他们最棘手的问题。一切都印证了舒静仁当初的顾虑,当初他就反对带她们姐妹来,现在姐姐阿香死了,妹妹阿杏又成了麻烦事,阎少泓打包票说会送她到四川,现在出现新情况就撒手不管,虽然是好朋友,对阎少泓这种态度他还是有意见的。

站在旁边的阿杏听到了他们的议论,害怕他们扔下她,能做的只是不停地哭。

阎少泓本来就心烦,听见她哭就更烦,训斥她说:"你就知道哭,哭顶个屁用!"他现在真正后悔不该带她来了。

最后,舒静仁提出一个方案:三个人当中,总归要让阿杏跟着一个人,别管带到哪去,先带去再说,以后再想办法把她送到她哥哥那里去。他的话还没说完,阎少泓就提出让余贵生带着她,余贵生平时总帮着她,有时还背她走路。余贵生一听就急了,说:"凭什么让我带着她?"阎少泓说:"你带着她,我和静仁都放心。"余贵生马上反击说:"就算阿杏跟着我,你也跑不掉,我们在一个部队里。"阎少泓笑道:"虽然在一个部队里,也不一定在一个连排里,阿杏总归跟你更合适。"余贵生虽然乐意帮助阿杏,却不喜欢带个女孩子当兵,那有多麻烦!最后,余贵生提出了一个最公平的办法——抓阄,三个人来抓阄,谁抓着了,阿杏就跟谁。

阎少泓反对抓阄，却也说不出什么理由。舒静仁也不赞成，说不如问问阿杏自己的意见，她愿意跟谁就跟谁，这个办法比抓阄公平，而且充分考虑到了阿杏的意见。余贵生当即表示赞同，这办法至少比阎少泓强加于人的办法好得多。阎少泓不是很赞成，却也没表示反对，他觉得阿杏不可能选择自己。

他们三个就把阿杏叫过来，把情况跟她说了一遍，问她愿意跟哪个走。阿杏两只眼睛哭得通红，去不了四川找哥哥，他们三个人又要分开，她越想越伤心，现在听说要让选人，自己总归要跟着一个，不选也不行。她朝他们三个看了看，犹豫了半天。阎少泓眼睛看着别处，他坚信阿杏不会选自己，他刚才还骂过她。余贵生盯着阿杏的嘴巴，担心冒出来的是自己名字。最后，阿杏也没说话，她走向舒静仁，就像原来依偎在姐姐身边一样，依偎在舒静仁身边。

舒静仁没想到她会选择自己，觉得她很有可能选择余贵生，自己话已出口，只能接受这个事实。

至此，阿杏的去向问题解决了，舒静仁要带着她，去一个连自己也陌生的地方，前方的路不知还有多少艰难险阻，又有多少个未知数，即便能最终到达目的地，她又该怎么办？将来还有没有机会把她送到她哥哥那里去？这一切，连他自己都很茫然。

阎少泓过来安慰舒静仁说："静仁，别难过，又不是现在就分手，我们至少可以同路到鄂西北，这段路我和贵生都可以帮你照顾阿杏。"

阎少泓这个时候会拣好话说了，而舒静仁却什么话也说不出来。

阿杏没有选择阎少泓可以理解，因为阎少泓从不照顾她，但她为什么没有选择经常照顾她的余贵生而选择舒静仁？恐怕只有阿杏自己清楚。

自从那次议论她的去向，并且为她跟谁走的问题产生一些纷争后，阿杏好像变了一个人，不再像过去那样黏着别人，更多的是独处一隅，或靠在船舷边，或蜷缩在船舱里，不跟任何人说话，也不再有笑脸。舒静仁观察到了她的变化，担心她出意外，总是暗地里留意着她。

这天，又见阿杏一人靠在船舷边，默默看着江水发呆，她平常总喜欢摆弄那面小圆镜，现在也不摆弄了。舒静仁过去，坐在她旁边。

"想姐姐了？还是想哥哥了？"他问。

"都想。"

"你要是想姐姐，我也没办法，你永远也见不到她了，你要是想哥哥的话，我可以向你保证，将来会看到他的，一定！"

阿杏流下了两行泪。

“我们不会把你扔下的,就算没有我,他们两个也会带着你。”

阿杏抽泣起来,把头低下去。

货船继续朝上游溯江而去。

第13章　曲折抵汉

经过几天的航行，货船终于到了这条船航行的目的地——黄冈。

舒老说，现在的黄冈是湖北省的一个地级市，那时候的黄冈还只是长江边上的一个小县城。县城虽小，由于位于大别山南麓，又是鄂豫皖赣四省交界处，独特的地理位置，使其素有“九省通衢”之谓，是个商贾云集之地。大别山山区下来的木材及各类山货都在这里集中，然后经由这里流向各地，故而，江边码头上很是热闹，岸边有堆积如山的木头，江中有桅杆林立的帆船。抗战爆发，特别是日军占领黄冈后，黄冈也就和其他沦陷区一样，繁华盛景不再了。

他们的船是下午5点多钟到达黄冈的，船刚靠岸他们就下了船，老胡提着皮箱走在前面，他们几个拿着行李跟在后面，老胡在船上就说好要请他们吃饭。

黄冈县城就在长江边上，上岸没走几分钟就到了主街道。主街道不过几百米长，开门的商铺不过几十家，他们在街边找了一家小饭馆，饭馆的门面不大，里面也就摆了四五张桌子，已经有两桌坐了客人。

五人进门，跑堂的迎过来，把他们引到一张桌子前坐下，问他们要来点什么，老胡去厨房点了几道菜，又要了一碗酒，就和大家坐在桌边等。不多一会儿，跑堂的就将酒菜端上来了，其中有一道菜叫“英山灌肠豆腐”，是当地的一道名菜，用水豆腐、猪血和五花肉调制而成，红红白白的，味道很不错。

吃到一半，忽闻外边传来喧哗声，见有人从门前慌张跑过，不知发生了什么事。大家纷纷起身去门边看，见有几个端枪的日军朝这边跑来，直接朝饭馆奔来，然后将饭馆团团围住，并把站在门边的他们几个都推了进去。接着，一个挂指挥刀的日军军官带着个翻译进来，命令对里面的人挨个进行搜身。搜身完毕，日军军官通过翻译问他们，刚才是否看见有个穿长衫的人在这里吃饭。刚才吃饭的人里面只有老胡穿长衫，日军好像就是冲老胡来的。经他这么一问，他们几个才发现，刚才还在这里的老胡已经不知去向，日本人进来时，他们只顾紧张，谁也没注意到老胡是什么时候溜走的。

出于一种直觉，他们虽然觉得老胡神秘莫测，但他绝不是汉奸，绝不是为日本人干事，日本人要抓他，就说明他不是个坏人。因此，没人肯透露老胡去了哪里——其实他们压根也不知道老胡去了哪里。但是，日本人也不是好糊弄的，那个日军军官朝他们几个看了一眼，一摆手说："带走！"

在日军宪兵司令部，他们分别受到了日军的盘问。不同于运河遭遇的是，这次的盘问，他们事先并没有统一口径，也没进行任何商量，结果却惊人的一致，所有人都觉得没必要隐瞒什么，他们确实对老胡不甚了解，就连他叫什么名字，从哪里来，到哪里去，是干什么的都不知道，又有什么可隐瞒？除了没说出鼓动他们当兵的事，其他的事都照实说。日本人盘问了一通后，也没发现什么疑点，第二天就把他们放了。

从宪兵部出来，大家聚在一起议论，说日军的搜查行动似乎针对性很强，别的地方都没搜，单单冲这家饭馆来，而且老胡刚到他们就来，如果没有准确情报，不可能如此神机妙算。因此，他们怀疑老胡极有可能被汉奸盯上了，刚下船就被盯上了。议论到这里，他们忽地想起饭馆里的另外一桌人，大概有三四个，说是在吃饭，却不时地拿眼睛来瞄这边，其间有个人刚吃几口饭就出去了，说是去买盒烟，老半天也没见他回来，然后日本人就来了，这几个人很有可能就是日本人的耳目。

提起汉奸，舒老不无愤慨，他说中国自古出英雄豪杰，也不乏民族败类与汉奸，抗战期间，有的地方汉奸的人数比日军的人数还多，很多情况下，抗日军队不是在同日军打仗，而是在同伪军打仗。地方上，也有日本人扶持的所谓"地方政府"，替日本人做事，为日本主子效命，做日本人的眼线。

关于这个老胡，他们几个也议论了很久，老胡究竟是个什么人？为什么要抓他？舒静仁说："他说他是个做生意跑江湖的，我才不信，我看他倒像是个为哪个部队招兵买马的说客。"余贵生也说，他曾注意到老胡腰间别了个家伙，他曾有意无意地碰了一下，硬邦邦的，老胡当时很警觉，回头看了他一眼，现在想起来，像是条短枪。大家越说越觉得老胡很神秘，他可能不只是个说客，他自己就有可能是哪个部队的。

议论完老胡的事，又来议论去武汉的事。黄冈离武汉很近，大家商议说，不如到码头上去看看有没有去武汉的客船，有的话就乘客轮去武汉。于是大家就去码头，到客运码头一看，还真有去武汉的客轮，去售票处打听，得知明天上午有一班去武汉的船，每天仅此一班，几个人当即买好了票，因为路途短，票价也不贵。

由于客轮是明天的，今夜必须在黄冈住一晚，他们又去找客栈，在街上兜了一大圈，找到一家最便宜的，订好房间，把东西放下，就出去吃晚饭。

客栈旁边就有家小饭馆，天色已晚，老板都准备打烊了，见有客人进来，又重新点起了灯，燃起了灶火。四人点了一盘炒肥肠，要了一锅米饭，就围着桌子吃起来。吃完饭回到客栈没多久，余贵生就开始闹肚子，半夜连着起来好几趟，“吭哧吭哧”地往门外跑，回来还没待几分钟，又往外跑。究其原因，原来是那盘肥肠惹的祸，那盘肥肠白花花的尽是猪油，肥肠吃完，余贵生舍不得盘子里的猪油，端起盘子来，把猪油全倒进了肚子，后来口渴，又去后厨水缸里舀了几瓢冷水喝，所以闹起了肚子。

拉肚子最伤人，早上起来，余贵生的眼睛都凹进去了，一下子就瘦了好几斤。舒静仁说：“你也太贪吃了，现在后悔了吧？”余贵生对喝猪油的事并不后悔，只后悔不该喝那几瓢冷水。

结了账，四人一同出门，打算去码头乘客轮。

来到江边，远远地就看到了码头，还有那艘客轮。偏偏这时候余贵生肚子又闹腾起来，见不远处江边有个用茅草搭成的小茅厕，就朝茅厕跑去。他在里面磨磨蹭蹭好半天没出来，大家在外边都等急了，见码头上的客轮已经有人开始登船，客轮上的那支大烟囱也冒出了黑烟，就朝茅厕里的余贵生喊，要他快点出来。茅厕里传来余贵生的应声：“哎，这就来了——”，话音刚落，就听“哎哟”一声，不知里面发生了什么情况。十几秒钟后，他从里面出来了，只见他下半截身上全是屎，恶臭难闻。

“老子掉茅坑里啦——真倒霉！”余贵生大声说道。

原来，茅坑上面只搭了几根细棍子，他听说要开船了，怕误了船，起来得太急，脚下棍子打滑，就掉了下去。他一身臭烘烘的，站在那里，大家见了都笑得前俯后仰，阿杏也笑，她姐姐死后，第一次见她这样开心地笑。不光他们几个笑，就连江边几个正在洗涮的妇女见状也笑。余贵生被大伙笑得不知所措，愣在那里。舒静仁朝他喊道：“还不赶快跳到江里去洗洗。”经舒静仁提醒，余贵生才想起往江边跑，跑到江边“扑通”一声跳下水，把一身臭屎洗净。

洗净了身上的屎，余贵生从水里爬起来，还在诅咒茅厕里的棍子太滑，又怨大家喊得太急。他一身水淋淋，又没带换洗衣服，这样怎么能上船？舒静仁就拿出一套自己的衣服给他换。余贵生躲在草丛里换了衣服出来，码头上的客轮已经拉响了汽笛，马上就要开船了，大家赶紧往码头上跑。

总算是赶在开船之前上了船。船上人很多，船舱里有座位的地方都坐满了人，他们只好去了甲板。

在甲板上，他们选了个人较少的地方站着，还在谈论余贵生刚才掉茅坑里的事，说得是大笑不止。余贵生被他们说得没法插嘴，只跟着傻笑。阎少泓说，幸亏那茅坑挖得浅，要是再挖深点，说不准要灌个饱，变成“灌肠豆腐”了。余贵生反击阎少泓，说他就知道幸灾乐祸。阎少泓说余贵生身上还有臭味，要他最好离远点。余贵生不信，问舒静仁，舒静仁也证实有臭味，余贵生只得知趣地站到远离他们的地方去。

不知不觉中，客轮已驶离了码头，朝江心开去。从黄冈到武汉不过百多里水路，坐船当天就可到达。

站在旁边的余贵生突然发现了什么，又跑了过来，用胳膊肘碰了碰舒静仁，朝船的另一头努着嘴说：“你看，那是谁？”舒静仁朝那边看去，只见船舷的另一侧栏杆上伏着个人，背朝他们，长衫，礼帽，戴墨镜，身边还放着一只皮箱，单看背影和衣着打扮就很像是老胡。奇怪了，他怎么又跑到客轮上来了？昨天他是如何逃脱的？今天怎敢再来乘客轮？此人真的是太神秘了！

因为离得远，又是背朝他们，没法看到他的脸，余贵生便朝那边走过去，伏在他身边，想看看他的正脸。那人发现了身边的余贵生，转过头来看他，他这一转头，余贵生就笑了，立刻朝大家打手势，大家就知道，必是老胡无疑。

几个人都凑了过去。老胡摘下墨镜，冲他们笑笑说：“没想到又碰到你们，我们真是有缘分呀。”舒静仁压低声音问他：“昨天鬼子是不是在抓你？”老胡听了，好像不知所云地说：“抓我？抓我干吗？”“那你跑什么？”“我没跑啊，哦，我有事去了，忘了跟你们打招呼。”老胡不承认鬼子抓的是他，大家都不信他的话。

“你还欠我们一顿饭呢，”余贵生说，“昨天你说请客，结果你没结账就跑了。”

老胡笑了：“到汉口补上。”

“到时候别又跑了，上次就是这样。”

“一定！”

老胡朝余贵生伸出了小拇指，两人的小拇指勾在了一起，用力地连拉了三下。

四个小时后，轮船到达汉口客运码头。下船后，老胡提着皮箱走在前面，他们几个跟在后边，离远了又怕他跑掉，离近了又怕受到牵连，也是很纠结的。在汉口，老胡倒是兑现了诺言，请他们吃了一顿丰盛的饭，然后和他们分手。

舒老第二天的讲述结束了，他的“老领导”又准时出现在书房门口，她总是像钟摆一样准时，我匆匆告辞出来。

舒老这一天的讲述，内容还是挺多的，如果不是语速有点慢的话，他本来可以讲得更多。另外，由于他的口音难懂，我提问也耽误了点时间。

次日，早上一觉醒来，发现外面在下雨，淅淅沥沥的。其实这场雨从昨晚就开始下了，春雨总是绵长的。睡梦中，听见屋檐的滴水打在窗台外的空调盖板上，滴滴答答的，我居然把这个声音编进了梦里，梦见舒老沿着长江冒着大雨往上游走，雨点打在他没有几根头发的秃顶上，发出滴答声。做梦总是乱七八糟的，他那时候很年轻，满头浓发，根本不是现在这副模样。

有点儿意外，舒老今天有点不舒服，他身上那条肋骨老伤遇到阴雨天就会发作，隐隐作痛。看见他痛苦的表情我很后悔，说不该来的，不舒服应该多休息。舒老拉着我不让走，说不碍事，不影响讲故事。他的“老领导”推着架子车过来给他送止痛膏药，嘴里磨磨叽叽地埋怨他。我在一旁很尴尬，总觉得“老领导”话中有话，另有所指，再次起身告辞，说等他明天好点再来。舒老急了，硬拉着我的手不松开，定要我坐下。

我被重新“摁”回到那张方凳上，多少有点不好意思，难为老人了。

舒老稳住了我，立马就开讲他的故事……

第14章　虎胆孤鹰

如果说前面的一段路，他们全都是凭借船舶走水路的话，那么从武汉开始，他们就要开始徒步行走了。

他们只在汉口停留了一天，第二天就开始了艰难的徒步跋涉，他们要到达的下一站是孝感。从武汉到孝感五十多公里，他们走了一天时间，清早出发，傍晚时分到达。

到孝感城外的时候，天色尚早，他们没进城，沿着城墙外缘继续往西北方向走，一气走出了七八里路，眼见天色就要暗下来，才打算找个落脚处歇息一夜。

前面不远处有个村落，正是收工做饭的时候，远远看见村子的上空炊烟袅袅，四周一派安详。村后有数座小山，暮色中，淡淡的山逶迤起伏，快要落山的太阳洒下一片柔和的金色，远处的庄稼地头，乃至弯曲的小道，尽被染成了金黄。晚归的农民荷着锄头，牵着牛，走在回村的路上。

他们几个正打算进村，隐约听到远处天边传来一阵沉闷的响声，大家不约而同地抬起头来，迎着并不刺眼的落日余晖往西面的天边看去。只见硕大的橘黄的夕阳旁边出现了个小黑点，黑点越来越大，声响也越来越大。"飞机！"不知是谁喊道。日军的飞机大家都没少见，它飞到哪里就给哪里带来灾难。"赶快隐蔽——"舒静仁大声喊道，大家立刻散开，躲进路边沟渠、灌木丛中。

果然是架飞机，随着它的临近，机身、翅膀和尾翼都已经看得很清楚了。低空飞行的飞机呼啸着，发出巨大的轰鸣声，几乎是贴着他们的头顶飞过。几个人还从没这么近距离地看过飞机，纷纷从躲藏的地方抬头朝这架飞机看去。只见这架飞机的机身上画了一只巨大的鲨鱼，张着血盆大口，露出满嘴的利齿，怪吓人的。伏在草丛里的余贵生朝飞机骂道："我日你奶奶！神气什么！等老子有了枪，非把你打下来。"

飞机从他们头顶飞过不久，就听到远处传来爆炸声，紧接着，枪炮声大作，还伴随有鬼哭狼嚎般的警报声。大家从躲藏的地方爬起来，朝那边望去，只见那边一片火光，并升起浓浓的黑烟，黑烟升到很高的天空，犹如巨大的黑伞。

舒静仁感到纳闷，奇怪了！这地方已被日军占领，并没有公开的抵抗武装，日军的飞机炸的是谁呢？难道自己炸自己？他的疑虑还没得到解答，就见刚才那架飞机摇摇晃晃地又飞回来了，与去时不同的是，它的尾部拖着浓浓的黑烟。

“这架飞机被击中了。”阎少泓说。

他的话音刚落，就见这架飞机急速坠落，几乎是擦着村子的屋顶，朝村后的一座小山包落下去，紧接着“轰隆”一声巨响，从那里升起了一股巨大的黑色蘑菇烟。

这一切就发生在短短的几分钟内，他们看得真切，都目瞪口呆。阎少泓说，他觉得这架飞机不像是日军的，他刚才注意到机身上的标志，如果是日军的，上面应该画着膏药旗，而这架飞机的机身上却画着一条大鲨鱼。舒静仁也把自己的想法说了出来，说他刚才也有疑问，附近并没有别的军队，倒是有不少鬼子的部队，日军飞机跑来炸谁呢？他和阎少泓都判断这架飞机不是日军的。但不是日军的飞机，却也不像是来自重庆方面的飞机，如果是的话，机身上应该画着青天白日旗。

余贵生听说不是日军飞机，立刻转变态度说：“管他是谁的飞机，不是日军的，那就是我们的，只可惜，这个飞行员完蛋了！”

此时，天已经全黑下来了，他们摸黑进到村里，敲开了一家人的房门，向主人说明了来意，要求投宿一夜。主人把他们上下打量一番，听说他们是往国统区去的，就把他们让进了屋子。

在与主人聊天时，得知这个村子叫郑家阁，有两百来户村民，算是个比较大的村落。村子以一条天然壕沟为界，壕沟以北叫上阁村，以南叫下阁村，他们投宿的是下阁村。顾名思义，郑家阁是以郑姓为主的家族村，村民多为郑姓，这家主人也姓郑。据主人讲，郑氏族人的祖先是从河南迁来的，他们只是郑姓中一个很小的分支，他们的始祖叫郑桓公。关于郑氏家族的来源，主人也就知道这么多了，他是从上辈的老人口里知道的。舒静仁读过很多书，听到郑桓公这个名字，便侃侃而谈，说天下郑姓，皆出自西周的郑国（现河南一带），始祖是郑国第一代君主郑桓公。后来郑国被韩国所灭，原郑国的百姓为纪念他们的君主郑桓公，全都改姓为郑。自三国设荥阳郡之后，因天下郑姓均出自荥阳，所以自古就有“天下郑姓出荥阳”的说法。主人听了他的说法，笑道：“我这个姓郑的还没你知道得多，你是不是也姓郑啊？”

因为舒静仁给主人讲了很多关于郑姓的掌故，主人很高兴，热情款待了他们，不仅给他们安排了住处，还给他们煮了一大锅土豆。土豆是当地的主要农作物，易储存，一年四季都可食用。

大家一边吃土豆,一边询问起当地情况。主人告诉他们,附近有个军用机场,是国民党修建的,那时候日军还没攻打武汉,这座机场是为保卫武汉而抢修的。武汉保卫战失利,日军占领了该机场,把该机场当作进攻西南的专用机场,这段时间,几乎每天都有装满炸弹的轰炸机飞往重庆去执行轰炸任务。听了主人的介绍,舒静仁立刻联想到他们刚才进村前看到的那一幕,便问主人是否也看到了那架飞机。主人说他也看到了,当时他们吓得不敢待在屋里,都跑到山上躲避去了,回来后听人说,鬼子的机场被炸了,停在机库的飞机都被炸得起火,而那架执行任务的飞机也被日本人击落。舒静仁又问主人,过去是否经常有别的地方来的飞机轰炸日军,主人说过去有是有,但很少见,但近来经常有画着怪兽的飞机来轰炸日军机场,也不知是哪来的飞机。

吃完土豆,又和主人聊了一会儿,他们就打算早点睡,明天还要赶路。

刚躺下不久,就听到外面传来一阵喧闹,喧闹声由远及近,很快就到了他们这边,紧接着就听见有人砸他们的门,打开门一看,不禁吓一跳,原来是鬼子!

鬼子挨家挨户地砸门,把全村人都叫了起来,把他们集中到一个打谷场上。村民都站在打谷场的中央,周围站着一圈日军,步枪上的枪刺在月光下闪着令人生畏的寒光。一个穿黄呢军服戴白手套的日军军官站在一个土包上,将指挥刀杵在地上,旁边站着个汉奸翻译。日军军官通过翻译告诉村民:“皇军是来帮助中国人的,帮助中国建立皇道乐土,极乐世界。但是现在有一架西洋人的飞机来轰炸中国老百姓,被皇军击落,飞行员跳伞,现在还活着,如果有哪个村民知道线索,要向皇军报告,如果有哪个村民藏匿了洋人飞行员,格杀勿论!”

日军的训话矛盾百出,那架飞机分明是来炸鬼子机场的,怎么能说是炸中国百姓?就算是来轰炸中国百姓的,日军又为何对中国百姓“格杀勿论”?再说鬼子说是帮助中国建立“极乐世界”,可百姓分明感觉是“悲惨世界”。

鬼子训话完毕,村民们全都保持沉默,他们心里自然有杆秤,鬼子的嘴里只能说出鬼话来。但从鬼子的嘴里他们才知道,那架飞机原来是西洋人的,除了东洋鬼子,村民们都没见过西洋人。

舒静仁站在村民的队伍里,想起先前与阎少泓议论飞机的事,看来他们的判断是正确的,那架飞机的确不是重庆方面的,而是外国人的,至于是哪个国家来的,他现在还理不出个头绪。

鬼子训完话就开始全村搜索,把整个村子像用篦子似地篦了一遍,村里村外、房前屋后翻箱倒柜地找,最终也没发现任何线索,因而离开村子,转向山上搜索。

鬼子走后，他们重新回屋睡觉。刚躺下，又听到一阵急促的敲门声，以为又是鬼子来了，正不知所措，却听到房主的声音，打开门，见房主站在门前，身后还跟着两个人。房主介绍说，后面跟着的是兄弟俩，是他的侄子。兄弟俩的名字取得也是够响亮，哥哥叫郑天，弟弟叫郑地，说是有事找他们。

哥哥郑天开口就问："你们是学生吧？有会讲洋话的啵？"

舒静仁被他问得丈二和尚摸不着头脑，洋话？究竟指的是哪国话？他们几个人里面就舒静仁会讲英语，他在上海圣约翰大学读书时，美国教员都是用英语上课，但他也只会英语，不会别国语言。于是他就站出来问道：

"你是指哪个国家的话？我只会讲英语。"

郑天一听就高兴了："会讲就好，洋人话都差不多。"

舒静仁被他说得哭笑不得，怎么能说差不多呢？各国语言不仅相差很大，有的简直就是相差十万八千里。但跟一个农民也说不清，就问他，找会讲外国话的人干什么？来人就把事情的来龙去脉一五一十地说了，原来此事与他们看见的那架飞机有关。

原来，那架飞机飞来的时候，正是收工时间，村里的很多村民都看见了，郑氏兄弟也看见了。他们当时正在村后的山上砍柴，眼看飞机从头顶飞过，接着就听到机场那边传来爆炸声。因为他们住在机场附近，鬼子的飞机看得多，比较熟悉，刚才飞来的那架飞机显然不是鬼子的，究竟来自哪里，却也说不清。此时，他们已经砍好了柴火，把柴火捆好，担着往回走，却又见刚才那架飞机摇摇晃晃地飞回来了，尾巴上还拖着黑烟。兄弟俩放下柴火看，就见那架飞机一头栽在他们附近的山坡上，发出巨大的爆炸声，并燃起熊熊大火。

兄弟俩吓坏了。惊吓过后，跑过去看，飞机已经摔成了好几瓣，燃起的大火将附近的树木都烧着了。再一看，不远处的一棵树上挂着一块巨大的白布，白布旁边躺着个人，走近一看，竟是个洋人，看样子是受伤了，躺在地上起不来。洋人看见两个村民，便朝他俩叫喊，两人听不懂，洋人又拿出一块小布条给他俩看，上面写的是汉字，兄弟俩没念过书，也不认识上面的字。洋人急了，嗷嗷叫着朝他们一个劲儿地比画，兄弟俩还是不明白他的意思。虽然不明白，但他们亲眼看到这个洋人是开着飞机来炸鬼子机场的，炸鬼子的就一定是好人，现在他负伤了，就应该设法帮助他。

尽管有语言障碍，兄弟俩还是连说带比画地表示愿意帮助他，让他放心。飞行员倒是明白了他俩的意思，比较配合。兄弟俩就商量说，鬼子肯定会来搜索，现在就应该立即把他转移并藏匿起来。

兄弟俩商量好后，立刻就开始行动。他们先把洋人的飞行服和帽子扒下来，扔到飞机残骸里烧掉，然后把自己穿的一件长袍外套脱下来让他穿上，又解下腰带，把他的头和脸包起来，以免被人认出他是洋人。

这一切搞定后，两个人就轮流来背，把他背到几里外的一个山坳，那个山坳的两边是几十米高的悬崖，上面有个山洞，他们过去常到这里来砍柴，知道这个山洞。他们先爬上山，然后攀藤条下到洞口，把那个洋人藏了进去，用手势告诉他，叫他不要出来，他们会去给他弄吃的，还会找人来帮助他。

兄弟两个从山上摸黑回来，正遇上鬼子来村里搜索，在谷场上，他们看见了几个学生模样的人，得知住在他们叔叔家，就跑来找他们。

听了郑氏兄弟的讲述，大家开始议论起来，议论结果是，现在还不能急于上山，鬼子肯定正在满山遍野地搜寻，上山不仅不能救飞行员，还有可能白搭性命，如果鬼子没有搜出飞行员，明天一早就去看他。现在能做的，只能是希望菩萨保佑那个飞行员，千万别让小鬼子发现。

第二天一大早，郑氏兄弟就来了。房主赶早起来烧了些吃的，让他们带上，听说洋人喜欢吃肉，房主特意将吊在灶头熏了一年的腊肉割下一大块，煮熟了让他们带上。舒静仁、阎少泓、余贵生三人都换上了当地人衣服，扮作打柴人模样，拿上扁担、柴刀和绳索，提着装满食物的竹筒，跟着郑氏兄弟俩就出发了。

他们先是经过了昨天那架飞机的残骸，经过了一夜，残骸还在冒着余烟。又走了四五里路，来到藏匿飞行员的那个山坳。此山坳果然隐秘，两边是几十米高的峭壁，峭壁上布满灌木丛。五个人爬到峭壁顶部，用带来的绳索绑在一棵大树上，先后攀绳下到峭壁中间的山洞。只见洞口长满了灌木，树叶将洞口完全遮挡住，如果不是郑氏兄弟指点，外人还看不出这里有个山洞。

进到洞内，他们见到了那个飞行员，看来，日军昨夜搜山时并没发现他。那个飞行员躺在一堆树枝中，见有陌生人进来，惶恐地支撑起身体，靠在岩壁上，掏出手枪，枪口朝向他们。当他看到随后进来的郑氏兄弟时，露出了笑容，收起了手枪。

他们几个人一看见他的那副模样就觉得好笑。只见他穿着一身灰布长袍，头上包着蓝白相间的布巾，仅露出一双蓝眼睛，和一脸浓密的黄胡须，活像是《一千零一夜》里的阿拉伯大盗。

舒静仁走上前，试着用英语和他交流，问他是哪国人，来此干什么。洋人听见有人会说英语，立刻两眼放光，高兴得手舞足蹈，用英语连声说道："你好！

我是美国人，来帮助你们打日本人，请你帮助我……”

通过进一步交流，舒静仁得知他是一名“飞虎队”成员，名叫莱德克，来自美国的弗吉尼亚州，自愿来华参战，抗击日寇。这次是来执行轰炸日军机场任务的，不慎被日军地面炮火击中，跳伞求生中，又被飞来的弹片击中腰部。他要求他们把他送到云南去，说他的大队部在云南。

现场所有人都不知“飞虎队”为何物，舒静仁通过进一步询问得知，“飞虎队”正式名称为“美籍志愿大队”，也叫“中国空军美国志愿援华航空队”，它是由美国飞行教官陈纳德组建的一支航空飞行大队，协助中国对日作战，袭击日军战略目标，打击日军的空中力量，大队部设在云南垒允。

郑氏兄弟拿出吃的来，叫莱德克边吃边说。阎少泓在一旁戏谑道：“莱德克这个名字很好记，就是从美国来的客人，简称来的客。”余贵生说：“你这样说我就好记了，不然我还觉得很拗口。”他高兴得一连喊了好几声“来的客”。

莱德克吃着熏肉，不停夸赞好吃，说很香，问是什么肉，如何做的。舒静仁告诉他这是熏肉，把熏肉的制作方法也说给了他听，问他是否比香肠好吃。莱德克竖起了大拇指，答道：“OK——OK——”

莱德克伤势虽然没有致命威胁，还是挺严重，如果得不到及时治疗，恐怕也很危险。大家给他检查伤势时，把他的身子翻过来，只见他腰部以下的衣服被血浸透，连下面的树枝都被染红了。刚开始还以为是腰部负伤，结果掀起他的衣服察看，发现受伤部位靠近臀部，被弹片炸出个鸡蛋大的洞，洞很深，可能伤及大腿骨关节，所以不能走路。所幸没有伤到要害部位，否则早就毙命了。

他们用带来的经过蒸煮的布条为莱德克做了简单包扎，他们能做的也只能是这些了。为使莱德克的伤口不被感染，必须立刻把他送到附近医院，但他们都知道，此时把他送到医院是万万不行的，日本人肯定正在全力缉拿他。

就在大家为他检查伤势时，阎少泓无意中看见他身边有个黄色的包，包里有根金属杆子伸出来，他所学的专业知识告诉他，那是一台发报机。

他的猜测得到了证实，那东西果真是发报机。莱德克告诉他，发报机在跳伞时已摔坏，他现在无法和他的队部取得联系。听说有发报机，舒静仁说：“少泓，你不是学无线电的嘛，你看看能不能修好，如果能修好，就可以和他的队部取得联系。”阎少泓从树枝中取出那个黄包，仔细看了一阵子说：“估计问题不会很大，现在没工具，我无法打开它，等我拿回去试试看吧。”莱德克听说他是学无线电专业的，很高兴，对阎少泓说，如果能修好，就可以和队部联系，他们会派人来接他。

洞内不能久留，他们把带来的食物留下后，带着发报机就离开了山洞，说好明天一早再来。

回到村里，阎少泓立马摆弄起那台发报机，简单的维修也是他所学的课程之一。没有专用工具，就把房主的菜刀、剪刀、锥子之类的东西都拿来，甚至把阿杏头上的发卡也拿来，捣鼓了大半天，终于把发报机修好了。

第二天一早，他们就带着发报机去了山洞。莱德克用修好的发报机给航空大队发出了一条信息，航空大队与莱德克失去联系后第一次收到了他发来的信息，确信他还活着。很快那边就传来了指令，命他在当地中国百姓的帮助下迅速转移，转移到随州境内的安崇山，与山上的一支游击队取得联系，再由游击队护送至国统区，航空大队将派人专程到国统区接他回云南。

安崇山有一支抗日游击队的事，郑氏兄弟早就听说了，那是附近农民自发组织起来的一支队伍，以安崇山为据点，以日军运输车为袭击目标，屡屡得手，缴获大量日军枪支弹药及军需补给，方圆几百里都声名显赫。日军曾多次组织围剿，由于山高林密，游击队熟知地形，每次围剿都犹如大海捞针，次次都无功而返，游击队对日军而言，如鲠在喉，毫无办法。该游击队是距离孝感最近的一支抗日武装，选择他们，无疑是最佳的选择，也是最安全的选择。

收到回电，大家欢欣鼓舞，高兴过后，却又开始犯愁了，孝感距离安崇山大约有两百多公里路，徒步行走约需四五天的时间，莱德克负伤不能行走，需要用担架抬着走，这么长时间，怎样才能避开日军盘查，把他安全地送到目的地呢？

第 15 章　智送莱德克

据舒老回忆，救助美国飞行员是他们此行的一个意外插曲，虽然耽搁了点时间，并没改变他们的既定路线。从孝感到安崇山，这条路是通往鄂西北的必经之路，所以对他们来说也是顺路，因此很乐意帮助这名美国人。

走之前，他们做了周密考虑，决定不走大路走小路，为的是避开日军盘查。好在郑氏兄弟也一同去，他们是当地人，对附近一带很熟悉。但是走小路也不能麻痹大意，不能走漏风声，不能让人看出莱德克是个洋人，为此，他们颇费了一番脑筋，最后决定把莱德克扮成一个患瘟疫的病人，以避人耳目。他们找来一块布，撕成布条，把他全身从上到下包裹起来，当时曾想把他的眼睛和嘴巴露出来，后来又觉不妥，他的脸部器官太与众不同，再说他也不用走路，留着眼睛也没什么用处。他的嘴巴更要封起来，万一他不小心说出鸟语来，不就暴露身份了吗？所以，就干脆把他的头部全都包起来，包得像个鸵鸟蛋，只露出两个鼻孔呼吸。全身缠满布条的莱德克活像是一具千年木乃伊，既看不见，也不能说话，只能任人摆布。他们又找来一块门板，制成一副简易担架，让莱德克躺在上面，抬着他就上了路。

前两天走得还比较顺利，他们四人，加上郑氏兄弟，一共六个，除了阿杏，其他五个人轮流来抬莱德克。路上行人听说是个瘟疫病人，纷纷躲避，并以衣袖掩口鼻，唯恐被传染。当地过去曾发生过几次瘟疫，一个村子剩不下几个人，瘟疫就像恶魔，深深烙在人们的记忆里。最近的一次瘟疫，发生在日本鬼子占领之前，那天来了一架日军飞机，没有投下炸弹，却洒下一片白色粉末，之后就发生了疫情，当地百姓莫名其妙地患上一种怪病，所有得病的人，都出现全身溃烂，溃烂的脓水流到哪里，哪里就烂，接触到脓水的人也都被感染，疫情最严重时，方圆百里几乎成了无人区。

到了第四天，遇到了麻烦，前方路口出现了一个伪军哨卡。他们事后分析，可能是这地方比较靠近安崇山，为切断山上游击队与山下的联系，日本人特意安排伪军在此设立哨卡。当他们发现哨卡时，已经来不及回头了，也无法从两边通过，这个哨卡设在两山相夹的一条小路上，两边是高山，无其他路可走，只好硬着头皮上前。

一个斜背着枪的伪军走过来，喝令他们停下，问到哪里去，回答到随州，这条小路通往随州，中间经过安崇山。伪军问为何不走大路，回答说是有个瘟疫病人，大路人多，怕传染。伪军一听瘟疫二字，立刻把口鼻捂了起来，朝担架上的人瞅了瞅，又问得了瘟疫还抬什么，还不赶紧挖坑埋掉。回答说，人还没死，还有口气，老家在随州，要赶在断气之前回随州，叶落归根。

正说着，有个长官模样的人从哨卡旁边的竹棚里出来，问是怎么回事，重复了一遍刚才的回答，他也把口鼻捂了起来，嚷道："不行不行！要么抬回去埋了，要么就在附近挖个坑埋了。"这个当官的口气很硬，一点不肯通融的样子。

可怜那个莱德克，只听见有人凶神恶煞地吼叫，看又看不见，听又听不懂，如果他听懂是要把他活埋了，不知他会做何感想。

大家一听都急了，心想怎么能活埋呢！他是帮助我们抗日的呀！大家面容凄楚地上前跟那个长官求情，说你也是中国人，人还没断气，怎么可能就埋了呢，再说让他回随州见家人最后一面，也是人之常情。

那个当官的好像是动了点恻隐之心，犹豫了一下，说："过去可以，那也得接受例行检查。"

只要不活埋，一切都好办。

舒静仁满脸堆笑地说："长官，就按你们的规矩办，我们只是想早点到随州，好让他父母见他最后一面，就怕他这口气熬不到随州了。"

长官捂着口鼻，上下打量舒静仁："你是他什么人？"

"报告长官，我们几个都是病人的亲戚，大老远赶来，就是为了见他最后一面，他的父母年事已高，不便从随州来见他，我们就只好把他抬到随州去，只想赶在他断气之前到随州，请您快点检查吧，我们还要赶路呢。"

舒静仁的一番话让那个长官踌躇了，到底是检查还是不检查呢？他有点犯难。按照日本主子的训示，让他在这里设哨卡就是为了阻断山上游击队和山下百姓之间的联系，所有经过这条路的人都必须接受检查，不然，日本人便要拿他的脑袋是问。但是眼下这个瘟疫病人谁敢去检查？他自己也是当地人，知道瘟疫的利害，这东西只要沾上就没命。但是，如果不检查，万一与山上的游击队有什么瓜葛又怎么办？他左右为难，又远远地朝那边看了一眼，见担架上躺着的人全身包裹得严严实实，只露出两只鼻孔，连面相都看不见，顿时又产生了狐疑。

"干吗把脸包住？"他问道。

"报告长官，病人全身都烂了，还在流脓，您是不是要检查一下？"

伪军官留意到，病人身上散发出阵阵恶臭，身边围了不少大头苍蝇。他哪里知道，臭味来自担架下面，走之前，阎少泓就提议在担架下面涂抹大便，以吸引苍蝇的惠顾，这招果真奏效了。

对方如此爽快地接受检查，伪军官反倒是犹豫了，他皱着眉头，把目光转向那个斜背着枪的士兵，朝他使了个眼色，让他过去检查。

那个士兵立刻吓得魂飞魄散，让他去检查，无异于让他去送死。他双膝跪地，对长官连连哀求，说他家里还有七十岁的老母，如若去死，不如战死沙场。

见此情景，他们几个使劲忍住才没笑出声来。

那个长官朝地上的士兵屁股狠踢一脚，骂道："窝囊废！"然后朝他们几个不耐烦地挥挥手说："快走快走！最好把那两只鼻孔也堵上，别让瘟疫跑出来，抬到随州见过家人后立即埋掉。"

见长官发话，他们立刻抬起担架，头也不回，一口气走出七八里路。

当天傍晚，经过四天艰苦的行程，他们终于来到安崇山山脚下的一个小村子，打算进村住一夜，明天天亮上山。

安顿好住处，给莱德克除去缠在身上的布条，他憋得太难受，大喘着粗气，向舒静仁打听路上发生的情况。舒静仁就把如何遭遇伪军哨卡，以及如何差点将他就地活埋的事，都原原本本地告诉了他。莱德克听后大笑，说要埋也应该埋在美国的弗吉尼亚州。听了他的话，大家都笑起来，洋人也知道叶落归根。

投宿的这家主人姓刘，名叫刘平顺，四十来岁的样子，土生土长的本地人。主人告诉他们，盘踞在山上的这支游击队，早在日本人来之前就有了，原来只是个土匪性质的队伍，只有十几号人，靠打劫大户为生，后来日本人来了，当地的大户也变穷了，就转而专门打劫日军的运输车，日军的运输车上什么都有，有枪有子弹，还有吃的穿的，这支队伍就越打越阔绰，投奔的人也就越来越多，到现在已经有百十号人。因为是打日本人，所有抗日部队都跟他们有联系，重庆方面为拉拢他们，给他们加官封爵。伪军惧怕他们三分，不敢随便招惹，日本人对其恨之入骨，却也剿杀不了，拿他们没办法。这支队伍的当家人名叫马全福，原是个木匠，靠四处游走给人做木工为生，当地村民都熟悉他，他讲义气，会点武功，喜欢耍弄棍棒，所以当地人都叫他马大棒。房主还说，他过去曾上山给他们送过粮食，认识上面的几个人。

听了房主的介绍，舒静仁请他做向导，明天带他们上山。房主因家中农活忙，犹豫片刻，最后还是答应了，说把他们带到游击队驻地就回。

一夜不提,第二天天刚亮,一行人在房主的引领下,将莱德克重新装扮,抬着他就上了山。

安崇山,横亘于湖北中西部,是此地海拔最高的一座山,该山呈东西走向,绵延百里,地势险峻,山高林密,少有人家,自从马大棒率众盘踞于此,更是百里无人烟。山下有一条蜿蜒的公路,是日军向鄂西北前线输送军用物资的重要运输线,马大棒经常在此设伏。此运输线在通过安崇山时,有很长的险要路段,马大棒设伏地点从不固定,鬼子防不胜防。

他们沿着一条蜿蜒的小路朝山上走,翻过几座小山岭,眼前出现一座大山,此山便是安崇山的主峰——老虎岭,因山中常有老虎出没,故得此名。他们沿着山边的一条路继续朝前走,山路越来越难走,几个人肩扛手抬,每走十来分钟就要换人。见前面路边有棵大树,便将担架放下,坐下休息。房主说再走半个钟头左右就可以到达他们的营地,他们的营地就在一个山坳里。房主还说,他们的营地经常变换,现在是不是换了地方就很难说。听说他们的营地会不停变换,大家不由担心起来,好不容易爬上山来,万一又换了地方,上哪儿去找他们?

正当大家担心游击队转移营地时,眼尖的余贵生突然发现了情况,指着山上喊道:“你们看那边——”大家全都爬起来,伸头朝那边张望,就见前面山坡的拐弯处下来了两个穿日军军服的鬼子,横扛着枪,吹着口哨,晃晃悠悠地往山下走来。大家一看,不由一惊,坏了!此山已经被鬼子占领了。

等不及商量,也没谁发令,所有人顿时作鸟兽散,眨眼工夫就不见了人影,只剩下那副担架静静地躺在路边树下。

那两个从山上下来的鬼子也发现了情况,端着枪就朝这边跑来。

可怜的莱德克再次面临厄运,抬他的人全都跑掉了,唯独他不能跑,他意识到可能发生了危险,他能做的也只能是躺着不动——装死。

鬼子来到树下,见刚才看见的人都不见了,只剩下地上的一副担架。他们围着担架转了几圈,发现担架上的人还在呼吸——莱德克再装死也不能停止呼吸。鬼子“哗啦”一声拉开枪栓,对着担架上的人吼道:“别装死!快给老子起来,不然开枪了。”躺在担架上的莱德克虽然看不见对方是什么人,也听不懂对方吼什么,但他明显感觉到了对方的敌意,就在对方拉枪栓的刹那间,他也迅速掏出手枪,凭着直觉,将枪口朝向发出声音的方向。一时间长枪对短枪,现场出现僵持局面。

与此同时,躲藏在附近的人全都纳闷了,他们分明听见刚才那鬼子说的是地道的中国话，而且是当地口音。

房主率先从躲藏的地方钻出来，对那边喊道："哎——，是刘拐子吧？我是山下的刘平顺呀，我给你们送过粮食呢。"

被称作是刘拐子的人见了房主，并没放下了手里的枪，对他说道："噢，原来是平顺啊，地上躺着的是什么人？"

房主叫两边的人都放下枪，说大家都是自己人，莱德克听不懂，不肯放下手里的枪，那两人见莱德克没放下枪，也不愿放下手里的枪。房主急了，就去把隐藏在附近的人都喊了出来，说没日本人，那两个穿日军服的正是他们要找的游击队队员。

原来，山上的游击队并没有统一的服装，穿的衣服都是五花八门，平时若打死了鬼子，只要鬼子身上的衣服还完好，就扒下来穿在自己身上，鬼子则被赤条条地扔在路边，至于军服代表了什么，他们是从来不管的。再说在鬼子的运输线上设伏，经常可以搞到军需品，穿的衣服就更不成问题。

那个叫刘拐子的，原是与刘平顺一个村子的，论远亲还沾得上点边，其实他并不拐，刘拐子的绰号有个来历，那还是抗战前的事了，那年，当地部队在该村抓挑夫，刘拐子不愿意去，就假装成拐子，躲过了一劫，却留下个刘拐子的绰号。

听说是游击队的人，大家纷纷从躲藏的地方出来，走到树下，见两边还在拿枪指着对方，舒静仁就上前告诉莱德克，说大家都是自己人，莱德克听了，这才把枪放下。见对方放下了枪，刘拐子他们也才放下了枪。

刘拐子听说担架上躺着的就是美国飞行员，顿时高兴了，说他们正是为他而来，此前他们已收到国民党军方面的通报，说有一个受伤的美国飞行员要上山来，指示他们将其护送至国统区，通报说孝感来的人已经出发，估计今明两天就能到，马大棒命他二人下山接应。

已经找到了游击队，大家便将莱德克身上包裹的布条除去，也好让他舒坦点。房主见两边人已顺利交接，自己的任务也完成了，便要下山回家。大家就都来和他道别，他家里的庄稼和老婆孩子都离不开他。

房主走后，刘拐子说，虽然你们是自己人，也必须按照山上的规矩办事，所以就要委屈你们了。说着就拿出几块黑布，将所有人双眼蒙住，然后用一根长绳，把所有人像糖葫芦似的串联在一起，一个在前面牵绳，一个在后面押着，一行人就往山上的营地走去。

一行人约走了半个钟头，来到一个村子，然后进了一间屋子。进到屋子里，他们眼睛上的黑布才被摘去。

这是一栋老宅，由几栋房子合围成一个口字形，中间有一方天井。迎门有个高高的案台，下面一张八仙桌，旁边有张靠背椅，椅子上坐着一个人。此人身材适中，一脸横肉，眼带几分杀气，头戴当地人常戴的那种瓜皮帽，身穿国民党军上校军服，外面披了件日式黄呢军大衣，脚蹬高筒皮靴，腰上挂着日式军刀，此人正是声名显赫、令鬼子头痛的游击队首领——马大棒。

舒静仁抬眼看马大棒，及周围站着的身穿形形色色服装、横眉立目的大汉，只感觉屋内气氛有点阴森，甚至有点肃杀，让他怎么也没法产生自家人的那种宾至如归感，反倒像是不慎落入了匪窟。

马大棒盯着他们几个看了个老半天，就像审视一群俘虏，当他的目光落在莱德克身上时，顿时双眉高挑，眼睛一亮，好像很感兴趣，从座椅上下来，围着担架转了几圈，对他的相貌和衣着打扮感到新鲜，他打过东洋鬼子，却从没见过西洋人。只见这个西洋人黄胡子，蓝眼珠，高鼻梁，穿的却是中国长袍，样子十分古怪。他蹲下身去，打量了他一番，突然伸手朝他腰间摸去，触碰到了他腰里的那个硬邦邦的东西。莱德克一把抓住他的手，然后用另一只手将腰间的那只美式手枪拔了出来。一见他拔枪，马大棒后退一步，立即也拔出了枪，旁边站着的大小头目“哗”的一声也全都拔出了枪，双方剑拔弩张，现场气氛忽然来了个180度的大逆转。

只见莱德克拔出枪后，打开弹匣，将里面的子弹悉数退出，然后食指穿进扳机，吹着口哨，将枪在手指上转了起来。马大棒眼睛跟着枪转，不知洋人玩的什么花样。莱德克把枪转了几圈后，将枪口朝自己，抓着枪管，把枪递给马大棒。

马大棒接过手枪，这才现出笑容，继而哈哈大笑，他对这支精致的美式手枪爱不释手，拿着它回到座椅，现场气氛顿时变得轻松起来。

接下来，马大棒对他们的到来表示欢迎，特别对莱德克表示了欢迎，说他这只洋鸟能飞到中国来炸鬼子，就说明他是一只好鸟，大家就是一家人云云。舒静仁把马大棒的话翻译给莱德克听，不过没有照实翻译，只翻了个大概意思。

当晚，马大棒为他们设下了丰盛的接风宴，满桌摆的都是山珍野味，还有从日本人那儿缴获来的肉罐头。马大棒端着酒碗向他们几个逐个敬酒，当走到余贵生身边时，他上下打量着他，对他的身板称赞有加，说是一块做游击队的好料，当得知他练过功夫，更是赞不绝口，说就喜欢这样的人，当即问他愿不愿意留在山上，说跟了他从此吃穿不愁，干得好的话，还可以给他做个小头目。余贵生喝了不少酒，被马大棒的几顶高帽子戴得分不清东南西北，他痛哭流涕，当即表示愿意留下来做一名游击队员。

马大棒又盛情邀请其他两个人留下来。面对马大棒的盛情挽留,舒静仁以送阿杏找她哥哥为由婉言谢绝。阎少泓根本就看不上这支野鸡队伍,觉得他们不正规,也找了个理由搪塞过去。

酒席散尽,余贵生来到他们两个面前,他看样子是真要留下了。

事情来得有些突然,三个人面对面地站着,就那么默默地站着,最后还是余贵生先开的口,他对他们两个人说:"我将来要是不能活着回去,你们哪个能活着回去,拜托跟我老爸说一声,就说我参加了游击队,打鬼子,替我姐报仇了……"

他说得满脸是泪,再也说不下去了。其他两个人都来安慰他,说没必要搞得这么伤感,他一定能活到抗战结束,一定会回到无锡见到他多病的父亲,根本用不着他们两个来捎话。大家说得都动了情,也忍不住落泪。

余贵生留下来已成定局。他等不及到鄂西北参加国民党军,更等不及到陕北去参加八路军,匆匆间就改变了主意,决定参加山上的这支游击队。既然余贵生不走了,其他三人在山上住了一夜后,第二天就要走,走之前,再次来和余贵生道别。

跟昨晚不同的是,余贵生今天显得很兴奋,他昨晚可能是喝多了酒才哭的,他对他们两个说:"老子留在山上了,祝你们好运,将来你们哪个发达了,别忘了我余贵生就是。"舒静仁叫他在山上好好干,多打鬼子。阎少泓也鼓励他干出点样子来,将来弄个小头目干干,等战争结束了大家再聚在一起,好好庆祝一番。

告别了余贵生,他们又来和莱德克告别。他还是躺在担架上,听说他们要走,莱德克说了一番感激的话,然后又从怀里掏出个东西,把它交到舒静仁手里,说这是一枚飞虎队队员的臂章,给他留作纪念,也算是感谢他这一路上的翻译。舒静仁接过臂章,仔细收藏好,和莱德克握手道别。

故事说到这,舒老离开藤椅,起身去书橱,打开下面的一个抽屉,从里面拿出个红布包,摊开在书桌上,露出一块盾形臂章,他把臂章拿在手里说,这就是当年莱德克送他做纪念的飞虎队臂章。

我从舒老手里小心翼翼地接过臂章,拿在手里仔细观赏,没想到已过70年了,依然光鲜如初。只见这块臂章的外缘为铜质绞丝边,上半截呈蓝底,印有太阳与星星,分别代表着中美两国,下半截呈红底,画着两条白色竖杠,寓意中美两国人民携手,共同抗击日本法西斯。

第16章　神农架枪声

离开安崇山，剩下的三人继续朝西北方向走。他们穿过宜城、南漳，来到了保康境内，从这里开始，他们将要进入茫茫的神农架原始森林。

神农架，方圆三千余公里，因炎帝神农氏在此架木梯尝百草而得名。它横亘于湖北西部，核心地带是无人区，方圆千余公里无人烟，也无路可走，其间遍布海拔两三千米的险峻大山，豺狼虎豹出没，还有传说中的野人。所以，三人基本上是沿着神农架外围走，这里有一条通往房县的山路，道路崎岖，人烟稀少，几十里路难见一个村落，却也是他们唯一的选择。

进入神农架的第一天，上路之前，他们向当地农户打听到，前面50里开外有个叫肖家岭的村子，村里人大部分以狩猎为生，所以又叫猎人村。50里路一天走下来应该没什么问题，他们计划今天天黑以前赶到那个猎人村借宿。

但是，50里路放在别地方应该没问题，放在神农架就不同了。这里山高林密，道路崎岖，上路没走多久，阎少泓就泄气了，对能否于天黑前赶到猎人村持怀疑态度。而那个阿杏，忍耐力极差，因为双脚打满血泡，走不了几步就喊脚痛要休息。阎少泓虽然自己也走不动，却极讨厌阿杏，动辄就骂她是白痴，说她是个累赘，早知道就不该带她来。阿杏最怕阎少泓，一看见阎少泓皱起眉头的那副样子，她就吓得不敢吱声。

余贵生在的时候，每次阿杏有困难，他都会来帮她，现在余贵生不在了，为了不影响行进速度，舒静仁只好来背她。背了一段路，舒静仁也背不动了，就放下阿杏来休息。阎少泓又开始骂阿杏，说要把她丢到森林里喂老虎。阿杏怕极了，紧紧靠着舒静仁，舒静仁说："少泓，你少说两句好不好？当初都是你打包票的。"一提到这件事，阎少泓就不再作声了，他对此很后悔。

天快黑下来了，离那个猎人村还有十多里路，事实证明，阎少泓的担忧不是多余的，今晚很可能难以赶到猎人村。但不管怎么样，总不能露宿森林，那是件极其危险的事，舒静仁执意要继续走，他还是想连夜赶到猎人村。

休息了一会儿，三个人又起身赶路。才走了一会儿，天色已经渐暗了，再继续走就有危险了。就在这时，忽见前边的一棵大树下有个小木屋，阎少泓就像看到救命稻草一样高兴,说反正也赶不到猎人村,不如就在这里过夜。舒静仁也就不再坚持己见,同意了阎少泓的意见。

三人来到小木屋前,此木屋仅一人多高,全是用小圆木钉成的,外面的木头上长满了青苔,像是给整个小木屋穿上了一件绿色的绒装。看样子,这个木屋应该是个猎人的临时栖息所,只有来山中打猎时才会来此住一宿。

推开木屋门,里面没人,除了一张用木板钉的简易床铺以外没有任何东西,床板铺着一层厚厚的干草,地上有堆灰烬,像是烧过不多久的,舒静仁说:“有人来过呢。”阎少泓说:“有人来过就好,说明我们并不孤单。”

三人进到屋里,把门关上,用木棍撑死,然后坐在床板上。舒静仁从包里拿出几个红薯,那是出发前在村里买的,一路上他们没敢多吃,只有到下一个村落才能补充给养。三人黑灯瞎火地坐在床板上吃红薯,一人一个,舒静仁把剩下的一个红薯塞进了包里。

吃完红薯,阿杏走到舒静仁身边,说要出去一下,舒静仁说:“你出去做什么?外面黑乎乎的,有老虎。”见阿杏扭扭捏捏的,舒静仁忽然明白过来,又改口说:“你要去就去,跟我说什么?”阿杏扭捏了半天说:“你陪我去好啵?我好怕。”阎少泓在旁边听了就来气,骂她不要脸,这种事还要人陪。舒静仁好言对她说:“我刚才是吓唬你的,外边没有老虎,是真的。”阿杏还是怕,她不敢一个人出去。舒静仁被她缠得实在没办法,只好把她领到门口说:“我在这里等,你走远点,动作要快。”阿杏走到离木屋几十步远的地方,在一堆树丛后面蹲下去。

外面很冷。森林里昼夜温差大,白天艳阳高照,穿一件单褂还嫌热,到了晚上,气温骤降十几度,人冷得瑟缩发抖。舒静仁在门边跺着脚,不停搓着手。山风将树叶刮得呼呼作响,那声音听起来有点恐怖。舒静仁抬头看看天,漆黑的夜空月明星稠,月光照在森林里,有种惨淡的青白。

几分钟过去了,见她还没从树丛后面出来,舒静仁就冲那边问道:“好了没?”树丛后面传来阿杏的回答,说还没。舒静仁暗自叫苦,女孩子就是磨蹭,却也没法子,只能站在风中继续等候。

又等了一会儿,舒静仁刚要催促她快点,忽听那边传来尖叫,就像被什么东西咬住时发出的惨叫,他赶紧跑过去,见阿杏提着裤子站在那里还尖叫不止,眼睛直看着地下。他低头看去,原来在她刚才蹲过的地方,有一只体型如猫的硕大山鼠,此鼠大概是嗅到了它喜欢的味道,胆大妄为,居然不惧怕人。舒静仁从地上抄起一根枯树枝就朝它打去,山鼠这才落荒而逃。

木屋里的阎少泓听到了尖叫声，打开门来，高声问那边出了什么事，舒静仁回答说没什么，一只老鼠而已，阎少泓又回到了屋里。

赶走了山鼠，舒静仁领着阿杏往回走，一路上还在数落她胆子太小，说你们女孩子都这么怕老鼠，其实老鼠更怕人，尤其怕女孩子的尖叫。他说他妹妹也怕老鼠，无锡的家里也经常有老鼠，有一次，他妹妹见到一只小老鼠出来找食吃，吓得尖叫不止，老鼠被她的尖叫声吓破了胆，不知该往哪里逃，慌不择路，竟钻进了她的裤管，顺着裤管往上爬，他妹妹隔着裤子一把捏住老鼠，等家人跑出来，他妹妹还站在那里尖叫，而那只老鼠早已被她捏得窒息而亡……

他的话音刚落，阿杏又发出了尖叫，比刚才见到山鼠时发出的尖叫声更为凄厉，更为恐怖。这一次，不仅是阿杏，就连舒静仁也毛骨悚然了。

原来，在他们前方七八米远处，一只浑身白毛的庞然大物拦住了他们的去路，夜色中，只见这家伙的两只眼睛放射出蓝绿色的光，犹如坟山上的鬼火，他们有所不知，此物正是神农架原始森林的特有动物——白熊。

舒静仁停下脚步，意识到真正的危险来了。他拉紧阿杏的手，要她不要喊叫，此时任何慌乱与莽撞的行为都是十分危险的。他想起在学校图书馆里曾经看到过一本书，是美国人写的，告诉人们在野外遇到危险动物时应如何应对和处置，其中谈到最重要的一点就是不能慌乱，不能喊叫，也不能有任何逃避的举动，人是跑不过食肉动物的，赤手空拳时也敌不过它，被猎杀的概率是百分之百。因此，必须要和它斗智斗勇，你若表现得胆怯，动物就认为它比你强大，所以你必须要表现得比它更强大。首先，要勇敢地和动物对视，逼视对方的眼睛，不能表现出任何胆怯的心理，要让对方感到你比它更强大。当对方感到你确实比它强大后，它会自动离开，等它走远后，人才能离开。

舒静仁在图书馆看的书起作用了，他站着不动，勇敢地和白熊对视着，白熊也站在原地没动，就这样僵持了几分钟，这几分钟就如同几天或几个月一样漫长。

大概白熊终于感觉对方比自己强大，选择了退却，它摇晃了几下脑袋，喘着粗气，转过笨重的身躯掉头走去。就在这时，阿杏认为危险已解除，露出了怯弱的本性，转身往木屋跑去。哪想到白熊听到身后有动静，突然转过身来，发现阿杏逃跑，立刻朝她扑去，刚跑到门口的阿杏，还没来得及进门，就被白熊一掌拍倒，然后抬起它肥胖的身躯，两只前掌高高地举起，眼见就要将阿杏啃食……

就在这千钧一发之时，后面的舒静仁闭上了眼睛。此时，任何施救都是徒劳的，阿杏的厄运已经来临，如果说她姐姐阿香本可以不死，舒静仁心里还藏有深深自责的话，那么这次阿杏的厄运谁也拯救不了。

就在阿杏再次发出惨叫声时，一个巨大响声撼动了整座森林，只感到天摇地晃，震耳欲聋。响声在山谷间来回震荡，在树林间来回撞击，当响声逐渐消失时，舒静仁睁开了眼，就见那只白熊摇晃了几下身子，重重地栽倒下去，栽倒在木屋门边。随后，身后树丛里发出一阵窸窣声，回头看，其间走出一个人，此人身穿兽皮衣，头戴兽皮帽，提着一杆猎枪，走到白熊跟前，朝白熊肥胖的身躯踢了几脚。原来，此人正是木屋的主人——猎人村的一个肖姓猎人。

阿杏被白熊拍了一掌，连伤带吓，倒地昏迷不醒。被抬到屋里的床上后，猎人转身出去拾来干柴，在屋里燃起了火，火苗照亮了小木屋，也使屋内气温陡然上升。三个人齐来察看阿杏的伤势，见她的右半边脸上有几道爪痕，已经红肿起来，刚才白熊的一掌拍得不轻。猎人说没什么大问题，转身出去，带回几把消肿止痛的草药，捣碎后敷在她脸上，说待会就会消肿。

阎少泓说，他对刚才外面发生的事并不知情，他虽然听到了阿杏第二次发出的惨叫声，以为又是山鼠，就没出门，直到听见枪声，才知道情况严重，跑出门来看，看见门边倒地的白熊和阿杏。对于阎少泓的这个说法，舒静仁心里自然十分清楚，他分明是在说谎。刚才阿杏第二次尖叫时，门本是敞开的，白熊追过来，门突然被关上，很显然，他是怕白熊进屋把他也吃了。碍于好友的份上，舒静仁不便戳穿他而已。

舒静仁问猎人，怎么会如此妙算，如神兵天将突然而至将白熊击毙。猎人的脸膛被火烤的通红，说他跟踪这只白熊已多时，一直没找到下手的机会。通常来说，对于这种凶猛的动物，如果不能一枪毙命，就很有可能反被它伤害，因为装填弹药是要花时间的，而受伤的白熊攻击性更强。白熊对人发起攻击时，别说是阿杏这样的女孩，就是一个壮年汉子也抵挡不住。刚才见阿杏被白熊追赶，千钧一发，再不扣动扳机她就没命了，所以也就没顾忌其他，果断开枪。舒静仁夸赞了一番他的枪法，又问外面的白熊怎么办，太重了，怎么搬回去。猎人说，这个不愁，明天会回村找人来抬。

不多时，阿杏醒来，看看他们，又看看自己，说她还以为自己已经被吃到熊的肚子里去了。见阿杏已醒过来，且没什么大问题，舒静仁松了口气，说叫你别跑你就是不听，刚才若不是遇到猎人，你肯定已经到熊肚子里去了。

猎人说出去搞点吃的来，就出去了。舒静仁问阿杏脸上还痛不痛，阿杏摇头说没刚才那么痛了，她还说她刚才做了个梦，梦见了姐姐，姐姐领着她在三里桥米市逛街。她这一路上多次提到她姐姐，她每次提到姐姐，舒静仁心里就不好受，也正是这个原因，他一路上对她悉心照料，唯恐她再有个三长两短。

猎人提了两只山鸡进来，都活蹦乱跳的。舒静仁觉得奇怪，没听见他开枪，怎么抓到山鸡的呢？猎人说，捕山鸡不用枪，用枪浪费弹药，他白天就已经下好了套，晚上只是去取而已，至于下的什么套，恐怕是他的职业机密，没说具体，舒静仁也就不好再追问了。猎人掏出随身携带的短刀，在门口将山鸡宰杀，除去内脏，然后将削尖的树枝从尾部插入，直穿入颈部，回来又用树枝扎了个架子，将山鸡架在上面烤。

大家凑在火堆前烤火取暖，和猎人闲聊。得知猎人正是十几里开外猎人村的，他们村的男人大都专事打猎。听说他们三人要去国统区，猎人不无惊恐地说，他在这森林里已经遇到好几拨人往那边去，说那边比森林里还危险，森林里对付的是野兽，往那边去要对付的是鬼子，鬼子比野兽更凶猛。他说，野兽只有尖牙利爪，再狡猾也斗不过人，鬼子是鬼不是人，可要当心啊。猎人还说，再往前走几十里地，就是沦陷区与国统区的分界线，鬼子在那里设了一条封锁线，不让沦陷区的人过到国统区那边去，强行过去的，鬼子就开枪，听说被打死了好多人。猎人的话，给他们每个人的心里都投下了一道阴影，却也不能阻挡他们的步伐，纵有危险，他们也要过去。

山鸡烤熟了，焦黄的鸡皮往下滴着油，猎人取出一包盐，在鸡皮上轻抹一下，山鸡的味道就更香了。四个人吃两只山鸡，一人可吃到半只，不仅管饱，而且养胃，一两天不吃东西也不觉得饿。吃完山鸡，每人唇边油腻腻的，阿杏躺在床上早已睡去，其他三人围着篝火，盖着被子，斜靠着，也都进入了梦乡。

次日天明，四人一觉醒来，斑驳的阳光穿过树叶的间隙，如一道道光柱，照射在铺满枯叶的地上，形成大大小小的光斑。神农架原始森林的上空布满缭绕的晨霭，气温逐渐升高，小鸟在树上欢快跳跃，叽叽喳喳地叫个不停。

阿杏的脸已完全消肿，只留下几道爪痕。她开门出来，看见遍地从未见过的野花，开颜笑起来，蹦蹦跳跳地跑去采摘野花，将采来的野花插在头上，弄得满头五颜六色。舒静仁与阎少泓也出来随处走走，一边走一边呼吸着森林里的新鲜空气，不知怎么又提到了余贵生。舒静仁说，要是昨晚他在的话，收拾那只白熊应该不在话下。阎少泓不以为然，说不一定，他能把一只鸭子或一只狗弄死，那都是小事，白熊体形庞大，力大无比，他再有功夫也对付不了这种凶猛动物，阎少泓还拿运河拉纤的事来佐证。

阿杏还在前面草地上采花，手里都快拿不下了，还在不停地采。

两个人跟在她后面，边走边说，又说到了封锁线的事，阎少泓说，这条封锁线可能是日军封锁得最为严密的封锁线，如果过不了这条封锁线，先前走的大半程都算是白费。舒静仁也担心，说现在说什么都为时尚早，到时候看情况再说。

正说到这里，前面忽然又传来阿杏的尖叫，两人立刻撒腿朝她跑去。只见阿杏惊恐万状地指着地上，原来是一条蛇，盘成蚊香状，昂着头，吐出鲜红的信子。胆小的阿杏总是大惊小怪的，一条小蛇有什么可怕！两人立刻找来树枝和石块，一顿猛打乱砸，将蛇砸成了好几段。

听到喊声，猎人从木屋里出来，见两人已将蛇打死，且断成了数截，催促他们赶快把它们分开，不然又会连到一起。两人闻言，不觉好奇，已经断开的蛇怎会连到一起？低头再来看那几截断开的蛇身，果然如猎人所说，在草丛里一蹦一跳地互相寻找着，找错了方向时还会自动调整。真是怪了！两个人立刻分头来捕捉断蛇身子，捉到后就拿给猎人。猎人接过来，就像昨夜烤山鸡一样，串在削尖的树枝上，一截一截地弄得像冰糖葫芦，说早饭的问题已经解决了。

回到木屋，猎人开始烤蛇肉，烤得“哔剥”作响。

舒静仁充满了好奇，曾听说过壁虎断尾求生之说，壁虎为逃避猎食者捕杀，会主动弄断自己尾巴，用跳动的尾巴来吸引猎食者注意，自己则趁机逃之夭夭。但已经断了的尾巴是不能再和身子长在一起的，它的尾部会另外长出新的尾巴来。但眼前这种蛇，被打成了几截，居然会互相寻找，然后重新长在一起，实在稀奇！猎人听了大笑说，世上的事千奇百怪，此蛇也只有神农架有，别处没有。

舒老说，神农架原始森林里充满了神奇，那里有很多别说是没看过，连听都没听说过的东西。舒老还说，这一路上，最让他牵肠挂肚的还是阿杏，她总是遇到这样或那样的危险，每一次都让人揪心。

第 17 章　穿越封锁线

数日后，他们走出了神农架。

沿途的山势趋向平缓，村落也逐渐多起来。路上开始出现大量难民，都是从襄樊那边过来的，经打听得知日军发动襄樊战役，攻占了襄樊，死伤了很多人，附近的百姓纷纷逃往鄂西北的国统区。难民们大多是举家逃难，带着能拿得动的家用什物，老老小小的一大家子人，走不动路的老人就坐在独轮车上，由年轻力壮的后生推着，不会走路的幼儿就用箩筐挑着。所有年轻妇女都在脸上涂抹了锅灰，把自己弄得像个黑脸包公，奇丑无比。这一路上常会遭遇日军，涂抹锅灰也只是防止被日军糟蹋的一种不得已的办法，究竟有没有用，只有天知道。

舒静仁见别的女孩都涂抹了锅灰，也要阿杏涂，阿杏不肯，嫌涂锅灰难看，傻傻的阿杏只知道好看，就是不知道危险。舒静仁就去难民那里弄来锅灰，不管她肯不肯，就给她涂到脸上，阿杏先是哭，后来又噘嘴笑，因为脸黑，牙齿和眼珠就显得特别白。

逃难的队伍稀稀拉拉的拖得很长，沿着一条弯曲的山路朝前走，前不见队伍的首，后也看不见队伍的尾。这天，走了一段路，前面山边有条小溪，溪流里淌着山上下来的清凌凌的水，前面的人都停了下来，趴到溪边喝水，然后坐在路边，拿出带来的煎饼之类的东西吃。他们三人来到溪边，也坐了下来，阿杏见人家吃煎饼，也嚷着饿了，要吃东西，舒静仁拿出三个馒头，一人一个，就着溪水吃。吃完后，阿杏说没吃饱，还要一个。舒静仁的包里虽然还有馒头，但怕后面没有吃的，就哄她说已经没有了，阿杏不信，要来翻他的包。旁边的阎少泓来气了，大声斥责她说："你就只顾眼前，后面没有吃的怎么办？把你煮了吃！"阿杏被骂得停了手，噘起小嘴说："人家没吃饱嘛，不给就算了。"说着掏出那面小圆镜，去照她那张涂满锅灰的脸。

旁边坐着一家人，男主人约三十多岁，带着老婆和孩子。他们也刚吃过了东西，男主人拿出旱烟袋，往铜锅里装了一撮烟丝，吧嗒地吸着。舒静仁与男主人攀谈起来，得知他们也是从襄樊那边过来的，家乡都被日军占领了，日子没法过，打算去国统区那边投靠亲戚。因为他们都是附近一带的人，对这一带的地形比较熟悉，过去也常去那边走亲戚，据他说，再往前走十几里地，有个叫二桃子沟的地方，那里有条日军封锁线，是通往国统区的最后一道封锁线，日军把守得很严密，日夜有岗哨，还有流动巡逻，过了这道封锁线就算安全了。舒静仁问这位老乡，有没有别的地方可以绕过去，老乡听了轻声叹息，说要是有地方可以绕过去，谁还会冒生命危险来过这条封锁线。看来，这条封锁线是躲不过去的了。

阎少泓也凑过来，问老乡说，过了封锁线，那边就是国统区的地盘么？老乡说，过了封锁线，那边还有条隔离带，也有十余里宽，两边都没有驻军，那里有个小村子，叫贺家湾，就在隔离带的中心分界线上，那里设了个关口，过了这个关口就进到了国统区，才算是真正安全了。

听完老乡的介绍，两人都沉默了，各自想着心事。舒静仁想，也不清楚这道封锁线究竟严密到何种程度，之前他们也经历过很多险情，也遭遇过日军，也遇到过关卡，都总算是过来了，而前面这道封锁线，是沦陷区通往国统区的最后一道封锁线，日军会投入怎样的兵力呢？

大约休息了个把钟头，前面的人开始起身走了，后面的人也跟着走，不断有后面的人从他们身边走过。他们三个也爬了起来跟着走，剩下来的这段路，或许是通往自由的路，也或许是通往死亡的路。

十几里的路程并不算长，傍晚时，他们终于赶到了二桃子沟。

二桃子沟是一片荒野之地，附近没有村落。荒野中有条很长的天然壕沟，像大地裂开的一道缝隙，沟中无水，也不长草木，遍地都是片岩碎石。沟的两边是连绵的小山丘，山丘上不长大树，只有低矮的灌木丛。沟的这边，每隔一里地有座日军的碉堡，碉堡十数米高，每个碉堡顶上都有哨兵，周围情形一览无余。碉堡与碉堡之间拉着高高的带刺铁丝网。沟的另一边就是隔离带，是通往自由之地。

先后到达二桃子沟的难民都自发聚集在一座小山丘上，这里距日军最近的一座碉堡只有百把米远，伏在灌木丛里可以清晰地看到对面碉堡上的日军。只见碉堡上的日军端着长枪来回踱步，刺刀闪着亮晃晃的光。

天还没黑下来，山风将灌木丛吹得唰唰响，隐藏在灌木下的人们都全神贯注地注视着对面的碉堡。只见碉堡下面的一扇门打开了，一小队日军从里面走出来，为首的扛着一杆长枪，枪刺上挑着膏药旗，开始沿着两个碉堡之间铁丝网下的一条小路巡逻。透过带刺的铁丝网，可以清晰地看见沟壑那边的情形，和这边差不多，山丘上也都长满了灌木。还在路上就听难民们说，过封锁线必须要等到晚上，白天过封锁线等于是飞蛾扑火。眼见天色就要暗下来，大家都在抓紧这最后时刻，仔细观察地形地势，做最后的准备。

舒静仁拿着怀表，他观察日军的动向已经有好一会儿了，他对阎少泓说："我发现他们的巡逻很有规律，每半小时巡逻一次，两个碉堡之间的距离大约是 500 米远，他们从这座碉堡走到那座碉堡，巡逻一趟的时间大概是 15 分钟，间隔 15 分钟后再走回来，也就是说每半小时有 15 分钟的间隙，要通过封锁线，必须利用这 15 分钟的间隙。"

阎少泓说："15 分钟的时间也不算短，按理说应该够用了，问题是如何通过那道铁丝网，短时间怕很难弄开。"

关于铁丝网，舒静仁说他早已考虑到了这个问题。他在路上就发现有难民身上带着铁钳，曾问过他们干什么用的，难民说是用来剪铁丝的，看来，难民中有人比我们准备得更充分。阎少泓说，就算他们带了钳子，这么多人从一个口子里通过，走在后面的就很危险。阎少泓的担忧不无道理，如果大家蜂拥而上，都想尽快通过，结果可能都通不过，时间拖得越长，越有可能被鬼子发现。舒静仁说，必须把难民组织起来，乱糟糟的肯定不行，先要统计难民中有多少把钳子，然后根据钳子的数量平均分配人数，使大家不要拥挤到一个口子通过。而且，通过铁丝网时必须采取统一行动，如果有人贸然先行，后面的人就有可能死在这荒郊野岭。再就是通过铁丝网时不能慌乱，不能发出声响。两人统一意见后，立刻分头去难民那里做工作，以便统一大家思想，顺利通过封锁线。

在上海读书会，舒静仁懂得了组织工作的重要性。没有组织工作，再大的力量也是弱小的，一盘散沙，不堪一击；有了组织工作，再小的力量也会变得强大起来，退工运动就是成功的一例。难民们来自各地，大多以家庭为单位，如果不把大家的思想与行动统一起来，大家各顾各的，通过封锁线就很可能失败，招致重大伤亡。

但是，难民的工作也不是那么容易做通的，刚开始，有钳子的难民不愿把自己的钳子拿出来与他人共享，只想到自己的家人。舒静仁就耐心地做他们的思想工作，告诉他们团结和统一的重要性，说如果大家各顾各的，所有人都可能过不去，都有可能死在铁丝网的这边。难民们最终接受了这两个学生的建议，组织工作得以顺利推行，他们统计的结果是，难民中共有 8 把钳子，现场的难民共计 120 余人，他们把难民分成了 8 个组，每组约 15 人，每组配一把钳子，并把通过铁丝网应注意的事项告诉大家，这样一来就不至于出现杂乱无序的现象，安全通过的概率也就大大提高。

有了他们两人的组织工作，难民们显得比先前有秩序多了，心里也更踏实了，他们按刚才的分组分别聚拢到一起，一切听从两个学生的号令。

时间在一分一秒地过去，西边的残阳血一样的红，依着远处的山峦，一点点地往下沉，直到消失最后一点血光。天渐渐地暗下来，所有人都在紧张地等待，等待最后冲刺的一刻到来。

眼看就要行动了，舒静仁还有些不放心，回头又对阎少泓和阿杏说，过了铁丝网要快速穿过那条壕沟，跑到对面山丘的下面去，到了山丘下面也不能停留，要继续跑，一直跑到贺家湾才算没事。舒静仁又对阿杏特别交代说，跑的时候一定要紧跟着他，不要慌，更不能叫喊，就算是鬼子开枪了也不能停留，一直往前跑。阿杏一副很紧张的神情，眨巴着两只眼睛，鸡啄米似地不停点着头。

舒静仁再次掏出怀表，看看时间，再朝碉堡那边看去。此时天已经完全黑下来了，夜色下，月光皎洁，碉堡的轮廓依稀可辨。几分钟后，碉堡里面出来了一队人影，沿着铁丝网开始了例行巡逻。15 分钟后，人影走到另一座碉堡，消失在碉堡下的门洞里。就在此时，舒静仁忽然站起来，果断地一挥手，所有难民都看到了他这个动作，大家几乎同时从各自隐蔽的灌木丛中一跃而起，按照事先分成的 8 个组，有组织地向铁丝网跑去。到了铁丝网下面，8 把钳子几乎同时在铁丝网上剪开了 8 个口子，人们有序地先后钻过铁丝网。

轮到他们三个的时候，舒静仁让阿杏先过，阿杏身材瘦小，很容易就从那个洞里钻了过去，接着是阎少泓，他钻铁丝网时衣服被挂住，此时也顾不了衣服，硬是把衣服拉出个大口子强行通过。最后是舒静仁，他过了铁丝网就一把拉起阿杏，连滚带爬地下到了沟底。此时，大部分的人都已经下到了沟底，在夜幕的掩护下，纷纷往对面的土坎上爬，如果不出意外，爬上对面山丘，然后一口气穿过隔离带，直至跑到贺家湾都应该没问题。可是偏偏在这个节骨眼上出了差错，只听“咣当”一声，一个难民摔倒，身上背着的铁锅撞到了一块石头上，发出了响声。这一声在寂静的夜里听起来格外的响，响声惊动了碉堡顶上的日军哨兵，哨兵立刻鸣枪报警。枪声惊动了碉堡下面的巡逻队，和正在休息等待换班的其他日军，顿时，枪声大作，碉堡顶上的机枪也开始疯狂地吐着火舌，一小队日军从碉堡里冲出来，一边放枪一边大声叫喊着冲了过来。

面对突发的变故，所有人都没有停止脚步，他们拼命地攀爬沟壁，希望尽快爬上去，进而躲到对面山丘的后面去。然而就在此时，一颗照明弹升上了天空，将大地照得亮如白昼，攀爬在沟壁上的人顿时成了日军射击的活靶子，机枪开始疯狂扫射，沟壁上不断有人掉落下来，掉进了沟底。所幸舒静仁三人动作快，赶在照明弹升起之前就已经爬上了沟壁，被打中的大多是拖家带口的，又要顾老的，又要顾小的，动作就慢，没被子弹打中的都算是万幸。

阿杏几乎是被舒静仁拖着跑，她有几次刚摔倒就被他拉起，没站稳脚跟就被他拖着跑。阎少泓一边跑一边骂阿杏，骂她跑得太慢，太拖累人。其实这个时候阿杏也想快跑，只是两腿发软，快不起来。

爬上了对面的山丘，大家都已经精疲力竭了。阎少泓站在山丘上，也许是太累了，也许是想喘口气，回头朝沟底望了一眼，就这么一眼，只有短短的几秒钟，就见他一个趔趄栽倒在地，大喊着："静仁，我中弹了——"此时舒静仁已经拉着阿杏跑到了山丘的半山腰，又急速跑回来，问他伤到了哪儿，只见阎少泓双手紧捂小腿，看来是腿部受伤了。此地不能久留，必须马上离开，舒静仁顾不得多想，把阎少泓背起来就往山下跑，一边喊阿杏快点跟上。舒静仁背着阎少泓一路小跑，下了山丘也没止步，他也不知哪儿来的力气，竟背着他一口气翻过了两座小山丘，直到实在跑不动了，才把阎少泓放下。

舒静仁在附近找到一个大洞，洞口长满了茅草。拨开茅草，他刚想看看这个洞穴有多深，一个黑影从里面蹿出，差点和他撞个满怀，他吓了一大跳，定睛一看，原来是只山猫。他无意闯入了山猫的家，山猫狼狈逃窜，把窝让给了他这个不速之客。

这是个经营得很不错的洞穴，洞底铺着一层干草枯叶，还残留着山猫留下的体温。他把阎少泓背进去，三人挤在洞穴内，这才借着月光仔细察看阎少泓的伤势。阎少泓的枪伤是个穿透伤，子弹从他小腿的内侧进去，从外侧出来，见他小腿还能活动，说明没有伤到骨头，只不过是在他小腿肚子上穿了个洞而已。伤口处流了不少血，舒静仁为他做了简单的包扎。

山上渐渐恢复了平静，直至完全没有了声响，舒静仁才从洞穴出来，去外面察看了一圈，回来说可以走了。他搀着一瘸一拐的阎少泓，阿杏跟在后面，三个人继续朝前走。路上陆续遇到一些没被打死的难民，从各自躲藏的地方出来，大家重新结伴，朝着贺家湾方向走去，大家心里都很清楚，此时还不能说是脱离了险境。

第 18 章　过贺家湾

贺家湾，原只是湖北省西北部竹山县境内的一个不起眼的小村庄，交通不便，环境闭塞，村中遍布巨石，可耕土地少，全村只有几十户人家，人口不过百余人。然而就是这个不起眼的小村庄，在那个特定时刻，却成了地狱与天堂的分水岭，成了水火两重天，方圆几百公里内遭受日军蹂躏的国人冒着生命危险，历尽艰辛来到这里，就是指望通过这条分界线，到达没有死亡威胁的那边去。

村中有条小街，街的中心线便是分界线，这边是沦陷区，那边就是国统区。分界线并没有特殊标志，那是自抗战以来，中日两国民党军队经过多次战斗、反复拉锯形成的。武汉保卫战以来，日军连续发动襄樊战役、宜昌战役，急欲打通大西南通道，进而威胁陪都重庆。但日军期望尽早结束中国战事的算盘落空，由于国民党军的顽强抵抗，加上日军发动太平洋战争后，战线拉得过长，兵力受到极大牵制，再也无力越过这道防线继续西犯，因而这条特殊的分界线便形成了。

越过封锁线的难民到达贺家湾村外时，东方已现出鱼肚白，远处传来公鸡报晓的啼鸣。几分钟过去后，天大亮，远远看去，山脚下的贺家湾被雾霭笼罩着，像罩了一层轻薄的幔纱，朦胧中现出一派安详与静谧。村前有棵大树，像把巨伞罩在村头，树下有条清溪，舒缓地绕村流过，溪边布满了大大小小的鹅卵石，被溪水冲刷得周身浑圆，附近山上到处可见裸露的黑色巨石。

进到村里才发现，原来里面很热闹，挤满了各地来的人，操着各地方言，都快把村子挤爆了。历尽千辛的人们来到这里都松了口气，以家庭为单位聚在一起，或蹲或坐，诉说着一路的艰辛，也有过封锁线时负了伤的，躺在地上，痛苦地呻吟，家人在旁悉心照料，说尽宽慰的话语。

三人来到小街上，这条小街长不过百米，路面不过一块门板宽，卵石铺就，卵石取自小溪，常年被踩，磨得油光铮亮，似上了层桐油。街两边多为竹楼，因年代久远，也都似罩了层桐油，泛着油光的黑棕色。

舒静仁架着阎少泓穿过人群，找了一处空地坐下，打开布条再次察看他的伤势。受伤部位的血已止住，但肿得很厉害，如得不到及时医治，只怕会发炎感染。阎少泓拖着一条伤腿走了这么多路，痛得要命，不停地诅咒小鬼子。舒静仁说，眼下也没别的办法，只有忍耐，等到过了关口，到了国统区那边就好了，可以找家医院看看。

见有不少难民在喝热粥，舒静仁过去打听，有难民告诉他，关口那边有个施粥点，是国统区那边置办的，每个难民都可以领到一碗免费的稀粥。得知有不收钱的稀粥喝，舒静仁马上回来，叫阿杏跟他去领稀粥，他们仅有的几个红薯早已在路上吃完，阿杏早就在喊饿了。

舒静仁带着阿杏来到关口，就见那关口坐落在两山之间，一条小路穿过关口，通往国统区那边，倒是个天然的关口。关口有个象征性的竹牌楼，牌楼下面有两扇竹编门，竹门紧闭，听说还不到通关时间。竹门下面站了两个穿土黄色军服的国民党军士兵，背着枪在门前来回走动。听难民们说，每天早上8点钟开始通关，一直到晚上8点钟闭关，过关的手续也不太复杂，只要经过一般性检查和简单的登记就可以了。

关口门前已经聚集了很多人，都是等着领粥的。竹门边有个用石头垒砌的灶，灶上支着大铁锅，锅里正在煮粥，有人正在用勺子不停地搅动。灶前排起了长龙队，舒静仁也过去排在了后面。队伍缓慢地往前移动，领到稀粥的难民从前面满头大汗地挤出来，手里端着盛满稀粥的碗，嘴里不停地喊着："拜托，让让——"好不容易轮到舒静仁，恰巧锅里的稀粥全部发完，要等下一锅。

等下一锅恐怕要些时间，舒静仁便带着阿杏回到小街上。此时，街两旁竹楼下的门全都打开了，屋主人在门前摆上了一张张桌子，就有难民过去坐在了桌边。原来，村里突然来了这么多难民，施粥点的粥供不应求，就有村民在自家门口摆起了桌子，烹饪一些当地的特色小吃卖给难民，如三合汤、酸浆面之类的，其他村民见状，纷纷效仿，家家都在门前摆起了桌子，开起了小饭馆。

舒静仁找到阎少泓，说稀粥已经打光了，不如去街边买点小吃，问他身上还有没有剩下的钱。这一路上每次买吃的，大部分都是舒静仁付的钱，身上的钱已经用光了。阎少泓掏了掏口袋，掏出几张纸币，他平时舍不得用钱，自然还有剩余。舒静仁说："你留着这么多钱有什么用？过那边就作废了，那边叫它伪币。"

三个人找了空着的桌子坐下，要了三碗酸浆面，吃完后，三人都不觉得饱。阎少泓又从另外一个口袋掏出些钱来，说反正过了关口就没用了，不如全用来买吃的。舒静仁就知道他刚才打了埋伏，现在听说过了关口钱就作废，好歹是全拿出来了。有了钱，每人又各点了两碗三合汤，外加一锅豆皮，都是酥黄滚烫的，三个人狼吞虎咽地吃了起来。

这回算是真正吃饱了，吃完后，个个都撑得肚子溜圆。阎少泓的钱还有剩余，现在就来充大方，把钱都送给了老板娘。

因为还不到通关时间，吃饱喝足了，他们就和老板娘攀谈起来。老板娘刚才多得了他们的钱，也十分热情，不顾别的生意，陪着他们来聊天。她告诉他们说，这里原本是很清静的，很少看见外地人，现在一下子热闹起来，天南海北各地的人都有，所以饭馆生意特别好，每天都忙不过来。她还说，附近一带过去经常打仗，打过来打过去的，打了一两年，最近才平息下来，虽没有大的战役，但小的零星战斗还是有。舒静仁说："现在这地方应该是安全的了，鬼子不会来吧。"老板娘听了直咋舌，一副愕然的样子说："啊呀！谁也不敢打包票说鬼子绝对不会来，因为是缓冲地，两边都可以管，小鬼子精神病似的，说不准什么时候就跑过来抓人。但以这条街的中心为界，不会过到那边去抓人。"大家听了老板娘的话，又担心起来，万一鬼子的哪根神经搭错了，突然跑过来怎么办？到了家门口再被抓回去，那真是倒霉透顶！于是都盼望早点通关，只有到了那边，才算是真正平安。

还没到8点钟，难民们就往关口拥，在门前排起了长龙。他们三人也辞别了老板娘，随人群往关口走去。8时整，关口下的竹门打开了一扇，开始办理通关手续，队伍开始缓缓地向前移动。大约一个小时后，他们三个从很后的地方渐渐地挪到了离门口只差几十步远的地方，前面只有不到一百人，再有半个来钟头就可过关。

已经通过检查登记的难民，刚过关口便欢天喜地拥抱在一起，庆祝离开人间地狱。而这边还没有过关的难民，眼巴巴看着别人高兴，就有些发急，有人开始抱怨通关速度太慢，队伍里出现了小小的骚动。办理通关的人在竹门前高声喊，要后面的人不要着急，不要乱，保持秩序，今天无论如何都会让大家全部顺利过关。这句话好像给后面的人吃了颗定心丸，骚动的人群稳定下来，人们在耐心等待，等待过关的那一刻。

然而就在这时，忽闻后面有人高喊："鬼子来啦！"这一声犹如在人群中扔下了一颗威力巨大的炸弹，队伍顿时大乱，人们纷纷争先恐后拥向竹门，希望过到门的那一边。与此同时，两扇竹门全都打开了，也不用登记检查，挤在前面的人过去了一部分，但是后面的人潮水般地往前挤，反而造成堵塞，门前顿时乱作一团，有人倒地，造成踩踏现象，哭喊声、呼唤亲人声响成一片。

后面的人眼见过关无望，回头看，日军的膏药旗已隐约可见，人群顿时四散开来,纷纷就近寻找地方躲避,亲人之间顿时都被慌乱的人群冲散。舒静仁转眼就没看到阎少泓和阿杏了,也不容他去寻找,只得一个人朝离得最近的一座山上跑去。他一口气爬上半山腰,躲在一块黑石后面,透过树枝缝隙朝山下观望。只见十几个鬼子正在追逐难民,抓住后就用绳索捆住,追不上的就开枪打。半个来钟头后,日军再也找不到其他人了,就把那十几个抓到的难民带走了。

惊魂甫定的舒静仁松了口气,身上早已冒出一身冷汗。见鬼子走远,他才从躲藏的黑石后站起来,这才想起阎少泓和阿杏,刚才由于离得远,没看清鬼子抓了些什么人,也不知他们两个是否被鬼子抓走。下山时,他一路喊着他们两个人的名字,指望听到他们两个的回应声。

到了山下,他又一路喊着来到了小街。刚才还是喧嚣热闹的小街,此时已是空无一人了,两边的大门全都紧闭,门前的桌椅板凳横七竖八地倒在地上,碗筷扔得到处都是,一只脏兮兮的小狗正在舔食地上碗里的剩食。

在村口那棵大树下,他见到了阎少泓,他满头稻草屑,也不知是躲到了鸡窝里还是狗窝里。两人见面犹如久别重逢,紧紧相拥在一起。庆幸彼此都还活着。舒静仁问他有没有看到阿杏,他说没看见,他腿部受伤跑得慢,自己都顾不上来,哪里还会注意阿杏。舒静仁说:“你的腿不方便,就坐在这里等,我去找阿杏。”

舒静仁安顿好阎少泓就去找阿杏,一路找一路喊,从村东走到村西,找遍了整个村子都没见到阿杏。他感觉两腿发软,莫非阿杏她真让鬼子抓走了。

他拖着快要走不动路的两条腿,来到村外的一口水井边,坐在井沿上,嘴里还在喊着阿杏。就在他近乎绝望时,隐约听到了回应声,声音很小,但分明听到了,声音就发自那口水井的井底。他反过身来,看见井口上有个轱辘,一条绳子直通井下,探身往下看,井下漆黑一团,不知有多深。再喊几声阿杏,又听到了回应声,果真是阿杏的声音。他高兴起来,阿杏没被抓走,她还活着!他趴在井口朝下面喊,叫她坐到下面的水桶里,坐好了就晃动绳子。过了一会儿,他看见那根绳子在轻微晃动,估计阿杏已经按照他说的做了,就赶紧来摇轱辘,随着井绳慢慢地往上收,阿杏终于露出了头。只见她坐在水桶里,双手牢牢抓住井绳,浑身湿淋淋,嘴唇乌黑,颤抖不已,她在冰冷的井水里都快冻僵了。

可怜的阿杏,不是掉江水里,就是掉井水里,每次都要了她半条命。

舒静仁还在一个劲地埋怨她说:“真把我急死了!还以为你被鬼子抓走了呢,叫你跟着我的,你怎么不跟着呢?要是被抓走了怎么办?怎么去见你哥哥?”

阿杏浑身抖得很厉害,连哭都哭不出来了。

舒老说,阿杏其实是个很乖的女孩,也很听话,虽然有时候表现得不太懂事。那天为她乱跑的事,他着实是吓了一大跳,狠狠地“骂”了她一顿,叫她从此以后无论发生什么危险,都不能独自乱跑,还威胁她说,如果不听,今后就不管她了,让她被鬼子抓去,再也见不到哥哥。

鬼子走后,关口重新开放,没被抓走的人又都重新回到竹门前排起了长龙。他们几个也重新排到队伍里。刚过那道竹门,三个人就拥在一起,阎少泓与舒静仁紧紧地抱在一起,互相使劲拍打着对方的双肩,高喊“到家了”。阎少泓甚至不顾受伤的腿,将阿杏抱起来转了两圈,尽管他曾是她的东家大少爷,尽管他很讨厌阿杏。阿杏更是像只欢快的小雀,围着他们两个开心地笑着、跳着、蹦着……

舒老说,现在的人无法想象他们当年跨过竹门那一刻的心情,虽然是同一片蓝天同一片土地,却是两种截然不同的状态和心境,一边是敌占区,一边是自由的国土,一边是做亡国奴,一边是做自由人。两种状态,两种心境,只在一线之隔。人的命运往往就在一线之间,进一步或退一步,都会有不同的命运、不同的结局。我完全赞同舒老的分析,他说的是个通论,过去如此,现在也如此。

第19章 竹山分别

通过竹门进入国统区时，他们每人领到了一张通行证，有了这张通行证，在国统区内就可以自由通行。当时，为防止日军奸细过来打探军情，国统区的很多路口都设置了哨卡，盘查来往行人，没有通行证是寸步难行的。他们三人拿着通行证继续往西走，再走几十里路就是竹山县县城，那里驻扎有部队，有战地医院，可以给阎少泓的伤口进行处理，他的伤口已经感染了，整条小腿都变得很粗。

通往竹山县的路虽然没有日军封锁，不必冒枪弹危险，却也是条极其艰险的路，依然存在各种威胁，甚至是生命危险，他们这一路走得并不轻松。

竹山县属山地地貌，平均海拔1500多米，崇山峻岭，地势起伏很大，南部山地尤为险峻，山势陡峭，如果没有古人留下的那条被称作“盐道”的路，想要通过如此陡峭的山地几乎不可能。

顾名思义，“盐道”就是用来输送盐巴的路，因为古人开辟，又称“古盐道”。盐巴产自四川大宁，那里有个古盐泉，冒出的泉水是咸的，含盐量极高，当地人很早就学会了一种独特的制盐术，制成的盐巴叫井盐，其中一部分就通过“古盐道”运至鄂西北及更远的渭河平原，那些地方都不产盐。

舒老说，这条“古盐道”直到抗战时期依然是运送盐巴的重要通道，他们一路上时常遇到运送盐巴的人，当地人把从事这种职业的人称作“盐客”。由于山路险峻，无法使用交通工具，连挑担都无法使用，只能靠肩背。盐巴装在一只竹编的篓子里，少说也有一百来斤重，竹篓背在背上，背带有两种，一种是双肩背带，有点像是现在学生背的书包，一种是顶在头上的单背带。由于竹篓很大，从后面看，只看见竹篓和一双脚，就像竹篓长了一双脚似的。盐客的个头一般都不高，却有超乎常人的脚力与耐力，负重行走可一气走上二三十里地不歇脚，而且行动极其敏捷，犹如山猫。

盐道位于群峰之间，在一条深涧的上方，顺着山涧的自然走势，在群峰间迂回盘绕，下面那条深涧叫“苦桃河”，河床落差大，水湍急。这条古盐道是无数古人用脚踩踏出来的，由于绕山盘旋，直线看上去只有一里路，走起来却往往要十几里。遇有陡峭地段，无路可走，古人便在峭壁岩石上凿出一条路，类似于现在上楼的阶梯，当地人把这种路叫“梯子坎”。

舒老说，盐道与长城及古栈道一样，都是中华文明的一部分，是古人智慧与顽强力的完美展现。

自从踏上古盐道，他们三人一路走得很辛苦，几乎每走几里地就要坐下歇息，险要路段，头晕目眩，甚至手脚并用。阿杏胆小，她在家乡从没走过如此险要的路，她最怕看下面的深涧，一看就头晕，生怕掉下去。遇到“梯子坎”，她更是踌躇不前，每次都是舒静仁背她过去，回头再来搀扶阎少泓过去。这一路上，阿杏没少挨阎少泓的骂，骂她是笨蛋，骂她是胆小鬼。

这天，他们走到一个地方，有块垂直的岩壁上刻有“野猪谷”三个大字，大家走到这里都累了，坐在岩壁下休息。

阎少泓坐在阿杏身后，见路边杂草丛中有棵苍耳，便悄悄摘下几颗苍耳子，趁阿杏不备，迅速扔到她头发上，然后装作若无其事的样子，眼睛看着别处。他小时候经常搞这种恶作剧，这东西上面长满了小钩子，女孩子头发长，弄到里面就很难取出来。

阿杏发现头上被人扔进了苍耳，回过头来，见阎少泓眼睛看着别处，却掩饰不住脸上的坏笑，明知是他扔的，因为怕他，不敢吱声，翻了个白眼，就来取头发里的苍耳，却越弄越乱，怎么也取不出来。

阎少泓扭头看见岩壁上的字，又看看脚下大片密实的树林，说：“这地方既然叫野猪谷，下面肯定有野猪。”阿杏正在弄头发里的苍耳，听说有野猪，吓得就往舒静仁身后躲。舒静仁说：“怕什么？就算有野猪，也爬不到这么高的地方来。”阎少泓故意吓唬阿杏，又说：“野猪爬不上来，人要是掉下去，还是喂了野猪。”阿杏又吓得哇哇叫，拽住舒静仁的衣角不松手。舒静仁说：“少泓，你少说几句不行呀，吓着阿杏了。”阎少泓巴不得阿杏喂了野猪，这样就少了一个累赘。

正说着，后面上来几个军人，都穿的是土黄色军服，其中有个挎着短枪，其余几个都空着手，走到他们身边时，也坐下来休息。那个挎短枪的掏出烟盒，抽出一颗烟点上，和那几个士兵模样的人聊了起来。那些士兵都管他叫长官，不知道是个什么级别的军官。舒静仁注意到他的说话口音，听起来带有明显的江苏南部的口音，在这么远的地方，在这么险峻的路上听到家乡口音，感到格外亲切，就凑过去用家乡话问道：“长官，你是苏南人吧？”那人转过头来看看他，说：“怎么，你也是苏南人？”很显然，对方就是苏南人了。“我是无锡的，你府上……”那人笑了起来，改用家乡话说道：“那我们就是老乡了，我是常州的，离你们无锡不远呢。”常州和无锡的确离得很近，舒静仁过去曾去过好几次常州，两个地方的方言也很接近，外地人听不出区别，只有当地人才听得出来，一般来说，常州方言要稍软些，不像无锡方言那么硬，所以也好听些。

听说这个军人是常州人，阎少泓也凑了过来。俗话说，老乡见老乡，两眼泪汪汪，战争年代，又是千里之外，能遇见老乡（尽管对方在常州），两人都很高兴，就攀谈起来。经交谈，两人得知他叫葛文强，是国民党军部队一支运输连的连长，5年前就出来当兵了，那时候抗战刚刚爆发，他原来在常州就会开汽车，参军后就被分到了运输连，从普通的驾驶员做到班长、排长，去年年底又升任连长。他说他是从常州参军的，参军后，部队一直往后撤，从苏南一直撤退到了这里，他的运输连现在驻扎在陕南的安康，他是到前线办公差回来，现在要回安康去。

三人越谈越近乎，阎少泓急于了解竹山那边国民党军的情况，就来向他打听，有多少兵力、分布如何、装备如何，等等。葛连长听了徒然变色，看了阎少泓一眼，用手在脖子上比画了一下。舒静仁和阎少泓顿时明白，都笑了起来，谈到军事机密，军人往往都讳莫如深，就是老乡，也不敢随便乱说的。也许阎少泓有点操之过急，他走了这么多路，眼见到了国民党军的地盘，就不想再多走路了，他不愿舍近求远，于是就急于向葛连长打听国民党军在竹山的驻军情况。

舒静仁与阎少泓不同，他要继续朝前走，途中必经安康。于是他对葛连长说，自己正要去西安，到时会路过安康。葛连长一听就高兴了，说：“你要是到了安康，一定要来找我，我请你这个老乡吃饭。”为表示诚意，他说着就从烟盒上撕下一小片纸，从上衣口袋抽出一支笔，在那张小纸片上写下了自己的名字和地址，然后把纸片交给了舒静仁。

交谈了一阵后，葛连长站了起来，说有军令在身，要走了，他必须要在明天天黑前赶回安康，说着就带着那几个士兵走了。部队里的人走起来就是比老百姓快，一路风风火火的，一会儿就不见了人影。

望着他们的背影，舒静仁把纸条塞进口袋说：“我们也该走了。”阎少泓却有点惆怅的样子，对舒静仁说：“你倒好，安康的饭局都为你安排好了。”舒静仁扑哧一笑：“你急什么？到了竹山，你不也照样吃香的喝辣的。”

把纸条塞进口袋，舒静仁说：“我们也该走了。”

从贺家湾到竹山县只有几十里路，他们走了整整一天，晚上在山上过了一夜，第二天上午才跨过了竹山县城的城门。

竹山县位于湖北省西北部，再往西走就是与陕西接壤的竹溪县。当时，湖北的西北部是抗战的前沿，驻扎了好几个师的部队，利用险要地势，阻挡日军西侵的步伐，保卫大西南，保卫重庆。驻扎在竹山县的是75军预备第4师3旅，旅长陈楷同，山西人，早年曾是阎锡山的部下，没读过军校，但作战勇猛，也不乏心计，武汉保卫战时，还是个团长，当时驻扎在江西的星子，星子战斗是武汉保卫战的一个重要组成部分，在这场战斗中，他率全团英勇抗击日军，击退了日军的轮番进攻，守住了阵地，并击毙了日军一个中佐，因作战有功，升任旅长。

竹山县城地处秦巴山区腹地，三面环水，只有北面与外部连接。早先的古人选择此地建城，正是看中了它易守难攻的有利地形。

远远看去，这座老城黑压压一片，全是低矮瓦房。因不通公路，城内没有汽车，常见的交通工具是马车。城中只有一条很窄的街道，路面是用黄土拌石灰夯实筑成，宽度仅能容一辆马车行驶，如果迎面有马车驶来，就要有人让道，一般是谁走的路短就谁让道，一直要退到路的尽头，等对方的马车过来了才能重新上路。遇到蛮不讲理的，不肯退回去，就僵持着，解决的办法就只有是吵架或是打架，谁输了谁让。

三人进到城里，见满城到处都是人，拥挤而杂乱，到处乱哄哄、臭烘烘的。这些人都是从外面逃过来的难民，长途跋涉来到此地，几个月没洗澡，衣衫褴褛，蓬头垢面。夹杂其间的还有不少前线下来的伤兵，大多是缺胳膊断腿的，还有躺在担架上的。小城突然涌入大量的人，显然已经超出了它的承载能力，所以显得拥挤不堪。

当地政府在河边稍宽敞的地方搭建了不少竹棚，用来临时安置难民和伤兵，但竹棚数量有限，也只能够满足先来的难民和伤兵，后到的难民和暂无生命危险的伤兵就只能露宿街头。露宿街头的人大都挤到城里这条唯一的街道上，盘踞在街的两侧，或躺或坐，为争夺一席之地，难民之间常爆发口角，甚至大打出手。最为蛮横的是那些伤兵，常常拖着断胳膊断腿，在这条最热闹的街道上溜达，像是在炫耀自己的伤势，或者说是炫耀自己打仗的功劳。遇到有马车过来，也不让路，就在马路当中站着，遇到这种情况，赶车人往往勒住缰绳，长吁一声，等伤兵摇摇晃晃地走过去了，才赶着马车继续往前走。伤兵们不但挡路，还经常去街边摊位上拿吃的东西，都是白吃不给钱，摊主被人白拿了，也不敢吱声，这些伤兵没人惹得起。

三人穿过拥挤的街道，找到难民安置点，或许里面的工作人员见他们的衣着还算体面，给他们安置了一间竹棚，不必露宿街头。舒老说，“开后门”并不是后来才有的，很早就有，那些工作人员并没有把竹棚全部分配完，总有些空位留着，一般情况下，只要多塞点钱过去，总是有竹棚住的。

跟着安置点的工作人员来到城东河边，只见几十个竹棚一字排开，每个竹棚十多米长，都是用当地小山竹搭建的，每个竹棚都有编号，他们被分配在第7号竹棚。

进到竹棚，里面是个大通间，没有隔墙，中间一条通道，通道两侧是连为一体的大通铺，是用毛竹片搭建的，竹棚里面至少可以容纳一两百号人。大白天的，大通铺上已经睡了好些人，男男女女、老老少少的紧挨着。他们找了个空处，把随身行李放下，舒静仁叫阿杏看住行李，他要先陪阎少泓去找医院。

经过打听，好不容易找到了医院，那是个战地医院，也是几排临时搭建的竹棚，刚走近就闻到一股浓浓的药水味。竹棚里的空间不够用来安置伤兵，所以外面的空地上也都躺满了伤兵，伤势都要比街上见到的伤兵严重得多，他们被鬼子的枪炮打得面目全非，不仅不能去街上溜达，生命随时都有危险。不少医生护士在伤兵间忙碌地穿梭，走起路来都带小跑，他们是在和时间与死神赛跑，晚几分钟也许就会有生命逝去。

舒静仁找到一个端着白色托盘正在小跑的女护士，向她说明了情况。护士过来察看了阎少泓的伤势，立刻把他们领到竹棚里。因为阎少泓的伤势在这里算是轻的，稍作处理便可离开，所以护士给他优先处理。护士拿出一瓶消毒酒精，用棉球蘸着酒精，在他的伤口周围作扩散性消毒处理，然后又把棉球伸进他的肉洞里，作深入的消毒处理，阎少泓痛得嗷嗷叫，大骂着小鬼子。消毒处理完毕，护士又在他伤口上撒上一种防止发炎的粉末，用纱带包扎，就算处理完了，叫他们过几天再来换药。

回到竹棚，阿杏还守在行李旁，三人就准备先睡上一觉，翻山越岭地走了一天，大家都很疲劳，山上的那一觉也没睡好。

正收拾东西准备睡下的时候，忽听见有人在门口喊：“谁是舒静仁、阎少泓？”

听到喊声，两人同时抬头，看到门口站着个士兵。

“我是舒静仁，找我有什么事？”舒静仁走过去说道，阎少泓也跟了过去。

士兵打量着两人说：“我们旅长有请，你们跟我来。”

两人觉得纳闷，旅长找他们干什么呢？他们旅长又怎么知道他们两个的名字呢？问士兵，士兵说他也不清楚，去了就知道。两人互相看了一眼，跟着士兵出去，看来只有到了他们旅长那里才知道答案。临走时，舒静仁回头对阿杏说，在屋里等着，哪儿也别去，他们去去就回。

两人跟着士兵穿过一排排竹棚，然后上了那条很窄的街道，穿过密密麻麻的难民和伤兵，来到了一栋两层楼房前。这恐怕是县城里唯一的一栋楼房，中西合璧式，清一色的灰砖灰瓦，砖缝间的石灰腻子勾勒出很平直的线条，楼上有条外长廊，雕花栏杆，漆着暗红色的油漆。

三人上了楼，穿过长长的走廊，来到顶头的一个房间，门口站着卫兵。进去后，领他们来的士兵叫他们俩稍等，说旅长一会儿就到。

阎少泓腿痛，见屋里有一把椅子，便坐在椅子上。舒静仁没地方坐，先是探头探脑地朝外边看了看，见门口那个卫兵像块木头似地站着不动，就回到房间里四下里走走看看。房间里面的陈设倒很简单，迎门一张办公桌，桌上放着电话，桌子后面有把高靠背木椅（阎少泓就坐在上面），墙上挂着一幅军用地图，仅此而已。

两人的心里都很忐忑，也不知旅长叫他们来是好事还是坏事。

外面的廊道上传来一阵脚步声，脚步很沉，“咚咚”地响，连屋里的地板都在随外面的脚步而颤动，甚至感觉到整栋楼房都在颤动，就听见门外一声怒吼：

“奶奶的，老子枪毙了你们！”

屋里的两人吓了一大跳，阎少泓从椅子上弹了起来。

一个身材魁梧而略显臃肿的军人带着一股风走了进来，他脚蹬皮靴，衣袖卷得老高，一脸浓密的胡须，走起路来踩得楼板吱嘎作响。此人进门就把他的大檐帽重重地摔在桌上。

跟在他身后进来的还有两个人，进来后就直挺挺地站在门边，只见这两人一副邋遢相，衣冠不整，满身是泥，脸上青一道红一道，像是刚从战场上下来。

“谁让你们撤退的！嗯？你们还有脸回来见我！别以为你们一直跟着我，我就手软，告诉你们，我陈某人向来是只看战果的。”

那两人被训斥得头都不敢抬，就那么直挺挺地站着。

“你们给我说说看，违抗军令会有什么后果？”

其中一个壮着胆子说：“陈旅长，我们撤退也是迫不得已，不然弟兄们就一个也回不来了。”

“他娘的！就是全战死了也不能撤！我要你们活着回来干什么？”

陈旅长越说越气，突然朝门口吼道：“来人！”

门口的那个卫兵应声进门。

两人一见这架势,立刻吓得跪下,声嘶力竭地喊道:“旅长——,看在多年跟着你转战南北的份上——,旅长——”

“把他们带下去,先关起来!”陈旅长向卫兵命令道。

两人被卫兵拖了下去。

虚惊一场!舒静仁和阎少泓,包括那两个人,都以为陈旅长要把他们枪毙了。

把两个违令撤退的下级军官处理完毕,陈旅长重新戴上军帽,把他臃肿的身体塞进了桌子后面的那把高背椅,这才朝他们两个瞥了一眼。

“叫什么名字?”他放缓语气问道。

两人都把自己的名字报过。

他从抽屉里拿出一张表格看了看,又问道:

“刚从沦陷区来的?而且都是大学生?”

两人也都做了如实回答。

“想不想当兵呀?”

原来是招兵买马,两人互相看了看,还是阎少泓先开口。

“长官,我的脚就是被鬼子的子弹打伤的,我就是来投奔你们的,来杀鬼子的。”他说着撸起裤管,露出受伤的腿。

“哈哈哈哈……”陈旅长靠在椅背上大笑起来。他块头大,底气足,笑起来声音洪亮,整个楼板都在震动。

“好!有骨气!我就喜欢这样的人。”

“报告旅长,”阎少泓又补充说,“我们在路上还救助过一个美国飞行员,他驾驶一架飞机来轰炸日军机场,被日军击落,我帮他修好了发报机,后来我们又把他送到了游击队手里。”阎少泓表功说。

陈旅长再次发出爽朗的笑声,对他们机智勇敢救助盟军飞行员的壮举大加赞赏。同时说道:“我已经看过了你们两个的登记,你们都是学生,有文化,我的部队里正需要像你们这样有文化的人。学文化干什么用的?就是用来效忠党国的,知道吗?”

阎少泓频频点头。

“你学的是无线电对吧?”陈旅长对阎少泓说。

“报告旅长,你怎么知道的?”

“哈哈……”陈旅长大笑着站起来,“现在打仗,情报可是很重要的哟,你到我的部队里来,会让你发挥专长的。”

“报告旅长，我当初选学无线电，就是为了报效党国。”阎少泓说道。

“好样的！好样的——”陈旅长拍着他的肩膀连声说道。

“那么你呢？”他转过身来问舒静仁。

“我……我也想……只是……”

“只是什么？”他的眉毛立了起来。

“只是……”

“嗨，干吗吞吞吐吐的，我陈某就不喜欢这样说话的人。”

既然陈旅长不喜欢说话吞吐的人，舒静仁也只好清了清嗓子，把自己的意思完整说了出来。

“报告长官，我也很想参加贵军，但是呢，我原打算去西安，我有个亲戚在那里，打算去投奔他，我们说好了的，他在那等着我。”

“去西安？”陈旅长重新打量了他一番，“嫌我的庙小？想去投奔东北军？”

舒静仁赶忙解释：“长官，不是这个意思，您误会了……”

陈旅长不再听他解释，朝门外喊道：“来人！”

卫兵进来了。

“送客！”他一挥手说。

没想到陈旅长竟如此直来直去。

舒静仁迅速与阎少泓对视了一眼，意识到分手的时刻来临，不禁想起两人自无锡结伴而来，走了那么远的路，经历了那么多的危险，现在就要分手，虽在预料之中，却又觉来得太快，心中自有万语千言，然而在这种场合，当着陈旅长的面，也不便说什么，只是朝他多看了几眼，便转身跟着卫兵走了出去。

“静仁——”阎少泓从后面追了上来，两人在廊道上站定，面对面地站着，互相对视着，谁也没说话。

还是舒静仁率先打破沉寂，抓着他的胳膊，晃了晃说：“少泓，保重——”

阎少泓两眼微红，也说了句：“你也……多保重……”

此时，双方能说的也就这么一句话，再多的话语也似乎都是多余的了。

舒老说到这里，表情凝重。我能理解他此时的心情，他们俩打小就是好朋友，又一同从沦陷区逃到国统区，经历了那么多险情，此次分手便各奔东西，谁也不知道谁能活下来，谁也不知道何时能重逢。此时，我想起了李白的《送友人》诗句：“此地一为别，孤蓬万里征。……挥手自兹去，萧萧班马鸣。”这首诗不是为他俩写的，恐怕也是他们俩那时心情的最佳写照。

第20章 智斗陈旅长

和阎少泓分手后,舒静仁匆匆往回赶,他担心阿杏。

回到竹棚,还好,阿杏还在里面,不过已经睡着了。他没叫醒她,坐在旁边看着熟睡的阿杏,竟产生一种惺惺相惜的感觉,从无锡出发时是五个人,现在就剩下了他们两个了。

阿杏的睡相很不好,衣服和鞋子都没脱,就那么斜躺着,头枕在行李上,可能是怕行李被人偷走。不过看她这样子,又好像原本就没打算睡,只是随便倒在床上,不知不觉就睡着了。不管怎么样,看她睡得那么香,他也不忍心打搅她,想让她多睡会儿,起来走动都蹑手蹑脚地,生怕惊醒了她。

大概一个来钟头过去了,外边响起了哨声,那是吃饭时间的信号。竹棚里的人都纷纷往外走,竹棚区每天开两顿饭,向难民提供免费的粥。舒静仁看看门口不时走过的人,又看看还在熟睡中的阿杏,决定把她叫醒,如果错过时间,就要等到下次用餐,只怕阿杏经不起饿。

他叫了好几声才把阿杏叫醒。

阿杏睁开眼,看着他,没立刻起来,还那样躺着,问他什么时候回来的,怎么去了那么久。她说她一直坐在床边等他回来,不知怎么就睡着了。

舒静仁就把去陈旅长那里的经过简单地说给她听,说没什么大不了的事,陈旅长不过是想让他留在这里当兵,现在已经没事了,明天就可以离开这里。阿杏又问阎少泓怎么没回来。舒静仁说他不回来了,他就留在这里了。舒静仁还说:"现在就剩下我们两个了,你别怕,只要有我在,我就会带着你,把你送到哥哥那里去。"

听说阎少泓不再回来,阿杏没说话,也许没有了阎少泓,她更自在。

舒静仁叫阿杏快起来,已经到了吃饭时间。别人都已经去打稀饭了。平常,阿杏没到吃饭时间就想吃,今天却一反常态,她仍躺在床上不起来,说她不饿,不想吃。

他觉得奇怪,阿杏今天怎么啦?

舒静仁猛然发现,躺在竹床板上的阿杏,脸颊两侧通红,莫非是生病了?人只有生病才会不想吃东西。他过去用手摸了摸她的额头，像炉子般的滚烫，原来是在发烧。他这才想起，昨晚在山上露宿了一夜，肯定是受凉了。他赶紧将她的被子打开来盖在她身上，说："我去打稀饭，你吃完稀饭再接着睡，如果还没退烧，下午我就带你去医院。"说着就出门去打稀饭。

舒静仁端着两碗稀饭回来，逼着阿杏坐起来喝了一碗，说吃了东西才有抵抗力，不吃东西，病就不会好。这一路走来，每次都是她吵着要吃，今天是第一次被别人逼着吃。

喝完稀饭，阿杏又躺下去睡。舒静仁拿着两只空碗，准备还给厨房。

他拿着两只碗，先到附近的河边洗干净，然后送到厨房。回来的路上，他想起了阎少泓，想起刚才和他分别的那一幕。阎少泓现在也算是如愿以偿了，他一直想参加正规部队，一心想发挥自己的专长，陈旅长如此赏识他，也许将来有前途。他又想到阿杏的病，如果阿杏睡一觉起来还没退烧的话，就要带她去医院，如果今天能退烧，明天一早就带她动身，凭直觉，他感到此地不可久留。下一站是竹溪县，两座县城相距也有近百公里，步行最少也要两天，如果路不好走，也许要走三天。

他一路考虑着，不觉来到了7号竹棚门口，却发现门口站着两个士兵。

竹棚门口突然出现两个士兵，舒静仁心里"咯噔"一下，顿时变得紧张起来，他下意识觉得，这两人又是冲他来的。

果不其然，他认出了其中一名士兵，正是今天上午来带他走的那个。那个士兵也认出了他，伸手将他拦住，毫不客气地说："对不起，我们要对你进行例行检查。"

舒静仁立刻明白，此事一定与上午的事有关，自己没和阎少泓一同留下来，陈旅长要给他小鞋穿了。但他心里很坦荡，一路上没少遇到检查，无非是查违禁品，自己又没带枪没带炮，不过几件换洗衣服，谅他们也找不出什么茬。

两个士兵跟着舒静仁进了竹棚，然后命令他将所有行李拿出来，让他们检查。

两个士兵仔细认真地检查他的行李，他却将眼光瞥向阿杏。阿杏还在竹板上睡觉，睡得很沉，她的面颊依然通红，高烧可能还没退，如果继续烧下去，下午一定要带她去医院开点药。

也不知那两个士兵检查出了什么问题，把他的行李全部装回去，然后由一个士兵拿着，另一个士兵对他说："跟我们走一趟。"

舒静仁立即抗辩说："我刚从你们旅长那儿回来，你们不能无缘无故又……”

士兵根本不理会他的抗辩，将他连推带拽地弄走。

走在路上，舒静仁异常气愤，这个陈旅长，哪有这样找茬的，怎么能这样平白无故地抓人，他这样做，不是太小心眼儿了吗？不是太无理、太霸道了吗？他心想，待会见到陈旅长，定要向他当面表达抗议。

可是舒静仁根本就见不到陈旅长，他被带到了一个房间，被推了进去，身后传来锁门声。他走到窗户前，抓住窗栅栏朝外看，一个士兵将他的行李拿走了，留下一个士兵站在门边看守。他隔着窗户朝外边发泄了一通，那个士兵根本不理睬他。

无奈的他回过身来，朝这间房间看去。只见墙角落有块小门板，门板上铺了一层薄薄的稻草，除此以外什么也没有，一看就是个临时关押房，想必先前看见的那两个违令撤退的下级军官也曾被关在这里，自己这一关，还不知要被关多久。

一个来小时后，拿走他行李的那个士兵进来，要他跟着走，舒静仁问去哪里，士兵也不回答。跟着走了一段路，来到了那条拥挤的街道，穿过小街，走到了那幢楼房，舒静仁心里就明白了，陈旅长要召见他了。他迅速思考着，打定了主意，他觉得待会儿见到陈旅长还不能跟他使蛮劲，他觉得陈旅长和神农架遇到的那头白熊没什么两样，对付这种凶猛野蛮的家伙，不能硬碰硬，只能斗智。

上了二楼，穿过长廊，进了那扇门，首先见到的是一双穿高筒皮靴的脚。陈旅长两脚架在桌子上，臃肿的身子靠在椅背上，看不到脸，舒静仁越来越觉得他像一头熊。

只见陈旅长拿着个小本子在翻看，当士兵向他报告时，他也没反应。

舒静仁站在门口老半天了，见陈旅长不发话，只在那儿看本子，忍不住说道：“报告长官，我是舒静仁，找我来又有什么事？”

那双脚挪开了，露出了陈旅长的脸。他放下本子，看了他一眼，然后起身踱到他身边，上上下下地仔细打量他，好像初次见面。

“你的诗写得不赖呀——，”陈旅长不阴不阳地说，“我先前就发觉你跟别人不同，我还真没看错人啊——”

舒静仁认出了他手上拿着的那个本子，那是他用来记录一路上所见所闻的，里面有几首诗，都是路上的偶感。

“长官，我是个学生，平时就喜欢写点东西，那几首诗也不过是打油诗，写得来不好，请陈旅长多多指教。”

“哼哼，写诗？”

陈旅长耐着性子，翻着白眼看看他，突然，他歇斯底里发作起来，把他的本子重重地摔到地下：

“你看看你都写了些什么东西！”

陈旅长发起火来，更像是一头熊。

舒静仁从地上捡起本子。这本子是他从无锡带来的，一直带在身边，他还在上海读书时就喜欢写点东西，在校刊上还发表过几篇文章。这次出来长途跋涉，也随身带着它，路上看见什么好的景色，触发了诗意的话，就顺口来上几句，晚上回来就写在小本子上。在镇江捕鱼时，江面上景致不错，夜色中的鱼王庙也挺有情趣，他都写成了诗。这些诗都是他自己写的，所以非常熟悉，熟悉到可以倒背如流。他相信自己，这些诗里绝对没有任何政治问题。

他一页页地翻看，看到其中一页被折叠着，打开来，看到他熟悉的那首诗，其中有句诗里有“红星”二字，这二字下面被重重地画了一条线，旁边打了个大大的问号。他顿时明白，原来是“红星”一词惹的祸。在当时，“红星”一词几乎成了延安的代名词，此说源于埃德加·斯诺写的一本书，斯诺是一名美国记者，曾于1936年到达陕甘宁边区，回去后，于次年将其所见所闻写了一篇纪实报告文学，书名叫《红星照耀中国》（也被称为《西行漫记》），它让全世界的人都知道了延安，知道了陕甘宁边区，也知道了毛泽东。由于此书影响很大，国民政府把这本书列为禁书，在国统区不得印刷、出售和传阅，否则便要面临牢狱之灾。

陈旅长围着他踱步说：“难怪你不愿留在我这当兵，你说你要去西安，我看你是想到陕北去吧？是想去延安吧？你别以为现在是国共合作共同抗日，他们那是假抗日，我们才是真抗战，想从我这里去延安？你别做梦了，单凭这一点，我就可以把你拉出去枪毙！你信不信？”

对于陈旅长的话，舒静仁毫不怀疑，这是他的地盘，他就是这里的天王老子，这个粗野蛮横之人，什么事都能干得出来。善于耍小聪明的他，迅速开动脑筋，考虑如何应对陈旅长的诘问，如何对“红星”一词做出个合理解释，也好从这里脱身。

“长官，您误会了，我只是喜欢写诗，不懂政治。我这里的红星就是指太阳，太阳本身就是一颗星星，不过离我们近点而已，早上的太阳是红的，就是红星，到了中午变白了，就是白日，所以，红星与白日，颜色不同，却是同一个太阳。我希望老百姓都在阳光下生活，就是这个意思。”

舒静仁在跟陈旅长玩文字游戏，他这是偷换概念。

但是，陈旅长虽然粗野，也不是个草包，他明知对方在跟自己诡辩。在他看来，“红星”与“白日”有天壤之别，决定人的政治取向，白日就是国民政府，是老百姓的天，红星就是要造反。他一拍桌子，瞪着眼睛说：“你别跟我耍嘴皮子，你说！你到底是不是想去延安？是不是想去投奔八路军？”

舒静仁闭上了嘴。他的确要去那个地方，但这是他心里头装着的事，不能告诉他，只要他不承认，谅他陈旅长也拿不出什么证据。

见舒静仁如此顽固，陈旅长大喊一声：“来人——，给我带下去！”

舒静仁又被关回了那个房间。

整个下午，他都在惶恐不安中度过，他躺在墙角处的一块破门板上，脑子里胡思乱想着。刚开始他还是在为自己的处境担忧，后来忽然想起了阿杏，阿杏现在怎么样了？她还在生病，还在发高烧，她还不知道自己又被带走。如果她醒来，发现他不在，一定会很惊慌、很害怕。她会不会到处去找他，如果是那样的话，可就糟了，她上哪儿去找他？哪里又找得到他？

想到阿杏，他就焦灼烦躁，但自己身陷囹圄，又毫无办法。到了晚上，他辗转了很久，才迷迷糊糊地睡着。

天亮，他从门板上醒来。一夜没睡好，加上连日的劳累，只感到头昏沉沉的。醒来后，他躺在门板上又开始想阿杏的事。阿杏如果一直待在竹棚里还好，就怕她到处乱跑，这年头外边兵荒马乱的，少个人就像少只蚂蚁一样微不足道，不会引起谁的关注，也无法寻找。再说自己，鬼知道又要被关几天，要是陈旅长不放他，阿杏怎么办？这一路上，他见过好多穷得养不起儿女的人，将儿女拿去卖，在他们头上插根稻草，几十块钱就可以买到，还曾听说这一带有人贩子，专门网罗孤儿和找不到父母的小孩，如果是女孩的话，就卖给人家做童养媳，想到这里，他简直不敢再往下想，他不敢设想后果。

必须要从这里出去！他坚定地想道。

可是，又怎样才能从这里出去呢？他苦思冥想，忽然想起了一件事。离开上海之前，徐素琴曾经给了他一张名片，说是遇到危险时，或许能够帮助他。从无锡出来后，他一直把它带在身边，那次在运河遭遇日军，他把它藏在岸边草丛里，回来时差点找不着。这张名片就在他内衣口袋，还从未使用过，现在正是危急的时候，此时不用更待何时！想到这里，他伸手摸出了那张名片。

他仔细看了看名片，从门板上骨碌爬起来，走到窗边，朝外边站岗的士兵喊道：“大兄弟——，大兄弟——”听到喊声，士兵过来瞪他一眼，喝道：“没事喊什么!”他对士兵说:“我要见你们旅长,就现在!”士兵听完,扭头就走。舒静仁急得直跳脚,又朝士兵喊道:“好兄弟,帮个忙,跟你们的旅长传个话,说我有重要事情见他。”可任凭他怎么讲,士兵都不理睬他。舒静仁想了想,从兜里掏出怀表——这是他身上唯一值钱的东西,他提着表链,在窗户上晃着说:“好兄弟,这是送给你的。”这一招果真奏效了,士兵看见怀表,走了过来,接过来仔细看了看,然后塞进口袋。舒静仁又把名片拿出来,对士兵说:“好兄弟,请你帮个忙,把这张名片交给你们旅长,告诉他,名片上的人是我的一个亲戚,我有话对他说。”士兵“嘿嘿”笑着接过名片,说:“好嘞,等着吧,等我换岗的时候,我会把它交给陈旅长。”

到了下午,躺在门板上的舒静仁听到了开锁声,门开了,一个背着枪的士兵进来,对他说:“跟我走。”舒静仁心里有数了,那张名片起作用了。

再次见到陈旅长时,陈旅长的态度已经有了很大变化。他喝令士兵退下,然后笑盈盈地请他坐下。

“你说你要去西安?”他问道。

舒静仁点了点头。

“你说你要去投奔一个亲戚?”他又问道。

舒静仁又点了点头。

“嘿嘿……名片上的这个徐军长是你的什么人?”

“是我的一个姑父。”

陈旅长转着眼珠,围着他提了一大堆关于徐军长的问题。徐素琴曾向舒静仁详细介绍过她的这个伯父,包括他的一些家庭情况,舒静仁也就照葫芦画瓢地作了回答。陈旅长又问他,昨天怎么没听他提到这个姑父,舒静仁回答说,因为姑父在东北军,而东北军是张学良的根底,与老蒋的嫡系部队不和,再说张学良发动兵谏,抓了蒋委员长,东北军名声都臭了,所以没敢提。陈旅长听了大笑起来,说他只知其一不知其二,说他这个姑父原来并不是东北军里的人。

陈旅长似乎已经确信了他的身份,连声说道:“巧得很呐,我和你这个姑父还是老相识呢,他还给我解过围呀。武汉保卫战时,有一次我被日军包了饺子,那时的他还是个师长,带着他的师从侧面驰援,给我解了围,不然我还不会有今天呐!”

陈旅长回到他的座椅上,接着谈到,战役结束后,他曾请徐军长吃过一次饭,徐军长的酒量大得惊人,他喝不过他,甘拜下风。就在那次喝酒的酒桌上,徐军长也给了他一张名片，说是有机会去他那里再接着喝。说到这里，他起身去他办公桌抽屉里找了半天，找出了一张名片，拿过来给他看。舒静仁接过名片，和他那张一模一样，只是军衔与部队番号有所变更，也就相信他刚才说的话了。

陈旅长还向他透露了一桩鲜为人知的事，就连舒静仁也不知道，也从没听徐素琴说过这事。陈旅长说，西安兵谏后，老蒋没放过张学良，把他软禁起来，东北军顿时群龙无首，有些下级军官密谋反蒋。为进一步分化和掌控东北军，老蒋特意把他的几名心腹爱将安插到东北军，全面掌控东北军，这些爱将都是他的黄埔学生，徐兆铭便是其中之一。

陈旅长和他谈了很多，谈的都是关于徐军长的事。他说的那些个事情，舒静仁并不清楚，也不敢多说，怕说漏了嘴，说自己只是小时候对他有些印象，他军务繁忙，很少见到他，自己此行正是要投奔他去的。

陈旅长对他的决定大加赞赏，说他将来定有大出息，又问他打算什么时候动身。舒静仁说尽快，最好是明天就动身，前方战事瞬息万变，万一姑父又开赴新战场，怕见不到他了。陈旅长说那是当然，既然你要走，我就不留你了，先前那件事，只是一场误会，不必放在心里。说着就从口袋里掏出一叠国统区流通的钱币，放在他的手里，问他够不够，说有什么困难尽管说。

舒静仁也没客气，接过钱来放入口袋，说了声谢谢，就打算告辞。陈旅长叫他等等，说还有件重要事，说着就走到办公桌前，拿出一张纸，抽出笔来，在上面写了一行字，把它交给舒静仁说："你拿着这个，在我辖区内可以畅通无阻，就是到了别的辖区，也还能管点用。"舒静仁接过纸条，看了一眼，上面写的是请沿途部队给予关照的话，后面是他的签名。收下纸条，舒静仁自是感谢不尽，说要走了。

陈旅长朝门外喊道："来人——"

卫兵进来。

"把舒先生的行李拿过来。"陈旅长命令道。

卫兵就去把先前收缴的行李拿来了。陈旅长把办公桌上的那个本子和名片拿过来，和行李一并交给他说："以后写诗不要再用红星一类的词了，在别的地方发现也是要被抓起来的。"舒静仁感谢他的提醒，说自己不懂政治，今后一定会注意。

陈旅长一直把他送到楼下，分手时说："见到你姑父，代我向他问好，将来有机会路过这里，务必到寒舍来喝一杯。"说完和他握手，并叫来卫兵护送他回去。

走在回去的路上，舒静仁不觉好笑，自己与这个徐军长无亲无故，八竿子也挨不着，居然就凭一张名片化险为夷。

到了竹棚里，第一件事就是找阿杏，阿杏没在竹棚里，在竹棚周围找遍了也没找到，他顿时急了。护送他来的卫兵说，不要着急，我现在就去报告旅长。

过了一会儿，那个卫兵带来了一个班的士兵，大家分散开来找，最后在城外的河边找到了她，她坐在河边，也不知哭了多久，眼睛红肿，嗓子也嘶哑了。见到舒静仁，她又号啕大哭起来，问他去哪里了，怎么没跟她说一声，问他是不是想把她甩掉。

舒静仁没提自己被抓的事，一把将她拉过来，替她抹去脸上的泪，自己也不无心酸地说："叫你别乱跑的，怎么又乱跑了？"阿杏哭得更厉害了，一边抽泣一边说："人家在找你嘛，人家还以为你不回来了嘛——"

第21章　竹溪览胜

阿杏的高烧虽然早就退了,舒静仁怕还会复发,就带她去那个战地医院,他现在身上有钱,不光吃饭不愁,看病也不成问题。在战地医院,他开了几种常用药,好带在路上以备万一。

第二天一大早,舒静仁就带着阿杏出了城门。他打定主意,准备去安康找他的老乡葛连长,运气好的话,说不定可以搭他的车去西安。

出城门走了才十余里地,便遇到一个哨卡,他们一路上遇到不少这样的哨卡,无非是盘查行人,严防日军奸细的。走到跟前,舒静仁按规矩出示了通行证。士兵看过他的通行证后,开始检查他的行李,从行李里搜出一叠钱币,立即报告旁边站着的班长。班长没说话,朝士兵使了个眼色,士兵立刻心领神会,对舒静仁说:"弟兄们在前方卖命,都好几个月没发军饷了,你也该为抗日做点贡献,这些钱就充公了。"

舒静仁一听就明白,遇到敲竹杠的了,这些军人常借盘查之名敲诈百姓,心里便十分气愤。他强压怒火,上前向那个班长恳求道:"长官,请你高抬贵手,这些钱是我们一路上的生活费用,拿去了,我们就要饿肚子。"

班长把他当成了有钱的大户,斜了他一眼,呵斥道:"老子在前方打仗,命都顾不上,还跟我谈什么饿肚子,快走吧,不然按违反抗日把你拿下法办!"

遇到这样蛮不讲理的,舒静仁自叹倒霉,却不甘心。他忽然想起临走时陈旅长给他的那张纸条,便有了底气,说道:

"你们是哪个部队的?我跟你们陈旅长可是有交情的。"

"嘿嘿——"那个班长来气了,"你小子活得不耐烦了?拿陈旅长来吓唬老子,来人!给我拿下!"

"慢着——"舒静仁拿出陈旅长写的纸条,递给对方。

对方接过纸条,仔细看过,顿时转变态度,对士兵喝道:"还愣着干什么!还不快把舒先生的东西还回去。"又转而对舒静仁说:"误会,误会,完全是场误会,请舒先生不必在意。"

拿回被敲诈的钱,舒静仁也不愿跟这些军人计较,他们确实是在抗日,也可能是有几个月没拿军饷，但这些都与他无关，他还要继续走他的路。

从竹山到安康，要经过两个县，一个是湖北的竹溪县，一个是陕西的平利县，第一站先到竹溪。

竹溪县位于大巴山东段的北麓，西面毗邻四川北部，北面毗邻陕西南部，是川陕鄂三省交界地。此县不通公路，唯一的通路还是盐道，这条盐道比竹山县境内的那段盐道更为险峻，沿途有多座海拔超过 2000 米的大山，最高山峰要数葱坪山，海拔高度将近 3000 米。

陈旅长给的钱对他们帮助很大，使他们这一路不致挨饿，尽可吃饱肚子，还在老乡那里买了两双布鞋，两人把脚上穿烂的鞋子都扔了，换上了新布鞋。

从竹山县城出来，他们遇到的第一座山叫黄龙山，在竹山与竹溪两县交界处，海拔将近 2000 米。翻过黄龙山，山下有个寨子，叫铁铜寨，走到寨子的时候，天色已晚，便打算在此寨投宿一夜。

寨子外围有圈石围墙，看起来已有很长年头，石头都发黑了，且年久失修，有几段都已倒塌。朝向道路的这一侧有个石砌寨门，最为显眼的是寨门上方两把交叉着的铁戟，似乎有某种象征意义，它比真正使用的兵器要大出许多，如果找人来抬的话，估计少则也要七八个人才抬得起。和围墙上的石头一样，铁戟也像是历经了漫长岁月，斑驳锈蚀严重，全身发黑。

走进石寨门，寨子里的房子也都是用石头垒砌的，就连屋顶也是取自山上的片石。舒静仁觉得，将此寨子称作"石头寨"似乎更合适。

他们上去敲开一户人家的门，向主人说明来意，恳请投宿一夜。主人把他们请进了屋里，给他们烧水洗脸洗脚，还给他们准备吃的。

在和主人闲聊时，谈到寨子名称的来历。主人告诉他们，此地是古楚国边境，前面不远处有段楚国留下的古长城，建有一个重要的隘口，隘口旁边有个兵营遗址，现在已经看不到房子了，只留下几段地基。当地人口口相传，说这个寨子之所以叫铁铜寨，是因为古时候这里曾住过很多工匠，专门为前面的那个兵营铸造铜铁兵器，久而久之，这地方就被叫作了铁铜寨。

舒静仁问道："这么说，你们应该都是工匠的后代了吧？"主人点头称是。舒静仁又问道："你说你们寨子就在长城脚下，我怎么没见到长城呢？"主人说："古长城离这里还有一点路，明天再往前走就可以看到了，大约有一个钟头的路程，到那里不仅能看到长城，还能看到兵营遗址。"主人还说，越过古长城，再往前走就是"葱坪山"，此山是这一带最高的山。因为山上有一种独特的野生植物——天葱，因此而叫作“葱坪山”。

主人还向他们介绍了沿途的情况，说过了“葱坪山”，再往前走，有个叫“慈孝沟”的地方，那里有个摩崖题刻，为古人所留下，现在还可以看得见。该摩崖题刻说的是明嘉靖年间大修皇宫，需要大量楠木，楠木俗称“皇木”，当时全国仅少数几个地方有少量的楠木，此地是其中之一，朝廷向该地知县下达采伐楠木的圣旨，限期交货，不然便要革职。该知县姓廖，接到圣旨，不敢懈怠，立即带人漫山遍野寻找楠木，历经艰难，最终在“慈孝沟”找到了，也只有那地方才有。为纪念这件事，他命人在此地的一处崖壁上刻字记载。

听了主人的介绍，舒静仁对明天的行程充满了期待，他没有见过楚长城，也没有见过天葱和楠木。

听舒老讲到这里，我开始觉得他这人好奇心太强，人的一生没有看到过的东西多得很，他什么都想去看看，他这种精神用在搞科研上倒是可以，用在别的地方就不合适。事后也证实了我的想法，他的好奇心为他带来了一系列的麻烦，引发了很多不必要的险情。

当晚，舒静仁住在主人为他安排的侧屋，阿杏则与主人的女儿挤在一起。

次日一大早，舒静仁起床，把阿杏叫醒。两人匆匆洗漱完毕，主人已经把早饭做好，按他们要求，主人煮了一大锅土豆，好让他们带在路上吃。吃过早饭，付过饭钱和借宿钱，他们就带着土豆匆匆上路。

大约走了半个多小时，就见远远的山岭上有条绵延逶迤的人工建筑，顺着山势的自然走向向前延伸，前不见首，后不见尾，这便是楚长城无疑。舒静仁立刻兴奋起来，加快脚步，朝长城走去。

来到长城脚下，舒静仁不禁感叹，经历两千多年的古长城，竟然保存得如此完好，高大的城墙依然坚如磐石，屹立不倒。舒老说，这段长城宏伟壮观，城垛也很清晰，当时他非常震撼，对此永生难忘。他说后来也到过北京的八达岭长城，那是明长城，楚长城要比明长城早了一千多年，不可同日而语。

他在楚长城下逗留了很长时间，围着它里里外外看了个遍。

我问舒老：“怎么没听说过楚长城呢?”舒老说：“楚长城深藏于鄂西北深山密林，很晚才被外人发现。”我又问：“这段楚长城现在是否还留存?”舒老说：“自从那次看过后，我也没再去过，不知它现在是否还保存着。”

谈到楚长城的历史，舒老口若悬河，说楚长城修筑于春秋战国时期的楚国，竹溪县境内的这段长城是它的西起点，因该长城呈“U”字形，历史上又有人把它叫“方城”。楚庄王灭庸后，在巩固自己地盘的同时，窥视肥沃的汉中平原已久。为北上争霸，逐鹿中原，在这里以山脊作界，构筑长城，该长城与大巴山这道天然屏障连为一体，构成退可防御，进可出击的军事要塞。由于此地是楚长城的西起点，战略位置显赫，当时驻有重兵，可谓是屯兵铸剑，磨刀霍霍。舒老还说，他当时看到的这段楚长城，木结构的兵营早已荡然无存，只剩下工整的墙基遗址。但其他的都较好地保存下来，尤其是城墙保存完好，烽火台也保存得不错。保存完好的还有那座隘口，它是楚长城西起的第一个隘口，战略位置十分重要，但木门早已损毁，仅剩下空空的门洞，和门洞上方两个白色大字——“关垭”。穿过高大的门洞，就进入到了古楚国的关外，两边仅一步之遥，但在战国时却是兵戎相见的地方。

我问舒老楚长城与明长城的区别，舒老说：“两者的作用并无区别，但相隔了一千多年，筑造方式还是有很大不同。楚长城是用石灰粉与黄泥搅拌，然后加入一种原始植物——洋桃的黏液，以此构筑墙体，这种城墙叫作夯土城墙，历经千年依然坚硬如石。而明长城则不同，它是以石砌或砖砌为主，有的地方则是完全利用山体的岩壁切削而成，这是两者之间的最大不同。”

看过楚长城，舒静仁带着阿杏继续赶路。

正如铁铜寨的主人所说，再往前走几余里，就见有座奇峰矗立眼前，高耸入云，被云雾缠绕，不见峰顶，此峰便是附近一带的最高峰——葱坪山。

葱坪山由多座山峰环绕拱立，其间最高的山峰为葱坪峰。

前方的道路越来越艰难，他们脚下走的这条路依然是竹山盐道的延续，此盐道始于竹山，过竹溪才算终结。比起竹山盐道，竹溪路段更为险要，大部分路段都在大山间蜿蜒穿行，要么在半山腰，要么在谷底，遇有危险路段，舒静仁都要背着阿杏过去。路上不时遇到超越他们的盐客，在崎岖的盐道上，他们如履平地。

进入葱坪山，随处可见天葱，尤其是在溪边，大蓬大蓬的天葱连成片，布满了有水的地方。舒老说，他原来不知道当地人说的天葱是何种植物，看了以后才知道，所谓天葱，其实就是现在所说的水仙花，只不过葱坪山的水仙是黄色的花瓣，而大多数地方则是白色花瓣。

进入葱坪山，盐道多在谷底盘绕，不如半山腰那么险峻，舒静仁便放开阿杏的手，让她自由行走。阿杏看见天葱花便兴奋异常，跑去溪边采摘天葱花，她摘了很多，手都抓不下了，就往头上插，插得满头都是黄灿灿的花。舒静仁发现，阿杏头上插满花还是蛮好看的，就在旁边夸她，说她像仙女下凡。阿杏听说自己像仙女,很开心,张嘴就笑,她笑得有点得意忘形,忘了嘴唇上的裂口,裂口崩开,流了点血,虽然有点痛,还是很开心。她跑到路旁的水潭去照镜子,看自己是不是真的像仙女。舒静仁本想讲她臭美的,想想还是没讲,只是叫她小心点,别尽顾照镜子,水潭很深。

阿杏在前面蹦蹦跳跳,像只欢快的小兔子,舒静仁跟在后边,提醒她小心点,别光顾了高兴。

前面有个90度的转弯,靠山这边是高耸的石壁,外侧是谷底。阿杏跳跃着转过石壁就不见了,舒静仁快步跟过去,他不能让阿杏离开视线。刚到石壁前,就听那边传来"哗啦"一声响,他就知道情况不妙,紧跟过去,转过石壁,果然不见了阿杏。

石壁的另一边是谷底,谷底下有条大溪,溪边长满了天葱花,黄黄的一大片。舒静仁猜想,阿杏一定是想去下面摘花,从这里掉下去了。他的猜测没错,路边的几棵小灌木还在晃动,松动的小石子还在往下滚,一切都证实,阿杏刚从这里滑下去了。

他蹲在路边朝下面喊,喊了好几声,才听到下面才传来阿杏的声音:"哎哟——快来救救我——"

他只听见声音,并未见人,心想也许是被下面的树挡住了,就抓住树枝往下爬。好在下面并不深,而且坡度较缓,不然阿杏定要粉身碎骨。

下到谷底,找到了阿杏,阿杏躺在灌木丛里。庆幸的是,她身体都算完好,只是扭伤脚筋,一时站不起来。另外,脸上不知是被树枝还是岩石刮出了几道血口子。他把她背了上去,又背着她往前走。

阿杏伏在他肩上,说下面溪边的天葱花很漂亮,花朵比别的地方都更大,就想下去采摘,没想到刚下几步,脚下一滑,就滑了下去。

舒静仁说:"你脸上被熊掌抓了几条印子,现在又划了血口子,破相了,丑死了,将来找不到婆家,嫁不出去。"

阿杏就拿小拳头来捶他,边捶边问:"还讲人家丑不?"

阿杏的小拳头虽没多大力,却捶得他没法走路。他只好向她求饶说:"饶了我吧,我再也不敢说了。阿杏不丑,阿杏漂亮,阿杏脸上划了血口子就像涂了红胭脂,比以前更好看了。"

有了这句话,阿杏才饶了他。

阿杏扭伤的脚可以走路了。他放下阿杏,让她自己走。

走了一段,来到铁铜寨房主说的慈孝沟,果然见到"采皇木摩崖题刻"。舒静仁对阿杏说:“我们在这里休息一下吧,你慢慢地吃土豆,我慢慢地看一下这个题刻。”说着就从包里拿出几个土豆打发阿杏。阿杏本来就对石头上面刻的字不感兴趣,她只对吃的东西感兴趣,就坐在一块石头上吃起了土豆。舒静仁把阿杏打发安静后,来到摩崖下,就近察看上面的文字。

只见此摩崖石刻高两丈许,斑驳的崖壁上,依稀能辨认刻在上面的字。题刻为竖排阴刻,字体遒劲,原有的填色因年代久远早已褪色,只留下凿痕。他一边看一边情不自禁地念道:

“采采皇木,入此幽谷,求此不得,于焉踯躅;采采皇木,入此幽谷,求之既得,奉之如出;木既得矣,材既美矣,皇图巩矣。”

楠木是一种极其珍贵的木材,仅我国存有。由于楠木色泽金黄,纹理淡雅,且无收缩性,还会散发出幽香,所以被视作皇家专用木材,多用于皇宫建筑上。舒老说由于此树生长周期长,加之历代过量采伐,已濒临灭绝,他去的时候就已经难觅踪迹了。

我问舒老,过了这么多年,怎么还记得摩崖题刻内容。舒老笑了,又起身去书橱,拉开抽屉,找出一个带塑料皮的小本子,翻开其中一页给我看,原来他已经把它抄在本子上了。

看完他记录的摩崖石刻文字,我猛然间想起,他不是有个写诗的小本子吗?这个小本子与他写诗的小本子是否为同一个本子呢?面对我的发问,舒老肯定地点了点头,又翻开了另一页拿给我看。

接过本子,我看到了他写的那首诗,全文如下:

西行路遥云荡荡,
东去大江水茫茫,
当年吴王夫差矛,
折戟碎玉哭国殇。

弃笔藏书上山梁,
不种桑麻举刀枪,
卧薪尝胆勾践剑,
红星照耀天下亮。

我不大懂诗,无法评价其水平的高低,却见诗句中的“红星”二字下面划了一条粗粗的波浪线,旁边还打了个很大的问号,不用说,波浪线与问号都是陈旅长的杰作。就是这首诗，当年险些给他带来杀身之祸，不知那个陈旅长如今何在，如果现在再看到这首诗，又会做何感想。同时，我也惊叹老人家的收藏力，他竟能把如此珍贵的东西保留至今。

舒老当天的故事结束了，没等他的“老领导”推着架子车出现在门口，我就知趣的先行起身告辞了。

其实，我心里面对舒老还是有一点点怨言的，他一天只能讲半天时间，下午的时间用来睡觉，如果把下午的时间也用上，一天就可以当两天用，可大大加快故事的进度。但我又觉得这种想法太残忍，我怎能要求一个90岁的老人按照我的生物钟行事？其实，老人和小孩差不多，年纪越大，就越像小孩。小孩一岁前不会走路，要人喂饭，人到很老的时候也是如此，像舒老这把年纪的人，没让人抱着喂饭就已经是不错了，又怎么能要求他不睡觉来为我讲故事呢？

第 22 章　醉酒安康

第四天是个好天气，接连两天的雨，到头天晚上才结束。清早起来，拉开客房厚厚的窗帘，推开移动窗，一股清新的空气涌了进来。俯身看窗外，整座城市都像是被洗过了一遍，处处显得清新、干净。

昨晚我就给父亲打了个电话，告诉他，我明天就要回去了。父亲说，你不回来我都要催你回来了，老舒那么大年纪，你别把他折腾苦了。放下电话我在想，不完全是我折腾了舒老，其实我也被他和他的故事折腾得够呛。

来到舒老家时，他刚吃过早饭，正在擦餐桌，这是他每天的必做功课。他擦桌子很仔细，总共擦了三遍，第一遍用热水擦，第二遍和第三遍用冷水擦，桌上没留下任何残汤污渍，也没留下一星点渣子。也许有我在，他不用再和他的“老领导”搞恶作剧。

擦完桌子，他端着杯热茶去了书房。我注意到，不仅是他脸上，他端茶杯的手上也有很多老年斑，颜色都很深。他端着茶杯，杯里茶水冒着热气，随着水汽的上升，他最后一天的故事也从那里冒了出来……

离开摩崖石刻，两人继续朝西北方向走，越过竹溪县，随后又跨过鄂陕交界线，进入陕西境内。

与湖北竹溪县交界的是陕西平利县。到了这里，山势渐缓，道路也好走多了。他们在平利县城稍作停留，没过夜，只找了家餐馆饱餐一顿，然后在街上买了些吃的，准备带在路上吃。阿杏喜欢吃当地的茶香肉和木瓜片，舒静仁现在手头有钱，出手也比较大方，只要是阿杏喜欢吃的，就都多买了点，装在竹筒里，好应付嘴馋的阿杏。

从平利开始有了公路，那是一条通往安康的公路，他们顺着这条公路走。

这只不过是条简易公路，确切说是条土路，就是在原有小路的基础上拓宽了点，勉强可以走汽车。公路多弯，而且极不平整，有的地方，路当中有很多大坑，听路人说是被鬼子的飞机炸的，鬼子的飞机经常深入国统区的后方来轰炸，特别不会放过这条通往大西北的运输线。

这天，他们走到八里亭，向当地人打听得知，这里离安康还有好几十里路，起码要明天下午才能到。

所谓八里亭，是从平利开始算起的，每里路一座小亭子，供路人歇脚，走到这里已经是第八座亭子了，所以叫八里亭。

阿杏说走累了，两人就进到亭子里歇脚。

亭子就在公路边上，里面有两张石凳。两人刚坐下，阿杏就吵着要吃东西，刚才在路上她已经吵过好几回了。她只有生病时不想吃东西，特别是现在阎少泓不在了，她就放肆起来，根本不怕舒静仁。

舒静仁有点生气，说："你就是嘴馋，刚才你不是听说了么，明天下午才能到安康，你一下子全吃完了，路上想买也没地方买，后面就没吃的了。"

阿杏不管后面的事，她现在就要吃，噘着小嘴缠着他使劲吵，念经似地："人家肚子饿了嘛，你想饿死人家去呀——"

其实阿杏并不是真饿，她就是想吃木瓜片，在平利县城，她吃了好多木瓜片，吃出了味道，就总想要吃。舒静仁被她缠得没办法，就说："只许吃一片，不然就不给。"说着就把身上背着的竹筒拽过来，打开竹筒盖，从里面拿出一片，叫阿杏张开嘴，就把木瓜片扔进去。阿杏嘴唇上有裂口，没敢张太大，木瓜碰到她的嘴唇弹了回来，掉到了地上，阿杏赶忙弯腰捡起，擦也没擦，塞进了嘴里。

阿杏吃了木瓜片，暂时停止了吵闹。

坐在石凳上的阿杏也不老实，两条腿使劲摇晃，要是木凳子，凳腿早被她晃烂。舒静仁在一边看着，心里涌起了一种酸酸的味道：阿杏虽然不懂事，有时甚至有点讨厌，但带着她走了这么多天，走了这么远的路，倒有了一种兄妹相依的感觉。其实阿杏还是蛮可怜的，很小就死了爹，后来娘又淹死，婶婶对她又不好，对她最好的姐姐又上吊了。她从小就没吃饱过肚子，很多好吃的东西都没吃过，所以精瘦，都12岁了，却还像个不到10岁的小女孩，她现在吵着要吃，想想也不为过。

阿杏并不知道舒静仁心里在想什么，还在那里晃荡着她的两条腿。

"阿杏——"舒静仁轻轻地喊道。

阿杏扭过头来看他。

"阿杏，你将来就跟我去当八路军好啵？"

阿杏点点头，她并不知道八路军是干什么的，她只管跟着他，他当什么，她就当什么。

"八路军里头也有好多女孩子呢。"他说。

阿杏噘着嘴笑了笑。

正说着，远处传来汽车马达声，舒静仁打住话头，抬头看去，只见那边扬起一片尘土，几辆军用卡车朝这边开过来。卡车开得很慢，摇摇晃晃地好半天才开到他们跟前。

卡车一辆接一辆地从他们身边开过去，扬起老高的尘土，两人赶紧用衣袖捂住口鼻。透过尘土，舒静仁见卡车的车厢上遮盖着军用篷布，不知上面装的是什么东西。最后一辆卡车刚开到他们身边时，忽然全部的车子都停了下来，司机纷纷从驾驶室出来，跑去前面看，原来前面有辆车抛锚了。前面有司机跑到后面来，叫一个被称作是大老王的人，让他过去帮着修理，估计他的修车技术比较好。其他的司机都来到路边，有抽烟的，也有蹲在地上玩纸牌的，打发修车的时间。

被卡车掀起的尘土散去，两人拍打着身上和头上的尘土。

蹲在地上玩纸牌的司机在赌纸烟卷，输了的就要给赢了的烟卷，他们往往为一支烟卷的输赢而引发争吵，输了的迟迟不肯掏烟卷，说对方赖皮，赢了的则不依不饶，揪住对方，定要对方掏出烟卷。

舒静仁凑过去，站在一个没打牌的司机身边。

“长官，你们这是上哪儿去？”他赔笑问道。

司机望了他一眼，没好气地说：

“你问这个干吗？部队的事哪能乱问的。”

司机说完又去看打牌。

舒静仁从口袋里摸出一张小纸片，是在竹山盐道上遇到的那个葛连长写给他的，他把纸片送到司机面前说：“你认识这个人吗？”

司机看了一眼纸片，又回头看了他一眼。

“怎么不认识？他是我们连长，你怎么也认识他？”

“这是他写给我的，我们是老乡。”

听说是葛连长的老乡，司机不由得再次看了他一眼。

“长官，你们这是去安康吧？”

这回他没吭声，算是默认了。

“是这样，我们想搭乘你们的车去安康，葛连长说要请我们吃饭。”

司机看过葛连长写给他的纸条，又听说葛连长要请他们吃饭，感觉他和葛连长的关系很不一般，就有点对他刮目相看了。

“就你们两个？”司机朝阿杏那边看了看。

“长官，就我们两个人。”

“好吧，我的车上只能坐一个，让她坐另一辆车吧。”司机说道。

“那当然，谢谢长官了！”

一张小纸条就把搭车的事搞定，舒静仁不免暗自高兴。

抛锚的车修好了，前面的汽车都发动起来，修车的大老王司机过来了，招呼还蹲在地上打牌的赶快收牌上车。那几个司机正为一支烟卷的事争持不下，听说修好了车，哄笑着往各自的卡车走去。站在舒静仁身边的司机朝他一摆头，让他跟着，又去和另一位司机说了几句，然后向阿杏招手，让她上了另一辆车。卡车轰鸣着重新上路，扬起的尘土铺天盖地。

尽管道路不平，车速快不起来，但到底要比人走路快多了，人也轻松多了，本来要明天下午到的，现在坐车就只要几个钟头。

他们当天就到了安康，卡车一直开进了运输连部。

运输连在城外的一个山洼里，周围全是山，山脚下有几排排列整齐的干打垒。中间有块较大的场地，停了几辆军用车。

下车后，司机把他俩带到了连部。连部在最前面的一栋干打垒，比别的房间都要大些。走到门边，见里面的墙上挂着一幅很大的军用地图，上面画着很多虚线和实线，都带着箭头，有些地方还插着小旗子。房子里有几张拼在一起的桌子，桌边有七八个忙碌着的人。

司机在门口两脚并立，喊了一声“报告”，站在地图前正在往上面插小旗子的人回过身来。司机向他报告说：“连长，看我给你带谁来了——”司机说着就把身后的舒静仁拉到前面来。

葛连长一眼就认出了他的老乡，放下手里的小旗子，快步走过去，两双手就紧紧地握到了一起。两人使劲地摇晃着手，并用家乡话交谈起来。

葛连长对他说：“你真有本事，是搭乘我们连的车来的吧？告诉你，我们的军车本来是不让外人搭的哟——”

舒静仁笑着挠了挠头皮说：“司机本来是不让搭的，我拿出你写的纸条，他看出是你的字迹，才让搭了。”他说着回头看了看司机。那个司机见他们俩说一口家乡话，听不懂，忍不住在门口笑，葛连长朝他挥挥手，让他忙去。

葛连长把他拉到桌边坐下，看见还站在门口的阿杏，忽然想起什么，问道：“哎，你们先前不是三个人一起走的嘛？怎么现在只剩你们两个了。”

舒静仁就把阎少泓留在竹山当兵的事讲给他听，自然也提到了那个陈旅长。葛连长听完他说的，对陈旅长很有些微词："我们都管他叫陈猪头，别看他人高马大，鬼得很，心眼又小，又很坏，他手下有几个连排长都是他从山西带过来的，被他枪毙得只剩下两个，听说这两个前不久又被他关了。"

舒静仁没想到葛连长也这么了解陈旅长，就把自己被陈旅长穿小鞋的事也说给了葛连长听。在称呼陈旅长时，他也跟着葛连长的口气，称他为陈猪头。他虽然得过他的钱，但对他的印象很不好，认为他那是为了巴结徐军长才给的，如果没有那张名片，也许会把他给枪毙了。葛连长说："幸亏你没留下来，那家伙不是个好东西。"

两人谈论了好半天陈猪头的事，直到有人进来找葛连长，葛连长才打住，说："你先到城里找个地方住下，在外面随便转转，我还有点公事，下午吃饭的时候你再来找我，我请你到城里吃饭。"

抗战时期的安康就已经是个直隶市，下辖10个县，所以安康比他们先前见到的那几座小县城都要大许多。安康城区在汉江的东南岸，汉江绕城而过。汉江是秦岭与大巴山的分水岭，安康就坐落在两大山脉之间的一片较为平坦的土地上。

舒静仁带着阿杏在城里找了家客栈，登记后放下东西就出了门。为了等葛连长晚上的那餐饭，他们打算到汉江边随便走走，也好打发时间。

还没到江边，就听到那边传来喧闹的锣鼓声和鼎沸的人声。远远看去，只见江边人潮涌动，呐喊声阵阵，很是热闹。走近看，宽阔的江面上有十几只打扮得五颜六色的龙舟一字排开，只听岸边一声炮响，龙舟顿时如出弦的箭，向江的下游奋力划去。

看见龙舟，舒静仁猛然想起，今天正是农历五月初五，是中国人的传统节日——端午节。从农历三月初八无锡码头出发算起，到今天已经出来快有两个月了。

阿杏看见赛龙舟，撒腿就往江边跑。在无锡老家时，她姐姐每年都带着她去运河看赛龙舟，无锡的赛龙舟也很热闹，满城的人都去看，河岸上站满了人。无锡的赛龙舟一般都是以运河为界，东西两岸各组一支龙舟队，都是精挑细选的青壮年，两岸的居民站在各自居住的那边岸上，为自己这边的龙舟呐喊助威。阿杏住在西岸，每次比赛，都为西岸龙舟队喊破了嗓子。因为汉江比运河宽得多，所以安康的龙舟赛也比无锡的龙舟赛场面大得多，参赛的龙舟也多，观看比赛的人自然也多。只是，无锡被日军占领后，运河上的传统龙舟赛就不再举办了。

舒静仁赶过去,站在阿杏身边。他必须时刻留意,防止她走失。

只见江面上的那十几只龙舟,漆着不同颜色,每只龙舟上有10个桨手,所穿衣服都与龙舟颜色一致,连头上扎的头巾也是相同颜色。每只龙舟尾部都有个鼓手,不停敲击着鼓面,桨手根据鼓点的节奏划桨,动作整齐划一,场面非常壮观。龙舟在江面上你争我夺,奋勇当先,岸上观看的人都在为赛手呐喊。

快到终点时,有一只本来一路遥遥领先的蓝色龙舟,被后面追上来的一只红色龙舟赶上,眼见就要被超越。舒静仁对身边的阿杏说:"这只红色的龙舟肯定要得第一名。"没听到阿杏的回应,转头看,发现一直站在身边的阿杏不知去向。她刚才还在边上使劲喊,也不知是在为哪条龙舟鼓劲,现在怎么突然不见了呢?他踮起脚尖朝四周望去,四周全是呐喊的人,不见阿杏踪影,他紧张了,立刻离开原来的位置去找阿杏。

直到龙舟赛结束,岸边的人都散去,他也没有找到阿杏。

人潮散去的江边一下子冷清下来,岸边上,松软的泥地上到处是杂乱的脚印。几个龙舟赛手还在收拾船桨,已经收拾好船桨的,扛着龙舟离开了岸边。

舒静仁站在岸边,呆呆地望着江面,不知该上哪儿去找阿杏。

正焦急间,见阿杏从远处走过来。

看见阿杏,舒静仁气不打一处来,朝她大声吼道:"你又跑到哪里去了?你总是喜欢乱跑!叫你别乱跑,你就是不听!"

这个阿杏,人家急,她不急,一副无所谓的样子说:"人家有事去了嘛。"

"有事,有事,有个屁事!再大的事也要跟我说一声!"

"人家……人家也不能什么事都跟你说呀。"

"有什么不能说!下次去撒尿也要跟我说了才能走。"

阿杏被他骂得满脸通红。她大概没想到,阎少泓不在了,舒静仁也会骂她。

回去的路上,他还在不停地骂她,说要是再这样乱跑,今后再也不管她了,也不带她去当八路军了,她想去哪儿就去哪儿。舒静仁总是用不管她这句话来威胁她,阿杏虽然最怕的就是不管她,只怕是一种药吃多了也不管用。

两人在街上随便吃了点东西,好留着肚子吃葛连长的晚上的大餐。下午,他们又在街上转了一大圈,直到快吃晚饭的时候才回到葛连长那里。葛连长已经忙完了,带着他们两人就出了门。

一行三人出门就往市中心走去,在江边最热闹的一条街上,进了一家叫翠香楼的酒楼。上到二楼,择了个雅座,宾主三人坐了下来。跑堂的过来,肩上搭着条白布巾,给他们沏上茶,端上瓜子之类的点心,又问要来点什么菜,来点什么酒。葛连长说,无须多问了,凡是店里有特色的地方酒与菜尽可端上来,跑堂的就下去了。

酒楼临江,舒静仁走近窗前,打开木格窗扇,一股带着江水气息的风涌进来,但见暮色中江水浩渺,晚风习习,令人心情舒畅。

葛连长带来一个好消息,由于当地的医疗条件不够好,后天将有一批重伤员转移到西安的大医院去,他们运输连负责运送伤员的任务。这确实是个好消息,这意味着他们可以搭车去西安了。

舒静仁问后天什么时候动身,葛连长说,鬼子的飞机白天经常来轰炸,运输线是他们的重要轰炸目标,所以要晚上走。葛连长还说,军车执行任务时,是不能搭载平民的,他完全是看在老乡的面子上,所以,为避人耳目,要委屈他们两人装扮成伤员。舒静仁满口答应,说不成问题,别说是扮伤员,就是扮死人也可以。葛连长说,其实只需途中包着就行了,下车可除去纱带。

一会儿工夫,大大小小的盘子摆满了一桌子,一壶滚烫的酒也提上了桌。葛连长给两人的粗瓷碗里斟满酒,说既然是老乡,今天就要敞开了喝。舒静仁本不太会喝酒,葛连长的盛情难却,也就豁出去了。

满桌都是地方特色菜,有浆水菜、猪血豆腐干,熏肉等。主食是肉夹馍,有点像现在的汉堡包,舒老说,准确地说,"肉夹馍"应该叫"馍夹肉",因为是用馍馍来夹肉的,而不是用肉来夹馍馍,不知当地人为什么叫它肉夹馍。肉夹馍的做法很简单,先把发酵的面团做成圆饼状,烙至金黄,再将圆饼切开,往中间夹上腊汁肉,吃起来香酥可口,回味无穷,比汉堡包要好吃多了。酒则是当地的特色酒,叫"拐枣酒"。

席间,进来一对卖唱的父女,父亲拉胡琴,女儿唱,唱的尽是些陕南小曲。那女孩与阿杏年纪相仿,脑后拖着一条细细的小辫,穿件脏兮兮的红夹袄,父亲拉完一段过门,只听她开口唱道:

正那月的放羊正月正
堂前辞别二双亲
羊儿吆起前面走
奴家脚小随后跟……

小女孩声音稚嫩,脸上毫无表情,却唱得有板有眼。

酒桌上，两个南方人听着西北小曲，推杯换盏，吆五喝六，一个操常州话，一个讲无锡方言，外人听起来差不多，只有两人明白其中的差异。

不知不觉中，几碗酒下肚，两人都略带醉意，话也就多起来了。葛连长说，自从离开常州就没回去过，出来当兵，生死由天，能否活着回去也只有天知道，什么时候两脚一蹬，就什么也不知道了，所以今朝有酒今朝醉，去阎王爷那里报到也不枉活一回。他说得一把鼻涕一把泪，舌头也不利索了，结结巴巴地又说了一段险些被鬼子飞机炸死的经历。他说那次出车，遇到鬼子的飞机来袭，头辆车被炸，燃起了大火，他在最后一辆车上，后面的车都无法往前开，调头也来不及，就全都下了车，鬼子的飞机还不放过司机，一个超低空俯冲下来，对着汽车两边就是一阵扫射，飞机上的子弹比一般地面上的子弹大很多，打在身上就是个拳头大的洞，有个司机被打中颈脖，当场身首分离，另一个司机腿部中弹，整条腿都断了，只连着一点皮。说到动情处，葛连长又给两人碗里斟满酒。

舒静仁也喝得差不多了，满脸泪水地谈起了自己的老父亲，说这年头不当兵也会死人，你没打鬼子，鬼子也要杀你，横竖都是死，不如战死沙场。

外面天色已黑，酒桌上碗盏狼藉，壶中酒水已干，两人喝得踉踉跄跄。跑堂的过来结账，葛连长一挥手说："给老子……记上，下……下次一并算。"跑堂的有点犹豫，葛连长一瞪眼，吓得赶紧退下去，这年头遇到当兵的，吃了也是白吃。经过卖唱的小女孩身边，葛连长停下脚步，摇摇晃晃地看着她，又摸了摸她的头，从兜里掏出一张钱币，重重地拍进她手里，说："唱得好……唱得好啊……"

回到小旅馆，上了楼，舒静仁一头倒在床上，只感到头晕目眩，整个房子都在旋转，刚才实在是喝多了点。躺了一会儿，实在坚持不住，跑到外面去吐了。回来时经过阿杏的房间，见门关着，估计已经睡着了，就回了自己的房间。

睡到半夜，听见急促的敲门声，打开门一看，见是阿杏。阿杏穿着一件露着肚脐的单薄的小短褂，双手抱在微微隆起的胸前，浑身颤抖不已，说刚才有人弄她的窗户，她害怕。舒静仁还没醒过酒来，睁着迷迷糊糊的眼睛说："你瞎……瞎说什么，深更半夜的，谁……谁会来弄你窗户。"说着倒头又睡。

还没睡一会儿，阿杏又来敲门，说那人还在弄她的窗户，要他去看看。他从床上爬起来，歪歪斜斜地跟着去她房间。

到了她房间，果然她说的没假，她房间的窗子上被弄破了个洞，里面的插销都拨弄开了。原来，这地方还没有玻璃，小旅馆的窗子都是用牛皮纸封的。这时候，舒静仁的酒劲已经醒了大半，有谁会在半夜里跑来弄她的窗户呢？

他跑下楼去，来到后面的窗户下面就着月光看，不禁吓了一大跳，只见墙上架了个木梯子，梯子就架在她房间窗户的下面，只是人已经不见了。

回到楼上房间，阿杏不敢在她的屋里睡了，要到他这边来，说只坐在椅子上就行。舒静仁左右为难，想了想说，干脆你在床上睡，我在椅子上躺着，说着就把两张椅子拼在一起躺下。

阿杏蜷缩在床上，开始很长时间没睡，斜靠着，后来不知不觉地就睡着了。

一觉醒来，天已大亮。再到后面去看，奇怪！昨晚架在墙上的梯子不见了。这件事成了个谜，找不到答案的一个谜。

关于这件事，我和舒老曾有过讨论，我说可能是小偷，那时候应该也有小偷吧。舒老说那时候虽然也有小偷，但不如现在的多，那时人都穷，没什么可偷的，特别是阿杏，身上又没钱，也没什么值钱的东西，有什么好偷的？但这件事并不是孤立的，它可能与随后发生的一件事有着某种关联。

第23章　离奇失踪

到了第三天,是和葛连长约定的启程日子。

吃过晚饭,舒静仁催促阿杏快点走,阿杏还坐在桌边照镜梳辫子。舒静仁说,早上不是梳好了吗?晚上又来梳什么辫子?阿杏不紧不慢地说:“早上梳好的辫子到晚上都弄乱了,不梳好辫子,别人会骂我是疯婆子。”很显然,这句话是学她姐姐的,她姐姐过去就这样讲过她,她姐姐活着的时候,是不允许她头发乱糟糟的。过去都是她姐姐帮她梳辫子,现在她姐姐死了,都是她自己梳。她梳的辫子不如姐姐梳得好,总是梳得跑偏,她就拆散重梳,舒静仁在旁边看得发急,恨死了她的两条鬼辫子,叫她快点。

好歹梳完了两条小辫子,舒静仁拖着她就往外走。

到了运输连连部,只见月光下,他们已经在排队集合了,军用卡车也整整齐齐地排成一排,都搭了篷子,上面插满了树枝。葛连长正在给出行执行任务的司机训话,舒静仁拉着阿杏站在一旁等。葛连长训完话,朝他们走过来,身后跟着个护士。葛连长介绍说,护士叫兰娟,他们俩这一路上就由她负责,要他们先跟兰娟去“化装”,葛连长说完就去处理别的事了。

兰娟约莫二十出头的样子,但显得很成熟。她里面穿的是军服,外面套着白色的护士服。她把他们带到一个房间,开始给他们“化装”,先让他们脱去外面的衣服,换上她拿来的旧军服。舒静仁穿得还挺合身,阿杏穿得就不合适了,她看起来就像是个童子兵,两只袖子老长,像戏台上的水袖。兰娟说找不到那么小尺码的军服,只好将就。她帮阿杏把袖子挽起来,又在她腰上扎了根皮带,把过长的衣服掖进去。

穿好服装,然后是缠纱布,两个人的头都被缠了起来,就像他们当初缠莱德克一样,不过比莱德克好得多,只缠头部,而且露出眼睛、鼻子和嘴巴。兰娟叮嘱他们,上车后跟伤员们待在一起,不准说话,有什么事情就对她讲,一切行动都要听她的。

“化装”完毕,兰娟把他们带上了一辆车,车厢里都是重伤员,有和他们一样包着头的,也有包着其他部位的,都是一副十分痛苦的样子。兰娟身上背了个急救箱，她负责这辆车上的重伤员，一上车就忙着照顾伤员，察看他们的伤势，询问他们有什么不舒适的地方，那副神情就像是个老护士。

哨音响过，汽车轰鸣着上了路。

此行共有 7 辆车，舒静仁与阿香坐在中间的第 4 辆车上。车厢里，他们跟其他伤兵混杂在一起，坐在车厢板上，因为走的是夜路，车速快不起来，颠簸摇晃得厉害，骑马坐轿子似的。长时间的摇晃，大多数伤兵都昏昏欲睡，东倒西歪的。坐在阿杏身边的一个伤兵两条腿都没了，看起来像是段树桩，因为没有腿，平衡性很差，特别是瞌睡来临时，身子常会往一边倒，每次都倒在阿杏身上，头顺势就枕在阿杏的肚子上，他拿阿杏当枕头了。每当他的头倒过来，阿杏就把他的头推过去，可没过多久又倒过来了，阿杏求助地望着舒静仁。舒静仁也被办法，又找不到东西撑住他的头。

最讨厌的是汽车轮胎陷进弹坑里，怎么也开不出来。遇到这种倒霉事，所有司机和医护人员都得下去推车，往往耽误很多时间。

当然，比推车更加倒霉的是遇到鬼子的飞机夜袭，并不是每次出车都会遇到这种倒霉事，但他们这趟偏偏就遇到了。那是快到镇安的时候，鬼子的飞机来了，老远就听到那低沉的，犹如魔鬼般的声音。老练的司机一听就知道是鬼子的轰炸机，老早就熄灭了车灯，把车开到路边停下熄火。鬼子的飞机投下一颗照明弹，悬在车队上方的天空，好在他们的车棚上都插满了树枝伪装，鬼子的飞机看不清目标，胡乱扔下几颗炸弹，都在离车队很远的地方爆炸。

鬼子的飞机飞走后，车队打开车灯，准备继续上路。然而就在这时，阿杏不见了，舒静仁刚才只顾趴着躲飞机，没注意到阿杏。

他立刻把情况告诉兰娟，兰娟打着电筒在车厢里找了好几圈都没找着，奇怪了，阿杏去哪儿了呢？刚才飞机来的时候，车上的伤员没有一个下车，他们都是重伤员，也没法下车。阿杏是个冒牌伤员，好手好脚的，是不是下车躲飞机了呢？于是兰娟又同舒静仁下车去找，他们打着手电筒，找了一大圈，结果发现她躲在车底下。只见她蜷缩在车轮边上，身子还在瑟瑟发抖。两个人哭笑不得，告诉她鬼子的飞机飞走了，她还不肯出来，最后还是舒静仁硬把她从车底下拖出来的。兰娟帮她拍打身上的泥，说道：“你以为躲车底下就保险了？鬼子的飞机没把你炸死，汽车的轮子也会把你碾死。”

天亮前，车队终于赶到了镇安，全体人员都毫发无损。

车队停在镇安城外的一片树林里，借助树林隐蔽。此时，天已渐亮，重伤员从车上被抬下来，都放到了草地上，随车来的护士正在给他们换药和做包扎护理，他们将在这里等待城里派来的担架队，把重伤员全部转移到城里的一家旅馆，等待夜晚继续上路。

下车以后，舒静仁与阿杏摘去了头上的纱带，舒静仁帮着抬伤员，阿杏则跟在兰娟后面帮着给伤员换药。

当地派来的担架队很快就来了，伤员们全都转移到了城里的旅馆，司机和医护人员也都被安排到了旅馆。司机开了一晚上的车，一到旅馆就都睡觉去了。兰娟暂时还不能休息，她要去当地医院拿些路上需要的绷带、抗生素之类的医疗用品，阿杏现在更喜欢跟着兰娟，也跟着去了。舒静仁没事，就独自去城里随便转转。

镇安县城坐落在秦岭南麓，汉江支流乾佑河从其身边流过，其建县历史可上溯至唐武则天通天元年(696年)，至今已有一千多年历史。历史上，镇安是块风水宝地，当地民谣称："山是万宝山，水是龙泉水，树是摇钱树，草是灵芝草"，可见该地人杰地灵，物产丰富。小城四面环山，犹如坐落于大盆的底部，周围山势秀丽，树木茂密，空气湿润，置身小城，恍若置身桃花源。

小城北面有座小山，名为骊珠山，因众山环绕，如珠在抱，故此得名。拾级而上至山顶，顶上有文庙、魁星阁等古建筑，尤其特别的是，山上有块大石，石上刻有一诗，诗名为"骊珠樵唱"，其中一句是："采薪山近是骊珠，晓起听歌城北隅。"不用说，这又是喜欢写诗的舒老把它记在小本子上了，不然怎么能记得如此清晰。

从山上下来，远远闻到一股诱人的香味，寻味而去，见路边有人在炒板栗。他走上前，见锅里的板栗大如鸡蛋，他还从未见过如此大的板栗，顿生好奇，向摊主打听才得知，原来镇安板栗以个大、色艳、皮薄和味美著称，自古为皇家贡品。摊主从锅中拿出一个刚炒熟的板栗给他品尝，果然与众不同，不仅易剥皮，而且肉质细腻，糯性强，糖分高。摊主说，此处板栗生食则脆甜，熟食则糯香，别处板栗无法比拟。见此处板栗如此奇妙，他当即买了几斤，准备带回去给阿杏吃，在竹溪时，曾给她买过一斤，虽然不如镇安板栗，阿杏也是吃得津津有味。

带着板栗，舒静仁回到旅馆，在门口遇到慌慌张张的兰娟。见到舒静仁，她都快掉下了眼泪，结结巴巴地说阿杏不见了。舒静仁吃了一惊，没想到刚回来就听到这样的坏消息，但他很快镇静下来，他不是头一回遇到阿杏不见了的事，就叫兰娟把具体情况说一说，兰娟这才把阿杏丢失的情况完整地说了一遍。

原来,阿杏跟着兰娟去当地医院,到了医院,办理手续后,领到了两箱绷带和一箱抗生素药品,阿杏抱两箱轻的绷带,兰娟抱一箱重的抗生素,两人就往回走。走到医院大门口,遇到一个兰娟熟识的护士大姐,两人站着说话,护士大姐告诉她说,她托她打的那双线袜已经打好了,这次来正好可带走。听说袜子已打好,兰娟让阿杏守着纸箱,自己跟着护士大姐去拿线袜。

护士大姐在住院部做护理,住在医院最后面的一排平房,两人穿过横七竖八拉着的铁丝,铁丝上挂满了洗过的长长短短的绷带,因为绷带紧缺,一般都是重复使用。到了宿舍,护士大姐拿出打好的袜子让兰娟穿上试试,兰娟穿上袜子,大小都合适,只是袜筒短了点,怕麻烦护士大姐,说算了,短点就短点,能穿就行。哪知护士大姐非让她脱下来补上几针不可,说要不了几分钟,兰娟只好脱下来让她补几针,也就是十来分钟的样子。

拿着加长了的袜子出来,走到了大门口,看见三只纸箱放在地上,却不见阿杏人影。她以为阿杏在附近什么地方玩去了,就去附近找,把医院里里外外都找遍了也没找着,又想她是不是等得不耐烦先回去了,就抱着三只纸箱回到旅馆,找遍旅馆也没见到阿杏,这才急了,从旅馆急匆匆跑出来,想再去医院看看,正巧遇到舒静仁回来。

听了兰娟的叙述,舒静仁感到事态严重。但他仍然往好的地方想,阿杏虽然喜欢乱跑,但她胆小,不敢跑远,何况他告诫过她多次。就对兰娟说:“你再去医院找找看,范围扩大一点,说不定她也正到处找你,我就在旅馆附近找,看她会不会到附近什么地方玩了。”于是两人分头去找。

舒静仁找遍了旅馆周围,都没见到阿杏,问遍了所有人,也没人见到阿杏。一个多钟头后,兰娟回来了,带回来的消息更加不妙,说有人好像看见一个小女孩跟着一个成年人走了,因为医院的人都不认识这两个人,也就没太注意。

兰娟急得哭起来,舒静仁却还没死心,他总觉得阿杏不可能会跟陌生人走,她一向怕陌生人的,一定是医院的人看花了眼,那两人或许是一对父女。阿杏肯定是到什么地方去玩了,最有可能的是去街上,她嘴馋,街上的食摊多,每个食摊都会散发出诱人的香味,过去他每次带她上街,经过小食摊时,她的脚都像被黏住了,眼巴巴地望着锅里的美食,喉咙里就会自然地做出一些吞咽动作,每当这时,只要是兜里有钱,他都会毫不吝啬地给她买上一点。于是,抱着这么一线希望,舒静仁来到了大街上。

在街上,他专注于街边食摊,只要见到女孩,他都要多看上几眼,希望是阿杏,然而都不是。就这样,一个下午都过去了,还是没见到阿杏。

到了晚饭的时间，他又想，也许她在外边玩够了，现在肚子饿了，一定已经回到了旅馆，正在和兰娟说说笑笑呢。于是，他又匆匆赶回旅馆，阿杏还是没回来。

事态越来越严重了。阿杏是知道晚上要发车的，如果发车之前她还没回来，那阿杏就真的回不来了。

兰娟一直在舒静仁面前哭，阿杏是她带出去弄丢的，她有责任，说回去没法向葛连长交差。舒静仁无法安慰她，他自己也很难受，只是不知没法向谁交差。

所有该做的都做了，现在能做的就是等待，等待时间一分一秒地过去，指望阿杏能在最后一刻回来。但直到天黑，也没见阿杏回来。

晚上8点钟，是车队开拔的时间，伤员们都被抬上了车，他们必须按时出发，趁着天黑行动，这是军令。万般无奈下，舒静仁上了车，随车子的颠簸，他离开了镇安，离开了阿杏，也许就永远地离开了她。

谈到阿杏失踪一事，舒老的心情格外沉重，充满深深的惋惜。他说本来对镇安这座小城印象不错，但因阿杏在此失踪，使他对镇安充满憎恶感，不愿提及。

阿杏失踪得很蹊跷，之前毫无征兆，事后也毫无线索。关于这件事，我和舒老也有过讨论，我说阿杏不可能自己跑走，肯定是有外因，只是这个外因尚不明了。我想起舒老曾经提到过人贩子，说是不是被人贩子拐走了，舒老并不排除这种设想，说旧社会的人贩子也很坏，被拐卖的女孩无非两种出路，一种是卖给娶不起媳妇的人家做童养媳，再一种就是卖到青楼去卖春，这两种出路虽然都不好，相比之下，卖给人家做童养媳还算稍好一点，而卖到青楼里去可就惨了。阿杏究竟是哪一种出路，谁也讲不清。至于阿杏为什么会跟人走，那就很难说了，不同时期的人贩子有不同的骗术，总能把人骗得忘记自己叫什么，现在的人贩子不也如此吗？别说是个12岁的女孩，就是个博士后也照样骗得团团转。总之，阿杏的失踪成了一桩悬案。

故事听到这，我开始心不在焉了，我在想那个可怜的阿杏，替70年前的那个女孩子担忧，如果她现在还活着，也应该有80岁了。

第24章　西安被囚

1942年6月23日(农历壬午年五月初十),这个日子舒老不会忘记,历经两个月的艰难跋涉,他终于到达了西安,来到了最靠近延安的一座城市。

舒老说,他在西安总共停留了近半个月之久,本以为到了家门口,很快就能去陕甘宁边区,但实际的情况却是错综复杂,完全超乎他的想象。早在上海时,徐素琴就曾告诉他,到了西安后,首先找八路军驻西安办事处,找到了办事处,就等于找到了通往边区的钥匙。所以,他一到西安就寻找八路军办事处,还没进到八路军办事处的大门,就先进了特务的牢房,吃尽了牢狱之苦。

事情还要从他到达西安的那一天说起。

那天,他乘葛连长运输连运送重伤员的车到达西安,下车与兰娟告别,请她回去后转告他对葛连长的谢意。离开运输车,他独自在城里找了家旅馆住下。

西安是十三朝古都,“丝绸之路”的东起点,曾几何时,它曾是中国乃至世界的中心,世界各国的使者、学者、商人汇聚于此,长安大道上人群熙攘,摩肩接踵。高大的皇宫气势恢宏,宛若人间仙境,鼓乐声声,歌舞升平。然而,近代以来,这座古城逐渐被边缘化,成了荒凉西部的代名词,直至1936年12月,震惊中外的“西安事变”再次使它走到历史舞台中央,成为举世闻名的地方。然而,此时的舒静仁却无心浏览这座古城,从踏进西安的那一刻起,他的心已经飞向了陕甘宁边区,飞向了延安。

在旅馆安顿好后,他先在附近找了家小餐馆饱食一顿,在车上一路劳累,早已是饥肠辘辘了。吃的东西不算丰盛,却很管饱,两大碗泡馍外加一碗羊肉面,吃下去后,浑身热量倍增,人也舒服多了,自从阿杏失踪以来,他第一次撑得这么饱。

还在餐馆里吃饭的时候,他就开始向店里的伙计打听八路军西安办事处,得到一个大致方位。从餐馆出来,他又一路打听着找到了那条街,看见了办事处的大门。他牢记地址,准备回旅馆好好洗个澡,再睡个好觉,明天起来先去理个发,脸上也要好好刮一刮,再换上母亲为他缝制的新衣服,自从离开无锡,他一直舍不得穿,他要以全新面貌进入那个大门。

回到旅馆,他先去前厅服务台取房间钥匙,见前厅的长椅上坐着两个人,穿的都是米黄色风衣,戴礼帽,架着墨镜,手里拿着报纸在看。他在街上见过很多这种装束的人,也是一种流行装,没太在意。他拿了钥匙朝客房走去,经过两人面前时,又瞥了他们一眼。

舒静仁走在长长的过道里,还没走到一半,就感觉到那两人跟在他后面,顿时警觉起来。这两人似曾面熟,像在哪里见过,他仔细回忆,终于想起来,刚才在餐馆吃饭时,他们两个在另外一桌,他吃完饭,那两个人也正好吃完。他还隐约感觉到,他们像是从餐馆出来就一直跟在他后面。自从到了西安,他只顾了兴奋,放松了应有的警觉,他曾在上海跟踪过别人,并为此挨了一顿打,现在轮到他被别人跟踪了。

他的警觉来得太迟了,他刚转过身来,那两人已将他堵在了走廊里。

"对不起,请跟我们走一趟。"一个个头稍高点的人低声说道。

无数次经验告诉他,这不是邀请,是绑架!他刚要张嘴喊,就感觉后脑被什么东西重重地敲击了一下,接下来就什么也不知道了。

等他醒来时,发现已经不是在旅馆,而是在一间阴暗的小房间,房间里虽然亮着一盏灯,但由于瓦数低,显得很昏暗。他坐在一张椅子上,准确地说,他是被绑在这张椅子上,对面有三个人,一个坐着,两个站着。坐着的那个人,坐在一张桌子的后面,另外两个人站在他的身后,三个人都没穿军服,坐着的人穿的是一件中山装,上衣口袋里插着支钢笔,而站着的两个人穿的是白衬衣,袖子高高挽起。

原来,不明就里的舒静仁还在餐馆吃饭时,就已经引起了当地特务的注意。当时的西安是一座非常特殊的城市,自从延安的抗日主张和陕甘宁边区清新的民主气氛为全国人民所了解后,在全国刮起了一股北上风,成千上万的爱国进步青年,从全国各地,从四面八方,通过不同的渠道,跋山涉水,千里迢迢奔赴延安,西安就成了通往延安的门户和中转站。为防止内地青年奔赴延安,大量的特务暗探分布于古城的大街小巷,大肆抓捕爱国青年,阻止进步青年北上。舒静仁对西安的情况并不熟悉,以为到了西安就等于到了家门口,万事大吉了,放松了应有的警惕。他一副学生打扮,又操一口外地口音,刚到西安就已经被特务盯梢。在餐馆,在大街上,他又贸然地到处打听八路军办事处,其行为已将此行目的暴露无遗。

眼下他所在的这间屋子,正是特务的秘密审讯室,迎接他的将是严厉的审讯和五花八门的逼供刑具。

当审讯的序幕刚拉开时，他还低估了这次审讯，一来他不是第一次被审讯，以为都差不多，不过就是那么两下子，没什么可怕的；二来他认定对方只是怀疑自己，只要不说实话，凭他的三寸不烂之舌，谅他们也拿他没办法。

先是例行讯问，比如：叫什么名字，从哪里来，到哪里去，等等，都是常规性问话，他已经经历过好几次，早有思想准备，就用事先编好的一堆谎言应付，除了名字是真的，其他都是编的，他本来就擅长编故事，编一套谎言不算太难。

对于他编的这套谎言，对面坐着的那个人也没说什么，估计他也没听出什么破绽。此人身材矮小，眉心一颗黑痣，脸倒是白白净净的。

再往下就进入实质性问题了。

“你打听八路军办事处干什么？”那人问道。

这个问题让他心头一惊：他打听八路军办事处的事怎么会让他们知道了？难道他们都长了顺风耳？但是，眼下不是谈论他们怎么知道的时候，他必须要对这个棘手的问题做出合理的解答。是啊，没事打听八路军办事处干什么呢，于是，他迅速开动脑筋，想编出一个新故事来，这个故事既要能说明他与八路军没什么瓜葛，又能对打听办事处的事有个合理解释，而且还要自圆其说。

他编故事的能力的确很强，短短十多秒钟就编出来了。于是他就说，他有个亲戚在西安的一家饭馆里做厨师，他自己赋闲在家没事干，就想来找这个亲戚学烹饪，也好混口饭吃。可是到了西安一打听，他这个亲戚被雇到八路军办事处做饭去了，于是就到处打听，想去办事处找这个亲戚。

他编的这个故事虽不能说十分出色，却也马马虎虎说得过去。既然亲戚去了八路军办事处做饭，那他只有去那里找了，不然的话，他初来乍到，去哪儿落脚。

但是，他这回遇到的是受过专门训练的特务，他的故事编得再好、再圆满，也骗不过这些特务。他们已经在西安城里抓捕过无数个像他这样的人，都是年轻气盛，都是满怀一腔热血，莽莽撞撞地，从全国各地，甚至还有从海外长途跋涉而来，为的就是通过这里投奔延安，投向那片贫瘠的土地。

那个眉心有颗黑痣的矮个子已经对他失去了耐心，他不愿意再听他编造的故事，看样子不给这个莽撞的年轻人一点颜色看看，他就不知道天有多高，地有多厚。他朝后面站着的两人使了个眼色，那两人立刻心领神会，他们早就等得不耐烦了。

那两个人不喜欢听故事，却很喜欢用鞭子叫人说真话。当这两人拿着鞭子朝他走过来时，舒静仁已经意识到情况不妙，这一次的审讯的确与前几次不太一样，于是，他闭上了眼睛……

第一轮鞭刑结束，他的衣服被沾水的鞭子划开，露出了皮肉上的一道道血印。他咬着牙没叫喊，睁开眼睛，看到桌子后面的那人正朝他微笑，眉心的那颗黑痣几乎占据了他的整张脸，似乎正在欣赏他受刑的这副模样。

“你打听八路军办事处干什么?”他第二次问道。

为了维护原创故事的严肃性，他不再作新的解答。

第二轮鞭刑开始，他扛不住了，开始大声嚎叫。

鞭刑结束，还是同样的问题：

“这回该说真话了吧，打听八路军办事处干什么?”

“报，报告……厨师……”他连话都说不完整了。

到第三轮鞭刑结束时，他根本就说不出话了，也感觉不到痛，他昏迷过去了。

为了唤醒他的痛觉，兜头一桶冷水，把他从“天堂”拉回到地狱，他再次睁开了眼。刚才他做了个梦，梦见自己在无锡三里桥买方糕吃，那个方糕奇怪得很，每吃一口，身上就被抽一下，他不敢再吃了，醒过来才发现，没有方糕吃，只有鞭子抽。此时，他只有一个信念：什么也不能说，说了更完蛋！

对方开始换新花样，他们拿来一大瓶红水和一个漏斗，用绳子套住他的牙齿，上下扳开，就像兽医察看马的牙口。他的嘴里被放上了漏斗，“红水”从漏斗倒进去，一点也没浪费，全倒进了他的胃里。

舒老在回忆这段刑罚时说，灌辣椒水不比平常吃辣椒，那味道比鞭刑还难受，嗓子眼像是被火烧，连胃也被烧着了，“大火”从上烧到下，一直延烧到肛门……他整个人就像是急速膨胀起来的气球，所有连通外部的管道都在向外喷射体液，喷到后来，人就像成了个空壳子，五脏六腑都去了云霄天外，眼前晃动着的那颗黑痣也渐渐看不清了……

当他再次醒来时，发现已被挪动了地方。这是另外一个房间，环境并不陌生，门是铁门，窗是铁窗，地上除了一层薄薄的稻草，什么也没有。

他躺在稻草上，全身火烧火燎，比打断肋骨还要难受得多，口腔、嗓子和胃里还在燃烧着。不光体内在燃烧，表皮也在燃烧，被鞭子抽打的表皮也像火烧一样。

他就这么躺着，脑子里又开始胡思乱想，他想起了无忧无虑的童年，想起了无锡，想起了那条运河，想起了黄包车过拱桥。更多的是，他想到了善于经商的父亲,想到了贤良的母亲,还想到了大哥和小妹……余贵生这小子现在也不知怎么样了,他生死要留在山上,说不管是什么部队,只要是打鬼子的就行,他的武功也许会受到马大棒的赏识,说不定会成为他的得力干将。阎少泓这家伙滑头得很,一心想加入正规部队,想发挥自己的才干,也不知他能否与陈旅长这个粗人搞好关系,会不会被他重用。最可怜的是阿杏,如果被人拐卖,最好卖到个好人家,有个好归宿总比卖到青楼强。当然,他也想到了徐素琴,想到上海分别时她说的那些话。

舒静仁就像是个濒临死亡的人,这时往往会想起很多事,想起很多人,唯独没有想到自己。他想到的所有人里面,都要比他的处境好,他现在身处囹圄,性命在别人手里,如一介草木……

几天以后。牢门打开,进来了两个便衣,把他从地上架起来,拖着就往外走。他意识到自己的大限已到,奋力挣扎并高声抗议,说自己只是个普通学生,不过是来西安找亲戚,不能这样不分青红皂白……便衣对他的抗议根本不予理睬,把他拖到外面的一辆小车上,左右架着他的两只胳膊,车子就发动了。

车子沿着市区最热闹的一条街道开,一直开到一栋中式楼房前停下。车里面的舒静仁长舒一口气,看来情况并没有他想象的那么糟,他原以为要把他拉到郊外去枪毙。

只见此楼戒备森严,门口三步一岗,五步一哨,全都站着头戴钢盔、手持卡宾枪的警卫,与这栋漂亮的中式楼房形成很大反差。

车门打开,他被架了下来,其中一个架着他的人掏出证件,警卫看过后放行。两个便衣架着他穿过楼下大门,进入一个中式庭院,再穿过花园长廊,来到后面的一栋中式平房前,踏上石级,进到了中间的一个会客大厅。

侧门出来一个军人,与两个便衣交谈几句后,两个便衣离去。

这个军人架着眼镜,戴白手套,手上拿着一个公文夹,一副文职军官的模样。

“舒先生,你受惊了。”他说道。

他请舒静仁坐在沙发上,为他倒来一杯白开水,然后坐在他对面的沙发上,抽出一支烟,塞入长烟嘴,点上,抽了一口,喷出淡淡的烟雾。

舒静仁完全被弄糊涂了,他搞不清这是一出什么戏。

“你和徐素琴是什么关系?”军人问道。

舒静仁没想到他提起了徐素琴。

“我和她是同学。”他觉得这一点没必要隐瞒。

“还有呢?”

仅此而已,他只能说到这层关系了。

“除了同学关系以外,还有没有其他关系,比方说……”

军人在尽量引导着他的思维,而他却一脸茫然。

“其他关系?……”

他突然警觉起来,莫非是圈套?想从他这里打开缺口,然后顺藤摸瓜……不可能!他斩钉截铁地想道,无论如何都不能说出读书会的事来,那样的话,就会连累到徐素琴。

见他不开口,军人又换了个话题:

“好了,我们不说这些了。那么,她是否对你提起过她的伯父?”

“徐兆铭?”

“对,徐军长。”

“听说过。”

“你来西安是找徐军长还是找你那个厨师亲戚?”

“找亲戚。”

“他现在在哪儿?”

“听说在八路军办事处做厨师。”

“你对八路军了解多少?”

门外的一声汽车喇叭响打断了他们之间的谈话,一辆黑色小车停在门口,车座后门被卫兵打开,一个身穿黄呢戎装、身披黑氅的人从后座下来,他径直步入会客厅,脱下黑氅。军人快步上前,接过他的黑氅。

“刘副官,给重庆的那封电报拟好了没有?”他好像根本没有看见坐在沙发上的舒静仁。

“报告钧座,已经拟好了。”

被称作刘副官的人打开公文夹,拿出一份电文稿。徐军长接过电文,仔细看了看,拿出笔,在上面改了几个字,将电文重新交给刘副官。

“立刻发往重庆。”他命令道。

“是。”刘副官双脚并立,领命而去。

刘副官走后,徐军长脱下白手套,转过身来,看了一眼沙发上舒静仁。

“你就叫舒静仁?”

“报告长官,我是舒静仁。”他站起来答道。从刚才刘副官的嘴里,他知道站在面前的正是徐素琴的伯父徐兆铭。

“你和素琴是同学?”

“报告长官,是同学。”

“素琴说,你是来西安找工作的?”

“报告长官,是来找工作的。”

“我是个军人,只喜欢战场上硬碰硬较量,不喜欢背地里放冷枪,他们整天抓人,有抓对的,也有抓错的,只要不影响我军事方面的事,我是向来不过问的,这次看在我侄女的面上,出面保你一次。如果你说的是真话,年轻人,我奉劝你做一个安分守己之人,走正道,为国家,为民族,为党国效力,不要跟着别人瞎起哄;如果你说了假话,告诉你,从我这里出去,还有可能被抓,到那时,我就无能为力了,该怎么处置就怎么处置。”

原来,特务从他身上搜出了那张名片,不知他与这个徐军长是什么关系。当时,特务组织与军方时有摩擦,常常发生各种矛盾,军人都很讨厌特务,特务组织不受军队管辖,直接受命于特务头子戴笠,而戴笠又直接受命于老蒋。西安的特务有三大任务:第一项任务是暗地里监视八路军办事处,搞清楚他们跟什么人联系;第二项任务是阻止进步青年从这里北上,投入陕甘宁边区;第三大任务是监视原东北军的各级军官,防止效忠张学良的下级军官谋反。这三项任务中,第三项任务常与军方发生碰撞,甚至爆发冲突,老蒋既要顾此,又要顾彼,造成了双方矛盾的加剧。但以往都只是牵涉到下级军官,这次不同,牵涉到了徐军长,徐军长是老蒋倚重的黄埔系,是老蒋借以打天下的高级将领,特务们也不敢怠慢,立刻派人给徐军长捎话,问他是否认识这个舒静仁。

徐军长接到军统方面捎来的话后,想起一个月前曾接到上海侄女素琴的一封来信,说她有个同学叫舒静仁,近期可能到达西安,请他给予关照。徐军长膝下无女,过去曾想把素琴过继来做女儿,素琴自小聪慧过人,他很喜欢,说她将来定有大出息,哪知弟弟将素琴视若掌上明珠,哪里舍得,此事只得作罢。现在,素琴已长大成人,作为军人,他常年在外征战,已有好几年没见到这个侄女了,忽然收到她的来信,说有个同学来西安,凭直觉,感觉这个同学与她关系非同一般,不然怎会特为此事写信来。便打电话给素琴,在他的一再追问下,她终于承认与他有恋情,希望伯父给予关照。这是素琴第一次有求于他,他当然不便拒绝,既然是素琴的恋人,能帮的自然要帮帮,于是说现在还没有这个人的消息,如果有了消息,在不违背国法军纪的情况下,会尽力给予关照。

徐军长军务繁忙,但一直把侄女的事放在心上,现在果然得到了消息,刘副官向他报告说,军统西安站派人来说,最近他们抓到一个年轻人,从其身上搜到了徐军长的名片,特来核实,问徐军长是否认识这个年轻人。一听到舒静仁这个名字,徐军长立刻想起素琴托付之事,但对这个人也不知底细,不知他到底犯了什么事,于是派刘副官前去做进一步了解。刘副官来到军统西安站,得知此人一到西安便四处打听八路军办事处,说是要找里面一个做厨师的亲戚,特务对他的话很怀疑,但也仅仅是怀疑而已,拿不出什么其他证据。刘副官回来将了解到的情况向徐军长作了如实汇报,徐军长本来就对特务们的做法很反感,他们经常不分青红皂白地乱抓人,10个人里面有一半是冤枉的。当即要刘副官再跑一趟,以徐军长的名义将他担保出来,带到他的官邸,他要亲眼看看这个年轻人。于是,就有了前面的一幕。

接下来的交谈里,看来徐军长对这个年轻人颇有好感,只见他一表人才,人又长得斯文,而且谈吐不凡,就觉得侄女的眼力不差,便有意试探他是否愿意留在他的部队里,将来也好有个发达的机会。面对徐军长的一番好意,舒静仁婉言谢绝,说自己不过是一介书生,不想当兵打仗,只想养家糊口。既然如此,徐军长也不便勉强,便告诉他,别再去找那个八路军办事处里的什么厨师亲戚了,那地方他是进不去的,门口都有特务。舒静仁就说,不去找亲戚也罢,但既然来了,就自己试着去找找其他工作,实在不行就回无锡或上海去。

在徐军长的官邸,舒静仁前后住了3天,其间,用徐军长的军用电话和远在上海的徐素琴通过一次话,大致描述了一路情形,由于徐军长在身边,不便多谈,说到被抓的事也只是轻描淡写的一带而过。

几天后,他的伤也恢复得差不多了,便向徐军长告辞,离开了他的官邸。

第 25 章　巧入七贤庄

八路军驻西安办事处位于七贤庄。七贤庄曾是前清的满人聚集区,辛亥革命后,因当地人痛恨满人,将其夷为平地。后来,这块地皮被几个有钱人买下,陆续建起了 10 个相对独立的院落,结成一个院落群。七贤庄地名的由来,据说是源于魏晋竹林七贤的典故,这种说法比较普遍,另有一种说法是,当时七贤庄位于六合新村,六村分别叫"一德庄""二华庄""三秦庄""四皓庄""五福庄""六谷庄",新建庄院以七字打头也是顺理成章的事。早在 1936 年初,红军便在此设立秘密交通站,作为来西安办事的落脚点。"西安事变"和平解决后,第二次"国共合作"形成,为便于国共两党商讨共同抗日事宜,在此设立合法机构——"红军驻西安联络处",1937 年抗战全面爆发,同年 9 月,联络处更名为"国民革命军第八路军驻陕办事处"。

一连几天,舒静仁装扮成当地人模样,蹲在办事处附近观察,他吸取前车之鉴,不敢贸然行事,他这次一定要做到十拿九稳。

远远看去的办事处正门,白墙青瓦,红漆门窗,古朴典雅。但此时的他,并不是来欣赏房子美观的,他把观察的眼光扩大至大门两侧及四周,专门注意那些形迹可疑的人。通过观察,还真有了发现,门前及周围看似平静,其实暗藏玄机,比如拉车的车夫,靠在车把上,并不拉客,两眼却只注意进出大门的人,看见有人出来,拉着空车就跟在后面。周围小摊小贩什么的,也不专心做买卖,两只眼睛瞅着过往行人。他判断,这些人很可能都是特务或暗探。再观察出入大门的人,也有特别的地方,他发现出入大门的人,绝少徒步或单个进出的,大多是车辆进出,如果徒步,也都是穿八路军制服的人,且多人结伴而行,同出同进。他还特别观察到,有辆卡车进出很有规律,一般都是每天上午 9 点钟的时候出去,大概两小时后再开回来,时间很准时。车厢搭着篷布,看不见里面装了什么,但可以看见驾驶室,里面除了司机,还坐着个五十多岁的人,两人都是一身灰布军装,与出入大门的其他人无异。

有了这个发现后,他打定了这辆车的主意。

这天,他把带来的行李进行了清理,把没必要留着的东西都扔了,比如被子、皮箱什么的，必须带走的东西全都用一块布包起来，四角打结，背在身上。轻装上阵的他，背着布包再次来到七贤庄，躲在远离大门的一条路上，这条路是这辆车的必经之路，是他反复观察后发现的，当卡车开过来时，他立即叫上一辆黄包车尾随其后。

卡车在城东一个集市外停下，驾驶室车门打开，那个50多岁的人从车上下来。他的下巴上长满了浓密的胡须，腰间系着皮带，与别人不同的是，他的皮带上别着一支铜头竹节烟杆，下面吊着个烟袋，走动时，烟袋左右晃动。他进到集市便四下里察看，看中某家的蔬菜便停下来与菜农谈价，随后叫菜农将成筐的蔬菜往车上搬。

经过一番细心观察，舒静仁判断此人是办事处里的采购员，负责办事处食堂的食物采购。于是，他佯装买菜，渐渐地挪到他跟前。对方刚付过一筐苦瓜的钱，正要菜农往车上搬的时候，舒静仁突然冲上前，抓起筐里的两条苦瓜就跑。

见有人偷菜，采购员大喊着“抓贼”追了上去，在集市门外，舒静仁很容易就被对方抓住。对方揪住他衣领，他也没挣扎，承认自己的“盗窃”行为，并把刚才“偷”来的苦瓜还给了他，同时附在他耳边说：“别误会，我不是真偷你的菜，我只是想去八路军办事处，你能不能帮我？”对方接过苦瓜，听了他刚才讲的话，先是愣了一下，再仔细来看他，只见这个戴眼镜的“贼”细皮嫩肉的，一副书生相，心里就明白了七八分，也对他压低了声音说：“你也别误会。”说着就把他的双手向后扭去，嘴里依然喊着“抓小偷”，把他扭到卡车边，交给司机看守，自己回去接着买菜。

采购员采购完蔬菜，回到车边，把“小偷”押上搭了篷子的车厢，让他蹲在一只空柳条筐里，再用另一只空筐子扣在他头上，又在他周围放了几筐装满蔬菜的筐子，然后下车，把车厢后的篷布帘放下。

卡车发动了，舒静仁用这种特殊的方式进入了八路军驻西安办事处。

在办事处，舒静仁接受了严格的政审。

首先填写了一大堆表格，在个人简历一栏里，他把在上海参加读书会的经历写了进去。这段经历，他在别处都隐瞒着，唯恐别人知道，而在这里，他唯恐办事处的人不知道，写得十分详细，只觉得栏目的格子太小。证明人一栏，他毫不犹豫地填上了“徐素琴”三个字。最难的是写“动机”，问他来这里的动机是什么，他考虑了很久，他虽然是带着明确动机来的，但要用文字表述还是有点难，太长了又怕格子装不下。他考虑再三，用最精练的语言，在这一栏里写了一段打油诗，借此表述自己的动机。这段打油诗是："国破家安在，救家先救国，陕北红星照，神州有希望。千里迢迢来，参加八路军，保家打豺狼，还我好河山。"

表格交上去后，舒静仁开始等待组织的审查。这期间，他住在办事处七号院内的招待所里，同住一起的还有很多来自各地的进步青年，男男女女的有几十个。因为是来自天南海北的，所以操着各地的方言，但由于有着共同的追求和动机，大家在一起相处还是很融洽，彼此交流着各自的经历，以及一路走来的艰辛。

在办事处前后逗留了近半个月时间，其间有三件事令他记忆深刻。

第一件事是看演出。

那天，当地的抗日救亡团体在办事处内举办一场演出，办事处的工作人员和各地来的进步青年都去观看，演出就在三号院中间的空地上进行，演出的剧目有《亡国恨》《小放牛》《塞北黄昏》等。这些剧目都是反映农民生活，描写底层民众的情感，令他们这些来自城市的青年耳目一新。但是中间发生了一个小插曲，使这场演出变成了一堂生动的思想教育课。

最后一个节目是《塞北黄昏》，剧中的女主角是陕西米脂人，长得十分漂亮，中国自古就有"米脂婆姨绥德汉"的说法，米脂盛产美女，她长得漂亮也就顺理成章。问题是，演出结束时，一个戴金丝边眼镜的男青年，从观众席冲到场地中央，单膝跪地，抓住女演员的手，来了一个很浪漫的吻手礼。顿时全场哗然，那个米脂的女演员羞红了脸，匆匆跑下台去。

演出结束后，办事处的有关领导立即召集住在招待所的所有青年开会，对他们从内地城市带来的小资产阶级思想与情调进行了严肃批评，说你们是来投奔革命的，不是来谈情说爱的，不能把资产阶级的那一套带到革命队伍里来。现在的形势是大敌当前，抗日要摆在第一位，一切为了抗战胜利。所有参加会议的青年都受到了一次心灵上的洗礼，思想上受到了极大的震撼。直到那个曾单膝跪地的男青年站起来，对自己灵魂深处的小资产阶级思想进行深入剖析，表示从今以后，一定要洗心革面重新做人，会议才结束。

第二件事说来也好笑，是一场误会，但这场误会险些断送了他此行的终极目标。

八号院有一个房间平时总是戒备森严，门口有人站岗，门上贴了"闲人不得入内"的纸条，天性好奇的他总想知道这个房间到底是干什么的，有事没事的总爱去那里探头探脑。这天，上完政治课，他又来到八号院，躲在侧墙探头察看，见有人进进出出的，屋子里面还传来滴滴答答声。正看得起劲时，有两个八路军战士来到他身边，把他带到了一间办公室，里面坐着一个干部模样的人。

谈话有点类似审讯，跟他之前遇到的审讯开头差不多：叫什么名字，哪里人，从哪里来，到哪里去，为什么到这来，动机是什么，等等。他没说一句假话，全都如实回答。

接下来是实质性问题：到八号院探头探脑的看什么，想干什么，有什么目的，舒静仁也都作了如实回答，说他只是觉得那间房子很神秘，想看看里面有什么东西，是干什么的，仅此而已，没什么目的，也没什么动机。

他的回答，对方显然不是很满意，谈话结束，他被送了回去，此后的几天里，他身边多了一个随时跟着他的八路军战士。

事后他才得知，原来那间房子是大院里最为机密的地方——收发报室，是直接和延安保持联系的机要地。他的窥探行为引起了警卫的警觉，当即把他的情况向有关领导汇报，因而他被请到了办公室，让他做出解释。因为这件事，组织上对他进行了更为严格的政审，也因此影响到了他的"赴边"批次，本来他可以随第一批"赴边"人员走的，结果直到他的政审通过，才勉强排到了第二批。

最有意思的是第三件事，他在办事处与别人相互攻讦，造成很坏的影响。

那天，吃过晚饭的他像往常一样，四下里走走看看，不知不觉走到四号院，来到了一面墙下，这面墙上有个"学习园地"，占据了大半个墙面。这个栏目本是办事处的工作人员用来张贴学习心得体会的，内地来的进步青年也会在上面张贴一些所见所感，抒发对边区向往之类的文章。舒静仁看了，大受启发，他爱好写诗，就把自己的一首诗也贴了上去，这首诗就是在竹山县被陈旅长派来的士兵搜去的那首诗，小心眼的陈旅长以此为由把他关了起来，险些给他带来杀身之祸。这首诗无论在沦陷区还是国统区都会给他带来麻烦，现在到了八路军办事处，他觉得可以堂而皇之地拿出来给大家看，因为这首诗不仅可以表达他的思想，还能展示他的才华。

现在，当他重新站在这面墙下的时候，眼睛就不由自主地投向了自己的那首诗。平常往这上面贴东西的人不少，但真正站在这儿认真看的人并不多，人们总是从这面墙下匆匆走过，去忙各自的事，很少有人驻足，舒静仁是个例外。

正当他沉浸在自我欣赏中时，一行刺眼的字忽然跳进了他的眼帘，在这首诗歌下面的空白处，有人在上面用红笔写了一行字，就像老师给学生作文写评语一样，这段评语是："水平一般，言之空洞，毫无新意。"后面还有个大大的惊叹号。立刻，他感觉到一股无名火从脚下腾起，直冲向脑门，此人如此狂妄！竟然对他的诗作妄加评论，指手画脚！这是何人所为？

只几秒钟，他便做出了判断：只有他，除此之外再无他人！

此人便是杜向群。

做出此判断并非毫无根据。刚到办事处之初，舒静仁便认识了这个杜向群，他也是从内地来的进步青年，老家福建，家境富裕，可谓书香门第，也是大学生，也爱写诗，两个有相同爱好的人很容易就凑到了一起。舒静仁把自己的诗拿给他看，很客气地请他"匡正"，哪知这个杜向群本来就是个自恃清高的人，常以高人自居，动辄对别人下"指导棋"，他拿到舒静仁的诗，还没看完就开始挑刺，把他的诗说得一塌糊涂。在舒静仁看来，他简直就是鸡蛋里挑骨头。舒静仁也看过他写的几首诗，其实写得也不怎么样，刚开始碍于情面，赞扬了几句，心里面却是实在不敢恭维，甚至嗤之以鼻。杜向群倒好，一句客气话也没有。有来无往非礼也，舒静仁也就毫不客气，也来挑他诗里的毛病。就这样，两人哪里像是在讨论优雅的诗歌，简直就成了相互攻讦，常常闹得不可开交。

这样的关系自然维持不下去，两人的关系很快便画上了句号。

也许是文人相轻，也许是个性使然，在旁人看来，两个爱好写诗的人走不到一块儿也是挺遗憾的。本来，就算是学术之争引发隔阂，那也是常有的事，事情到此为止也就罢了，今后各写各的诗，各走各的路。可是这个杜向群并不善罢甘休，又把两人之间的口头上的争论搬到了大庭广众之下，竟然在"学习园地"这个公开的栏目上，对别人的诗歌大加诋毁，用辛辣的言辞来贬低人家，这让舒静仁大为恼火，怒发冲冠！

既然有人无理在前，他当即决定还以颜色，以牙还牙。他掏出钢笔，在杜向群张贴在"学习园地"的一首诗的后面写下了一段评语："学步之作——幼稚！"写完之后，觉得意犹未尽，又提笔在后面补写了一句："头重脚轻根底浅，嘴尖皮厚腹中空！"这句话原本是形容芦苇和竹笋的，此时用来形容杜向群再合适不过，不仅蔑视了他的学识，还与他的外形特征很相符，因为他长得瘦瘦长长，走起路来头重脚轻，而且他还长得尖嘴猴腮，脸上只有皮没有肉。

第二天，当舒静仁再次来到这面墙下，发现自己的诗后面又多了一条评语，用词比上次的更恶毒，这句话是：春蚕丝尽始作茧，江郎才尽始骂人。舒静仁一眼就看出，这个杜向群也不是个吃素的，这句话是暗讽他生命和才气都到了尽头。

就这样，两人你一句我一句地往上面写评语，到这个时候，两人之间的学术论战已完全变了性质，变成了人身攻击，甚至是赤裸裸的谩骂了。其他青年也都嗅到了墙上的硝烟味，一时间，此事成为大家饭后的笑谈。风声传到了办事处领导的耳朵里，有领导去看过他们在墙上的涂鸦，嗅出了深层次的问题，决定干预。

这天，一名办事处的干部把他们俩叫到办公室。两个人都还没从怨恨对方的情绪中拔出来，所以都不正眼看对方，不是看天就是看地。这名干部背着两只手来回踱步，思索着，踱了一阵子，在他们身边停下，正色道：

“你们两个都是从内地来的进步青年，千里迢迢来到这里，来干什么？来吵架？来谈论诗歌？都不对！你们是来抗日的，是来投奔革命队伍的，对不对？我们的很多同志都在战场上和敌人浴血奋战，流血牺牲，每天都有人倒下，可是看看你们，一到这里来就谈论诗歌，谈论那些花花草草的东西，自以为很高尚，实际上呢？看看你们干的事，相互攻击，甚至是谩骂，私下骂还嫌不够，还骂到‘学习园地’上去，把这块园地搞得乌烟瘴气！你们难道不羞愧？”这位办事处干部顿了顿，又接着说，“我不是不让你们写诗，但诗歌不能当饭吃，也不能当子弹打敌人，当前你们最需要的是谦虚地向广大的工人、农民学习，提高思想觉悟，振奋精神，用革命的思想武装自己，团结一心，同仇敌忾，把日本鬼子从中国赶出去！”

办事处干部摆事实、讲道理，说了很多。舒静仁觉得他说的都没错，但这件事并没他说的那么严重，与自己的目标并无关系。更重要的是，办事处干部没有分清是非，这场争端是谁挑起的，又该谁负主要责任，这些都没讲清楚，有点和稀泥、各打五十大板的做法。他心里虽有不服，嘴里却没明说，毕竟自己也有小错，不该卷入这场与杜向群的小人之争中，不应该和他一般见识。想到这，为了表示自己的高姿态，他率先表了个态，表示今后会加强学习，努力提高思想觉悟。

既然舒静仁已经表态了，办事处干部把目光转向杜向群，要他也表个态。杜向群极不情愿，把头撇向一边，既不看办事处干部，也不看舒静仁，虽然是言不由衷地表了态，但看得出，他完全是敷衍。

见他们俩都表了态，办事处干部露出笑容，说了一段总结性的话，意思是要他们今后搞好团结。

这场“学术之争”或说是骂战算是平息了，但在两人心里都投下了阴影，埋下了祸根，以致在后来的交往中，两人又爆发了更为激烈的冲突，此为后话。

第 26 章　向北进发

终于等来了第二批“赴边”人员启程的日子。

那天，组织上通知他，他表格里填写的履历，已通过上海地下党得到核实，也就是说他已通过了最为严格的政审程序，即将跟随第二批赴陕甘宁边区的人员出发，前往陕西北部的保安县（今志丹县），时间定在第二天上午 9 点钟。

接到通知，舒静仁异常兴奋，看来，那次“偷窥”事件并没给他造成太大影响。

上午 8 点钟，第二批赴边人员带着行李，在一号院集合，清点人数后，进行了临行前的动员讲话，告诉大家一路上的注意事项，特别强调了八路军的纪律，要大家从今天开始就要像个八路军，做到对老百姓秋毫无犯。

动员讲话完毕，大家依次上了一辆卡车。舒静仁发现，这辆卡车正是他那次他“偷菜”被发现后乘的卡车。这辆车依然搭着厚厚的篷布，进去以后，有人把后车帘子放下来，车厢里顿时黑咕隆咚的。坐在车上，舒静仁联想起半个月前躲在办事处附近观察的事，这辆车每天上午 9 点出来，2 个小时后再返回。把他们的出发时间定在 9 点钟，并由这辆车来执行运送任务，可以麻痹大门口的特务，这不能不说是办事处人员的高明之举。

9 点钟，卡车准时开出办事处大门，意味着舒静仁从此踏上了前往陕甘宁边区的路，这一刻令他激动万分。卡车出大门后，沿着每天采购买菜的路线朝前开，不同往常的是，到了集市后，卡车没有停下来，而是继续向前开，一直开出了古城北门，来到窑屯镇。卡车在窑屯镇的一个路口停下，车上的人全部下来，经过一番整顿后，开始徒步朝北行走。

据舒老回忆，他们这行人共有男女青年 13 人，其中男的 8 人，女的 5 人，都是来自各地的学生，如果把领队和当地的一名向导算进去，应该就是 15 人，队伍在老夏的带领下向保安进发。

老夏是上面派来的领队，负责把他们领到目的地。其实他不过三十出头的样子，因为讲话总是哼哼哈哈的，动不动就“这个嘛——”，一副老态龙钟的样子，所以大家都管他叫老夏。他的军衔应该是个排长，只是从衣服上看不出来，他穿了一套没有任何标记的灰布军服，脖子上系条白毛巾，打着绑腿，背着一个小小的灰布棉被。与在办事处看到的其他八路军一样，他头上的那顶帽子上有两粒黑扣子，和一个青天白日徽章。休息的时候，他常常把帽子摘下来扇凉，偶尔会看着上面的徽章发呆，自言自语："这个嘛——要不是看在共同抗日的份上，我才不会戴它哟——"据说他是个"老红军"，江西宁冈人，十几岁就参加红军，参加过二万五千里长征，他是从于都出发的，这支红军队伍当时叫"中央红军"。他与老蒋的部队打了十几年仗，现在国共合作也有四五年了，还没彻底转过弯来。

老夏喜欢抽烟，每次坐下来休息就抽烟，抽烟就咳嗽，到了晚上不抽烟也咳嗽，不停地"咔哧咔哧"，睡在他身边的人都嫌他吵。

他们这些学生，穿的衣服都是五花八门，拿的行李也是五花八门，但有一样东西是统一的，那就是薄薄的灰布棉被，那是在离开办事处之前，上面统一发的。还在出发之前，老夏就让所有人将领到的灰布军被按他的要求叠成豆腐状，然后用灰布绑带交叉捆绑，要弄得有棱有角，像他的被子一样。他喜欢说话，热情开朗，还在车上时就给这些年轻人讲述边区的故事，也讲他自己的故事。

陕甘宁抗日根据地是由原苏区根据地沿革而来，西安事变后，陕甘宁苏区改为陕甘宁特区，抗战全面爆发后，正式更名为陕甘宁边区。舒老说，陕甘宁是很大的区域，北起长城线上的陕北府谷、横山，南抵关中淳化、旬邑，东濒黄河，与山西隔水相望，西临宁夏豫望、甘肃固原，面积约13万平方公里。

从西安到保安的路程约有三百多公里，按计划要分成几个路段来走，中途有几个停留地。第一站是到淳化西北部的胡家铺，八十多公里，最短也要两天时间走完。因为这段路仍在国统区的区域内，行走的时候必须绕开城镇，拣偏僻的小路走，所以实际走的路可能比预计的还要长。老夏说，不管怎么样，必须赶在第二天傍晚到达胡家铺。

刚出西安城不久，他们就遇到了第一次险情。翻过一道山梁时，老夏突然让大家就地隐蔽，大家还没意识到发生了什么，就听到了一阵由远而近的马蹄声，只见远处扬起了尘土，一小股骑兵部队沿着山脊小路疾驰而来，擦着他们身边飞驰而去，好在大家已隐蔽，没被发现。骑兵过去后，大家从躲藏的地方出来围着老夏，纷纷议论刚才很危险，如果被发现，很有可能被抓回去。老夏说，其实也没那么危险，一般情况下，能避开就避开，实在避不开，就算被对方发现，也不会怎么样。他说驻扎在这里的都是东北军，虽然他们过去和红军打过仗，但总体来说,现在两边的关系还算不错,最讨厌的是军统特务,他们不但监视八路军,还监视东北军。

如此说来,大家也就不再那么担忧了。

出西安古城,遇到的第一大河流是渭河。渭河是黄河最大的支流,因流经黄土高原时携带了大量泥沙,河水的颜色和黄河已经没什么两样了。由于他们选择的路线都避开了城镇,在偏僻的地方都没有桥梁,过渭河只能靠摆渡。渡口在一块相对平坦的地方,周围都是数十丈高的黄土岗。他们来到渡口的时候,渡船刚过到河对岸,要等下一渡。

等待之时,见远处山梁上下来一路穿土黄色军服的士兵,有七八个人的样子,一看就是东北军士兵。因为都彼此看到了对方,又有老夏刚才说的话,大家也就没惊慌失措地躲藏,而是围在老夏身边,看着那些士兵。

只见那几个士兵操着东北腔,一路嬉闹着来到河边,脱去衣裤,赤条条的下到河里,原来是来洗澡的。见此状,几个女的都羞红了脸,纷纷转过头去。河里洗澡的人明明看见岸上有女的,不但不收敛躲避,反倒是从水里故意露出大半个身子,露出下面黑乎乎、硬邦邦的东西,不停朝岸上怪腔怪调地叫喊,还吹起了口哨,以此来吸引女生的注意。男生们都看得笑嘻嘻,老夏却骂他们调戏妇女,说:“要是在老子的部队里,早把他们几个拉出去枪毙了。”

过了渭河,满眼所见的是一望无际的青纱帐,绿色主宰了整个原野。农历六月正是春作高粱抽穗时节,高粱已经长得超过一人高了,微风吹拂下,波浪般起伏。这里就是被称为关中平原的渭河流域平原,先祖轩辕黄帝曾在这里创造了灿烂的华夏文明,并由此辐射了整个中原大地。

学生们都是来自内地城市的青年,没到过西北,更没见过青纱帐,所以,当他们看见青纱帐,免不了大惊小怪,不顾老夏的明令禁止,哗啦一下全散开来,都钻进了青纱帐,瞬间就不见了人影。老夏气得没办法,他指挥过一个排的兵,几十号人,没有一个不听他的,可对付这些学生他却没辙了。

等他们在青纱帐里折腾够了,从里面出来时,才发现老夏真生气了,这是他第一次生气。只看他站在路边,一只手叉着腰,一只手拿着毛巾使劲扇,瞪着鼓胀的眼睛,好半天才气汹汹地说:“你看看你们,你们都干了些什么?你们也太无组织无纪律了,要是在我的排里,我早把你们关禁闭了!你们现在已经算是八路军了,这个样子怎么行?都不听指挥,想干什么就干什么还叫什么八路?再有,你们在高粱地里打滚,只顾自己玩得快活,把庄稼都糟蹋了,这不是搞坏了军民关系么?”

老夏说得在理，学生们千里迢迢投奔八路军，就是因为八路军纪律严明，不拿群众一针一线，现在他们这样不听指挥，还毁坏庄稼，不比拿群众针线要严重得多吗？

听了老夏的批评，大家都灰溜溜的不敢吱声。舒静仁更是很惭愧，他想：是啊，自己曾亲眼看见其他军队的种种劣行，日本人的军队就不用说了，在竹山，他亲眼见过白吃白拿、横着走道的国民党军伤兵，在安康遇到好客的老乡葛连长，请客吃饭却不付钱，当时他也看不惯。现在经老夏一顿训斥，幡然醒悟，自己这样做，跟那些兵又有什么两样？说明自己还没有和农民群众想到一起。

老夏训完话，把队伍重新整顿，精神面貌果然焕然一新，不再有人钻青纱帐，也不再有人擅自离队，大家重新走上了通往边区的路。

六月天，西北的艳阳当头，比其他地方的太阳更显炙热，没走多久，大家都气喘吁吁，一身臭汗了。

或许老夏有点操之过急，他总爱用八路军的标准来严格要求这帮学生，而这帮学生来自城里，散漫惯了，短时间很难做到有组织、有纪律，所以一路上闹出了不少笑话。比如说，老夏要求大家一个跟着一个，别稀稀拉拉的，更不能掉队。还要求大家背好背包，要像军人一样，不要扛着或挎在胳膊上。刚开始大家都能按他的要求做，队伍也比较整齐，背包也背得有点军人模样，可没走几里地，队形就乱了，背包的姿势也乱了，特别是那几个女的，累得不行，拖拖拉拉的全都落在了后面，身上的背包，各种拿法的都有。有个从东北来的女生，姓黄，叫黄钰莹，她居然把背包顶在头上，像个朝鲜的阿妈妮。老夏鼻子都气歪了，鼓着眼睛，解下脖子上的毛巾不停擦汗，他一生气就冒汗。

不过，老夏还有一招，那就是唱歌。这一招在他过去的军旅生涯里屡屡奏效，部队长途行军时常常采用这个办法，走累了或走不动时就唱歌，唱起歌来就有劲，歌词里讲的都是美好的事，都是大家最盼望的东西，一想到那些最美好的东西，就能激发出人的超常斗志。就像农村里的驴拉磨，在驴的身上绑根竹竿，竹竿上面吊着驴最爱吃的东西，那东西就在驴的眼前晃悠，为了吃到好吃的东西，驴就拉着磨盘不停地往前走，可是它走竹竿也在走，总也吃不到。

老夏要大家唱的是《解放区的天》，他先发了个音，然后说："预备——唱！"结果只有他一个人唱，齐唱变成了独唱，因为大家都不会唱。大家不仅不会唱，还一个劲地笑老夏，因为他唱歌跑调，又带有家乡口音，比如第一句歌词是"解放区的天是明朗的天，解放区的人民好喜欢"，他却唱成了"改放区的天系明亮的天，改放区的能民好稀凡”，大家笑得前俯后仰。老夏还不知道是怎么回事，他不认为自己唱错了，还以为身上有什么不对劲，使劲朝自己的身上看，大家笑得更厉害了。

黄钰莹笑得连话都说不完整，她指着老夏说：“你……你怎么……把营民……把营民唱成了能民……哈哈……”谁知她的话音刚落，立刻招来大家一顿更猛烈的爆笑，她虽然指出了老夏的错，可她自己也有错。

有个北平来的男生也很搞笑，他指着黄钰莹说：“你这样的人要是到了部队，总有一天要被枪毙，如果你发现了一个敌人，结果回来报告说发现了一个营的敌人，不是谎报军情么？”

这个北平来的学生叫胡朝平，戴着一副深度近视眼镜，说话前总爱把鼻梁上的眼镜往上推推，把脸往下拉拉，说话时一本正经的。

那个当地向导，是个四五十岁的中年人，一脸憨厚相，看起来比实际年龄大许多，脸上的皱褶就像西北高原的沟壑。他见学生们笑，他也笑，学生们南腔北调，说的什么也不知他有没有听懂。

不过，大家这样笑笑也好，疲劳被一扫而光，大家因此也发现了一个很好的解乏办法，就是不断地怂恿老夏唱歌，他每唱一首歌都把大家逗得笑翻。

第二天，快要日落的时候，他们一行人到达了胡家铺。两天的时间里，他们途经泾阳、淳化，渡过渭河、泾河，绕过北仲、嵯峨两座大山，终于到达了陕甘宁边区的南大门。

快要进入胡家铺时，老夏再一次进行了整顿，让大家排好队，先是告诉大家说，马上就要进入边区了，到边区就等于到家了，一定要有好的精神风貌。他要求大家一定要唱着《解放区的天》这首歌进入边区，不能再是他独唱了，大家不会唱不要紧，他可以教大家，保证把大家教会。

老夏教了好多遍才把大家教会，这次大家都不敢再笑，都严肃认真地跟着老夏学，包括他的发音也一字不落地学会了。

一路上，他们挺胸昂首，迈着整齐的步伐，唱着老夏教的那首歌：

改(解)放区的天系(是)明亮的天，

改(解)放区的能(人)民好稀凡(喜欢)……

第 27 章　夜宿胡家铺

胡家铺是个小集镇，位于淳化西北面，是陕甘宁边区行政管辖区的最南端，从这里开始，他们就进入了边区这块神秘的土地。

自从踏上这片土地，大家的感受不一样了。从这里开始，他们踏上了黄土高原，踏上了世界上最大的黄土沉积区。从这里开始，没有了渭河流域那广袤的一马平川，没有了一望无际的青纱帐，更没有了满眼的绿色。放眼望去，苍穹之下，一样的天空，不一样的土地，满目所见，都是黄色的泥土，山不长树，地不长草，千百年来，这块被造物主遗忘的土地，显现出一副未老先衰的苍老面孔。

由于没有绿色植物覆盖，这里的山像是被剥去了皮，又由于土质疏松，导致水土流失严重，到处沟壑纵横，这里的山又像是被撕去了肉，露出嶙峋的筋骨。到处是荒芜的土地，偶尔见到的一点绿，那是分布于山谷间、山脊上的小片庄稼，被纵横的沟壑分割得七零八散。因为缺水，庄稼的长势并不是很好，生活在这里的人们，一年的收成全指望老天。

但是，感受不同的并非只是这些，这里的土地虽贫瘠，环境虽恶劣，人们的精神面貌、社会风气，特别是军民关系，却与沦陷区或国统区有着天壤之别。走进这片土地，每人都能感受到一股全新的空气扑面而来，道路两旁的村舍、附近的土岩，到处可见用白石灰书写的醒目标语，“打倒日本帝国主义！”“把日本鬼子从中国赶出去！”“全民抗战，持久抗战！”，每条标语都让人看了热血沸腾。

庄稼地头，除了看见有头扎羊角巾，面含笑容的农民在劳作外，还看见像老夏一样身穿灰布军装的八路军战士忙碌的身影，他们背着长枪，挽着袖子，再热也不脱下军帽，再忙也不放下背着的枪。

这段路，舒静仁每走一步，都会勾起无限遐想，他在思索，是什么造就了这一切？是什么力量支撑了人们的乐观情绪？历史为什么选择这块土地来决定中国的命运？他想起了在读书会里，大家对中国的命运侃侃而谈，对未来充满了希望，他正是为实践这些理想而来，和很多来自内地城市的青年一样，到这片贫瘠的土地上探求救国救民的真理。

关于这一路的行走计划，还在西安出发前，办事处的领导就做出了缜密部署，充分考虑到这批青年的实际情况，把计划做得比较保守。出发后在路上，老夏一路批评他们说："要是你们去打仗，非得全死光。"老夏的话并非危言耸听，这是他无数次战斗中总结出来的经验。部队行军打仗，速度很重要，快一步与慢一步，往往是生与死的阴阳两隔。老夏说，红军时期，有一次，他们部队为抢占一座桥梁，急行军几十里，只用了一个小时，硬是赶在敌人汽车到达前占领了那座桥，因而占得先机，如果晚 10 分钟，形势就会大逆转，后果不堪设想。

他们大约是在下午四点多钟的时候到达胡家铺，原计划天黑前赶到胡家铺，然后在胡家铺小住一夜，第二天天亮继续赶路。由于老夏一路上的大力整顿有方，结果提前了几个小时到达。于是，老夏改变计划，决定不住胡家铺，而是赶到前方 20 余里开外的西沟村借宿。对于这个临时改变，老夏解释说，一是前面几天有体力，尽可能多走些路，后面没体力了，就可以少走些路；二是"将在外军令有所不受"，计划也可以根据实际情况变化，打仗也是如此。

还在胡家铺镇外时，老夏就要求大家打起精神，要大家迈着整齐的步伐穿过镇中那条土路，以显示八路军的威武风貌。胡家铺是他们进入边区遇到的第一个镇，这里的百姓对八路军都很熟悉和爱戴。

在老夏的带领下，队伍翻过一道山梁，已经很清晰地看见胡家铺的全貌了。走下山梁，他们穿过一片低矮的坡地，坡地上遍布沙蒿、苜蓿，这些植物耐干旱，是陕北常见的植物，向导介绍说，它们的根系很发达，可钻到一米多深的地下吸取水分。

再往前，有棵高大的榆树矗立在土坎上，榆树是干旱地区常见乔木之一，有意思的是它的种子，当地人叫它榆钱，因其外形圆薄如钱币，故而得名。向导说，榆钱可以吃，每年开春，刚长出的榆钱一串串地缀满枝头，人们会趁鲜嫩采摘下来，做成各种美味佳肴，而且，又由于它是"余钱"的谐音，当地就有吃了榆钱有"余钱"的说法。关于它的吃法，向导说，既可生食，也可熟食。生食是将刚采下来的榆钱洗净，喜欢甜食的可加入白糖，味道鲜嫩脆甜。喜欢咸食的，则可放入盐、酱油、香醋、辣椒油、葱花、芫荽等作料。无论是甜还是咸，都别具风味。若熟食的话，常用的办法是煮粥吃，用小米煮粥，然后加入榆钱，再加葱花，煮出来的粥滑润喷香。

眼下这棵榆树已过采摘期，树上虽然还挂着榆钱，颜色已由绿转黄，稀稀拉拉的，东一簇西一簇地散布在枝头，微风吹来，小手般的摆动着，像是在欢迎他们这些远道来的客人。

正当他们站在榆树下仰头看树上迎风舞动着的榆钱时，忽然从土坎后面冒出几个孩子,他们的装束与之前见到过的陕北农村孩子没多大区别,不同的是,他们每人手里都拿着一杆红缨枪,由于人小枪长,身边的红缨枪都比他们高出一大截。领头的小男孩穿了件露着肚皮的短袄,敞着衣襟,剃着大半个光头,只在头顶上留了一小撮头发,鼻涕邋遢的,却表情严肃,拿红缨枪指着他们,问他们是从哪来的。

老夏跟学生们说,别紧张,都是自己人,说着就上前去,掏出一张纸条,递给那个领头的小男孩。小男孩接过纸条看了看,也不知道他是否识字,是否看懂了上面写的内容,看完纸条,他的表情依旧严肃,又盘问了一通,这才把指着他们的红缨枪收了起来,看来,他们已经通过了验证。

离开几个小孩后,老夏说,那些小孩都是边区的儿童团,每村都有,主要作用是盘查行人,严防奸细混入边区刺探军情。老夏还说,那几个小孩办事还是蛮认真的,并不因为老夏穿了一身八路军衣服就以貌取人。

舒老说,从那次以后,他们就经常遇到这样的情景,这些儿童团是边区的一道特有风景线,他们一边放羊,一边站岗放哨,有时藏于沟边或树下,有时隐匿于土岩后面,遇有陌生人走近,会突然冒出来,向来人索要路条,在边区,没有路条就寸步难行。路条是边区特有的一种通行证,是用来防汉奸特务的,一般情况是,村里开出的路条不出区,区里开出的路条不出县,沿途各村都设有岗哨盘查,所以,每到一县,都要将原有的路条换成新路条。路条有手写的,也有刻板印刷的。

通过儿童团盘查后,一行人排着整齐的队伍走进了胡家铺,穿过了镇上的那条尘土飞扬的土路。

穿过胡家铺,他们继续朝前走,展现在眼前的,依然是贫瘠的土地,依然是千沟万壑的山岭。

太阳渐渐西沉,落日的余晖给远近的山峦,和千沟万壑的黄土地抹上了一层炽烈的橘色,以至那贫瘠、荒芜、如筋骨般的山脊,刹那间变得十分美妙,变得不可思议起来。

西沟村坐落在一座山梁下面,向阳的这面呈阶梯式,如刀劈斧削,上下排列着数十孔窑洞,这就是他们今晚将要下榻的地方。老夏叫大家在村口待命,他前去与村里交涉下榻的窑洞。据老夏讲,这里的村子,每个村子至少有两孔空着的备用窑洞,主要是为了方便来往的八路军,有点类似招待所。

老夏回来时,带来了本村的村长,姓周,六十出头,戴顶瓜皮帽,穿着土布棉袄，敞开着胸襟，下面穿的则是单裤，扎着裤腿口。之前就曾听向导说，当地很多人一年四季就一件棉袄，一条单裤。棉袄可管三季，冬天冷了就系上扣子，外面再系根腰带，春秋两季就敞开衣襟，夏天热了就光膀子，一年四季的衣着问题就解决了。

老村长把他们带到阶梯式窑洞的最下层，北面顶头有两间空着的窑洞——就是老夏所说的“招待所”。老夏当即进行了住房分配，男的住在靠外面的那间，女的住在靠里面的那间。

提着行李进到窑洞，只见一排长长的地炕，上面铺着一层秸秆，除此以外就什么也没有了。大家把带来的被子铺在秸秆上，把其他的行李找地方放好。刚安顿好，老夏就召集两边的人集中到男的这边来开会，这是进入边区以来的第一个会，很重要。

会议都是老夏一人说，大家只管带耳朵听。他先带领大家重温了八路军的“三大纪律八项注意”，接着说，等下会有当地老乡来带大家去吃“派饭”，每三个人一组，叫到名字的就跟老乡走。到了老乡家，只能吃半饱，如果吃得太饱，老乡就要饿肚子，如果老乡家烧了肉，那是人家客气，大家不能吃，乡亲们一年到头只能吃到两三次肉，把人家的肉吃掉了，乡亲们过年就没有肉吃了。

刚散会，就有老乡陆续过来，站在门口喊“派饭”，老夏就来点名，点到名字的就跟老乡走。点到最后，剩下三个人：老夏、舒静仁和黄钰莹，这三个人跟着最后一个来叫“派饭”的老乡走。

到了老乡家，饭菜已烧好，摆在桌上。老夏招呼老乡一起上桌吃，老乡一家人蹲在厨房里，说吃过了，老夏就招呼他们两个上桌来吃。

桌上摆着一小桶饭，是那种掺了荞麦面的黑豆糊糊，黑乎乎的，另有两碗菜，一碗是酸豆角，还有一碗不知道是什么东西，也是黑乎乎的。舒静仁虽然近视，对那碗黑乎乎的菜也是有想法的，凭直觉他认为是肉，是一种风干了的、放了很长时间的、很有嚼头的肉。由于老夏有言在先，不能吃老乡家的肉，所以他没敢动筷子，都吃的是酸豆角。

黄钰莹盯着那碗黑乎乎的东西已经很久了，不知她是真不知道还是装糊涂，看了他们两个一眼，就把筷子伸进碗里说：“啥东西呀？”说着就夹了一块放进嘴里，咬了咬又说：“嗯，有点像地瓜干，挺好吃。”舒静仁见老夏没什么反应，也伸出了筷子，夹了一块放嘴里咬了咬说：“我觉得有点像南瓜干。”

老夏见他们说法不一，也伸出了筷子，尝了一块说：“你们说得都不对——”两人都紧张起来，盯着老夏的嘴。老夏嚼了半天说：“这个嘛——我也没吃出来是什么东西。”

老夏显然也在装傻。有了他这句话，两人都放心大胆地吃起来，只觉得很香，谁也不肯说出它究竟是什么东西。舒静仁心想，老夏的禁令其实大可不必，已经烧熟的肉，留也留不得，放坏了更可惜。

三人也是许久没吃肉了，虽然觉得好吃，却也很克制，吃了半碗就打住，剩下的半碗要留给老乡，老乡刚才虽说是吃了饭，其实并没吃。

果然，他们刚吃完，老乡就把剩饭菜端进厨房，一家人蹲在灶下吃起来。

谢过老乡，三人走出窑洞，见门边坐着个小女孩，七八岁的样子，正坐在小板凳上掰老玉米，一双小手掰得通红。看见他们出来，小女孩瞪着大大的两只眼睛，直愣愣地望着他们。小女孩面黄肌瘦，脑后拖着一条细长辫子，身上的衣服很破旧，裤管只有半截，脚上没穿鞋。舒静仁和黄钰莹蹲下去，认为是老乡家的小女儿，问她吃饭没有，她不说话只摇头，又问她为何不进去吃饭，她又摇摇头。

老夏拉起他们两个就走，边走边说：“要是他们家的闺女早就进去吃饭了，她要等到他们家的人全都吃完了才能进去吃，知道为什么吗?”两人都不知道为什么。老夏卖关子似的说：“这个嘛——你们刚才不是见到老乡有个儿子么？都二十好几了，准是还没娶媳妇，这个小女孩应该就是他们家的童养媳，几岁买来的就不知道了，再养几年就可以成亲了。”

听到“童养媳”三个字，舒静仁就觉得她很可怜，而且想起了阿杏，怕她也是去了别人家做童养媳。

老夏说，当地买童养媳的事很普遍，这地方光棍多，娶不起老婆，只有买童养媳，童养媳好养，还能帮家里做事。但是他也说，这种做法是违反边区婚姻法的。黄钰莹问，就没地方管这事吗？老夏说当然有，回头他去找当地妇女会干部说一说，不过解决起来很困难，人家花钱买来的，好不容易带大，退到哪里去?

走在路上，老夏和黄钰莹还在谈论小女孩的事，舒静仁却在想阿杏的事。

回到所住的窑洞门前，见门前围着一群人，上前看，先前拦着他们索要路条的几个儿童团员也在里头，还有那个老村长也在。被围着的是一个戴礼帽穿长衫的人，他的这身装束也是陕北常见的，属于有钱人一类。经询问得知，此人自称是做药材生意的，被儿童团拦住索要路条时，出示的路条系伪造，被儿童团识破，拔腿就跑，幸亏地里劳作的村民听到儿童团的喊声，举着锄头追赶，才将其抓获。

老夏上去和老村长一番商量后，回来对他们说：“这名可疑人由我们来审讯，也好让你们锻炼锻炼，长长见识。”

男生住的窑洞被当成了临时审讯室，老夏做主审，全体男女学生都做陪审，大家对这名可疑人进行了连夜突审。

舒静仁对这次审讯特别感兴趣，以往他遇到过多次审讯，每次都是别人审讯他，这次是他参与审讯别人。

刚开始，审讯进行得异常艰难。老夏问他为什么持假路条，他回答说，他是个做药材生意的，到处奔波，第一次到边区来，不知道去哪儿开路条，在路上捡到一张路条，不知道是假的，为图省事，就放在身上，遇到儿童团索要路条时，就把那张捡来的路条拿了出来。老夏又问他为什么跑，他说怕被抓住，怕影响做生意，所以就跑。他的回答似乎天衣无缝。其他学生也都提了些问题，比如问到药材方面的问题，药材的名称、功用、价格，等等，以考察他是否真做药材生意。那人都能对答如流，似乎对药材很熟悉，反倒是提问的人由于不了解，也不知道他回答得对与否。

审讯陷入了僵局。

舒静仁在一旁观察了很久，见此人皮肤较黑，也较粗糙，像是长期从事某种户外作业的人，不像是个生意人。他想起那次被日军讯问的一幕，那个日本人也不问话，上来就看他的额头，如果是当过兵的，戴军帽必定会在额头上留下一道印痕；又来看他的肩膀，如果当过兵，每天扛枪打仗，必定会在肩膀上留下枪带印痕；看手也是同样道理，常年训练扣扳机，必定使右手食指较粗，而且有老茧。想到这里，他倒很想用这个办法试试。于是他走上前去，掀起对方礼帽，撩起他的头发，只见额头上有一圈浅红的印记，宽松的礼帽不可能造成如此印记。他不免心中一阵暗喜，却不动声色，又让对方解开长衫扣子，察看他的右肩，也发现了一条深深的印记。再来看他的手，右手食指明显粗于其他手指，而且皮质较厚。

接下来的审讯就容易多了，舒静仁对他发起了攻击，提出了一连串的问题，犹如制导炸弹，每颗都炸中对方要害。对方终于招架不住了，心理防线一旦被突破，也就无阵地可守，他承认了自己的真实身份，对来边区刺探军情的目的也供认不讳。

在谈到这段经历时，舒老似乎很得意，他说这是进入边区以来做的最有意义的一件事，事后老夏曾说，他为边区反特立了大功，到目的地后，会向有关领导反映，到时会对他的表现给予记功表彰。舒老还提到那几个儿童团，说很佩服他们，那些儿童团并不识字，他曾经要小聪明验证过，他们的确不识字，却能识破伪造路条。审讯时，他看过那张路条，是刻板印刷的，不经老村长和儿童团指出破绽，他都看不出有假。

我问那个被抓住的特务后来怎样处理，舒老说，由于他们一行人是路过的，在协助当地完成审讯任务后，就把他交由地方处理了。据老夏说，那个特务被连夜押送到胡家铺关押，第二天区里会派人把他带走。

第 28 章　冰糖事件

第二天一早，他们离开西沟村，继续朝北走。往北的路，地势越来越高，下一站是十三里铺。

十三里铺，曾是古丝绸之路上的一个驿站，盛唐以来，这里曾人来人往、马帮驼队穿梭，热闹非凡。来来往往的商贾过客里，既有黑头发黄皮肤的汉人，也有裹头巾骑骆驼的波斯人，走到这里都要停下来，歇息一两日，消除劳顿后，又踏上漫长之旅。后来，丝绸之路逐渐衰落，当年的盛象不再，十三里铺也逐渐消沉，成为西北高原上的一个普通村子。

到达十三里铺已是傍晚，他们这一路上都是这样，日出而行，日落而歇。

走在这条昔日曾经繁忙的古驿道上，犹如走在一条大沟的沟底，两边全都是密集的窑洞，徜徉其间，犹如走进莫高窟。据向导说，沟底这条路与上面的地面原来是平齐的，因为土质疏松，千百年来，人走车压，路面逐渐下沉，就变成了现在的模样。明末清初，当地人沿沟的两侧挖洞建窑，形成村落，此段路长十三里，故名十三里铺。一条路，竟被走成了一条沟，却也印证了滴水穿石的道理。

按计划，他们要在此休整一天，也就是一天两晚。和先前一样，老夏叫大家原地待命，他去与当地人联系，安排今晚下榻的窑洞。

老夏刚走，那几个女的就往旁边的一个窑洞跑，原来那里有个小杂货铺。自从离开西安，这几个女的只要看到小店铺就一拥而上，连老夏的指令都会暂时失灵。不过也难怪，她们这些从城里来的女的，逛商店是她们骨子里的爱好，过去逛城里大商店，花花绿绿，琳琅满目，现在来到穷乡僻壤的乡下，几十里地难见到个店铺，所以当她们看见这家小杂货铺时，喜悦的心情不亚于哥伦布发现新大陆。其实先前路过胡家铺时，她们本来也是有机会的，小镇土路的两边就有不少店铺，但老夏临时改变计划，不在胡家铺停留，要大家雄赳赳气昂昂地穿过那些店铺，把几个女的急得眼睛都红了，眼睁睁地看见店铺却不能逛。现在老夏走了，她们岂能放过这家小杂货铺。

杂货铺的店主是个上了年纪的老妇女，六十来岁的样子，两手揣在袖笼里，坐在脏得发黑的柜台后面，身后有个歪歪斜斜的货架，货架上的商品种类不多，数量也少得可怜。几个女的上前去,叽叽喳喳的,看看这个,摸摸那个,又是问价钱。男的都不喜欢逛店铺,他们宁肯去跋山涉水,也不愿走进店铺半步。

没过多久,老夏回来了,费了好大劲才把那几个女的从杂货铺里拉出来,然后把她们狠狠地剋了一顿,说她们作风散漫,无组织无纪律。批评完女生,他召集大家重新排队,说很不凑巧,当地刚进驻了八路军的一个团,窑洞都被挤爆了,他们要换地方,到另一个村子去住,离这儿不远,也就几里路。

大家重新拿起行李,跟在老夏后面走,天快黑了,他们都想早点到那个村子,也好早点结束疲惫的一天。

往前走了几里路,见前面有一个很大的黄土包立在眼前,这种类似的土包他们一路上见过很多,当地称为"塬",它是西北黄土高原上特有的一种地貌,像个桌子,四周陡峭,上面平坦。老夏说,他们今晚要住的村子就在这个塬上面。

爬上土塬,却见平坦的顶上空无一物,哪有什么村子,别说是人,连狗都没见着半条。大家不禁纳闷,老夏今天搞什么把戏,说上面有村子,怎么不见村子呢?

老夏卖关子似的说:"不急,不急,再往前走就看见了。"

又往前走了几十步,看到地上有个大坑,越往前走就越看得清楚了,当他们来到大坑顶部边缘时,整个村子就显露在他们面前。原来,这是个被当地人称作"坑窑"的村子。只见坑窑呈工整的四方形,深有七八米,坑的四周整齐排列着一个个窑洞,中间的空地是公共活动场所。空地上,有不少孩童在玩耍,成年人都在忙活,当然也有悠闲的狗。南面一侧的坑壁上有一条挖出来的阶梯,是上下坑窑的通道。

沿着阶梯下到坑窑底部,他们来到村子的中央。窑洞里出来个年长者,穿着也跟前面看到的当地人差不多,老夏上前跟他说了几句,年长者就把他们带到村子的北侧,指着头两孔窑洞,大家都明白,那两孔窑洞就是他们今晚下榻的地方了。

还跟昨晚一样,两孔窑洞,一个住男的,一个住女的。

和昨天住的窑洞差不多,也是大通铺。大家进去放下行李就开始收拾屋子,刚收拾好就有老乡来喊"派饭"了,吃完饭回来,大家都想早点睡。和前几个晚上一样,老夏还是睡靠门的位置,他刚准备躺下,外面就有人来找老夏,通知他去开会,说是个很重要的会,要他马上赶往十三里铺。老夏走前告诉他们,不必等他回来,大家可以先休息。老夏走后,天也黑了下来,窑洞里没油灯,黑乎乎的，大家就早早地睡了。

也不知睡了多久，一阵急促的敲门声把大家惊醒，只听老夏在外面喊：“快开门！快开门！有急事！”大家睡眼惺忪地从炕上爬起来，也不知道是几点钟，深更半夜的，老夏又搞什么名堂！打开门来，见老夏手里端了一盏油灯，进来就放在炕沿上，又跑到隔壁去敲门。

不一会儿，隔壁几个女的全都过来了，她们个个睡得像疯子，头发乱蓬蓬，一边进门一边扣衣扣，哈欠连连，眼睛都睁不开。

昏暗的油灯照在老夏严肃的脸上，大家在炕沿上刚坐好，老夏就宣布开会。他们这一路走来，也没少开会，还从来没像今天这样深更半夜开过，没等老夏开口，都在心里揣测到底是什么重要内容。

老夏的第一句话就讲：“这个嘛——，村里出了个大案，就发生在傍晚……”

他这一句话，把大家的睡意彻底捣毁，刚才还睁不开眼，现在全都瞪大了眼睛看着老夏，亟待他的下文。

接下来，老夏就把发生在今天傍晚的那个重大案子简明扼要地说了一遍。

今天傍晚的时候，十三里铺唯一的那家店铺遭窃了，经店铺主人清点，发现丢失一包冰糖，有一斤重。店铺主人受到这么大的损失，哭得死去活来。当地的区县两级主要领导都已经知道了此事，连夜赶来召开紧急会议，会议在驻扎于此的八路军 102 师 3 团团部召开，参加会议的有该团的政委和正副团长以及老夏，当然还有该村的村长。上级领导说，一定要把这个案子查个水落石出，不管牵涉到谁，都要从严处理，这关系到我们八路军在人民群众中的威信，关系到边区老百姓的安宁，关系到全民抗战能否坚持到底。总之，它关系到很多重大问题，在这个大是大非面前，来不得半点马虎。会议还进行了现场分工，团政委负责全团的彻查，村长负责村民彻查，老夏负责路过的十几名学生的彻查，彻查工作布置得滴水不漏。

老夏说，他们这些学生是傍晚到达十三里铺的，有作案时间，所以都不能排除嫌疑，他要大家想仔细，如果谁拿了那包冰糖，应该主动坦白，不是自己拿的，发现线索也可以说出来，总之，决不能留情面。老夏还带领大家重温了“三大纪律八项注意”，说这是老八路的优良传统，是传家宝，永远都不能丢。

老夏说完，现场一片寂静，老夏刚才的话讲得已经够清楚了，一包冰糖事小，上级领导如此重视，可见它背后关系到的事情意义重大。

那几个女的头都不敢抬，所有人里面，就数她们几个嫌疑最大，因为她们曾发疯似的冲进那个小杂货铺，在里面问来问去，摸这摸那的，尽管最后只有其中一个人买了一小盒牙粉。

见大家都不开口，老夏就反复鼓励大家，说要勇于和自己灵魂深处的私心杂念斗争，说只有战胜了自己，才能战胜敌人。可是不管老夏怎么鼓励，大家都不开口，问到谁，谁都坚称自己与此事无关，几个男的更是振振有词，他们连那个小店铺进都没进去，根本就不知道里面有冰糖。

舒静仁经历了一场有史以来最为激烈的思想斗争，他有一条重大线索，但当着大家的面不便说出口。老夏好像看透了他的心思，最后说了一句很关键的话，他说，如果大家有什么不好说的话，可以在会后找他说。接着，他就宣布散会。

正是有了老夏最后那句话，才使舒静仁下定决心，把那条线索说出来。

就在老夏宣布散会并故意走出大门时，舒静仁跟在他后面走了出去，老夏似乎明白了他的意思，两人都不说话，一直走到窑洞的另一侧才停下脚步。黑暗中，两人面对面地站着，舒静仁踌躇了很久，最终还是把想说的话说了出来。

原来，当时那几个女的拥入店铺时，出于好奇，他曾朝里面望了一眼，正看见黄钰莹从货架上拿下一包东西来看，舒静仁离得远，并不知道她拿下的是什么东西，但从她和店主老大娘的对话里知道她拿的就是冰糖。她先是问价钱，然后又问冰糖够不够分量，老大娘说整整一斤，不信可以重新过秤。她最终还是嫌太贵而没买。问题是，她虽然没买，但她从货架上拿下来看了，又问了价钱和分量，说明她很想买，只是嫌太贵，或者身上的钱不够，总之，她对那包冰糖是有企图的，作为重大嫌疑人应该不为过。

老夏听了他的陈述，拍着他的肩膀，说他思想进步很快，已经能够和边区人民想到一块了。对于他提供的线索，老夏说他会认真核对，不能放过一个坏人，也不能冤枉一个好人，如果他的猜想属实，不管牵涉到谁，绝不姑息。

舒静仁回到窑洞时，同伴们都已躺下睡了，只是不知道是否睡着。不管大家对他刚才的举动有何想法，反正他自己很坦然，他做了该做的事，说了该说的话，他的心已经在和八路军靠拢，在和边区人民靠拢，没有对不住谁的地方。

正因为有了这个心理，这一夜，他睡得很坦然，也睡得很香。

第二天，舒静仁一觉醒来，发现同伴们早已起床到外边去了，平常大家谁先起床都会互相喊的，今天没人喊他，他有点睡过头了。

起床后，他去拿缸子准备刷牙，见缸子里有半缸子淡黄色液体，昨晚睡觉前他并没喝水，不可能有剩水在里面，再说颜色也不对。他端起缸子嗅了嗅，有股尿臊味，心里就明白了七八分，一定是有人偷听了他对老夏说的话，对他产生了误解。他没跟那些小人计较,默默地把缸子里的液体倒掉,再从墙上的铆钉取下毛巾,发现湿答答的,也有股很重的尿臊味。

他拿着缸子和毛巾出门,准备去窑洞旁边的一口水井洗漱。

那口水井在“坑窑”靠南边的一侧,井口高出地面几十厘米,上面有个轱辘,几个女生正在井边洗漱。舒静仁过去的时候,刚好有人摇上一桶水来,他伸出缸子就去桶里舀水,刚舀满水,就感觉到从脖子开始凉起,一直凉到裤裆,原来几个女生缸子里的水全都灌进了他脖子里,等他抬起头来时,几个女的全都跑得无影无踪。

上午,老夏又去开会,快到中午的时候才从十三里铺回来,带回了重大消息,案子已经告破,偷冰糖的人已经被抓到。大家全都围上来,要他讲讲详细经过。

据老夏讲,冰糖是被102师3团的一名战士“偷”的,据说,昨天傍晚他路过小店铺时,店铺里正好没人,那个店主老大娘也许临时有事出去了,她以前也经常这样。这名战士竟神差鬼使地走进店铺,看见货架上的那包冰糖,产生了一些想法,他已经有好几年没吃过甜东西了,看见冰糖就情不自禁地冒出津液,喉头发出咕嘟的响声。他想买下这包冰糖,搜搜口袋,可搜了半天,一文钱也没有,于是就想等店主回来先赊账,日后有了钱再还上,等了半天,没见店主回来,就去把那包冰糖拿下来,想打张欠条,又不会写字,就把冰糖放进口袋走了。回到班上,他把大部分冰糖用水化开,装进水壶,到他们班上的几个伤员那里,每人喝一口,一壶水就全都喝完了。剩下的几块冰糖全都敲碎,全班战士每人都吃到了一小块,他自己也只吃了一小块。

这个案子很容易破获,因为不只是他一个人吃了,全班战士,不管是负伤还是没负伤的都吃了。他突然间变阔,而且出手极其大方,理所当然地引起了其他人的警觉,所以很快就把他给查了出来。

听了老夏的案情介绍,大家都松了口气,同时都把目光投向了舒静仁,那一双双目光就像一把把利剑,直刺他的心,他被刺得抬不起头来。他很内疚,他的无端猜疑,险些造成一起冤案。

老夏还说,案件破获后,上级领导很重视,明天将在这里召开一个公审大会,那个偷冰糖的战士很有可能被枪毙。

听到这个消息,大家全都惊呆了,一包冰糖至于嘛?!

军中无戏言,事态远比他们这些学生想的严重得多。经历过很多的舒静仁从来没有遇到过这样的事情,被惊得目瞪口呆。不过,他很快意识到这是一个将功补过的机会，他因为错误怀疑黄钰莹而受到大家的不屑，现在他要挽回这个面子。于是他提议，大家凑钱，用10倍于冰糖的钱来弥补店主老大娘的惨重损失，同时到团部请愿，要求上级首长“刀下留人”，给那个战士一个改过机会。

他的提议得到了其他人响应，趁老夏不在，男女学生聚在一起，凑足了10倍于一包冰糖的钱，拿着钱就一同来到了团部。

他们到团部门口的时候，那里已经聚集了很多人，都是当地百姓，他们也听说了这件事，得知要严厉处罚战士的消息，从四面八方赶来。人群中，有个老大娘情绪激动，正在和团政委说着什么，大家看出来，这个老大娘就是店主。只听这位老大娘说：“我不知道是八路军战士拿的，早知道就不会说出来了，一包冰糖算不了什么，也值不了几个钱，可不能把他给枪毙了。”团政委给老大娘耐心地解释八路军的政策，说八路军是保护百姓的，不是糟蹋百姓的，如果是那样的话，和日本鬼子有什么区别？不管政委怎样耐心解释，老大娘还是紧拉团政委的手，求他不要处罚那名战士。围观的群众中，有几个胆大的也站出来说话，要求首长放了那名战士。

舒静仁拨开围观的人群，走到团政委身边说，他代表这批路过的学生，来向首长请愿，说他们已经得知了这起案子的全部经过，从中受到了深刻教育，目睹了八路军的优良作风。那名战士虽然有错，却也是情有可原，他拿冰糖并不是自己一个人吃，而是给全班战士吃，特别是，他把大部分的冰糖都给了伤员吃，他自己仅吃了一小块，所以他们一致认为，这名战士不该受到最严厉的处罚，应该给他改过的机会。他说着拿出大家凑的钱，当着团政委的面交到老大娘手里，说这是大家替那名战士给老大娘的补偿，请老大娘收下。

其他学生也纷纷附和，请老大娘收下钱，请首长从轻发落那名战士。

老大娘说，如果从轻发落那名战士，她便收下钱。现场气氛出现了一边倒，几乎所有的人都在表达同一个愿望：强烈要求从轻发落那名战士。

团政委两眼噙满了泪花，他深情地看着大家说：

“老乡们，学生们，你们的好意我都能理解，我也同你们一样，不愿意，也舍不得做出那样的决定，他今年只有23岁，老家在河北，参军已经有6年了，应该是名老八路了，他曾经4次负伤，其中有一次是重伤，差点就牺牲在火线上。但是，政策是不能讲感情的，军纪是不能讲人情的，不管是谁，也不论何时何地都是如此。他所犯的错误是严重的，任何人都不能替他洗清他所犯的错误给八路军带来的污点，也不能替他补偿百姓受到的损失，他的错误，必须由他自己来承担。”

看来，这件事情已经到了无可挽回、不可逆转的地步，任何人都改变不了那名战士的命运。

学生们默默离开了团部。经过一孔窑洞时，见门前站着个背枪的士兵，透过窗栅栏，看见了那名“偷”冰糖的战士。只见他被五花大绑，坐在一张长条板凳上，听见窗外有动静，他抬起头来，露出一双惶恐的眼和满脸的泪水。

第二天上午召开公审大会，学生们因一早要赶路，无缘参加。

他们在老夏和向导的带领下，离开十三里铺，离开这个曾住过一天两晚的地方，重新踏上北行的路。他们行走在黄土高原上，行走在一望无际、裸露筋骨的沟壑之间，初升的太阳把大地映照得红艳艳。

路上，老夏向大家透露了一个内幕消息，说那名战士只提了一个要求，要求通知他的家人时，别说是被自己人枪毙的，就说是在战场上牺牲的。

就在他们这一行人离开十三里铺七八里地的时候，身后传来了一声枪响，枪声在高原上空来回震荡，凄厉而绵长，许久才消失。就在枪响的那一刹那，所有人都心头一颤，却没人停下脚步。

我打断舒老的讲述，因为刚才那一枪，仿佛打进了我的脑袋，我头痛得厉害，一包冰糖值得结束一个人的生命吗？

我当即和舒老展开讨论，我说一包冰糖算什么？怎么就把个人给枪毙了！舒老不同意我的判断，他说，一包冰糖放到现在当然算不了什么，但在那个时候就是个很严重的问题。他说八路军为什么能吸引那么多的热血青年，就因为八路军纪律严明，这是和其他军队的最大区别，如果没有当初这种看似过于严厉的做法，它就不可能赢得民心，并最终赢得天下。当时的旧中国，战事连绵，兵匪为患，不管哪路兵，无不是争夺地盘，鱼肉百姓，而八路军与所有军队不同，它真正把百姓看作水，把自己看作鱼，军民之间的鱼水关系就是它获胜的秘诀。

我还是很难理解舒老的话，也许将来也不能理解。

第 29 章　保安新生活

经过连日奔波，他们终于到达了此行的终点——保安县城。

还在保安城外的时候，远远看去，这座古城与他们一路上看到的陕北其他小县城没什么两样，蛰居在黄土高原纵横交错的沟壑中，黑压压一片。

保安的名称始于宋，沿用了近千年，后来，陕北革命根据地创始人刘志丹牺牲后，为纪念他创建的这片红色根据地，决定把保安县改名为志丹县。在延安之前，保安县城曾是中央机关所在地，工农红军占领延安后，才把中央机关搬到延安。1936 年 7 月，美国记者埃德加 · 斯诺曾来到保安，受到毛泽东的接见，两人就中日战争等问题进行了广泛的交谈，之后有了《红星照耀中国》的问世，他在书中第一次把保安称作中国的“红都”。

舒老说，其实保安有两个县城。怎么会有两个县城呢？他解释说，保安的老县城坐落在太白山下周河边，成为“红都”之前，这里土地贫瘠，老百姓食不果腹，衣不遮体，贫穷的生活迫使很多人铤而走险，投身绿林，所以匪患猖獗。由于老县城依山傍水，地势低洼，遇有土匪进攻，易攻难守，所以城里除了有少量军队驻扎外，无人敢住，几乎成了一座废城。另一座县城在永宁镇附近的永宁山寨，位于保安县城南 33 公里处的子午岭腹地，周河与洛河交汇于此，环绕着永宁山转了大半个圈，因此这里是三面环水，易守难攻。周围的红砂石崖高数十丈，根本无法攀登，山下水势湍急，也没法渡河，只有一条小路直通山上，而就在这条路上还有一座吊桥，遇有敌人进攻，可收起吊桥，可谓天然造就的一座城堡。山上有泉水，有石洞，虽然多石，但树木茂盛。早年，当地县政府为避匪患，曾把县城迁至山上，又陆续在以前躲避土匪时修筑的窑洞的上下左右新开了许多窑洞，一些店铺、机关、学校也逐渐迁来，时间长了，人们也就习惯了，一提起保安县，便自然而然地说成是永宁山寨了。后来，刘志丹领导的红军打下保安后，边区政府将县城从永宁山寨搬回到了保安。

还没进到县城，刚到城外的周河边时，老夏停下来说：“下去洗个澡吧，干干净净地进城。”

男的都欢呼雀跃，还没一分钟就把身上的衣服脱得只剩下条短裤衩，这一路上很难遇到条河，下河洗澡是件极其奢侈的享受。而那几个女生，一听到下河洗澡，顿时吓得魂飞魄散，她们虽然喜欢洗澡，却从来不在男人面前洗澡，更不用说脱了衣服下河洗澡，她们只在结束了当天行程后，进到窑洞里，从水井提来水，在老乡厨房灶上烧热，然后端到窑洞里，关起门来洗。

老夏明白她们的意思，挠了挠头皮说："这个嘛——，不下也可以，让你们长虱子去。"

有了老夏这句话，几个女的欢天喜地，拿了毛巾，蹲到河边洗脸去了。

几个男的都下到河里，会游泳的还游到了河中间，老夏也脱了衣服，在河边弄了几下"狗刨式"。几个女的在河边洗脸，看着河里的男生哧哧地笑，男生向女生浇水，两边便打起了水仗，女生怕衣服弄湿显形，落荒而逃，跑到远处去摘野花。

他们在水里玩闹够了才上岸，却发现原来放在岸边的衣服和鞋子都没有了。正急得团团转，几只梭镖已经指着了他们的鼻子，只见几个半大的孩子，一嘴的鼻涕，很严肃认真地拿梭镖对着他们。

老夏上岸来，擦干身上的水，对那几个流鼻涕的儿童团员说："你们把我的衣服藏起来了，我怎么拿路条给你们？"儿童团员用梭镖押着老夏，在远处草丛里找到衣服，老夏从口袋拿出路条交给儿童团员，一个年龄稍大点的儿童团员接过路条，仔细看过后，旁边的儿童团员才从树丛里拿出其他人的衣服和鞋子。

从西安出发，走到保安县，他们走了近 400 公里，用了 11 天时间。到达保安县城的当晚，老夏把他们交给当地的接待处后，来和大家告别，说他的任务完成，要回部队了。大家对老夏依依不舍，特别是几个女的，眼眶都红起来了，虽然这十多天来，老夏把她们骂得够呛，但分别时又都念叨着他的好。

舒老说，自从这次分别后，他再也没见到过老夏，直到很多年后，都不知道他是死是活。战争年代就是这样，今天活着的，明天不一定活着。

对于老夏，舒老有自己的评价，他说老夏是个很刻板的人，甚至有点不近人情。他举例说，有一次，有个女的身上来了红，当时还在行进路上，那个女的向他请假，想离开队伍找个地方躲起来处理一下，这种事又不便明说，一根筋的老夏就是不肯，说不管什么情况，谁也不许离开队伍半步，气得那个女的和他大吵一架。还有一次，他们在一个村子借宿，村里来了个皮影戏班，这些城里来的学生都没看过皮影戏，要求去看，老夏就是不同意，反反复复就那么一句话："这个嘛——，有什么好看的？你们为什么要去看？"他要大家说出想看的理由，大家也说不出什么理由，只是想看而已，气得他们有两三天不愿理他。他总是处处要求他们注意军民关系，但他们当时还不能算是八路军，还只是在参加八路军的路上，他就把他们当作了准八路，这也不行那也不行。再说，注意军民关系并不等同于不来往，为什么就不能和当地百姓一同看皮影戏呢？

老夏走了，不管大家喜不喜欢他，老夏就是老夏，一个三十多岁了还没娶到媳妇的老光棍。

对他们这批人来说，到保安县是个全新的开始，他们换上了八路军军服，先被安排去参加一个短训班，学习马列，提高政治思想觉悟，用无产阶级思想武装头脑，彻底摒弃从其他地方带来的小资产阶级情调。短训班时间不长，只有十来天。学习结束后，上级领导分别找他们谈话，进一步了解和考察，然后根据考察结果与实际表现进行分配，一部分人去了部队，一部分人去了后勤机关，还有几个被选中去了延安抗大，那个东北来的黄钰莹去了当地一所部队医院，舒静仁则被分配到当地的一所学校当教员。虽然没扛枪打仗，但也算是八路军了，何况在西安办事处时，他们已经受到了这方面的教育，到了边区，一切行动听指挥，服从分配，没有价钱讲。

舒静仁被分配去的那所学校，既不是小学，也不是中学，有班级之分，但没有年级之分，教学内容基本是小学的，课程有国文、算术、政治、历史、地理、体育等。刚开始，他担任国文科教学，后来又增加了历史和地理两门课，也算是发挥了他的特长。可别小看这所学校，虽然教的是小学内容，里面的学生可不是几岁的孩子，都比舒静仁大。学生主要来自八路军前线各部队，全都是连级以上的干部，其中很大部分是红军干部，参加过长征。学习结束后，其中一部分人将赴延安抗大继续深造，提高理论政治水平，所以，可以说这是一所扫盲学校。抗战时期，八路军干部中有很多是“泥腿子”出身，十几岁就出来扛枪打仗，没受过教育，不识字，没文化，急需扫盲，只有扫盲，才能学到更高级的马列主义理论，才能提高思想政治水平。

学校设在城外不远处的一面小山坡上，此山为一座石山，向阳这面山坡上有数十口石洞，这些石洞便是学校的教室。据说这些石洞很早以前是供奉“原始天尊”的，到了1936年，“中国人民抗日红军大学”从安定县（今子长县）瓦窑堡迁移到此，这些山洞首次被当成了教室，该校校长是林彪，罗瑞卿任教育长。到1937年1月，“红大”校址又迁移至延安，改称为“中国人民抗日军事政治大学”，简称“抗大”。

当年在这里办“红大”的时候，条件比较艰苦，这些石洞既是教室又是办公室，还兼做师生宿舍。石洞里面有大块的石头，原是祭放贡品的案台，他们白天当课桌上课，晚上当床睡觉。现在的条件比那时候好很多，石洞下面开出了一块很大的场地，地面夯得很平整，既做操场用，也做体育比赛场地用。场地的北侧建起了四五排干打垒房，有一排做办公室，其他几排都是师生宿舍，而山上的石洞就专做教室用了。

顺着山坡往下走，不出两里地就是周河，周河流经这里折了个弯，改向东南方向绕城而去。舒静仁到这里时，正是初夏季节，小河里的水盈满了河床，岸边的青草绿得逼眼，树上到处是欢蹦乱跳的鸟儿，叽叽喳喳叫个不停。周河是保安的生命河，也是学校师生们的大脸盆，每天清晨，师生们搭着毛巾，拿着瓷缸，三三两两来到河边洗漱。只要天气不冷，每天傍晚都有师生来这里洗澡，学校的师生都是男性，所以无所顾忌，年轻点的都是赤条条下河，只有年长的，还恪守那份祖训。

舒静仁刚到学校就遇到了一个熟人，此人便是杜向群。还在西安八路军办事处的时候，因为各地来的进步青年很多，为了行动方便，且不引起军统特务的注意，办事处把这些进步青年分成了两批，杜向群分在了第一批，所以先走，他到保安后，也被分配到这所学校当教员。虽然早已认识，由于有先前的那段骂战，两人也没有来往，即使迎面相遇，也如同陌生人，各走各的路，井水不犯河水，老死不相往来。外人不注意还看不出来，只有两人才明白过去结下的怨。

舒静仁到该校没多久，因其良好的表现，很快就加入了党组织。他在该校任教至抗战结束，经历了 3 年多一点的时间，其间，他教出的好几批学生，后来都成为新中国的开国功勋，其中不乏彪炳显赫人物。但是，他刚到学校不久，就遇到了一件事，此事对他影响甚大，差点就断送了他的政治前程。

事情就出在他的好奇心上，源头还要从他的生活习性说起。

到保安后，舒静仁很快适应了新环境，适应了新生活，生活虽艰苦，不受亡国奴役，心情舒畅，甚于好吃好喝。于是，他每天勤奋备课，认真教学，不管学生们年龄有多大，职位有多高，他都把他们当作自己的小学生看待，关心他们的学习，关心他们的文化生活，尽了一个做老师的责任。他的付出也得到了回报，大家都很尊敬他，见了面都会打招呼，亲切称呼他为舒教员。

教学任务虽繁重，他还是抽出时间来从事于他的爱好，就是写文章、写诗。他把自己从沦陷区到国统区，又从国统区到边区的一路感受写成文章，投递到延安《解放日报》，文章很快就发表了，他的文笔受到了编辑的好评，才几个月时间，他就成了《解放日报》的特约通讯员，他的文章和诗歌经常出现在该报上。

他因此受到鼓舞，越发卖力写文章。为了构思文章、寻找写诗灵感，他常在傍晚吃过晚饭后出去溜达，没有固定路线，也没有固定起止时间，走到哪算哪，想什么时候回来就什么时候回来。为了寻找写诗灵感，他常常夹着雨伞淋雨，为的是感受细雨淋在脸上的那份诗意，还常常半夜光着膀子回来，冷得直哆嗦，为的是感受劳动人民没有衣服穿的那份苦难。他的这些行为也许让旁人看起来有点荒诞不经，有点怪异，如果不妨碍别人也就罢了，不过觉得他怪异而已，但他偏偏就妨碍了别人，坏了别人的好事。

那天，像往常一样，吃过晚饭，批改完学生的作业，他又出去溜达，借机思考一篇新文章的结构布局。他过去常去河边，那儿的空气好，今天他打算溜达到离学校最近的一个村庄，那个村庄叫小王庄，离学校不过五六里地，一个来回正好构思完一篇文章。

顺着学校山坡下来，他沿小路朝小王庄走去，这条路他很熟悉，也是他常走的路线之一。快到小王庄的时候，天已经渐渐暗下来了，走到村口，听到村里的狗叫，他才打住往回走。

回来的路上，天已大黑。今晚天气很好，一轮满月挂在夜空，把山间小路照得足以看清，不至于走错方向。他没按原路返回，而是另选一条更为偏僻的小路，他总是这样随心所欲。

他熟悉这里的每条小路。乡间的小路阡陌纵横，路边草丛传来“啾啾”的虫鸣，犹如动听的小夜曲，眼前不时闪过一座座黑影子，有一人多高，他熟悉那东西，那是农民收过庄稼后用秸秆堆砌成的草垛，一束束秸秆以一根木柱为圆心，围着向上堆砌，犹如草原上的蒙古包。

路上，他走得不紧不慢，绕过一道土坎，前面又是个草垛。这个草垛和之前看到的草垛没什么两样，但他走到这里却停下了脚步，继而侧耳细听，原来，他听到草垛下面发出奇怪的窸窣声。

借着月光，他朝草垛望去，草垛这面背着月光，他又近视，看不太清，只模糊地看见草垛下有个弓着身子的黑影，一上一下的，好像是在拱草垛。他怀疑是獾，獾是当地山间的一种常见动物，小猪那么大，夜间出来活动，喜欢啃食庄稼的根和茎，牙齿很锋利，据说可以咬断很硬的木棍子。他没见过这种小动物，只听当地人说过，如果草垛下果真是獾，他倒很想看看它到底长什么样子，是不是和别人描述的一样。于是，他向草垛走了几步，奇怪的是，当他移动脚步时，窸窣之声就停止了，黑影也不动了。而当他停止脚步时，窸窣声又起，弓着的黑影又开始拱起来。

越是奇怪的事情，他越想探个究竟，他想看看草垛下面的到底是不是獾，那头獾到底长什么样。因此，他靠得更近了，直到距离草垛七八步远。这时，一个黑影突然从草垛下面蹿出，从他身边跑过时差点与他撞个满怀。舒静仁大吃一惊，还以为是獾冲过来了，本能地朝路边躲去。等黑影从他身边跑过，他才发现不是獾，是个女人。只见这个女人头发乱糟糟，边跑边系扣子，胸前两个白白的东西在月光下甩动着。

黑影朝小王庄方向跑去。

令他惊奇的还没结束，草垛下还有一个黑影，磨蹭了半天才从里面走出来，一直走到他跟前，背着两只手说：

“舒教员，这么晚了，还跑出来干什么？”

舒静仁扶了扶眼镜，就着月光这才看清，站在他面前的是他的一名学生，叫朱智杰，红军时期的老干部，现职营长，三十多岁，立有很多战功，据说还没成家。他的问话令舒静仁感到恼火，这句话本该是老师问学生的，怎么变成了学生问老师？刚才他问话的口气和姿态都像是把两个人的角色反过来了。

“啊——啊——”舒静仁把头向后仰去，哼哈了半天也回答不上来。

“舒教员，没什么事的话，那我就先走了，你注意看好路，别摔跤啊。”朱智杰说完就先走了。

朱智杰走远了，舒静仁还在原地愣了半天，最后才抄另一条小路返回学校。回来的路上，他不再考虑那篇文章的布局了，而在想朱智杰刚才那句话的含义。

不幸的是，舒老今天上午的讲述结束了，对我而言，这就意味着他的故事的全部结束。我明天必须赶回去上班，但如果把这样不明不白的结局作为故事的结束，无论如何我都心有不甘。于是，当他的“老领导”推着架子车出现在书房门口时，我全然不顾她那张蠕动的嘴——她在一个劲地埋怨老头子说得太多，不顾作息时间，我对舒老大声说：“能不能晚上破例接着说，总不能让我带着遗憾回去，至少要把抗战这段故事说完，至少有个合理的结局。”

舒老永远都是那副样子，面对涨红脸的我，他张着一口雪白的假牙，寿眉高挑，露出顽皮的笑，看了一眼“老领导”，说：“小伙子，你是我遇到的最有意思的一个人，你比朱营长还狡猾。”让我啼笑皆非的是，舒老竟然将两个不同年代的人拉到一起，说我比朱营长狡猾，是抬举我，我只想听故事而已。

令我高兴的是，他答应了我的请求，同意晚上接着讲故事。

第30章　排查第三者

吃过晚饭,我如约来到舒老家。舒老正在厨房洗碗,他把浸泡在淘米水里的碗筷先用淘米水洗一遍,不用洗洁净,也不用任何化工产品,完了再用清水洗一遍,碗筷都洗得干净无垢。

电热水器发出了蜂鸣声,他把插头拔下,先用烧好的开水泡了一杯茶,再将剩下的开水倒入热水瓶。舒老从不喝纯净水或矿泉水。

我们两个重新坐回书房。本来,晚上的时间是他雷打不动的写作时间,他正在创作一个古代故事,没有见过的事都能编得有鼻子有眼,听说他早年创作的古代故事还上过《故事会》。我看过几篇他发表过的故事,很不错,现在他依然孜孜不倦,但写的东西已经大不如前了,可能是年龄的缘故吧。我对他的古代故事并不感兴趣,我只喜欢听他自己的故事,他能放下手头的古代故事来为我讲他自己的故事,已经令我很感动了

我们首先对朱营长与附近农村一个女的野合的事进行了讨论。舒老说,那时候边区革命队伍里男女比例严重失调,打光棍是很普遍的事。而我则对这个不感兴趣,我向他表明了我的担忧,这是我听完那段故事,乃至回宾馆吃饭时都一直在考虑的问题。我说:"您老看到了不该看到的一幕,既然是无意看到的,就千万不能说出去,朱营长虽是您学生,可也是老革命,级别比您高,资格比您老,说出去了,明摆着您吃亏。"其实我也是多虑了,我毕竟不能左右他那时候的事。

舒老摇晃着他的硕大脑袋说,他当时并不知道是朱营长,以为是獾,再说,后面的事态发展也由不得他了……

自从那天晚上舒静仁无意之中看到了不该看到的一幕,此后他不敢再往小王庄那个方向溜达,而改向其他方向。

其实那天晚上,舒静仁并没看清那个女的是谁,当她从他身边快速跑过时,他只注意到她胸前两个蹦蹦跳跳的雪白东西,根本没注意到她的脸。再说又是晚上,他又近视,换谁也看不清。尽管如此,他事后判断,那女的很有可能是小

王庄的人,因为看见她分明是往小王庄方向跑。小王庄是离他们学校最近的一个村子,她不可能住在很远的村子,一个女的也不可能晚上出来走太远的路。至于朱营长,第二天见面倒是很坦然、很镇静的样子,好像什么事都没发生,见到舒静仁照样打招呼,照样尊敬地称呼他为舒教员。而舒静仁则不同,遇见他,脸就红了起来,好像自己做了什么见不得人的事。

日子就这么平静地过去。本来,如果日子真就这么平静地过下去也就罢了,偏偏又起波澜。

大约是半个月后,一支上面派来的调查组进驻学校,听说是要查一个案子。刚开始还没引起人们的关注,后来就闹得沸沸扬扬。关于这个案子,事情还要从附近村子里发生的一起婚姻纠纷说起。

距小王庄20里外有个村,村里有个刘姓男青年,经媒婆撮合,双方父母定夺,与小王庄一名叫王小芹的女青年定了亲。为此,男方家里送来了一大批彩礼,两边敲定明年开春结婚。当时的农村,定亲就等于结婚,很难反悔,退亲比离婚还难。本来事情到此也算比较顺利了,不出意外,明年开春就可以喝到他们的喜酒。偏偏在这节骨眼上,半路杀出个程咬金,有一个男的介入进来。不知这个男的使用了什么手段,把已经与别人定亲了的王小芹搞得神魂颠倒,死活要跟刘家退亲,刘家理所当然不肯,两家为此大闹起来,闹得不可开交。此事惊动了当地区政府,他们出面调解,经多方了解,得知女方退亲的原因,原来是一起典型的"第三者"插足案。

舒老说,"第三者"插足的事并非现代社会才有,很早以前就有了。问题是,如果这个"第三者"是当地农村的,问题也不算大,如果是八路军,问题可就大了,因为这牵涉到军民关系。当时,老百姓破坏军婚是个很大的罪名,军人破坏老百姓的婚姻也同样是个很大的罪名。

俗话说,世上没有不透风的墙,朱营长作为"第三者"插足别人的婚姻,把那个女的弄得死活不肯嫁刘家,不可能做到天衣无缝,也不可能瞒天过海,还是被当地村民发现了蛛丝马迹,不过只知道有个八路军学校里的男学员插足,具体是谁不清楚。很显然,调查组此时进驻学校,目标已经锁定了学校范围。

随着调查工作的展开,调查组人员分别找了不少师生谈话,寻找突破口,但接连几天过去都毫无进展,始终没有查出那个"第三者"是谁。有意思的是,舒静仁自调查组进驻学校后,既没被调查组的人叫去,也没主动去找调查组的人,他把自己当作局外人,静观事态的发展。

调查组进入后的第5天,这天放学后,一个调查组的人找到舒静仁,说有事相谈。他早有思想准备，这是早晚的事。他跟着来人走，路上还在想着如何应对，同时也自我安慰，作为一名教员，向他了解学员的事也很正常。

谈话安排在一间办公室进行，其他教员都被请了出去，现场在座的只有三个人，除了舒静仁，还有一个是调查组组长，另一个是趴在桌上做记录的调查组成员。进去以后，先是一般性问话，比如叫什么名字，性别，哪里人，什么时候来边区的等等。趴在桌上的人头都没抬，只低头做记录。舒静仁听到这样的问话就不舒服，他都已经是八路军了，还这么问话，好像对他还不够信任。再说，这样的问话也容易勾起他痛苦的记忆。

一般性问话结束后，调查组组长话锋一转，把话题转移到他们班上的学员身上，问他近来是否发现有哪个学员情况异常，学员中有没有人跟当地人谈恋爱。对于这个问题，他丝毫没有感到惊讶，还在来时的路上他就想好了应对，于是回答说，他所教的这些学员都很努力，每天忙于识字学文化，非常刻苦，没时间谈情说爱，也没发现异常情况。

舒静仁在回答问题时发现，调查组组长的眼睛始终盯着他的眼睛，很犀利，就像两支利剑，从他的眼睛里穿进去，一直穿透到他的心。说来也怪，舒静仁反倒是眼神很不自然了，游移不定，躲躲闪闪，像是刻意回避某种不可告人的东西。其实他自己又没做坏事，怎么就害怕人家的眼睛呢？

一阵沉寂后，组长突然发问：

"你们班上的那个朱智杰近来怎么样？"

这句问话使舒静仁倒抽一口冷气，大大出乎他的意料。尽管来之前他就对调查组的问话作了种种假设，唯独没有预料到会问这句话。这句话说明了什么呢？说明人家调查组已经把疑点集中到了朱智杰身上，既然能把疑点集中到他身上，就说明人家已经掌握到一定证据了。

舒静仁为难了，他的脑袋在快速运转。如果照实说，势必得罪自己的学生，而这个学生非一般学生，是一名老红军，一名八路军营长，一个忙于打仗而讨不到老婆的光棍。如果说了假话，结局也很危险，他将背负知情不报、作伪证、隐匿犯罪人的罪名。两者之间，孰轻孰重，他一时还拿捏不准。

组长似乎看透了他的心思，耐心开导他说：这是个大是大非的问题，容不得半点私心杂念，别说是师生关系，就是父母子女关系、兄弟姐妹关系、夫妻关系也要坚决划清界限，要勇于与一切非无产阶级思想的犯罪的行为斗争。组长还提醒他，作为一名党员和教员，要时刻把人民群众的利益摆在第一位，破坏人民群众的婚姻，就是损坏人民群众的利益，就是破坏军民关系，而破坏军民关系，就是破坏抗战。

组长的话，舒静仁越听越不是味，问题到了十分严重的地步。组长说的“作为一名党员和教员”指的是谁？分明指的就是自己。组长后面又说“破坏人民群众的婚姻”就是“损坏人民群众的利益”，就是“破坏军民关系”，而“破坏军民关系”就是“破坏抗战”，大帽子一顶比一顶吓人，而这些大帽子原本是应该戴在别人头上的，现在仿佛戴在他头上更合适。他想到，如果不把那天晚上的事说清楚，自己就逃脱不了干系，现在不是要不要保别人的问题，他自己的处境就很危险。

当然，他也扪心自问，自己在这件事情上难道就没有一点错吗？应该说还是有的。他深刻剖析自己，为什么不愿说出实情，就是因为把私心杂念摆在了第一位，因为害怕得罪学生，于是就是非不分，就把人民群众利益忘到了脑后，把军民鱼水关系扔进了太平洋。这说明，他过去只是把人民群众利益与军民鱼水关系挂在嘴边，没有植入心里，没有付诸行动。他陷入深深的自责，为自己的所作所为感到惭愧。

于是，面对组长殷切的眼神，面对记录员“沙沙”的笔，他说出了那天晚上看到的情况，他如实说，当时没看清那女的是谁，看见她往小王庄跑，估计是小王庄的人，但那个男的绝对看清了，就是朱智杰——他的学生。他还说，他说的没有半句假话，敢用自己的党性做保证。

听到这里，我太失望了，我一直为他捏着把汗，就怕他说出那晚的实情，没想到人家调查组几句话，就把他的真话套出来了。依我的经验，他要倒霉了，人家朱智杰是个老革命，十几岁就参加红军，打过无数仗，立过无数军功，才三十来岁就做了营长，他这样子做，不明摆着拿鸡蛋往石头上撞吗？再说，就算朱营长事后不跟他计较，随便拿双小鞋给他穿也要他的半条命。

舒老还没从他的故事里回过神来，他一点儿也没注意到我的表情，他做事向来是我行我素，不计后果。

后来，因为舒静仁提供的确凿证据，朱营长的“第三者”身份曝光，受到了组织上严厉的纪律处分。听说本来处分还要更严厉，考虑到红军干部的珍贵，又有他的几位老上级出面保他，最后才给了他一个降级处分，从营长降为连长。

听完舒老的这段故事，我忍不住又和舒老理论起来，我说虽然我对朱营长没好感，这样的处分也太过了，第一，朱营长搞的那个女人还没结婚，怎么能说是破坏婚姻呢？第二，就算朱营长是第三者又怎样？两相情愿，愿打愿挨，既没嫖娼，又没“包二奶”。

舒老没理会我，他不太喜欢我插嘴，尤其不喜欢我用现在的眼光来看那时候的事情。

他接着说，事情发展到这步田地，应该说是完结了，然而，实际情况却是，只能说朱智杰的事情完结了，因为上级已经对他的事做出了处理，而且把处理结果张贴在石洞门口，全校师生都看到了。而对舒静仁来说，这件事情他本来是有功的，事后，虽然调查组对他的揭发也给予了口头表扬，但是，他自己总感觉是犯了个严重错误，从此在学校师生面前抬不起头来。首先，班上学员不再像过去那样见面就打招呼，亲切称呼他为舒教员，而是对他敬而远之，除了上课，其余时间尽可能避开他。不只是学员避开他，就连其他教员也在避着他，排队打饭时，只要他过来，人们就纷纷让开，等他打完饭才重新排队。其次，由于他偏爱傍晚出去散步，以往，学生们也爱傍晚去附近走走，现在一到傍晚，外面就不见人影，全都缩在宿舍里。

舒静仁很苦恼，他不明白，自己这样做究竟错在哪里？是别人的资产阶级思想没肃清，还是自己的无产阶级思想不够坚定？

第 31 章　窑洞婚礼

转眼到了 1943 年 7 月，进入盛夏的保安城被绿色所环绕，山上、田野上到处是一簇簇旺盛的绿色，碧绿的周河水带着生命而来，又带着希望而去，把希望播散到它流经的土地，和更远的地方。

舒静仁到保安已经有一年零一个月了。当初和他一起分配到保安的有 6 个，现在只剩下他和黄钰莹两个仍在保安，另外 4 个都先后离开保安，奔赴其他抗日根据地了。

有一天，很久没有见面的黄钰莹来学校找他，满面红光地告诉他说，她要结婚了，请他去参加婚礼。他们两个是从西安一同走过来的，虽然在胡家铺因冰糖事件而闹过点不愉快，毕竟已经过去，何况一同走来的就只剩下他们两人了，理所当然要请他。黄钰莹一直在医院工作，现在已升任护士长了，她的工作也很忙，有很多前线下来的重伤员都转到了她们这里来。说到即将成为她丈夫的未婚夫，她充满了幸福感，说他姓高，叫高世雄，现在是个副团长，也是个老红军，不过是原红四方面军的，也就是张国焘那边的，她说由于张国焘的事情，他也受到了牵连，不然也不至于到现在还做个副团长。

黄钰莹的婚礼定在 8 月上旬某日，距婚礼只有几天时间了，舒静仁还在为送什么礼物的事犯愁，他身边已没有什么值钱的东西，也买不到什么像样的礼物。思来想去，最终决定送一本笔记本作为礼物，他在学校做教员，搞一本笔记本还是很容易的，而对她来说却是很难的。他立马从他唯一的一口木箱子里找出一本笔记本，打开封面，取来钢笔，提笔在扉页上写下一行字："高世雄、黄钰莹革命婚姻志喜"，落款是"战友舒静仁赠"。

提到边区的婚姻，舒老说，那时候革命队伍里的婚姻大多都是撮合的，没时间花前月下卿卿我我。对男同志来说，能找到老婆就是福分，只要对方是女的就行，会生娃的当然更好。像高副团长这样的人，能娶到城里来的年轻漂亮女大学生，超出常人的喜悦可想而知。而对女同志来说，终归要找个革命伴侣，黄钰莹能嫁给一个令她仰慕的副团长，幸福之感也能理解。

婚礼的这天下午，舒静仁如期来到了医院。医院附近有一排窑洞，其中有个窑洞的门窗上贴着大红的喜字，不用说，这就是新房了，高世雄的部队在前线，新房只能安在后方。舒静仁进去的时候，里面已经有不少人了，其中有不少是医院的护士，都是黄钰莹要好的姐妹，相当于是她的娘家人了。高世雄那边来了几个他的老部下，他的蜜月期只有几天时间，然后就要返回前线部队。

婚宴很丰盛，有一簸箕红枣，还有半篮子带壳花生。高世雄部下带来了两瓶酒，是战场上缴获的战利品，总算是圆了“喝喜酒”一说。只是没有喜糖，糖果太难搞到。

高副团长和他的几个老部下盘腿坐在炕上，护士们都坐在炕沿，叽叽喳喳的，舒静仁则坐在旁边的一张小板凳上。高副团长和他的部下都能喝酒，花生米是最好的下酒菜，抓一把在手里，剥了壳，撸去皮，凑足了七八粒就一把塞进嘴里，满嘴喷香，可以连续嘬上好几口酒。舒静仁上次被葛连长灌醉，见酒就怕，就和几个护士吃红枣，红枣甜甜蜜蜜，是喜糖的最好替代品。最亢奋的要数黄钰莹，都说女人感到幸福时会比平时漂亮，只见她两只眼睛如星星般晶莹透亮，两个脸蛋透着自然的红，像熟透了的红苹果，她不停忙乎着，给大家倒酒、递红枣和花生。酒喝到一半时，她才拿出了最好的东西——煮鸡蛋，装在一只小篮子里，都涂上了鲜红的颜色，笑盈盈地说：“一营一个。”舒静仁接过鸡蛋说：“好事成双，应该一营两个才对。”说得大家都乐了。一人一个已经不错了，黄钰莹为弄这些鸡蛋费了不少心思，托人从很远的村里买来。

她的新婚丈夫胡子拉碴，虽然不老，看起来却像是她爷爷。今天是他的大喜日子，分外高兴，喝了不少酒，酒喝多了，话也就多了，和他的几个老部下谈起了红四方面军的事情。他们几个平时行军打仗无暇谈论过去，今借着婚宴喜酒，大家凑在一起也是难得的。舒静仁跟其他人都不熟，唯独熟悉黄钰莹，但人家今天是新娘子，也不好跟她过于热乎，只好坐在一旁听他们叙旧。

说起红四方面军长征的往事，几个人有说不尽的话题。他们从嘉陵江边出发，到会宁与红一、二方面军会合，直线距离不过一千华里，实际上却走了一万华里，其间走了很多冤枉路。虽然没有中央红军走的路长，艰苦程度却毫不逊色。他们曾三过草地，那都是方圆几百公里无人烟的绝地，别说是兽类，连鸟儿都不愿从那里的天空飞过。所谓草地，其实就是沼泽地，人很容易陷进去，且越陷越深，谁去救，谁就陷进去，所以每走一次草地都无谓损失很多战士，他们永久地留在了一望无际的草地泥沼里，连尸骨都没留下。

谈到过草地这件事，有人说了一个老班长的故事。

当时是第三次过草地，带来的青稞面早已吃完，沿路连野菜都挖不到，全班人饿得饥肠辘辘，连走路的力气都没了。老班长看在眼里，疼在心上。有一天，他独自出去，走到一片水洼地，见里面有小鱼跳出水面，立刻跑回去，找来缝衣针，弯成钩状，再把缝衣线穿过针眼，又找来一根小木棍，那是进入草地前带来的，是用来拄着行军的，一个自制的钓竿就制成了。他拿着钓竿去水洼钓鱼，水洼里的鱼没被人钓过，所以很容易钓，他把钓到的几条小鱼拿回去煮成一锅鱼汤，全班战士都吃了，唯独他没吃，战士们问他为什么不吃，他说吃过了。一连几天，他每天出去钓鱼，全班每天都有鱼吃。终于有一天，有个战士发现了他的秘密，那天他看见老班长蹲在帐篷外边不停地咳嗽，过去一看，原来他在嚼战士们吃剩下的鱼骨头，鱼刺卡在喉咙里弄不出来，在那不停地咳，咳出的都是血丝，那名战士满眼含泪地跑开了。第二天，老班长又出去钓鱼，直到晚上都没回来，全班战士出去找，找遍了附近都没找到。最后有人在一处水洼边找到了他用来钓鱼的钓竿，其他什么都没找到。

听完故事，所有在场的人都泪流满面，特别是高副团长和他的部下，他们不曾在战场上落泪，今天却为这个老班长的故事动情。有人端起了酒碗，说喝，说红四方面军的官兵也不是孬种！虽然带有发泄情绪，却说得声音哽咽。婚礼举办到这时都变了味，本来应该喜气洋洋，结果却是哭哭啼啼。

兴许是喝多了酒，几个人脸上还挂着泪，竟又唱起了歌：

智勇坚定/排难创新/团结奋斗/不胜不休……

这是一首红四方面军的军歌，歌声低沉，甚至有点压抑，但很坚定。听见歌声，就容易使人想起行走在那片吃人的沼泽地的情景。

舒静仁也被他们的故事与歌声感染，不禁热泪盈眶，也哭得一塌糊涂。

黄钰莹出来打圆场，毕竟这是婚礼而不是丧礼。她笑盈盈地说："好啦好啦，姐妹们，我们来唱一支欢快点的歌吧！"她的提议立刻得到响应，特别是几个女护士，她们早就准备了一大堆节目，就等着正式拉开序幕。

护士们准备的节目显然与黄钰莹的提议不一致，他们另有想法。

第一个节目是《夫妻识字》，这是陕北的八路军和老百姓喜闻乐见的一个节目，几乎所有人都能唱上几段。一个女护士出来报过节目后，新婚夫妻立即被众人分开，然后被摁着化妆，几分钟工夫，两人就换了一副模样。只见那位高副团长，被他的部下们在头上扎了条羊角毛巾，腰间扎了个布条，别着一根擀面杖当烟杆。黄钰莹则被护士们姐妹们打扮得更为奇特，她们用红鸡蛋壳在她脸蛋上涂了两团鲜艳的红，嘴唇也被抹得如喝了鸡血一般，头上扎了条白毛巾。

化妆完毕的两个人被众人推到了场地中央，大家围在旁边，嘴巴当乐器哼过

门,敲着脸盆打节奏。两人被迫扭着秧歌,转着圈子,你一句我一句地就唱了起来:

(女)黑格隆冬天上/(男)出呀出星星/(女)黑板上写字/(男)放呀么放光明/(女)什么字/(男)放光明/(合)学习/(男)学习二字我认得清/(女)认的清/(男)认的清/(女)要把道理说分明/庄稼人为什么样要识字/(男)不识字不知道大事情/旧社会咱不识字/糊里糊涂受人欺/(合)如今咱们翻了身/受苦人变成了当家的人/睁眼的瞎子怎能行/哎咳哎咳咿哟学习那文化最呀当紧呀么嗯哎哟……

节目引来阵阵笑声。

第二个节目是《兄妹开荒》,两位新人又被扮作了兄妹。只见那高副团长扛着一把笤帚(当锄头),手搭凉棚出场,他唱道:

雄鸡雄鸡高呀么高声叫
叫得太阳红又红
身强力壮的小伙子
怎么能躺在热炕上作呀懒虫
扛起锄头上呀上山冈
站在高岗上
好呀么好风光
站得高来看得远那么依呀嗨

轮到黄钰莹出场,她被护士们重新装扮,军装外面套了件护士的白褂当便装,头上依然扎着洗脸毛巾,肩上挑着一副担子,用撑门棍当扁担,一头挂着一只竹篮子,里面叮叮当当的装了几只碗,另一头则挂着先前用来装红枣的簸箕。她是被护士们推上场的,推到场中央,匆忙举手搭凉棚,做了个瞭望动作,然后唱道:

太阳太阳当呀么当头照
送饭送饭走呀走一遭
哥哥刨地多辛苦
怎么能饿着肚子来呀劳动
挑起担儿上呀上山冈
一头是米面馍,一头是热米汤
哥哥本是庄稼汉那么依呀嗨,送给他吃了
两人围着转了一圈,然后一起唱道:
要更加油来更加劲来,更多开荒
那哈依哟嗨嗨哎嗨那哈依哟嗨

要更加油来更加劲来，更多开荒

那哈依哟嗨嗨哎嗨那哈依哟嗨

两个人在唱的时候，其他人也没闲着，他们随手操起个什么家伙，叮叮当当地敲打起来，有人敲的是锅盖，有人敲的是水瓢。

再来看场上表演的两个人，虽然扮演的是兄妹，可无论怎么看，高副团长都像是个老爷爷，而黄钰莹看起来是个小孙女。唱功和表演方面，黄钰莹都要略胜一筹，她虽然是被迫上场，一旦上场，她的文艺细胞就充分表露出来，表演得惟妙惟肖，秧歌也扭得很自然，陕北话也学得极像。而那位高副团长则不然，他只会打仗，不会表演，所以表情极不自然，唱得怪腔怪调，动作也极其搞笑，大家都笑得人仰马翻。

轮到高副团的部下出节目了。他们早已准备了一大堆闹洞房的节目，只待气氛进入高潮，现在火候已到，纷纷将精心准备的节目拿出来亮相。他们准备的节目可要好好折腾高副团长，平常他总拉着脸，今天可以没大没小。

第一个节目叫作“甜甜蜜蜜”，道具是一颗红枣，用细线拴着，悬在空中，要这对新人只能用嘴，不能用手，在众人面前把这颗枣吃掉，还必须要把核剥出来。这个节目说穿了，就是要他们当众接吻。高副团长一听就不干了，连连摆手，起身就想躲，被他的部下连拉带拽地弄到红枣跟前。黄钰莹更是羞得脸红，往护士怀里钻，被护士强拉过来，也推到了红枣面前。实在是躲不过去了，两人才极不情愿地将嘴凑近红枣，那根细线吊着的红枣晃晃悠悠的就在他们嘴边，刚张嘴去咬，红枣就被提了起来，他们急缩回嘴，红枣又晃晃悠悠的放了下来。几次三番后，两人似有默契，突然同时张嘴，并且准确咬到了各自的那一半，以为大功告成，哪想到后面人用力一推，两人向前倾去，两张嘴就严丝合缝地贴到了一起，现场顿时爆发一阵笑声。

第二个节目更精彩，叫“九天揽月”，还是一颗红枣，还是那段细线，拴着的红枣从黄钰莹的领口放入怀中，要高副团长掏出来。这个节目难就难在看不见红枣，红枣也不是一动不动地待在一个地方，它会被那根细线提上提下，难度可想而知。高副团长坚决不干，甚至摆出一副“死猪不怕开水烫”的架势，黄钰莹当然也不肯。

这个节目拉扯了很久也没进行下去，究竟最终有没有搞成，舒静仁并不知道，因为此时已快天黑了，舒静仁等不及了，对他来说，晚上有一场更重要的正规演出，他自然不愿错过。

他匆匆告辞，离开热闹的洞房，朝演出现场赶去。

第 32 章　巧遇旧知

这是一支来自延安的部队文工团，到保安进行慰问演出，听说昨天就到了，在县城礼堂演出了一场。因学校离县城有段路，只有几个领导去看了，觉得很不错，强烈要求来学校专演一场。文工团充分考虑到广大师生想看演出的心情，不顾劳累，同意加演一场。他们今天下午就来了，来了两辆卡车，一车装人，一车装道具。演出地点就在学校下面的操场上，条件自然比不上县城礼堂，舞台要现搭。从下午开始，就有人在操场的一侧搭台，台板是从附近老乡那里借来的门板拼接而成，下面垫着长板凳，虽然不太平整，总算凑合。组织者考虑得很周到，为了不使归还门板时弄错，他们在每块门板背面用粉笔写上了农户的名字，这些门板在演出结束的当晚就要送回去。

舒静仁从婚礼现场来到操场时，操场上已经聚集了很多人，全体师生都排着整齐的方队席地而坐。他因为来得晚，就坐在了后面。

只见舞台上方挂着一条红布横幅，上面写着“延安文工团赴保安慰问演出”几个大字，横幅的两边各挂一盏汽灯，把舞台照得雪亮。这两盏汽灯只有演出或开大会才舍得拿出来用，据说出了点毛病，弄了一下午才弄好。

演出还没开始，台上的演员还在后台做演出前的准备，偶尔看见背景布后面露出一两张化过妆的脸，自然要比用红鸡蛋壳画出来的好看得多。舞台右侧的长板凳上坐着七八个搞乐器的，穿的也都是清一色的灰军服，正在吱吱呀呀地调试音准。到底是正规的文工团，那阵势怎么看都让人耳目一新。

按照惯例，演出和开大会之前都要拉歌，一个方阵一个方阵地唱，比哪个方阵唱得整齐、声音洪亮，今天也不例外，现场歌声此起彼伏。舒静仁到边区已经一年多，学会了很多革命歌曲，只要有人起头，他就能接着往下唱，不会唱错一个字。

台上的准备都已经差不多了，但迟迟没有开始演出，好像还在等什么。舒静仁在后面都有点等得发急了，正往台上张望，发现全场人都伸长脖子往一侧看，他也朝那边望去，就见一行人从侧面朝这边走了过来，走在前面是文工团团长，学校校长和其他几个负责人陪同在后，他们边走边向台下的人亲切地打招呼,顿时全场掌声雷动。

待这行人在前排就地坐下后,演出正式开始。一个女报幕员迈着很雄壮的步伐从舞台侧面走出来,走到舞台的黄金分割点上停下,向台下行了个军礼,还没开口,就爆发了一阵如雷的掌声。掌声平息,女报幕员用清脆的嗓音,用铿锵的语调,背诵了一段精心准备的慰问辞,话音刚落,台下又爆发了一阵经久不息的掌声,直到文工团团长站起来,不停地向全场点头致意,掌声才平息下来。接着,校长也代表校方上台,拿出写好的稿子,念了一段热情洋溢的欢迎辞,也同样赢得了师生们热烈的掌声。

接下来,节目一个接一个,都很精彩,内容和形式也都很丰富,有说唱快板之类的,也有小型舞蹈和器乐合奏,每演完一个节目,台下都会爆发经久不息的热烈掌声。最好看的是压轴戏——歌剧《白毛女》片段,这个节目让台下的很多人落泪,既同情"白毛女"的悲惨遭遇,也痛恨黄世仁的狠毒,有人领头喊起了口号,台下顿时举起了一片愤怒的拳头,响起了一片口号声。

舒静仁因为坐在后面,看不清台上人的脸,更看不清表情,只看见手脚在动,于是就看他们的脚。他担心用门板拼接起来的舞台会出问题,高低不平不说,门板与门板之间还有很大缝隙。他十分担心那些演员,化妆化得漂漂亮亮,服装穿得整整齐齐,跳舞也跳得很卖力,万一被高低不平的门板绊倒怎么办?万一踩到门缝里崴脚了怎么办?他最担心的还是门板下面的长凳,那些长凳都是各家各户借来的,并没有统一规格,长短高低也各不相同,也不是很结实,摇摇晃晃的,就怕经不起台上人的闹腾,万一下面的板凳倒了,上面的门板就会塌陷,或翘起一头来,如果真出现这种情形,表演节目的人可就惨了,肯定会掉下去,如果翘起的门板再翻过来,肯定会砸破头。

他一直都在提心吊胆地看节目,眼睛时刻关注着演员的脚,考虑着一些非常棘手的问题,别人鼓掌,他也跟着鼓掌,别人愤怒地喊口号,他也跟着喊口号,并不知道刚才表演的节目有多么的精彩,有多么的感人。好在直到演出结束,他所担心的情况都没发生,他悬着的心才放了下来。

演出刚结束,立即开始拆台,虽然校方已组织了专门的拆台人员,但也有不少师生自发上去帮着拆台,或帮着演员拆卸布景,整理道具。舒静仁因参加那场哭哭啼啼又没大没小的婚礼,没赶上搭台,现在拆台的事也不能落在后面,就主动上前去拆台。台上的演员顾不上卸妆,也都下来和师生们一同拆台,他们并不因为刚才演出辛苦就袖手旁观。

舒静仁刚独自搬走一块门板,又赶来搬第二块,刚上手就感觉这块门板很沉，比先前搬走的那块门板要厚实得多，仔细看，这块门板制作精美，漂亮的油漆不说，还有复杂的雕花，估计是个过去的大户人家的门板。他一个人搬不动，正着急时，门板那边伸过来一双手，门板被抬了起来。抬眼看，对面是个女演员，一身戎装，因为还没卸妆，脸蛋光彩夺目，嘴唇鲜红，眉毛又细又长，牙齿显得特别白。尤其突出的是，她两条乌黑的辫子搭在胸前，一般来说，八路军女战士都剪短发，这些女演员都留着长辫子，可能是为了扮演不同角色的需要，特别是扮演老百姓，老百姓是不剪短发的。

放下门板，女演员冲他一笑，露出雪白的牙，同时将胸前的辫子向后一甩。舒静仁笑得很尴尬，化了妆的女演员太漂亮，他不敢多看。

女演员忽然收住笑，上下打量他一番，露出惊骇之色，脱口喊道：

“舒静仁——”

听到对方喊自己的名字，他再次抬起了头，看到她惊讶的眼神。他也惊讶了，对方怎么会知道自己的名字呢？

“你不记得我啦？”对方急得直跺脚。

舒静仁仔细看了看，还是没认出来，也许对方的妆容掩盖了她的真实面目。

“我是冯秀珍呀！”对方几乎是喊出来的。

听到冯秀珍三个字，舒静仁眉毛一挑，大为惊讶。再仔细看，终于认出她了，果然是她，还是那么苗条。

“原来是你呀——真没想到！”

放下门板，两人不顾拆台的事，站在一边侃了起来，诉说起分别后的事。

冯秀珍说，她是和曹文轩一同来边区的，徐素琴帮了大忙，还冒着危险去江边送他们。她说她刚到延安不久就被分配到文工团，曹文轩去了部队，先是被分到一个营部做通讯员，后来又做文书，再后来，他们所属的部队过黄河，到冀鲁豫根据地去，他也去了，两人就没再联系。

舒静仁也把自己来边区的事说了个大概，说他早就知道他们两个来延安了。冯秀珍问他是听谁说的，他说是徐素琴说的。说到徐素琴，冯秀珍告诉他，小琴现在还在上海搞地下工作，比起他们这些到根据地来的人要危险得多。说到这件事，舒静仁心中很有些疑问，问道：“她把那么多人介绍到这边来，她自己为什么不来呢？”他很希望她也能来这。冯秀珍说：“那是组织上的安排，也不能由她说了算，她总要服从组织。”冯秀珍还告诉他，前不多久，有个已经暴露身份的地下党从上海来到延安，冯秀珍过去就认识她，听她说，为了不引起敌人注意，小琴最近接受组织安排，和一个男地下党员假扮夫妻住在一起。

听到这个消息,舒静仁顿时感觉像被什么东西蜇了一下,心里很不舒服。但他极力掩饰自己,强挤出笑来说:“那当然……那当然……这样有利于掩护……”

正说着,有个女演员过来喊冯秀珍,要她赶快去卸妆,不然就没有热水了。两人这才发现,操场上已经空荡荡了。

分手后,舒静仁独自往回走,一路上还在想冯秀珍刚才说的话。走到半路,忽停了下来,又转身往回走,刚才的谈话结束得太匆忙,他有件事忘了问她。

路边蛐蛐儿在不停地鸣叫,平常听到这声音,都觉很很有诗意,今天听起来却感到特别烦躁。

不知不觉来到招待所,那是靠山边上的一排窑洞,文工团的人就住在这里,冯秀珍刚才告诉他说,他们今天要在这里住一晚,明天转到安塞演出。

在招待所门口,有个女演员正在门口洗脸,小方凳上摆着一只小脸盆。洗脸人的脸全都埋在脸盆里,虽然是女演员,但他不敢断定就是冯秀珍。她们这些女演员都是从部队里面百里挑一选出来的,个头一般高,身材也差不多,个个都是那么苗条,腰肢都是那么细,胸脯都耸得那么高,从后面看,根本分不出谁是谁,就是从前面看,有时也会看走眼,很难分辨。冯秀珍身材超好,还在上海时,他就有所领教,那天晚上她虽然围着大围巾,分不清性别,单看外形,就感觉她是个很苗条的女性,后来在读书会认识了她,就觉得她最合适做演员,没想到她现在真做了演员。

他站在一旁胡思乱想着,看了好一会儿,也没敢认定。

洗脸的女演员发现了身边站着的人,从脸盆里抬起头来,满脸淌着水,脸上的油彩还没洗净,红一块黑一块的。舒静仁看着她,犹豫着,还不敢贸然喊。

“哎——,你怎么又回来了?”冯秀珍见他傻愣愣地站在边上,问道。

原来就是冯秀珍。

他又想起在上海的那件事,想起那天晚上,她把他一步步引向弄堂深处,然后让一帮人狠揍了他一顿。他事后到处找她,后来在徐素琴家见到了她,如果不是徐素琴介绍,他还没认出她来,她总是弄得他认不出她来。

“嗨——,问你话呢,发什么呆呀,干吗又回来了?”冯秀珍再次问道。

他这才从过去的思绪中回过神来,挠了挠头皮,说还有个问题,刚才忘了问。冯秀珍问是什么问题,要他快点说,一会儿她们要开演出总结会。

舒静仁支吾了半天,说:“也不是什么很重要的问题,不过随便问问。”

冯秀珍洗净了脸上的油彩,用毛巾擦拭着脸上的水珠说:“你今天怎么了?

说话吞吞吐吐的,有什么话就痛快点,不然我要去开会了。"

听说她要去开会,舒静仁急了,现在不问,以后想问都没地方问了。

"你刚才不是说,徐素琴和一个男的假扮夫妻么?"舒静仁小心翼翼地问道。

"对呀,有什么不对劲的地方?"

"不是,我是问那个男的有多大岁数?"

听了他这句话,冯秀珍"扑哧"一下笑出了声:"你这个书呆子,既然是假扮夫妻,总要年龄合适才行,总不可能找个六七十岁的老头来扮丈夫吧。"

舒静仁不听此话则已,听了更加难受。

敏感的冯秀珍好像忽然明白了什么,侧过头来,仔细看了看他,说道:"我说舒静仁啊——,你是不是对小琴有意思了?是不是怕他们弄假成真?老实告诉我是不是?你快老实说呀——"

舒静仁被她逼问得涨红了脸,要她快去开会,说完就赶紧开溜。

回来的路上,舒静仁感觉很狼狈,耳朵里已经听不到蛐蛐的叫声了。他很后悔,后悔不该向冯秀珍问那个愚蠢的问题,现在想起来都觉得无地自容。但是,他又感觉冯秀珍帮他捅破了一层窗户纸,这层纸没被捅破之前,他还没这么直接地想过这问题,它是何时藏入心里的?藏了多久?又有多少次在他心里蠢蠢欲动?现在好了,冯秀珍一语道破,把他心底最深的东西捅了出来,放到了他必须正视的位置上,他反倒有种释然感,并开始认认真真地思考。

第 33 章　打架风波

舒老坦率地说，他在保安那几年一直做文化教员，没参加过战斗，也没摸过枪，和他同去保安的有不少去了前线，有几位同志在战斗中牺牲了，其中就包括那个来自北平的戴眼镜的男青年胡朝平。他还说，如果没有同志们在前线浴血奋战，就不可能取得抗战胜利，也就没有新中国。

尽管舒老没有上前线，没摸过枪，我依然非常崇敬他。抗日战争靠枪杆子取胜，却也需要其他方面的努力，他做文化教员，也是为抗日出力。

舒老又接着说，他虽然没有参加过前线战斗，却在后方和别人打了一架，而且打得很激烈，当时也可以说是你死我活的搏斗。他这句话让我大跌眼镜，他没有参加过对敌战斗这完全不怪他，但他怎么能在后方和自己的同志打起来呢？我无法想象，像他这样一身书卷气的人，怎么看也不是个惹是生非打架闹事的人，是什么东西惹恼了他，竟然和对方殊死搏斗呢？

随着舒老故事的展开，我才逐渐清楚这件事情的来龙去脉。

1944 年，保安城迎来了又一个夏季，这个夏季似乎来得太快，使人猝不及防，等感觉到热的时候，已经是无处藏身了。烈日下的陕北，到处是白花花的，人们无论走到哪里都躲避不了它的热浪，只有在冬暖夏凉的窑洞里，才会感到些许的凉爽。

这天下午，舒静仁上完两节课刚回到办公室，还没来得及喝上一口水，就有人来通知他，要他马上去参加一个会。自到边区以来，大大小小的会没少开过，以往的会议都是提前几天通知，至少是头天通知，今天说开会就开会，开什么会，什么人参加都没说清楚，他毫无思想准备。也许今天的会议来得紧急，来不及提前通知，过去也有过先例，他这么想着，也就没再多问，放下课本和粉笔就走，走之前习惯性地拿了记录本和钢笔，这两样东西都是开会必备的。

他刚进到会议室，就明显感觉到现场气氛不对，以往开会之前，先来后到的同志都会彼此打招呼，或点个头，或说上一两句问候话，今天却不同，他进去的时候和在场的每个人点头哈腰地打招呼，却没有一个人回应他，甚至眼光都有些怪怪的。会议室里只有七八个人,他迅速扫了一眼,发现都是整风运动领导小组的成员,其中就有朱智杰,他去年虽被降级处理,但并没影响到他整风运动领导小组成员的地位,舒静仁猜想今天这个会肯定与整风运动有关。

这场整风运动1942年就开始了,舒静仁不仅参加过大大小小的会,认真学习了毛主席的《整顿党的作风》《反对党八股》等著作,学习了中共中央宣传部《关于在全党进行整顿三风学习运动的指示》文件,还积极投身运动,踊跃发言。运动持续了一年多,看样子还没有结束的意思,反倒是在向纵深发展。

运动初期,舒静仁也像其他人一样,在会上作了批评与自我批评的发言,不过他主要集中在自我批评上,很少批评他人。他深刻剖析了自己身上的知识分子与生俱来的小资产阶级思想,强调今后要加强马列主义学习,努力改造世界观,但同时又强调自己参加革命的动机是纯洁的。他的发言与大多数同志的发言大同小异,都是查找自己的问题,开展自我批评。这段时期,无论是自我批评还是被批评的人,大家都还相安无事。但是到了1942年7月,时任中央社会部部长的康生作了一个关于"抢救失足者"的报告后,风向急转,在延安掀起了一场"抢救失足者运动",并迅速演变成揭发逮捕潜藏于解放区内形形色色的国民党特务、叛徒和变节者,以及带有各种不良思想动机的投机钻营者运动。

运动很快波及保安。运动刚开始,舒静仁虽然觉得自己不是"失足者",也无须别人抢救,但还是表现得格外谨慎。今天他表现得尤为谦恭,却明显感受到了冷遇。

主持会议的整风运动领导小组组长见人都到齐了,清了清嗓子,开宗明义地宣布:"今天会议的议题,就是要抢救舒静仁同志,他出身于剥削阶级家庭,自小过着寄生虫生活,这些都对他的世界观形成产生巨大影响。成年后,又在教会学校读书,深受西方资产阶级思想熏陶。虽然后来参加革命,但参加革命的时间不长,思想改造不够,残留了很多非无产阶级思想。会议的目的就是要抢救他,把他从悬崖上拉到革命队伍里来。"

这席话让舒静仁冒出一头冷汗,他没想到会议矛头指向了他,难怪大家的眼神都怪怪的,原来只有他一人蒙在鼓里。

接下来是发言,参加会议的人都发了言。舒静仁打开本子,掏出钢笔,一边记录一边胡思乱想起来。他注意到刚才的开场白,说是要抢救他,这就说明他毕竟不是无可救药的人,他的问题还是属于内部矛盾。小组长还说了他家庭对他的影响,说了教会学校对他的影响,这就说明他的问题都出在外部,他的本质是好的,是可以挽救的。想到这里,他心情也就稍许放松了些,感觉自己的问题并不算十分严重。

大家的发言都很真诚，真心实意地抢救他，让他充分认识到自己的小资产阶级思想方面的问题。但是轮到朱智杰发言时，却语惊四座，他一上来就连发重炮，上纲上线，痛批舒静仁是彻头彻尾的资产阶级，甚至质疑舒静仁来边区的动机，说像他这样满脑子资产阶级思想的人，来边区的动机就很不纯，具有明显的投机钻营性质。

别看“资产阶级”只比“小资产阶级”少了一个字，含义完全不同，“小资产阶级”是不剥削别人的人，而“资产阶级”则是剥削别人的人，是无产阶级的对立面，两者有着本质区别。

尽管舒静仁对朱智杰的发言很有意见，但轮到他表态时，他还是言不由衷地表示完全接受同志们的批评，也承认自己身上有很多小资产阶级的思想。他的这个表态，避开了朱智杰的锋芒，极力把自己的问题局限于小资产阶级思想的范围。

朱智杰对他的表态大为不满，当即站起来发言，认为他反省不深刻，避重就轻，企图用小问题掩盖大问题。朱智杰虽文化水平不高，看问题却能看到实质，说话一针见血，他点到了舒静仁要害，舒静仁的确是想用小问题掩盖大问题。对于朱智杰的这个发言，其他同志并非全都赞同，但一致认为舒静仁还需进一步反省。会议结束时，小组长宣布了一条组织上的决定：即日起，舒静仁暂停一切教学活动，深刻反省，把问题向组织上讲清楚。

故事听到这里，一切都印证了我当初的顾虑。但我同时又产生了新的担忧，难道他和朱营长打起来了？虽然朱营长是打击报复，是给他小鞋穿了，但人家毕竟是整风运动领导小组的人，你纵然是有花岗岩脑袋，也不该往金刚钻上撞啊！

为了让舒静仁冷静反省，他被关进了禁闭室。

禁闭室的条件肯定要比宿舍差很多，只有四五平方米，空间狭小，只能容下一张床。因为没有窗户，里面漆黑一团，昼夜难分。虽然条件差点，但毕竟不同于牢房，它只是部队内部的一种处罚措施，有违反纪律的，责令单独在里面待上几天，面壁思过，痛改前非，效果还是不错的。但据在里面呆过的人说，里面虽然悠闲，却度日如年，往往会因过于寂寞而心生烦躁，继而引发狂躁，感觉生不如死。舒静仁与别人不同，比禁闭室更加艰苦的地方他都待过，他蹲过巡捕房，被汉奸吴四宝关押过，被日本人关押过，也被国民党旅长陈猪头关押过，在西安，他冒冒失失地找八路军办事处，又被关进军统特务的牢房。在那些地方，动辄是要上大刑的，痛苦程度可想而知。他压根就觉得这里不能和那些地方相提并论，他甚至认为待在里边很不错，有人送饭上门，伙食不比外面差。狭小、幽暗的禁闭室不免使人产生孤独感，但对他来说根本就不成问题，他本来就喜欢独处，喜欢幽暗的空间，这样便于思索。

被关进禁闭室里的舒静仁，脑子一刻也没闲着，他没有反省过去——他不认为自己过去有什么错——而是在考虑他过去因为忙于教学而不能投注更多时间的诗歌，他打算利用关禁闭的宝贵时间，专心致志地弄出几首高水平的诗歌来。比起通讯报道，他更喜欢写诗，他认为诗歌的句子精练，寓意深刻，很能反映一个人的文化水平。虽然没有笔和纸，虽然禁闭室里漆黑一片，却无人打搅，他可以闭着眼打腹稿，将来出去了，再写到那个小本子上，拿去发表肯定没问题，《解放日报》编辑对他的诗歌很赏识。

迄今为止，他已经在禁闭室里独自呆了5天，大大超过一般人关禁闭的时间，换作别人，早就会因过度的寂寞而精神崩溃，而他却觉得时间不够用，只想多待几天。然而就在这时，一个人的出现搅乱了他的安逸生活，破坏了他的诗意和情绪，使他真正感觉到痛不欲生、生不如死。

还是从那人进门的一刻说起。

这天下午，久闭的房门突然被打开，从外面进来了一个人。久在黑暗中的舒静仁突然遇见强光，不禁眯起了眼。进来的那人因背着光，舒静仁没法看清其面相，却看到他身后还有个背枪的人，前面的人刚进门，后面背枪的人迅即将门关上，并传来上锁声。舒静仁暗自吃惊，禁闭室为何突然增加看守又上锁？他很快就意识到，一定是针对刚进来的这个人，他一定犯有更加严重的问题。

奇怪的是，进来的这个人就像是千年瞌睡虫，前世没睡过觉，一进来就伸手到处摸索着，摸索到舒静仁的脸时，他并无反应，一摸到床，立刻就往里头爬，然后躺下来，也不管身边的舒静仁，就面朝着墙，佝偻着身子，一动不动，不一会儿就发出了如雷的鼾声。

舒静仁还没来得及和对方打个招呼，对方就睡着了。此时舒静仁正坐在床沿，侧靠在床上，禁闭室里没有桌椅板凳，只有这张床，不管睡不睡觉，他每天都在床上。见对方着床即睡，他越发好奇，便凑过去，想看看对方究竟是谁。禁闭室里虽然黑，门上却有缝，透过微弱的光，凑近点还是能勉强看清。他爬到对方身边，凑得很近，甚至嗅到了对方的鼻息，总算看清了对方的一对倒八字眉，不用看别处，单凭此特征便可得出结论，此人不是别人，正是杜向群。

杜向群就是那个和舒静仁老死不相往来的人，在西安八路军办事处，两人把切磋变成了相互攻击，专揭对方的短，私下斗还不够，又闹到了“学习园地”上去。也不知两人头世结下了什么缘，合不来，又分不开，被先后分到了这所学校当教员不说，今天偏偏又不期而遇，而且在这么狭小的空间。这个杜向群心眼也够小的，虽然当面不和舒静仁说话，见他的诗常在《解放日报》上登载，便心生嫉妒，自己的诗又登不上，就在背后说风凉话，风凉话传到舒静仁耳朵里，舒静仁也懒得和他计较，早就知道了他的德行，心想惹不起总躲得起。

虽然憎恶此人，不愿和他躺在一张床上，但见他也进来了，舒静仁不顾自己身处逆境，竟暗自高兴起来，心想这家伙也落得如此下场，也是天报应，而且，他的问题很可能比自己严重得多。

第二天上午，一缕阳光从门缝钻进来，在漆黑的地上画了条狭长的细线。自从关进禁闭室，舒静仁都是根据门缝判断时间，完全漆黑便是晚上，光线微弱便是早晚，光线较强则是中午。

临近中午时，睡在床里头的杜向群微微动了一下，接着翻了个身，这家伙从昨天下午一直睡到现在。

“喂——”舒静仁放下姿态，主动和他打招呼，他很想知道他犯了什么罪，严重到何种地步。

连喊了几声，对方也没有反应。

“也不怕憋出病来。”舒静仁自言自语道。

看来要给这家伙加大点刺激力度。

他朝他屁股踹了一脚：“嗨——，你小子犯什么罪了？”

对方终于有了反应，哼了一声，瓮声瓮气地问道：

“你是谁？”

舒静仁很高兴，这家伙终于开口了，看样子是睡足了。

“我是舒静仁。”他说道。

“你跟谁说话？”

“跟你。”

“我是谁？”这家伙说话总是阴阳怪气的。

“嘿，你就是扒了皮我也能认出你来，你是杜向群。”

“噢——，我以为你没长眼呢。”

对方竟然开口骂人。

尽管对方骂人，舒静仁还是很高兴。

“刚才问你话呢，你犯什么事啦？”舒静仁这回特意换了口气。

“说了怕吓着你。”

舒静仁笑道：“你犯的事，我怕什么？”

在舒静仁的一再怂恿下，杜向群终于从牙缝里挤出几个字：

“哦，那就告诉你吧，我是特务。”

“什么？你是特务？”舒静仁不禁瞪大了眼，他虽然感觉他不算什么好人，还真没把他和特务联系到一起。

见舒静仁不作声，杜向群那边发出了幽暗的冷笑声：

“怎么啦？吓着了吧——”

见舒静仁还没反应，杜向群突然翻身坐起，坐在舒静仁对面，由于靠得很近，舒静仁又嗅到了他的难闻的鼻息。

“你看我像特务吗？”他的一对老鼠眼，在微弱的光线下闪烁着狡黠的光。

舒静仁极力地向后靠去，以避开他那股难闻的鼻息。

“像，我早就看你像特务。”

不可否认，他这个判断完全是基于他的长相，或许还加了点幸灾乐祸的成分。

“告诉你，姓舒的，我是特务，你也跑不掉！”

此话怎讲？舒静仁一时还没明白，立即反驳说：“胡说！我跟你不同，我是内部矛盾，你是敌我矛盾，相差十万八千里。”

“那好，我问你，既然是两种不同矛盾性质的人，怎么会关到一起？”

舒静仁没想过这个问题，一时答不上，兴许是禁闭室只有一间，没法分开。

现在轮到杜向群得意了，他在黑暗中说了一件令舒静仁意想不到的事。

原来，运动开始时，这个杜向群和舒静仁的问题差不多，无非是在小资产阶级和资产阶级之间拿捏，后来有人翻出他的履历，发现更为严重的问题。他有个表叔是国民党的地方政府官员，他自己早年又曾加入过国民党三青团，后来转入共产党，再后来又辗转来到了边区。有人据此怀疑他是国民党派遣的特务，来边区刺探情报，这几年也确实抓住过不少国民党派遣过来的特务。对于这个指控，他坚决否认，经过几次严厉的“讯问”后，他终于扛不住了，很快承认了自己的“特务”身份。但是事情还没完，既然是特务，就应该有组织，不可能单枪匹马，于是又来问谁是同伙。他说没有同伙，这个回答肯定不行，于是加大“讯问”力度，让他在几天几夜不睡觉的状态下仔细回忆，他终于又扛不住了，迷迷糊糊的供出了同伙，他供出的同伙不是别人，正是被他认为写得一手烂诗的舒静仁。

听到这里，舒静仁的第一反应就是从床上弹起来，然后猛扑过去，迅速摸索到对方细细的颈脖，牢牢掐住，同时骂道："你这遭雷劈的！你凭什么诬陷我？凭什么说我是你的同伙？"

舒静仁欲置对方于死地，杜向群也毫不示弱，他挣扎着掰开舒静仁的手腕，同时腾出右手，一记右勾拳重重地打在舒静仁左太阳穴上，舒静仁顿时眼冒金星，七窍生烟。他强忍疼痛，还以颜色，一记直拳打在对方鼻梁上，对方立刻仰面躺倒在床。双方稍作喘息，再次扭打成一团，从床上滚到地上，又从床边厮打到门边。

门外的看守听到屋里的动静，打开门冲了进来。

这次打架事件，导致两人脸上和身上贴满了膏药，两人都受到了严厉警告，从此被分开关押。

时隔多年，说起当年的这场整风运动，舒老说，整风运动刚开始是好的，目的是为了纯洁革命队伍。那时候边区突然涌入大量从沦陷区来的人，鱼龙混杂，良莠不齐，其中不乏动机不纯的政治投机者，也有少量混进来的敌特，即使是满腔热血的青年，也带来了大量非无产阶级的世界观，这些都对边区形势很不利，亟须整顿思想和作风。但是运动后期，运动开始扩大化，开始背离初衷，越搞越过火，不少无辜的同志受到逼、供、信，产生了一批冤案错案，这在中共党史上早有定论。

至于那次打架事件，舒老说，当时他也是一时冲动，像杜向群这样的人，他表叔是国民政府官员，与他本人无关，他早年参加过三青团，那是年幼无知，后来觉悟了，参加了革命，就不应该翻旧账。事实证明，杜向群的确不是特务，只不过是长相不像好人，他的冤案最终也得到了平反。

舒老能如此客观公正地评价一个与他有着芥蒂，甚至背后诋毁和"诬陷"他、使他遭受莫须有罪名的人，不能不说是高风亮节。

第34章　小王庄支农

转眼过了夏天。青绿的树叶，仿佛是一夜之间就变得色彩斑斓了，纷纷从树梢上落下来，犹如飞下的小鸟，一只只地飞往地面去觅食。田野里的庄稼都熟透了，沉甸甸地将秸秆压弯。

进入秋收季节，学校放假，学员们以班为单位，分散到附近村庄，到地里去帮老乡抢收庄稼，教员则被分配到各班。这时候的舒静仁虽然早已从禁闭室出来，恢复了教学，但是他的问题依然没有结论，这次他是带着悬而未决的问题来参加抢收的，被分在小王庄。

师生们跟部队行军一样，排着整齐的队伍，自带被子，都叠得方方正正有棱有角，再用背包带交叉打成井字形，毛巾、瓷缸、饭碗等日用品，能挂的都挂在背包带上。去小王庄的路并不远，不出半个时辰就到了，一进村子，把东西放下，还没落屋，就直奔地里，挽起衣袖裤腿就干起了活。收割用的镰刀也是自带的，学校早就为每位师生配置了劳动生产工具，每年农忙季节，学校都组织师生到附近农村支农，这已经成了惯例，也是八路军的优良传统之一。

舒静仁过去在无锡没干过农活，他家没有地。不过原来他祖父手上是有土地的，他祖父原在无锡乡下，现在叫郊区了，他后来把地卖了，到无锡城里开起了店铺，到他父亲这辈时，就已经完全靠店铺为生了。按照当时的阶级划分，他们家虽算不上地主资本家，却也划不到无产阶级这边来。像他这样非无产阶级家庭出生的人，只有通过劳动，才能改掉好逸恶劳的恶习，正因为如此，他把这次支农劳动看得很重，欲借此机会好好表现，好好锻炼自己。

到边区以来，他没少参加过劳动。学校响应“自己动手，丰衣足食”号召，在附近开垦了不少荒地，种植了不少作物，不仅解决了师生们的吃饭问题，还自己动手纺棉花织布，解决了穿衣问题。师生们不仅自己开荒种地，还在农忙时走出去，帮助附近农民抢收抢种，什么活儿都干。在这些劳动中，舒静仁的双手打满了血泡，结满了老茧，但他心里头乐呵，老茧越厚，就说明他的心离无产阶级越近。

刚到学校的那年夏天,他第一次参加支农劳动就中暑,一来是受不了强体力的劳动,二来是受不了白花花的太阳。他清楚地记得,那次是锄地,陕北夏季的烈日够毒的,他挥着锄头在地里干活,锄着锄着,两眼一黑,栽倒在地,差点就栽倒在锄头尖上。有人见他中暑倒地,立刻上来扶起他,手忙脚乱地给他掐人中,好不容易把他弄醒,就要背他下去。他说没什么大不了的,人家都在锄地,他怎么好意思回去休息。就这样,他爬起来又接着干活,直到第二次倒地,带队的看着不行,强行命令把他抬下去。

他们这次到小王庄是帮助农民抢收庄稼,这项农活体力强度并不大,也没多少技术含量,至少比锄地轻松,仅仅是速度快慢而已,所以他一开始就表现得很卖力,速度也不比别人慢多少。没过多久,他就割到这块地的中间了,抬头擦了把汗,趁势看看别人,大家也都差不多在同一个水平线上。

马上就要割到这块地的尽头时,突然,他的左手食指一阵钻心的痛,他"哎哟"一声扔下镰刀,只见左手食指露出一道白口子,紧接着就从里面涌出不少血来,他的手指被割破了。他当时唯一能做的就是紧紧捏着这只手指,以阻止不断冒出的血,但是效果并不是很理想,殷红的血还是从指缝间往外涌。

他身边有几个学员,见他割了手,纷纷围过来,叫他下去包扎一下,他还愣在那儿不动。有人把负责本班带队的一个学校干部叫来了,他过来察看了他的伤口,见伤得很深,都看到了骨头,也流了很多血,就对他下死命令,要他先去村里把伤口包扎一下,如果问题不大,可以重上火线。就这样,他捏着受伤的手指,朝村里走去。

他在村里转了大半圈,不见有人,人们都到地里去了。他指望能遇见个老人或孩子,可以向他们讨要一块布条什么的,包扎好伤口就可重返前线。

该村都是土坯房,东倒西歪的,房门大都紧闭,虽然有几间房门是开着的,但主人不在的情况下,八路军是不能贸然闯入百姓家的,那样会搞坏军民关系。他继续寻找,希望尽快找到人。

转过一排土坯房,见后面一栋房子的门前坐着一位纳鞋底的妇女,腆着大肚子,因为天气热,四周又无人,就把上衣敞开,敞露出两只白净的肉坨坨,和大半个挺得老高的大肚子。见有人过来,她匆忙系上衣扣,把两只肉坨坨和大肚子都藏了起来。

他走到跟前,刚要开口,不禁倒吸口凉气,原来此人不是别人,正是王小芹。王小芹就是那天晚上和朱营长在草垛下野合的女人,当时他把她当成了獾。

本来,那天晚上他并没看清她相貌,并不知道她是谁,他是事后才认识她的。出了这么大件事，人们都会在背后指指点点，再说小王庄离他们学校又这么近，抬头不见低头见，就认识了。每次在路上遇见她，她都会脸红，然后低头而过。他心里头想，既然她脸红，说明她也认识他，知道那天晚上就是他坏了她的好事，而且也应该知道就是他把事情说出来的。这样的见面当然很尴尬，虽然没说一句话，心里头都是很不舒服的。舒静仁平常就很怕遇到她，今天偏又遇见了。听说她闹归闹，最终还是嫁给了那个刘姓男青年，因为退婚要还彩礼，她还不起。

看见王小芹，舒静仁表情极不自然，傻傻地站着，眼睛也没地方放，不知怎么就放到了她的肚子上。她的肚子里像是藏了个大冬瓜，高高隆起，以至于上面的两个肉坨都不像上次见到的那么醒目。看她肚子的样子，怕是熬不过今年秋天，可能正是这个缘故，她没参加地里的劳动，留在家里做针线活。不知怎么，他每次看到王小芹，脑子里就会冒出朱智杰，就会冒出那天晚上草垛里的龌龊事，其实他对王小芹本无反感，但一想到朱智杰就会胃痉挛，头上就会冒汗。

王小芹也认出他来了，和前几次相遇时一样，她的脸“唰”地一下红了起来，表情也极不自然，眼睛也没地方放。当看到他流血的手指时，她的脸“唰”地一下又变白了，眼睛也瞪大了，立刻放下鞋底站起来，一把抓过他的手来看，一边看一边心疼地说：“哎呀！怎么搞得？割得这么深啊！”说着就拉着他往后面的厨房去。

在厨房，她艰难地蹲下身去——她的大肚子严重妨碍了她的下蹲，在灶里抓了一把草灰敷在他受伤的手指上，然后又拉着他来到前屋，在装满碎布线头的簸箕里找到一块布条，把他受伤的手指包起来，又找了一截线头，把他手指缠了起来。

处理完受伤的手指，两人重新来到门前，她让他坐在自己刚坐过的板凳上歇息，自己回身去屋里倒来一碗凉开水，拿来一把蒲扇。舒静仁摇着蒲扇，喝着水，问她为何没下地，她回答说快要临产了，等生下孩子，坐满月子再回刘家。她问他怎么割了手，他回答说这次劳动很重要。两人都有点答非所问，都有点前言不搭后语，就这么东拉西扯的聊了几分钟，谁都没提那晚的事。

因为很难堪，喝完凉开水，他起身要走。她又拉过他的手来看了看，说血已经止住了，告诉他说，以后割庄稼别用死力，要用巧劲，两只手要同时下去，别靠得太近，持镰刀的右手要平着用力，不能往上提，不然还会割手指头。她说的都是些农活经验，对他很有用。最后，她又略带嗔怪地说：“别在左手食指上再割上一刀了，再割就要把手指头割下来了，以后就不能拿笔写字了。”舒静仁笑着说:“没关系,我不是左撇子。”听了他的话,王小芹突然抬头看了他一眼,紧接着,脸“唰”地一下又红了起来,一直红到脖根。

舒静仁突然意识到,刚才自己又无意伤害了她。

就在王小芹抬头看他的一刹那,他隐约感到,这好像是她第一次正眼看他,她过去从没这样看过他。而且,他还隐约感到她是如此的美,仿佛是第一次发现,她就是挺着大肚子、一副走路很艰难的样子也很美。

离开王小芹,在返回地里在路上,他还在想这件事,并莫名其妙地为她惋惜,她本该有个更好的归宿。但是他又想,就算王小芹与邻村那个刘姓青年没感情,跟谁也不该跟朱智杰,如果退亲成功,嫁谁也别嫁朱智杰这样的人。

第35章 校友探望

因为有八路军师生的帮助，小王庄地里的庄稼很快全部收割完毕，做到了颗粒归仓，师生们告别老乡，连夜返回学校。当晚，借着月光，大家都扑通跳到周河里痛快地洗了个澡，把满身臭汗和连日来的疲劳尽情抛洒在水中。

第二天，校领导考虑到广大师生们的辛苦，决定放假一天。

趁着放假休息，各班体育委员撺掇到一起，讨论组织班级间篮球赛的事。校领导出面干涉，说给你们时间休息，打篮球不更累吗？体育委员振振有词：打篮球虽然累，却和收庄稼不一样，是一种放松。见他们说得也有道理，校领导就未加干涉。

班级间的篮球赛从上午就开始了，估计要打到傍晚才能分出谁是冠亚军。上午的比赛就打得很激烈，每个班级都为争取进入下一轮比赛而拼搏。舒静仁照例是不参加，他把这项运动看作是野蛮运动，他认为所有肢体接触的体育比赛都是野蛮运动。但不参加比赛不等于不观看比赛，闲着也没事，正好放松放松，他也就坐在场边看。

上午有两场比赛，第一场比赛结束后，另外两队上场，赛前照例要先练球，练球至少要10分钟。趁着这个间隙，舒静仁抬头朝远处看去，借此调整一下疲劳的视觉。就在他将目光朝远处投去时，望见远处有两匹快马朝这边疾驰而来。两匹马，一匹白马，一匹枣红马，白马打头，枣红马在后。随着两匹马的渐近，骑马人也看得清楚了，都身着军服，前面的人胸前交叉着两根皮带，一边是驳壳枪，一边是皮革公文包，后面的人则背一杆长枪。刚开始，舒静仁还认为是县里的通讯员，以往每天都有通讯员从县里来学校送文件、报纸或信件之类的，但越看越不像，首先是时间不对，通讯员一般都是下午来，上午要把头天的文件报纸分类，下午才能送往各单位。其次是人也不像，一般情况下，通讯员虽也骑马来，却是一人来，从没来两人，也不可能挎驳壳枪。

舒静仁还在猜测来人身份，那两人已经来到了操场边，翻身下马，把缰绳系在了操场边的柱子上，然后走进了校长办公室，原来是找校长的。

舒静仁回过头来继续看比赛，第二场比赛的哨音已经吹响了，马上就要开始第二场对决。

这场比赛更加精彩，也许是两队旗鼓相当，比分一开始就咬得很紧，总在几分之差上拉锯，这种比赛最有看头，下面看的人比场上比赛的人还紧张，各班学员都为各自的班助威，呐喊声、加油声此起彼伏。舒静仁也被现场气氛所感染，他不属于哪个队，不必站在哪个队的立场上想问题，但他有个怪毛病，他总爱站在比分落后的球队一边，希望他们多进球。比赛分数是变化的，有时候落后，有时候又领先，因此，他的立场也跟着变化，一会儿希望这个球队多进球，一会儿又希望那支球队快追上。不管哪支球队输球他都很难过，无论哪支球队赢球他都高兴不起来。

正看得有味，感觉有人在拍他肩膀，回头看，是校长，校长也没说话，笑眯眯地对他招招手。可能是球场上呐喊声太吵，一直走到球场外，校长才开口说："有人来看你了。"舒静仁问是谁来看他了，校长说见面就知道了。

跟着校长一直走到他的办公室。校长办公室在最前面一栋干打垒房的头一间，比别的房间稍大些。刚走到门口就见里头坐着两个人，就是刚才看见骑马来的那两个人，其中那个斜挎着驳壳枪的人见舒静仁进来，猛地从椅子上站起来，大步迎上来，双手像铁钳一样紧握住他的手，大声说："静仁，你好啊！我特地来看你了。"说完又转身对着校长说："应该叫舒教员了。"说完哈哈大笑起来，校长也跟着笑。

舒静仁被突如其来的事情弄昏了头，他刚才一直在外面的阳光下看打球，屋内的光线暗，一时还没适应光差变化，对这两个人也只是看了个大概，没看清脸相。他眨巴了几下眼睛，扶了扶眼镜，才终于看清对方。

"文轩，原来是你呀，我还当是谁呢——"

两人手拉手坐到桌边。

曹文轩还是那个老样子，高大的身材，四方脸，只是比以前黑多了，却也比以前魁梧多了，站在面前就像是座山。曹文轩告诉舒静仁说，他上个月在前线挂了彩，到延安来疗伤，现已痊愈，准备返回部队，他的部队在冀鲁豫抗日根据地。他说，还在延安疗伤时，冯秀珍去看过他，他是从她嘴里才知道舒静仁也来边区了，在这里做教员，所以，归队前特地赶来和他见一面。

曹文轩伸出宽大的手掌，拍着他的肩膀说："你现在不错啊，都做起教员来了，你的学生都是赫赫有名的战将，想当年我们自己还是学生呢，在一起读书探讨，你这个喜欢写诗的人是不是有点感慨时间过得太快了？"

"哪里哪里，"舒静仁谦虚地说，"我当年不过一介书生，现在仍是一介书生，你也不错啊，听说你现在都做文书了。”

他的话立刻被站在旁边的那个背长枪的人纠正：“报告首长，这是我们的营政委。”

舒静仁怔在那儿，没想到他进步得如此之快。

“啊——，啊——，”舒静仁老半天才反应过来，摸了摸头皮，然后双手抱拳，“曹政委，有失恭敬，有失恭敬啊！”

“老兄，我们之间就别来这一套啦！”曹文轩一连朝他重重地捶了几拳说，“革命队伍里，没有高低贵贱，无论职务大小，都是人民公仆。”说着又大笑起来。

舒静仁却笑不出来，他顿时勾起了腰，一脸痛苦状。刚才曹文轩捶的那几拳，拳拳都恰巧捶到那根受伤肋骨，这根肋骨曾是他当年打断，今天他又触及了他的旧伤。

曹文轩见状，立刻蹲下身去，问他要不要紧，是否要去医院，他知道他胸前的那个旧伤，刚才一时高兴就忘了。

“静仁，当年对不起你了，弄得你现在还在受罪。”

曹文轩对当年的事充满了歉意。

舒静仁的疼痛感已经过去，他直起腰，勉强笑了笑说：“一家人怎么说两家话呢。”他忽然意识到自己的话有误，又补充说，“文轩，我和你不同啊——”

曹文轩把舒静仁扶到座椅上，说道：

“有什么不同？刚才我和你们校长谈起你，知道你的近况，对于你的过去，特别是你在读书会的那段历史，我可以为你的动机作证，你要相信组织，问题总会搞清楚的。”

话虽这么说，舒静仁还是高兴不起来。

当天中午，校长请客，盛情邀请曹政委与他共进午餐，舒静仁破例受邀作陪。

自从当上教员，特别是受到审查以来，舒静仁第一次受到宴请，尽管是作陪，还是感动不已。午餐极其丰盛，有几条半根筷子长的小鱼，是从周河里捞上来的，还有一盘炒青豆，外加一碟土豆丝，都是平常很难吃到的。

吃完午饭，两人又叙了很长时间。曹文轩向他详细介绍了冀鲁豫抗日根据地方面的情况，告诉他说，冀鲁豫根据地是块很大的地盘，所辖地区的人口就有约两千万，目前这块地盘还在不断扩大。他还说，小鬼子看起来凶猛，他们不断向西进攻，看起来占的地方大，可是八路军却深入敌后，在后面向他的屁股进攻，把他的屁股和肚子打得稀巴烂，然后分割成无数片，到现在，小鬼子只剩下了头，身子都被八路军吃掉了，这就是人民战争。

曹文轩说得情绪高涨，而舒静仁却一直情绪低落，他勾着头，皱着眉宇，话语也不多。他觉得，抗战胜利肯定是毫无疑问，自己的问题却是希望渺茫。

直到下午的篮球赛快要结束时，曹文轩才和舒静仁告别，说要走了，明天就要动身赶往冀鲁豫根据地。

舒静仁坚持为他送行。

曹文轩牵着白马的缰绳和他并排走着，一路上又跟他说了很多的话，要他务必放下思想包袱，打起精神，不要顾虑重重，身体上也要多保重，特别要注意那条断过的肋骨，有什么问题就及时去医院。舒静仁也要他多保重，说自己总算是在后方，前线行军打仗更辛苦。

后面远远跟着牵枣红马的警卫员，与他们保持着适当距离。

两人并排走了很长一段路，曹文轩停下来，叫他别送了。两人打住，再次握手，曹文轩翻身上马，勒住缰绳，对他行了个军礼，然后两腿猛地一夹马肚，白马扬起四蹄，飞奔起来。

马蹄声渐渐远去，后面扬起一阵尘土。夕阳下，红霞满天，灿烂夺目，远近的山峦沟壑都披上了一层彩衣，明天又将会是个好天气。

舒老的故事已近尾声。夜已经很深了，夜幕下，窗外的霓虹灯闪烁，车流渐稀。“老领导”再次来到门前，舒老向她保证，再有半个钟头就可以上床休息。

第 36 章　奔赴新战场

1945 年 8 月，又是个炎炎盛夏，盈盈的周河水一如既往地绕城而去，周边的山梁上又披挂上了一层浓绿。

这年的 8 月 15 日，保安城迎来了一个不同寻常的日子——日本宣布无条件投降，这是中国人民的伟大胜利，也是世界反法西斯联盟的伟大胜利。这天，整个保安城沸腾起来了，周河水沸腾起来了，群山也沸腾起来了，人们跳起了激情奔放的安塞腰鼓舞，燃放驱鬼的鞭炮，彻夜狂欢。舒静仁所在的学校放假数日，组织师生秧歌队，参加保安城军民共庆活动，活动持续了好几天，人们沉浸在欢庆的喜悦中。

得知日本无条件投降的消息那天，舒静仁撇开欢呼的人群，独自爬上学校附近的一座小山顶，他遥望南方，放声痛哭。他的痛哭，不仅是为日本鬼子的投降喜极而泣，也为自己前不多久终于得到组织上关于他问题的结论喜极而泣。今夏，他的问题有了最终结论，他不是资产阶级，所谓的国民党特务也是莫须有的罪名，整风领导小组对他宣读了平反决定，代表组织对他受到的委屈表示了歉意。他没什么可说的，父母也有冤枉孩子的时候，他只表示，今后会更加努力搞好教学工作。

数日后的一天深夜，他独自来到办公室，借着手电筒的光亮给家人写信，这是他自离开无锡后写给家人的第一封信。他曾无数次想给家人写信，但当时的解放区与沦陷区不通邮，信件根本无法投递到无锡。他也曾想托人带信，可无人去那么远的地方。再后来，他根本就不想写信了，他的问题没搞清楚，他无颜对家人说。现在抗战胜利，他的问题也搞清楚了，他重燃起给家人写信的念头，他相信这封信一定会送达家人手中。他一边写一边流泪，家人的面孔一个个浮现在他的眼前：年迈的老母亲不知今安在？是否还在操劳，还在缝补浆洗？大哥舒斐嘉是否还在为扩大店铺而操劳？小妹是否已嫁人？信写得很长，足有五六页。

写完信，回到宿舍，躺在床上，他久久不能入睡，脑海里浮现出很多的人和事。抗战胜利，阎少泓会怎样？他一定也和自己一样高兴，他和自己一样痛恨日本人，不顾父亲的责骂，坚持从家里跑出来，最后投奔了陈旅长的部队，虽然是国民党部队，但毕竟是在抗日。余贵生这家伙，原本答应到陕北来参加八路军，半路留在了独崇山，参加了人员和背景都很复杂的游击队，他们盘踞深山密林，专门伏击日军运输车，也算是抗日功臣，现在也应该和他一样欢庆胜利。阿香已经死了，她没能看到鬼子投降这一天，不能不说是个遗憾，如果她还活着，一定也会和大家一样高兴。她妹妹阿杏，不知现在是否活着，如果不是那天失踪，也会来到陕北，也可能会成为一个女八路，她穿八路的服装肯定好看。她现在应该是个大姑娘了，肯定长得像她姐姐一样高，和她姐姐一样俊俏。最让他揪心的是徐素琴，假扮什么都好，干吗非得和别人假扮夫妻，还要住在一起，抗战胜利了，他们的"夫妻"关系也该结束了，但愿这种关系早点结束。

第二天，信寄出去了，他并不指望短期内收到回信，只要家人能看到他的信，知道他还活着就好。

他几乎每天跑到学校阅览室去看《解放日报》，看头版上的重大消息，《解放日报》是来自延安的声音，头版上的每条消息都牵动着他的心。抗战结束，并非意味着中国战事的全面结束。日本发动侵华战争，使国共两党之争暂居其次，放下多年的宿怨共同抗日。日军投降，两党之争重新摆到首位，是战是和，牵动着全国人民的心。

那段时间，保安城内每天都有许多传言，有说和平即将到来的，也有说内战不可避免的，众说纷纭，莫衷一是。每天关注《解放日报》的舒静仁还是从报纸上看到了希望，报纸上说，蒋介石三次电邀毛泽东到重庆谈判，解决两党争端，共创和平民主社会。延安方面也给予了积极回应，展现了极大诚意。8月28日，毛泽东、周恩来、王若飞率中共代表团赴渝，刘少奇等中央领导人和延安军民到延安机场送行，揭开了国共和谈的序幕。

重庆国共和谈谈了一个多月，舒静仁每天都在关注和谈的消息。终于，从重庆传来了国共两党签署《双十协定》的消息，舒静仁再次兴奋得彻夜难眠，设想着国家从此没有硝烟战火的和平景象。他甚至考虑自己的将来，战争结束后，自己是回无锡老家，还是去上海，或是去国家需要的其他地方；是继续做一名教员，还是去编辑部做一名编辑——《解放日报》报社已经有了这个意向。前段时间，有个副主编曾到学校来，与校长交谈了很长时间，事后校长向他透露，他们谈的是准备把他调到延安《解放日报》任副刊编辑的事。校长问他的意见，是愿意去做副刊编辑，还是愿意留下来做文化教员。听校长的口气，他是不希望舒静仁走的，如果任由他选择，他当然是想去做副刊编辑。

但是没过多久，舒静仁的副刊编辑梦就被延安来的两个人打碎了。

那天下午，舒静仁正在出黑板报。近来，特别是他的问题被平反以来，他除了努力搞好教学，努力把过去因接受组织审查而浪费的时间补回来，还承担了很多本不属于他的工作，比如学校的黑板报，过去都是轮流出，现在都由他独自揽下来。干这个他很拿手，他字写得工整，而且擅长编辑，每期出的黑板报都能把黑板正好排满，既没留下空隙，也没哪篇文章放不下，经他的排版，好像每篇文章的篇幅都是按照他的要求来写的，字数不多不少正合适。

他出的这期黑板报，头篇文章就是摘自《解放日报》，标题是“和平的曙光——国共两党‘双十协定’”，标题用红色粉笔书写，正楷体，下面还画了两条波浪线，以强调文章的重要性。

黑板报出到一半的时候，校长来找他，叫他暂停一下，到他办公室去一趟，说是有延安来的人找他。一听说有延安来的人找，舒静仁就以为是《解放日报》报社的人，来办理他调动的事。然而校长说不是，具体是什么人，校长不肯事先透露。

到了校长办公室，见到了那两个人，都是陌生面孔。校长把他领进门，就转身出去了，办公室里就剩下他们三个。

那两个人，一胖一瘦，准确说，应该是一个脸方点，一个脸瘦长点。脸方的那个人稍矮，而脸瘦长的那个人稍高。两人都穿的八路军军服，都有四个口袋，看来是干部。当时八路军干部与战士的唯一区别就是口袋的多少，干部的衣服比战士的衣服胸前多两个口袋，便于插钢笔。

此时，那两人好像成了这个办公室里的主人，招呼他坐下，脸瘦点的那个人还给他倒来一杯水。谈话基本是由那个脸方点的主导，而那个脸瘦点的大部分时间不说话，只偶尔插一两句。

两人一直没作自我介绍，舒静仁也就无从知道他们的身份，只知道他们是从延安来的，或说是从上面来的。与以往任何一次谈话方式不同，这次谈话并没有那些“八股”式提问，比如叫什么名字、性别、哪里人、什么时候来的、有什么动机，等等，而是单刀直入。

“据我们了解，你是江苏无锡人。”方脸人说道。

舒静仁轻微颔首。

“你在上海读书，并参加了党的外围组织读书会，而且表现出色。”

他又轻微点头。

他今天有点拘谨，因为不知道对方的来头，也不知道对方的意图，谈话方式也作了改变，他一时还难以适应，他反倒是适应了原来那种八股式提问。因为拘谨，他不停地搓着手指头，他的手指头上尽是粉笔灰，还没来得及洗。

“你从上海圣约翰大学毕业后……”

舒静仁立即打断对方的话，纠正道：“你说得不够准确，当时我还没毕业，日本人占领租界后，我就离开了上海。”

“对，你离开上海后，就从无锡来到了这里。”

对方说得没错。

“我们还了解到，你有个小学和中学时的同学和好友，叫阎少泓，对不对？”

对方突然提到阎少泓这个名字，逐渐放松下来的舒静仁顿时又警惕起来。

“你们一同从无锡出发，他到了湖北的竹山县就留下来了，参加了国民党军陈楷同所属的部队，而你则来到陕甘宁边区……”

他愈加警惕了。

“从那以后，你和他还有没有保持联系？”

对方的意图越来越清晰了，舒静仁不是个傻瓜，他早已经听出了弦外之音。他涨红了脸急忙分辩说：

“我和他是同学，是好朋友，这都没错，但他是他，我是我，我们走的不是一条道路。他要投奔国民党部队，那是他的事，与我无关，我投奔解放区是坚定不移的，毫不动摇的，我可以用我的党性作保证……”

舒静仁说到这里，情绪激动，从座位上站起来，双手比画着。

那两人对视了一下，露出了一丝不易察觉的笑容。

“舒静仁同志，请不要激动，”方脸人说，“我只是问你，自从你们分别后，你和他还有没有过联系，知道他的近况吗？”

舒静仁刚坐下，立刻又站起来，当即表示，绝不会和一个反动分子联系与往来，别说是同学，就是亲爹干爸也不会有来往。

那两人又会心一笑。

一直没有发话的瘦脸人，此时开口说道：“舒静仁同志，你误解了，我们对你的过去是充分肯定的，也是充分信任的，我们来找你，正是出于对你的信任。”

“是的，”方脸人接过话头说，“你们过去没来往是对的，但是，现在组织上需要你和他来往。”

舒静仁完全被搞糊涂了。

方脸人站起来，走到他身边，继续说道：

“既然你对他现在的情况不了解，那么我来告诉你，他现在是军统上海站电讯组的副组长，手里掌握有军统内部的大量情报，其中不少是国民党高层的绝密情报。这些情报具有很高价值，如果我们能够获取这些情报，将使我军在战场上握有主动权，对全国形势的发展与演变，都将产生不可估量的作用与影响。因此，组织上经过慎重考虑，决定派遣你去上海，利用你们之间的同学加好友这层特殊关系，设法与他接近，待时机成熟时，就争取让他站到人民这边来，为我方提供有价值的情报。舒静仁同志，你看有什么问题或困难吗？”

舒静仁大吃一惊，原来是要他去策反阎少泓！让他吃惊的另一个原因是，没想到阎少泓这小子还真做了国民党的大官。

但他很快冷静下来，两人毕竟分属两大阵营，已经不是同学加好友的情分所能容纳下来的，在这点上，他是没有丝毫犹豫的。但他还是有个疑虑，这与他每天关注《解放日报》有关，现在的情况是国共两党已签署《双十协定》，和平已现曙光，两党已就和平手段建设一个独立、民主、和平的新中国达成一致，此时去策反一个对方的情报人员，是不是有点不合适？这样做不是违背了《双十协定》吗？

听了舒静仁的顾虑，那两人又会心一笑。

“你的政治嗅觉还不够敏锐啊。”方脸人说。

接着，那两人分别就当前国内及国际形势，向他作了深入浅出的分析与介绍。他们指出，国共两党虽已签署《双十协定》，但重庆方面是假和平真内战，签署协定只是迷惑人民，蒋介石的独裁本性是改不了的，骨子里的反共也是改不了的。为了让舒静仁抛去幻想，彻底清醒，他们还举了两个实例，以揭露重庆方面玩弄假和平，欺骗人民，积极准备反共内战的真实嘴脸。一个例子是，还在重庆谈判进行时，蒋介石就下令印刷《剿匪手册》，秘密发至全军，所谓“剿匪”，就是剿灭八路军，剿灭人民军队。第二个例子是，蒋介石一方面大放和平烟幕弹，一方面暗中调兵遣将，积极准备内战，抗战刚结束，就密令国民党十九军围剿山西上党地区的我八路军，抢占我八路军与日军浴血奋战得来的根据地。他们还说，我们要的是真和平，不是假和平，如果对方要打内战，我方绝不放第一枪，但绝对奋起反击。所以，派遣舒静仁去上海策反阎少泓，就是为了在敌人内部安插耳目，掌握国民党内部的真实动态，做到未雨绸缪，有备无患。

他们俩的谈话，不啻给他上了一堂深刻的形势教育课，使他从国民党散布的假和平的幻觉中清醒过来，看清了老蒋的假和谈真反共的面目。于是，他当即表示，愿意接受组织上交给他的艰巨任务。

接下来，他们详细讲述了派他去担任此项任务的综合考量。

当然，首先是因为他与阎少泓是同学与好友，又是一同从无锡出发逃离沦陷区，在通过封锁线时，他腿部负伤，舒静仁还救过他，所以，派他去执行策反任务，容易与之接近，且不易受到对方的猜忌。其次，鉴于舒静仁在保安的一贯表现，组织上充分信任他。其三，他曾经在上海读过书，对上海情况也熟悉。综上所述，组织上认为，他是前去执行此项策反任务的最佳人选。

他们也对阎少泓的情况进行了仔细分析。关于阎少泓，他们了解得还真不少。他们说，阎少泓具有爱国思想，有一定的正义感，不愿投靠日军与汉奸，不愿投机取巧，这些都说明他有积极的一面，也是策反他的有利因素。其次，他参加国民党部队后，一直从事技术工作，没有血债，手上没有沾上共产党人的血，因此他也不会有思想包袱，这也是策反他的有利因素。但是，阎少泓一心想往上爬，名利思想较重，且贪图安逸，追求享乐，这又是执行此次任务的复杂性与艰巨性的一面。

关于此项任务的艰巨性与危险性，他们也有充分的考虑。从大的形势来讲，当前国共两党虽然有很深矛盾，但目前还没有公开反目，重庆方面在全国人民一致要求和平的压力下，暂时还不敢公然做出有违和平的举动，再说他们的兵力还未部署好，这正是执行此项任务的最佳契机。因此，要求他到上海后，立即与上海地下党取得联系，接受上海地下党领导，周密策划，稳步推进。上海方面，具体负责这项任务的是徐素琴，舒静仁到上海后，暂时归属她领导，所有来自延安的指令及他的工作请示汇报都经由徐素琴转达。

说到徐素琴，方脸人笑道："她的情况就不用我们介绍了，你们是老熟人，她又是你的上海老领导，相信你们一定能配合好，顺利完成这项任务。"

此时的舒静仁，心情变得异常复杂。他曾十分怀念上海读书会的时光，曾对上海魂牵梦萦，也曾莫名其妙地想见到徐素琴。但是，总有几个说不清的因素掺和进来，这里面既有阎少泓，也有徐素琴的资本家父亲，和她的伯父徐军长，当然，还有那个和徐素琴假扮夫妻的不知姓名的男性地下党。总之，这一切糅合在一起，使他此时的心情变得复杂而说不出滋味。

三人间的谈话已到尾声，他们最后的要求是，要他尽快把手头的教学工作向学校办理移交，学校方面他们已和校长说定了。两天后，要他到延安接受一个短期培训，学习一些策反工作必需的基本技能，联系地址已经写在一张纸条上了。

两天后，陕北高原的山梁上远远走来一个人，他身穿灰布军服，打着绑腿，背着叠成“豆腐干”状的被子，背包带交叉打成井字，瓷缸与毛巾都绑在背包上，此人正是接受任务前往延安的舒静仁，他这身装束是标准的八路军行军时的打扮。

进入金秋的陕北，地里的庄稼都灌满了浆，眼看就快到了收割季节，农民都指盼着有个好收成。白天的太阳依旧白花花，干涸的大地已经没有什么水分可蒸发了，只有阵阵的热浪。走了很长时间的路，他身上的军装已汗湿了大半，脸上还在不停淌汗，他在一处山梁上停下来，解下毛巾，摘下眼镜，擦了把汗，顺手将毛巾搭在脖子上。前方的路似乎没有尽头，被大自然撕裂成千沟万壑的黄土高原永远都是那么给人以心灵的震撼。

远处传来了信天游，陕北汉子唱的信天游总是那么绵长，拖着长长的尾音，或许还夹杂了一份忧郁或沧桑，就像脚下的黄土地、脚下的路。

两天后，他跨过延河水，来到宝塔山下，就像一个虔诚的伊斯兰教教徒来到了神圣的麦加。这是继保安之后的新“红都”，是他还在上海读书时就向往的地方，仰望宝塔山，俯瞰延河水，这里的一草一木乃至每寸土地都让他激动不已，让他感触到了这里热浪般的空气。

在延安，舒静仁接受了为期一个多月的培训，学习侦察与反侦察、盯梢与反盯梢的基本技能，当然，还系统地了解了军统特务的组织架构，和地下工作必需的其他技能，这些都是他日后开展工作的必备条件。

一个月后，结束短训班学习的舒静仁从延安辗转来到西安。他恢复了离开上海时的装束，身穿长衫，头戴礼帽，提着一口大皮箱，来到西安火车站的站前广场。与上一次来西安不同的是，他这次是肩负使命来到这里，他将乘火车经由陇海线前往上海。

车站上戒备森严，到处是荷枪实弹的军人，很多地方划着白线，旅客被限制在很小的区域内。站台上停靠着一辆军用专列，专列旁，每隔三五步站着一个端卡宾枪的士兵，广场及候车室内挤满了头戴钢盔、全副美式装备的官兵，该部队隶属国民党第一战区胡宗南部，接蒋介石密令，正将部分精锐部队调往华北。

此时的西安上空阴云密布，久旱的西北大地似乎要下一场大雨。

站在旅客中的舒静仁焦急地等待着，他所乘坐的这趟列车已过了发车时间，检票口还不见动静。没人出来解释推迟发车的原因，旅客中开始有人抱怨，有人咒骂。

一声哨响,全副美式装备的官兵开始有秩序地进入站台,身上的军械发出清脆的撞击声。直到他们全体进入专列,广场和候车室才显得空旷起来。

专列发车后,一辆破破烂烂的列车拖着浓浓的白烟驶入站台。检票口响起了检票入站的铃声,检票人员在检票口高声报车次,推迟了几个小时登车的旅客才停止了抱怨与咒骂,拥向窄小的检票口。

一声长鸣,列车终于启动,车头喷出的蒸汽,将站台上的一切都包裹得密密实实,随着"咣当"声的逐渐密集,列车驶出车站,在陇海线上疾驰。

坐在车上,透过车窗玻璃,舒静仁看着窗外连绵起伏的西北高原特有的群山,心却先于火车到了久违的上海……

后记　套中套

最后那天晚上，舒老的故事讲到10点多钟才结束，看得出，他已经很累了。他的“老领导”中途好几次推着架子车来到书房，通过她不停蠕动的嘴，我明白她的意思，她是在向我下逐客令。我纵然是脸皮再厚，心再贪，也不得不站起身来告辞，说下次有机会再来。舒老拉着我的手说：“一言为定，欢迎你下次再来。”

离开N市，我一直都在寻找机会重返舒老身边，然而总是这样或那样的原因难以成行，这样一拖就是几个月。

直到半年后，我突然改变主意，决定暂缓听他的后续故事，我觉得有件更重要的事情需要立即着手，我怕时间拖长了对我也很不利。我立即给舒老打电话，说他的故事很有价值，可以写成回忆录，我极力怂恿他自己来写。他在电话里冲我笑，虽然看不见，可以想见他是在指着我鼻子，说你别跟我绕圈子，你那点心思我早就知道，不然你不会跑到我这里来，不然也轮不上你。在睿智的舒老面前，我简直成了个玻璃人，没什么能瞒过他的。老人都已经90高龄了，年岁不饶人，此刻让他去写几十万字的回忆录，那不是明摆着是要他命！

有了舒老的这句话，我立刻动手。

在撰写这本书的长达一年的时间里，我可谓是殚精竭虑、呕心沥血，除了上班，几乎将自己完全封闭，为的是和时间赛跑，和舒老赛跑。说实话，我在这件事上也是冒了很大风险的，我不是没有顾虑，万一我的书还没写完他就……

最让我同情的是阿香和阿杏姐妹俩的遭遇，我的笔每每触及她们，往往长时间陷于她们的苦难中而不能自拔，为她们流了无数的泪。

一年后，初稿完成，按照事先的约定，要先将样稿寄给他过目，说是过目，其实就是审查，他老人家被别人审查了一辈子，对我也不放心。

样稿寄给舒老后，我苦苦等待了整整三个月，好不容易等来了舒老的审查结果。他是用书信方式给我寄来的，大意是说，书写得还凑合，不算太差。但他同时也指出了几点不足之处，比起他的正面评价，不足之处显得有点吹毛求疵。

老人在信的最后又故技重演，他给我布了个套，用故事中的几个人物的结局来诱惑我。他的这招对我来说是正中下怀，我早有此预谋，只是不便开口，一是不忍心再去长时间打扰老人，二来害怕“老领导”磨磨叽叽的那张嘴。

我立刻开始筹划，我必须攒积足够多的年休假，全都用去听故事，这事还不能拖得太久，万一他老人家……唉！我真该抽自己嘴巴，我不该总去想些不吉利的事，我要衷心祝愿他老人家福如东海！寿比南山！

根据故事的发展，舒老回到上海将策反阎少泓，并且对徐素琴有所企图，我把后一本书的书名都想好了，就叫作《回南方》。舒老的后续故事，只有等到我再次去N市，坐在他那间阳光充足的小书房里，等他沏好一杯茶，揭开杯盖，故事才会从里面源源不断地冒出来。

这是件很值得期盼的事。